观音山杯美丽中国征文

魏巴

# 清净如山

Qing Jing Ru Shan

黄淦波 杨海蒂 主编

文汇出版社

图书在版编目(CIP)数据

清净如山 / 黄淦波,杨海蒂主编.—上海:文汇出版社,2017.10
ISBN 978-7-5496-2291-7

Ⅰ.①清… Ⅱ.①黄… ②杨… Ⅲ.①散文集-中国-当代 Ⅳ.①I267

中国版本图书馆 CIP 数据核字(2017)第 199997 号

## 清净如山

主　　编 / 黄淦波　杨海蒂
执行主编 / 杨海蒂

责任编辑 / 徐曙蕾
封面装帧 / 张　晋

出版发行 / 文汇出版社
　　　　　上海市威海路 755 号
　　　　　(邮政编码 200041)
经　　销 / 全国新华书店
排　　版 / 南京展望文化发展有限公司
印刷装订 / 江苏省启东市人民印刷有限公司
版　　次 / 2017 年 10 月第 1 版
印　　次 / 2017 年 10 月第 1 次印刷
开　　本 / 710×1000　1/16
字　　数 / 260 千字
印　　张 / 21.75

ISBN 978-7-5496-2291-7
定　　价 / 39.00 元

# 序：写出大美

自然被我们写照，我们也在自然中生发神思、领受神启。

人总是在观察、分析、总结自然规律中调节自身，而不自觉地也在秩序、法度上摹仿自然伟大的平衡术。

人类和自然相交融，心存感恩与敬畏，人文情怀便找到了背景。

古老中国的诗词、绘画、民间乐舞以及风俗仪式，是生活的表现，更是山水之间的产物。茂密的细节、朴素的枝干无不生长于自然的大树，一切都喻示着向自然质地的返魅——自然之子，自然而然的生活。

我们对喜怒哀乐的表达总是借助自然物象才能恰切。文人的身世之感在寻求慰藉之时，最为理想的境地，是山水之间；浪子的迷失之旅在寻觅故乡之时，最为阔朗的归宿，是山水之间。

"美丽中国"这样的字眼，极少会唤起人们对高楼大厦、高速铁路、电子屏幕、人海车流的联想，人们由衷地习惯把感应放置到安静舒缓的城外——山水之间。

在城市中，刺耳炫目袭来的声光，永远不如雷电更具有震撼威力；在日常里，嘀嘀咕咕传来的八卦，永远不如自然更知晓黑白阴阳。

天地有大美而不言,四时有明法而不议,万物有成理而不说。《庄子·知北游》之不言、不议、不说,那是指向人类真正在山水之间生存的年代。现今,天地、四时、万物已经在我们心里变得不自然的时候,甚至是不"旅游"就无从感触的时候,我们要记着把那些大美、明法、成理,试着写出来。

施战军

《人民文学》主编

# 目录

序：写出大美　施战军 / 1

云塔山　贾平凹 / 1
屺峔岛纪事　张　炜 / 3
长城·古寺·红柳　梁　衡 / 9
夜宿真如寺　陈世旭 / 14
黔灵留梦记　何士光 / 21

古树：另一种形式的时间简史　祝成明 / 29
赏梅，在梅花谢了的时候　徐南铁 / 34
巴丹吉林札记　杨献平 / 40
凤冠山　陈　仓 / 46
白哈巴之秋　张行健 / 52
旗海　张桂柏 / 58
资江排歌　李清明 / 63
呼伦贝尔深处　艾　平 / 67
乌珠穆沁的诱惑　季　华 / 71
草原册页　敕勒川 / 76
花梨：往内心生长的植物　孔　见 / 81
观音山，向你抵达　郁　乃 / 86

观音山您早　周伟兵 / 90

二郎山记　李存刚 / 96

桑耶寺的声音　嘎玛丹增 / 101

穿过细奴逻的目光　吴安臣 / 106

五色莲花　朱丽秋 / 110

十万佛洲　吴春梅 / 115

尼雅啊,尼雅　高洪雷 / 120

寻找唐朝的那条河　杨健棣 / 126

大清,让我为你鼓一次掌　慕国瑞 / 131

透过历史的指缝　黄荣才 / 136

金盆山纪行　钱久玉 / 141

观音山,一座飘香的圣山　唐成茂 / 146

观其山,知其音　梁爽 / 149

超越佛境界　吴光辉 / 154

天上的甘丹　凌仕江 / 158

菩萨低眉　刘玉玲 / 163

陈氏书院　冯顺志 / 168

老号森铁　李青松 / 173

中山陵感怀　叶盈 / 176

妙峰金顶那道紫色的圣光　马淑琴 / 181

晨曦在交响中突围　高丽敏 / 186

邂逅冰湖　贾文华 / 190

大地的温暖　王杏芬 / 195

六月的苏里格　江湖散人 / 199

鹅湖峰顶寺　王　俊 / 203

人间的观音，仙境的山　陈启文 / 208

在观音山，我站成一棵树　文　霖 / 212

般若甘州　茱　萸 / 217

千年古村程洋冈　谢初勤 / 222

最后的香格里拉　简　人 / 228

最后的原始部落　孙　国 / 231

世上最坚固的草堂　刘云霞 / 234

一池幽静的时光之水　盛　慧 / 239

似曾相识的凤凰　江　岚 / 241

古村过客，或溪水的歌者　张灵均 / 245

烟雨深处的紫鹊界　张雄文 / 249

青海湖　程耀东 / 254

梵净山札记　晓　寒 / 258

一棵古树的光芒　陈于晓 / 263

观音山七记　乔　叶 / 267

诸林前　指　尖 / 272

从读书台到幽州台　唐　毅 / 276

楠溪江：永远的山水诗　朱千华 / 281

上里词语　何　文 / 285

月照江村　汪建中 / 290

烟桥三味　孔令建 / 295

曹植的鱼山　朱建霞 / 300

峨眉山的云　朱仲祥 / 303

把灵魂安放在白塔下　宋长玥 / 308

马蹄上的宁夏　丁迎新 / 313

阳明山，光芒涌入　文紫湘 / 318

东莞散记　梁协平 / 322

看山是山　徐小斌 / 326

跋：清净如山　黄淦波 / 332

代编后记：文学是人类感恩自然的最佳途径　杨海蒂 / 335

# 云塔山

贾平凹

已经到了高山,弥漫的云雾一散开,高山上竟然还有高山。那个下午我在云塔山第一次体验到了什么叫出世,于是我望着山尖上的那间屋舍,当然我的帽子就掉了,说:那就是道观吗?

穿过了无数的岩角和石嘴,终于站在了那个廊楼下,石砖的台阶几乎都直立了。手脚并用着往上爬吧,爬得战战兢兢的,云就赶了来,我是在云里了,没有了惊恐,别人却在下边说我是见首不见尾。总算上去了,顶上也就是四五平方米的地方,屋舍的墙尽边尽岩,里边只有一张条案,条案上坐着泥身的神,在给我微笑,而旁边站一道士,说:你来了!我便在门口行朝拜礼。我没有带供果和鲜花,在怀里掏,唯有一支心爱的笔,掏出来放在了神前,那一瞬间能感觉所有的东西都开始摇晃,像是在了梦里,记得磕头的时候,脚是紧紧地蹬着那门槛。

我问:为什么要把道观盖在这里呢?

道士说:你不觉得在天上吗?

是在天上。我看见了太阳,像金冠一样就在身子西边,伸手便能抚到。一棵白皮松长在石壁上,你不知道它怎么就能长在石壁上,那是看得见的风的形状。屋檐还吊着一个铁片,并没有什么撞叩,却自鸣出一种韵音。香炉里一股青烟在端端生长。门边靠着的是一把笤帚,那是扫云用的。

从道观下来,我并没有再坐车从前山的来路返回,而是绕到后山沿小路而下。后山阴暗,到处是锐齿栎、粗榧、鹅耳枥和刺楸树,全都斜着长。能听到繁复的鸟叫,也偶尔看到有獾有獐子和黄羊奔跑,还有蛇。而到了谷底,那里就是村子,狗叫得很厉害,有了妇女在哭,同时围观了许多人,原来是飞鼠吃掉了她家鸡。这里产石斛,也就有了以石斛为生的飞鼠。鼠本来是鼠,又有了狼的凶狠,一些就成了黄鼠狼子,一些则嫉妒着鹰,就长出一条长毛尾,能在半空中飞翔十几丈,常常要扑食人家的鸡。

　　路边有了一种草,叶子肥厚,盯着一粒红珠,我去摘,旁边人说:这是山虎草,有毒的,牛吃了即死。远远的场畔上是卧着了一头牛,还有人赶了一群羊过来。我有些不解,牛和羊都是吃草的,并不是掠食者,怎么还长着犄角?

# 屺姆岛纪事

张　炜

有朋自远方来,一定要问,这里最好玩的地方是哪里?我通常把他们的意思理解为环境最美、最有魅力的自然山水,于是就不假思索地回一句:"屺姆岛。"我急于让他们去那里看碧蓝的海湾、陡立的海蚀崖和起起落落的鸥鸟,吃最美的海鲜,听渔民的神奇故事,领略这一隅风情。每一次的屺姆之行,对我来说都成了十足的炫耀。我把身为龙口人的得意藏在山水之间:屺姆岛实在是太美了。

## 拉网号子考

屺姆岛由一个沙坝与龙口城区相连,终成一个半岛。它形成的年代太远了,大概数以千万年计,从此就有了一个美丽的"龙口湾":从半岛最里端的石崖开始,由沙坝往东南方划出一道弧线,直抵龙口城区,形成了一大片椭圆形的海面。整个龙口湾内外都是优良的渔场。

海岛的西部和北部都是陡峭的海蚀崖,居住了大量海鸥。站在崖上看海,那水清澈,无一丝杂质,真正像蓝缎子。如果是阴雨天,温柔美丽的海又变得黑乌乌的,凝重肃穆。龙口湾东部靠近城区分别有一个客货大港、一个渔港。两个大码头都有几百年的历史了,属于北方老港。

渔船有不同的猎鱼方法:进深海使用拖网等器具;将一面大网抛进一

二百米远的海中，由岸上人扯住两端往上拉，即通常说的"拉大网"。在过去，后一种方法才是最重要的，是收获最大、最壮观的捕鱼方式。那时候鱼多，机械捕鱼船还没有，所以"拉大网"的收获常常是十分惊人的，一网就能拉上一座高高的鱼山。

沿长长的沙坝往东，可以一直走到烟台。这一溜海岸线除了有几处被山崖阻断，大半都是可以"拉大网"的开阔沙岸。所以这一段海岸线的渔民最多，也最富裕。这种劳动方式已经延续了千百年，直至今日才有了改变：鱼类资源和人力资源同时减少，渔民只好驾小船去深海了。

"拉大网"人多势众，要同心协力就必须倚仗拉网号子。这种半喊半歌竟然演变成重要的劳动艺术，在千百年的豪唱中，其形式和内容渐渐固定下来。从屺坶岛往东几百里，不知要穿过多少渔村，也不知有多少渔场。这沿岸一路下去，拉网号子也多多少少地变化着，从内容到调式都稍有差异。

屺坶岛的拉网号子比起东部，最大的不同是音调起伏变化大，似乎更具舞台表演性。比如它能从最大声的号叫，一转而成小声的数叨，声音由低到高，由急到缓，再一次掀起高潮，然后放声号唱起来。

整个号子喊唱的内容与东部差不了多少，核心部分仍旧要提到一个"子虚乌有"的人："二姑娘"。这个"二姑娘"是一个不会衰老的女子，年龄永远在十八九至三十岁之间，在海边活了千余年，至今风姿绰约。拉网号子中直接描述她的文字少而又少，一直重复的不过就那么几句，可妙就妙在每次重复的音调与口气不同、声高不同，再配以长长的感叹、和声，一个活脱脱的形象就出来了。

这个"二姑娘"在号子中大致是顽皮的、俏丽风骚的，还有点儿小小的邪恶。她极有可能出身于贫苦人家，是个常来海边玩耍或买卖鱼虾的女子。由于夏天拉网的男子通常不穿衣服，所以绝少有女人靠近海边，一旦有个姑娘出现，那一定会引人起哄的。除非万不得已，女子是不会来拉网现场的。这种情景或偶有发生，或直接就是杜撰，是打鱼人为了解除劳动的辛苦寂寞而幻想和创造出来的。从屺坶岛往东至少五十里，沿岸拉大网的人所喊的号子中都有一位"二姑娘"。

"'二姑娘'这个鸟儿啊,不是个鸟儿啊!嘻哉!嘻哉!"这是他们反复喊出的一声独吼、一片和声和长长的感叹。前边第一个分句由一个嗓门最粗最糙的壮汉喊出,第二个分句则由众人应答;"嘻哉"两字是所有人一起呼叫的,节奏感极强。"鸟儿"在此并非不雅的字眼,而是相当于"这东西""这家伙"之类,有玩笑调侃的成分。以前有人解为诟语,是不确的,属于望文生义。后面的齐声"嘻哉",也有人解为一句脏话的音转,其实也不对。在这里联系全部号子的语境和意涵,可理解为"好家伙"的音转。这是夸张和感叹,是突然看到"二姑娘"出现时,大家不约而同的惊呼。

可以想见,一群身强力壮的光腚男子在拉网,此时此刻出现了一位不速之客、一位光彩照人的女子,他们该是多么惊讶和兴奋。一群人干得更起劲了,完全忘记了劳累。在女性的注视之下,"拉大网"的工作顿生色彩和意趣。

"来一杆呀,又一杆呀!又一杆呀!又一杆呀!"这种一再重复的呼喊,同样是一人领唱,众人应和。对这极有限的内容,统一的解释中仍然未能挣脱淫秽的意思,其实仍旧是以讹传讹。这同样是呼喊中拖腔的音变,真实的字样应为:"拉一绠啊!又一绠啊!"

屺姆岛东部一带,除了号子内容稍有不同之外,再就是调式的区别了。比如第一句领唱者呼号出的关键词"二姑娘",就比屺姆人喊叫得尖细悠长多了,极具戏谑意味。而屺姆人却粗豪猛烈、强悍,一直到后面的和声都是如此。这极有可能因为东部沿岸气候更柔和一些,风势一般不大,拉网人也相对舒服懒散,表演性就增强了。而屺姆岛海风强劲,领喊号子的人除非要大力粗吼,不然就带不起后面的和声。

屺姆号子的"启网""收网""卷网""抬网",分别有不同的号子。这些号子与东部号子既有相同处,又有很大的区别,除了语句变更,调性也改变了。"抬网"号子加了"往前走哇,到龙口哇!嘻哉!嘻哉!"说明从龙口湾西部收网,抬起渔网行进的方向为东,一抬头看到了龙口城区,那里是打鱼人的念想。

在呼喊的节奏与高低变化方面,屺姆号子比起东部有明显的差异。一般来说屺姆号子节奏更强、起伏更大,竟然可以从极为粗壮响亮的呼吼,一变而为悄悄私语,真是奇妙到不可思议。

这种改变的原因在哪里?由于一代代人都是这样喊唱过来的,所以必有一个漫长的演变过程。观测屺姆沙坝内外,一边是龙口湾,这里是主要渔场;一边直接面对了辽阔的渤海。在春夏秋三个捕鱼季节,不是西南季风就是西北季风,而秋末又是猛烈的东北风。这三个季节的风向因为屺姆崖的影响,在龙口湾内外拉网的人常常要"吃风",就是一张嘴遇到迎面而来的海风。于是当他们喊"嗜哉"时,就要将口型改变一下,这样形成的一片"和声"也就压低了,久而久之成为例行的"悄语"。这不是由谁规定的,而是自然形成的规矩,谁如果不这样喊,就会被指为"棒槌"了。

拉网号子貌似简单,实则千变万化。它的特点是内容单薄,几乎没有几句实在的、语意分明的叙述,却能在极简中表达相当丰富的意蕴。从屺姆岛往东,号子变化越来越明显,往北,则是渤海湾中的桑岛和长山列岛,那里的拉网号子又是另一番风味了。

**鸟之倔强与幽默**

屺姆岛上的鸟儿可真多,除了一群群的海鸥,还有数不清的其他种类。相处久了,会发现它们的性格与人一样,也是明显的、千差万别的。它们因为飞翔,离开地面,常常被人忽视了心情,不太在乎其喜怒哀乐。除非近距离接触,谁也不会注意一只鸟的心事。在岛上,只有养鸟的人才会知道自己的鸟高不高兴,喜悦或者忧郁。

岛上的麻雀是一种很倔强的鸟。它们照理说离人最近,哪里有人哪里就有麻雀,几乎与人非常亲近。但是它们其实极度追求自由和自尊。如果将一只成年麻雀关在笼里,它会气愤不已,无论喂给多好的水和食物,它看都不看一眼，直到绝食而死。不自由，毋宁死，这就是麻雀。有人为了讨孩子欢心，曾捉住麻雀让孩子把玩，谁知它一落入孩子手中就开始大口喘气，一会儿就气得昏厥倒地。

还有一种蓝翅小鸟，一旦被囚禁就会频频撞击，直撞得头破血流，气绝而亡。

鸟儿习惯了空阔，自由是最起码的条件。任何鸟儿都极度依赖自由，除非是从小奴役驯化的畸形宠物。

岛上的鸟儿怎样看待渔人，这是一个谜。鸽子和喜鹊、猫头鹰、蓝点颏、游隼等体积及生活习性迥异的鸟类，对人的看法肯定是不同的。鸽子和鹰一旦驯化，可以当人的帮手，它们和猫狗的作用几近相似。鸽子温柔可人，长时间偎在主人身边休息，光润的额头引人抚摸。鹰的锐目和铁爪能够帮人狩猎，它们乐于显能。而大多数鸟儿是无法驯化的，它们从不与人为伍。

一群喜鹊守住一树桑葚多年，每年夏秋季节都要饱餐这些甘甜的果子。当有人来采摘时，它们就怒不可遏，在一旁围攻，叫声不绝。从声音上判断，一定夹杂了许多谩骂。

我在岛上住了十天。有一只不知名的大鸟，在长达一个多星期的时间里，总要于凌晨四点左右踹我的屋门。它的脚爪壮实，踢在门上，的确有踹击之力。那在凌晨响起的门板震动声，总是将我惊醒。我后来明白，它是凌晨即起，而我一直睡懒觉，它实在看不下去了。

还有一只花斑啄木鸟，总在午餐时偷看我吃饭，在窗外探头探脑，一副做鬼脸的样子。当我开窗找它时，它就躲开；我重新坐下用餐，它就再次探头。我将食物放在窗外，它就低头看看，仿佛在笑，不动一口。它吃的东西与我吃的当然是完全不同的。

有一只又大又胖的花喜鹊也多次在窗前逗我，它也选择了午餐的时间。

一只大草鸮面阔如小儿，站在黄昏的光色里，这样的光线中它是能够看清对方的。在离我几米远的地方，它竟然一动不动，从高处看着我，一对大眼睁睁闭闭。由于它的脸部被细密的羽毛遮住，所以我无法看清细部表情，却分明感受到它的幽默意味。它好像在说:"伙计,你该睡觉了,我该干活了。"

　　散步时携回一只受伤的大斑鸠。这种大鸟像鸽子,也就像对待鸽子一样对待它了。它伤好之后,我为了防止它飞掉,就用胶布粘住了一半羽翅。它在屋里耷着双翅,像推小车一样来来去去。当它玩累了时,就伸出长长的喙,一下一下摩擦我的手背。这种痒丝丝的感觉让人实在受不了。这种亲昵和友谊深深地打动了我,我就解开了它身上的胶布,抱着它来到海蚀崖。我是在崖上遇到它的。

　　站在崖畔,放眼碧海中的点点舟影,它在我掌心站了一瞬,转眼展翅而去,化入空阔之中。

# 长城·古寺·红柳

梁 衡

中国北方最明显的地理标志就是长城。从山海关到嘉峪关，逶迤连绵穿行在崇山峻岭之上，将秦汉到明清的文化符号一一镌刻在苍茫的大地上。如果是夕阳西下的时候，一抹红霞涂染了曲曲折折的石墙，又为烽火台、戍楼勾勒出金色的轮廓。这时，你遥望天边的归雁，听北风掠过衰草黄沙，心头不由会泛起一种历史的苍凉。可是谁也没有注意到万里长城由东向西进入陕北府谷境内后，轻轻地拐了一个弯。这个弯子很像旧时耕地的犁，此处就叫犁辕山。这气势浩大、如大河奔流般的长城，怎么说拐就拐了呢。现在能给出的解释，只是为了一座寺和一棵树——一棵红柳树。

那天，我沿着长城一线走到犁辕山头，一抬眼就被这棵红柳惊呆了，心中暗叫：好一个树神！红柳是专门在沙漠或贫瘠土地上生长的一种灌木，极耐干旱、风沙、盐碱。因为生在严酷的环境下，它长不高，也长不粗。当年我曾在乌兰布和沙漠的边缘工作，常与红柳为伴。它大部分的枝条只有筷子粗细，披散着身子，匍匐在烈日黄沙中或白花花的碱滩上。为减少水分的流失，它的叶子极小，成细穗状，如不注意你都看不到它的叶片。这红柳自己活得艰苦却不忘舍身济世。它的枝叶煮水可治小儿麻疹。它的枝条鲜红艳丽，韧性极好，是农民编筐、编篱笆墙的好材料。我大约有一年多，就住在红篱笆墙的院子里，每天挑着红柳筐出入。如果收工时筐里再装些黄玉米、绿西瓜，这在一色黄土的塞外真是难得一见的风景。但它最大的用途是防风固沙,防止水土流失。红柳与沙棘、柠条、骆驼刺等,都是黄土地上矮小无名的植物,最不求闻达,耐得寂寞,许多人都叫不出它的名字。但是眼前的这棵红柳却长成了一株高大的乔木,有一房之高,一抱之粗。它挺立在一座古寺旁,深红的树干,遒劲的老枝,浑身鼓着拳头大的筋结,像是铁水或者岩浆冷却后的凝聚。我知道这是烈日、严霜、风沙、干旱九蒸九晒、千难万磨的结果。而在这些筋结旁又生出一簇簇柔嫩的新枝,开满紫色的小花,劲如钢丝,灿若朝霞。只有万里长城的秦关汉月、漠风塞雪才能孕育出这样的精灵。它高大的身躯摇曳着,扫着湛蓝的天空,覆盖着这座乡间的古寺,构成一幅古典的风景画。而奇怪的是,这庙门上还挂着一块牌子:长城保护站。

站长姓刘。我问保护站怎么会设在这里?他说:这是佛缘。说是保护站,其实是几个志愿者自发成立的团体。老刘当过兵,在部队上曾是一个营教导员,他给战士讲课,总说军队是长城,退下来后回到了长城脚下,看着这些残破的戍楼土墙,心里说不清是什么味道,就想保护长城。府谷境内共有明代长城100公里,上有墩台196个,这寺正好在长城的中点。他每次走到这里,就在这棵红柳树下歇歇脚,四周少林无树,就只有这一点绿色。放眼望去,茫茫高原,沟壑纵横,万里长城奔至眼底。他稍一闭眼,就听到马嘶镝鸣,隐隐杀声。可再一睁眼,只有残破的城墙和这株与他相依为命的红柳。一开始为了巡视方便,他就借住在寺里。后来身边慢慢聚集了五六个志愿者,就挂起了牌子。

人们常说"天下名山僧占尽",可这里并不是什么名山,黄土高原,深沟大壑,山穷水枯。也可能就是那"犁辕"一弯,这里才被先民视为风水宝地。犁弯子就是粮袋子,象征着永远的丰收。在这里盖寺庙是寄托生存的希望。寺不知起于何时,几毁几修,仍香火不绝。最后一次毁于"文革",被夷为平地。但奇怪的是,这寺无论毁了多少次,墙边的那棵红柳却顽强地生存下来,于是就成了重新起殿建寺的标记。从树的外形判断它当在千年以上,明长城距今也只有六百来年。就是说当初无论是修城的将士,还是修寺的僧人,都在仰望着这棵树工作。长城,这座我们民族抵御战争、保卫和平生活的万里长墙,在这里拐了个弯,轻轻地把这寺庙、这红柳搂在怀里。这是生命的拥抱、信仰的倾诉和文化的传承。而这棵红柳，为怕长城太孤寂，年年报得紫花开，花开香满院，又成了寺庙的灵魂。民间常有耗子成精、狐狸成精，及柳树、槐树成精的故事。红柳实现了从灌木到乔木的飞跃，算是成了精，修成了正果。它与长城与寺庙相伴，俯视人间，那密密的年轮和丝绕麻缠的筋结里不知记录了多少人世的轮回。

如果说长城是人工的智慧，红柳是自然的杰作，那么这寺庙就是人们心灵的驿站。先民日出而作，日入而息，面朝黄土背朝天，他们疲倦的魂灵也需要歇息。这寺庙不大，除了僧房就是佛堂。堂可容六七十人，地上一色黄绸跪垫，前面供着佛像并香烛、水果。可以说，这是我见过的国内最安静的佛堂。堂内窗明几净，无一尘之染。窗外是蓝天白云，人处室内如在天上。这里既没有名刹大寺里烟火缭绕的喧闹，也无乡间小庙里求报心切的俗气。我稍留片刻便反身出来，不忍扰其安宁。

我问，这座寺庙真的灵验？老刘说屡毁屡修总是有一定的道理，反正当地人信。最近一次发愿修寺的是一位煤老板，煤矿总出事故，寺一起，事立止。还有，寺下有一村，村里一对小夫妻刚结婚时很恩爱，后渐反目。妻子恨丈夫如仇敌，打骂吵闹，凶如母虎，家无宁日。公婆无奈，求之于寺。托梦说，前世女为耕牛，男为农夫。农夫不爱惜耕牛，常呵斥鞭打，一次竟将一条牛腿打断。今世，牛转生为女，到男家来算旧账了。公婆闻之半信半疑，遂上寺许愿。未几，小夫妻和好如初，并生一子。这样的故事还可讲出不少。我不信，但教人行善总是好事，借佛道神道设教也是中国民间的传统。就问，怎么不见僧人？答曰，现在不是做功课的时间，都去山下栽树去了。想要香火旺，先要树木绿。村民信佛，寺上的人却信树。也是，没有那株红柳，哪有这寺里千年不绝的香火？

保护站已成立五六年，慢慢地与寺庙成为一体。连僧带俗共十来个人，同一个院子、同一个伙房、同一本经济账。志愿者多为居士，所许的大愿便是护城修城；僧人都爱树，禅修的方式就是栽树护树。早晚寺庙里做功课时，志愿者也到佛堂里听一会儿诵经之声，静一静心；而功课之余，和尚们也会到寺下的坡上种地、浇树、巡察长城。不管是保护站还是寺上都没有专门经费。他们自食其力，自筹经费维持生活并做善事，去年共收获玉米2000斤，春天挑苦菜卖了6000元，秋里拾杏仁又收入800元。这使我想起中国古代禅宗"一日不作一日不食"的农禅思想，一切信仰都脱离不了现实。正说着，人们回来了，几个和尚穿着青布僧袍，志愿者中有农妇、老人、学生，还有临时加入的游客，手里都拿着锄头、镰刀、修树剪子，一个孩子快乐地举着一个大南瓜。有一个年轻人戴着眼镜，皮肤白皙，举止文雅，一看就不是本地人。我问这是谁，老刘说是山下电厂的工程师，山东人。一次他半夜推开院门，见寺外一顶小帐篷里一人正冷得打哆嗦，就邀回屋过夜，遂成朋友。工程师也成了志愿者，有时还带着老婆孩子上山做义工，这院子里的电器安装，他全包了。大山深处，长城脚下，黄土高原上的一所小寺庙里聚集着一群奇怪的人，过着这样有趣的生活。佛教讲来世的超度，但更讲现时的解脱：多做好事，立地成佛；心即是佛，佛即是我。山外的世界，正城市拥堵、恐怖袭击、食品污染、贪污腐化、种族战争等等，这里却静如桃源，如在秦汉。只有长城、古寺、志愿者和一棵红柳。无论中国的儒、佛、道还是西方的宗教都以善行世，就是现在中央提倡的12条社会主义核心价值观，"友善"也赫然其中。我突然想起马致远的那首名曲《天净沙》，不觉在心里叹道：

  长城古寺戍楼，蓝天绿野羊牛，栽树种瓜种豆。红柳树下，有缘人来聚首。

老刘说，其实单靠他们几个志愿者，是保护不了长城的。他们也曾当场抓获过偷城砖的、挖草药的，甚至还有公然用推土机把长城挖个口子的，但是都不了了之。对方眼睛瞪得比牛眼还大，说："你算个球！县长都不管呢。"确实他们一不是公安，二不是警察，遇到无赖还真没有办法。但是现在可以"曲线护城"了，这就是来借助树和佛。目前虽还没有一个管用的"护城法"，却有详细的《林业法》，作恶者敢偷砖挖土，却不敢偷树砍树。保护站就沿长城根栽上树，无论人砍、牛踏、羊啃都是犯法。而同样是巡城、执法，志愿者出来管,对方也许还要争执几句,僧人双手合十,他就立马无言。头上三尺有神明,人人心中有个佛呀。这真是妙极,人修了寺,寺护了树,树又护了长城。文物保护、治理水土、发展林业、改善生态等,无论从哪一方面来说这都是个良性循环的典型。就像那棵无人问津、由灌木变成乔木的红柳,在这个古老的犁辕弯里有一个少为人知,亦俗亦佛,既是环保又是文保的团体。县长下乡调研,见此很受感动,随即拨了一笔专项经费给这个不在册的保护站。县长说,这笔钱就不用审计了,他们花钱比我们还仔细。两年来老刘用这钱打了一眼井,栽了300亩的树,为站里盖了几间房。寺不可无殿,城不可无楼。他还干了一件大事,率领他的僧俗大军走遍沿长城的村子,收回了一万多块散落在民间的长城砖,在文物局指导下修复了一个长城古戍楼。完工之日,他们在寺庙为历年阵亡的长城将士做了一个大法会。

那天采访完,我在寺上吃晚饭,大块的南瓜、土豆、红薯特别的香。他们说,这是自己种的,只有地里施了羊粪才能这样好,山外是吃不到的。饭后,我要下山,老刘送我到寺门口。香客走了,志愿者晚上回城去住,寺里突然冷清下来。晚风掠过大殿屋脊的琉璃瓦,吹出轻轻的哨音。归鸟在寺庙上空盘旋着,然后落到了墙外的林子里。夕阳又给长城染上一圈金色的轮廓。人去鸟归,万籁俱静,我突然问老刘:"这么多年,你一个人守着长城,守着寺庙,是不是有点孤寂?"他回头看了一眼红柳,说:"有柳将军陪伴,不孤单,胆子也壮。"这时夕阳已经给红柳树镀上一层厚重的古铜色,一树紫花更加鲜艳。我说:"回头,在北京找个专家来给你测一下这树的年龄。"他说:"不用了,我已经知道。"我大奇:"你怎么知道的?""去年秋八月的一个晚上,后半夜,月光分外明。我在房里对账,忽听外面狗叫。推开院门,在红柳树旁站着一位红盔绿甲的将军。他对我说:'你不是总想知道这树的年龄吗?我告诉你,此树植于周南王十四年,到今天已2326年。'说完就消失了。"我看看他,看看那树,这一次我真的是惊呆了。

回京后,我第一件事就是去查中国历史年表,史上并没有"周南王"这个年号。但是,我不忍心告诉老刘。

# 夜宿真如寺

陈世旭

车子越往上走越见高深。一朵朵的云迎面向车窗扑来，又飘然消失。山势陡峭，林深树密。石梯上时见歇息的沙弥与香客。泉水在石壁流淌，不闻其声，只见流动的亮光。

转过苍黑巨石，忽见赵州关。"到这里不许你七颠八倒，过此门莫管他五眼六通。"门联若一声棒喝，隔开僧俗两重天地。

这便是禅宗著名道场、汉传佛教三大样板丛林之一、曹洞宗发祥地真如寺的头道山门。

仿佛是特为名刹而生成，海拔上千公尺的山顶，居然有这样巨大的一片盆地。四周峰峦环列，参差如莲瓣，护持着远离尘嚣的清净胜境，古谓之"云岭甲江右，名高四百州""冠世绝境，天上云居"。

澄澈的明月湖，卧于袈裟般的阡陌田亩之中，一泓收尽万山秋。对岸连绵的竹林，掩映着真如寺院，梵宇幢幢，香烟霭霭。湖水长平如镜，拱卫寺门。日升时，金光荡漾，佛殿生辉；月当空，银波闪烁，寺影神秘。

唐元和初，便有禅师看中此地风水，治基建寺。随后四方倾向，名动朝野。无数高僧若佛印者于此得法，历代名士若白居易、苏东坡者争相寻访。作为禅家最盛道场之一，对中国以及东南亚佛教影响至巨。

与历史本身一样，真如寺历经兴废，其现代复兴者是禅宗泰斗虚云长老。父亲老年得子，指望他在仕途有所造就，他却偏嗜佛典，终于避入深山，削发受戒。几年后,父病故,其母领着未曾圆房的儿媳出家为尼,共结菩提圣果。55岁在赶赴禅七途中,失足落水,浮沉昼夜,遇救后口鼻及大小便诸孔流血,但他隐忍持修,长坐不卧,以悟为期。至"八七",忽开水溅手,茶杯落地,一声破碎,疑根顿断,如从梦醒,悟透禅关,留下极有名的一偈:"烫着手,打碎杯,家破人亡语难开,春到花香处处秀,山河大地是如来。"

此后,虚云便以超凡脱俗的得道之身,由自度而度人。一衲、一履、一杖、一笠、一藤架,一身系五宗法脉,一钟行遍天下,居无定所,木食涧饮,跋山涉水,四海云游,足迹广布印支诸国,或讲经弘法,安僧护教;或建立戒坛,培育僧才;或结庐而居,入室参禅;或斡旋交战双方,劝息兵戎。未曾往生即自撰挽联"坐阅五帝四朝不觉沧桑几度,受尽九磨十难了知世事无常",被佛教界公认为功追往圣、德迈时贤的百代楷模,以中国佛教协会名誉会长终老,于1959年农历九月十二日示寂,世寿一百二十岁,戒腊一百零一。

20世纪50年代,虚云上山之初,这座祖师最胜道场只是一片废墟,满目瓦砾,遍地荒草。虚云同随行弟子搭起茅棚,开始宏伟的重建工程。重建初具规模,遭遇"文革"。加彩饰金的佛像全被砸烂,苦心收集的经书全被焚烧,僧人们或遭遣送,或被勒令还俗,已逾古稀的虚云被编为当地林场农工"自食其力"。刚见起色的圣地道场重新沦为修罗恶境,大殿为屠宰之场,方丈作糟糠之仓,僧寮成烟霞之窟。一生渡尽劫波,喜怒不形于色的虚云唯有"四朝更化信悲凉"的叹息。"文革"后,虚云又坚韧不拔地从头开始主持真如寺的重建。

我们来时,真如寺气象俨然的建筑群落已崛起于草莽丛林,规模宏大,殿宇巍峨,定成格局。当夜,我们留宿于真如寺。一盆炭火烧得轰轰烈烈。蓝色的火头高高蹿起,火光把屋子映得通红。

门无声开启。真如寺的知客师(主管接待的执事)进来,双手端着一个木托盘,上面堆着炒熟的花生瓜子,轻声道:"都是庙中土产,诸位聊以果腹吧。"

我们此番上山,原为拜访现任住持无名长老,不巧他被请到外地主持法事，留话说当天必回，只是天黑尚无消息。热心的知客师劝我们权留一宿，以免错过同无名长老见面的因缘。

知客师年近不惑，面色苍白，头皮发青，虽然保持着出家人的恭谨，举手投足还是明显透着灵动。大学哲学系高才生，毕业前忽然往山西五台山出家，潜心钻研声闻律议，但觉难于深悉堂奥，入门师父遂命其振锡远游，谓南方真如寺禅法门风极盛。待见到无名长老，果然是表里端劲，风格高峻，便决定挂单入堂。几年之后，得到无名长老赏识，许为门下弟子，又因为颖敏领悟和交际能力，成为客堂人才。

知客师对我们优礼有加，午饭专门设了客座，香菇、木耳、黄花、豆皮之类，皆是斋菜上品，在以清苦为家风的真如寺，不属多见。下午，他领着我们在寺院各处参观后，又送我们到客堂安顿。真如寺严守佛祖"过午不食"的风范，是没有晚饭的。我们碍于知客师一直奉陪，不便外出。未料他却看出了我们的窘迫，送我们入住后，赶紧去端了些零食来。

对国中许多名寺大庙，我一向颇有疑虑：摩肩接踵，人声鼎沸，燃烛跪拜者，多少人只为祈福，多少人诚心问道？莲花盛开，多少人花篮空空，多少人芬芳满心？来来去去，多少人依旧是迷人，多少人豁然贯通？僧侣一心敛财享乐，现末法之象；俗客唯求多福消灾，怀势利之心——所谓"勤修戒、定、慧，息灭贪、嗔、痴"不知究竟从何谈起。

真如寺超然物外。

云居山高，真如寺远，住持禁受香火钱，庙中不见功德箱，对孤苦香客还免费供斋。其经济来源有二：一是海内外善信檀越（大多是虚云的法嗣或皈依弟子）的资助，这笔钱基本用于寺院的重建修缮；另一个就是靠寺院僧众的耕作，其收获用于全寺百余僧人的衣食和寺庙的其他开销。虚云从住持真如寺的第一天起，就遵"一日不作，一日不食"的祖训，为真如寺树起农禅并重的百丈旗幡。后来的历任方丈亦遵行不移。几十年过去，真如寺殿堂齐全，规仪谨严，宗风再振，心灯复耀，寺誉日隆，以它的守祖训、严规矩、正道风，得到海内外四众弟子的景仰。

一重又一重的楼堂廊阁,默然肃穆的僧人来去匆匆。门、窗、柱、阶、菩萨、香案,处处不染一尘。院子的石缝,杂草拔得一根不存,树冠高大的常青树枝叶婆娑、熠熠发光。殿宇里青烟似有若无,帷帐中佛像宝光暗射。僧人们除了按照分派劳作之外,都在禅堂打坐。打坐几日几夜不食不寝者大有人在。

灿烂而静谧,辉煌而圣洁,这就是真如寺。难怪它会紧紧攫住一个大学哲学系学生的灵魂。我静静地注视知客师像来时一样无声退出,在炭火的映照中气韵清朗,神采俊逸。

群星闪烁,野火远燃;园中的野草枯了又生,乡间的野花开了又谢;夜静兀自对残灯,淡淡掩上黄卷,期待来日黎明。是什么支撑他一任清苦,无怨无悔?彼岸即是此岸。心心念念唯有般若波罗蜜,守护着百年一诺,守护着优昙奇花。不向真如结香火,此身何处是皈依?

月上中天,我拥衾而坐。窗外的廊庑院落,都在月光中。记起苏东坡的《记承天寺夜游》。一样的夜,一样的月,一样的空寂,一样的"庭下如秋水空明,水中藻荇交横,盖竹柏影也"。静寂深如海。

远远的什么地方,蓦然响起击打声。"哒,哒哒,哒,哒哒",节奏分明而均匀。细听是硬木板笃打石地的声音,清脆得没有一丝杂音。在深深的山、深深的夜、深深的禅林里,这声音一直击打到人的心灵的最深处。

一个僧人,在万籁俱寂中,独自持着笃杖,迈过黑暗的门槛,穿过清冷的院落,踽踽而行,坚韧而娴熟地用笃杖击打着一扇又一扇门前的石阶,使人想着庙堂是怎样的永远醒着,犹如所有佛座前的香灯长明。

然后是相继响起的钟声,低沉而洪亮,悠然而深长,仿佛是从地的深处生发出来,先是在重重叠叠的寺院殿宇楼阁之间回旋,然后又远出寺院之外,在环立的山峰之间冲撞激荡。节奏由缓而急,终至如万马奔腾,排山倒海。万山之巅,庄严梵宫,这一片摄人心魄的轰然巨响,仿佛是要唤醒一整个浑浑噩噩的世界。

连忙穿上衣服,赶往大殿。

大殿里,众僧已经集齐。殿上香烛明亮,磬钵齐鸣。僧人们双手合十,叩跪礼拜,念诵经文。我们在最角落的蒲团上老老实实低头、合掌、屈膝。大殿里有一种森然的气氛,压迫着我们屏息静气,不敢稍有放肆。

木鱼敲响,如静寂中擦出的火星。忽而悠远,忽而切近,教人在心神最为清明的五更寻求精神的净化。

无须寻找木鱼声的来处。"一切有为法,如梦幻泡影,如露亦如电,应作如是观。"现代人性的失落,不过是无常的一种,需要的是内敛而不是宣泄,带了勃发的张力,氤氲一脉心香,柔弱而刚强,宁静而致远。

早课持续了两小时。外面,庙召打响了磬板,是上粥座(早饭)的时间了。

殿上的僧人们依旧双手合十,鱼贯走出大殿,悄然进入斋堂。天未明,斋堂居中的香案上悬着昏暗的油灯。斋堂上的条桌和条凳都是简陋钉起的木板。僧人们默然地依次坐好,等着斋厨职事动作。一声铃后,响起一片诵经声。诵经毕,几个僧人分别抱着木桶,分发粥、馒头、咸菜。然后是一片极细微的吸吸溜溜的喝粥声。

事先我已知道,已经接受的食物必须吃完。粥勉强,咸菜酸得齿寒,夹生的馒头更无法下咽。侍佛的道路,真是谈何容易,光是口腹这道关,我就肯定过不了。

粥座之后,僧人们上山,下田,扫地,打坐,各司其事。我们方得以趋近无名长老。

长老昨日夜半回寺,凌晨三时,又上殿主持早课,然后又率众粥座。除了主持事务、用斋以及起居,同僧众平等无异。在大殿和斋堂里,他被一片缥缈的青烟笼罩于首座,远在角落的我们难以看清,忽而站在他面前,竟不敢确认。这样声名远播的一代高僧大德,看上去实在太过平常了,眉目面孔与其说是大长老,不如说更接近一个老农民。

听了知客师的介绍,他把脸转向我们,把一只满是寿斑的手掌颤巍巍地举到胸前,连连点头:"山高路远,庙里条件有限,难为各位了。"

我说:"我们就为一睹您老尊容来的。"

长老仰面一笑:"有什么可看的,一个老朽衲子罢了。"

也许因为是同代人,或是昨天下午的闲聊让他觉得我多少有些佛缘,一边的知客师好意奉劝我:"何妨即此参禅。"

我沉吟不语。以我的愚见,所谓参禅,无非是去掉自心的污染,显出自性的光明,最后见到自己的本来面目罢了。而我,想清静,早已不是清静;怕烦恼,早已堕在烦恼中;望成佛,早已离了佛道。

无名长老正色一瞥知客师:"怕是强人所难了吧。世间无处无佛,平常日用,都在道行中。一个人凡做有益的事情,并且都认真去做,也就是好了。我们这些衲子,日日运水搬柴,种田锄地,乃至穿衣吃饭,其实也都是修行佛法的功课。"

头脑极为机敏。目光慈爱而专注。声音有些沙哑,口齿却清清楚楚。

我说:"谢谢长老教诲。我知道我这样的俗物,怎样也修不成正果的。"

无名长老"呵呵"地笑起来,说:"先生有趣。"又退一步,做了个谦让的手势:"走一走?"

我赶紧弓腰:"长老先请。"

天已明亮,院中的一切皆已清爽。冬晨的寒气凛冽,各人的口鼻喷着白气。无名长老的眉头竟有凝珠。但他穿得比我们还要单薄,一件褪色但洁净的海青,在晨风中翩然鼓动。已经是耄耋老人了,步履正直平稳,上身始终端正,决不俯仰动摇,两只垂下的手臂略略张开,在身后缓缓摆动。动静威仪,一派老修行本色。

无名长老引领着众人在天王殿前的平台站定。身后是森然重叠的殿阁,身前是莲山巅顶的一坦平川。四周如屏的山峰苍然肃立。天色淡青,万里无云。离太阳出山尚早,山野似在梦中。禅田有僧人拖着悠长的声音依稀在唱:

手把青秧插满田,

低头便见水中天,
六根清净方为道,
退步原来是向前。
……

  无名长老抬起双臂,伸展开来,像是要拥抱什么,缓缓吐了口气,说:"山下的众生多在酣睡,我们已经清醒活动多时,这也就延长生命的效用了。僧家与俗家分别,这也算是一种吧。"

  到底是一代宗师。满口大白话,不涉理路、不落言筌,不着形迹,却处处深藏佛理,摧陷廓清,振聋发聩。

  世间多少说教,其实大失尊严。凡真理都最朴素,让睡者听到智慧的呼唤,却又不至中断世俗的美梦。大道至简,才是让人从心底温暖的最大方便啊。

  法号穿透时光。清越的声响,让昏冥的浊世刹时明亮。

  而岁月在圣者,便是云淡风轻的一串声音。

  离别真如寺,我颇流连。听流水潺潺过庭前,看落叶寂寂飘阶下;斋堂里青菜豆腐和水煮,瓦檐下晨钟暮鼓答青磬。经书在案上翻动,念珠在指间轮回,袈裟飘忽在幽巷,菩萨微笑在莲座。圣者沉寂在庙堂最暗的深处,却让觉悟的心灵一片光明。

  数年后,偶尔从报上看到:真如寺长老新任中国佛教协会会长。觉顺理成章。甚慰。

# 黔灵留梦记

何士光

这些年来,我都一直在改写一篇散文——《黔灵留梦记》。这个题目是模仿俞平伯先生的。年轻的时候读先生的《芝田留梦记》,这个题目就留在了心里,虽然也想找一个题目来替换,却也一直绕不过去。你已经不止一次、两次、三次地改写过它了,时间也延续了二十多年,却总是写不好,既不如人意又不愿意放弃。这样的情形,在你有过的文字因缘之中,是唯有的一次。就连你自己也禁不住疑惑,这是为什么呢?在这篇《黔灵留梦记》里,你想写的也就是因果和菩提。

在你今生今世的因果之中,你后来不是要到琊川去居留二十多年吗?其实这一点,在很早的时候,你的日子似乎就已经告诉过你。那是你还在上小学的时候,有一天,和小伙伴们一道去黔灵山上游玩。黔灵山是这座城市的一处本地风光,有许多的树木,有黔灵湖,有一片塔林,还有一座弘福禅寺。你和小伙伴们自然不是冲着那寺院和塔林去的,你们倒宁可在山林之中追逐,或者是到湖里去游水。但不知为什么,有那么一刻,你却去到那塔林里,并且在一座灵塔跟前坐下来。那时候你不经意地抬起头来,就看见了那块你正面对着的石碑。你知道那是一块僧人的石碑,上面也刻满了文字。那些没有断句的文字你应该还读不清楚,也没有打算要去读它。但在那篇碑文之中,却有几个字清清楚楚地映入了你的眼里,而你也清清楚楚地看到了那半行文字,即"凤冈琊川双塘寺",那意思是说,灵塔里的这位法师是从双塘寺来的。你看见了，也不过就是看见了，过后你站起身来，就去寻找小伙伴们去了。应该说从那以后，你就再也没有想起过这件事情，是完全地把它忘记了。但实际上，它却在你的心里留下来了。你以为怎么样呢？日子朝朝暮暮地在你居住的小巷里流淌，也在那些山林间流淌，而你的因果，也在耐心地等候着你的时光。等到你上过小学了，上过中学了，上过大学了，在你要离开这一片街市的那一刻，这半行文字就显现出来了。那时候人们要让你去的地方，是一处县城，就正是凤冈。

记得俞平伯先生在他的那篇《芝田留梦记》里说："千金一刻，是在醉梦之中央，梦阑酒醒算什么呢？我们终于被落下了，只剩下一双空空的素手。"你那时候就被日子落下了，那是"文化大革命"的前夜，虽说你几乎都没有做过什么梦，只是希望能够像别的人们那样，仍然在这一片街巷里生活下去，但也不能够了。如今在市场和商品的潮流里，人们不是一直在教导年轻人说，要学会推销自己吗？其实在那革命的年月里，又何尝不是这样呢？不过是包装不同而已。而一个人会否包装和推销自己，却不是一个方法论的问题，常言说会者不难、难者不会，这都是由一个人的阿赖耶识的内因来决定的。你的阿赖耶识里如果没有那样的积存，就是不能长袖善舞的。所以你得离开，这也是应有之义。

但是那时候，你连凤冈这个地名也还没有听说过，就更不知道它在哪里。而就在那时候，在你听到了你被分派去凤冈的那一刻，那石碑上的半行"凤冈琊州双塘寺"的文字，就在你的心头浮现出来了。或者应该说，因果也就这样来到眼前了。于是你就决定要去一次黔灵山，看能不能从那块石碑上知道一些凤冈的消息。那一天你虽说是由这样心念牵引着上山去的，但过后看起来，你要第二次地去到那灵塔和石碑跟前，却又仿佛是为了一种印证、一种确认，也是要去接受一种分派、一种命运，然后好踏上你的途程。那个下午你去到石碑跟前，照说就该读完那篇碑文，从中找到凤冈的消息，但是你没有，你仍然是刚一找到"凤冈琊州双塘寺"那半行文字，便停下来了。并且稍一停，仿佛已经完成了这样的接引，你就匆匆地穿过一片泥地，到弘

福寺里去领受一段临别的赠言去了。于是那一天,在秋风萧瑟的山林之间,在落叶满阶的殿堂跟前,你就得见了一副对联:

> 大慈大悲靠菩萨现身说法
> 救苦救难在众生自己求心

你今生今世会走近道义和佛法,这是你原来不曾想到过的。但是应该说,不管你当年是否意识到了,就是在这一个深秋里,在那块石碑的引导之下,从你见到这一副对联的那一刻开始,道义和佛法也就进入了你的心里。完全可以说,这副对联说的就是全部的佛法,也是这人间的生活。这救苦救难就是了因果,这求心就是修菩提。一个人要在救苦救难之中看见菩提,又要在求取菩提之中才能救苦救难。如果你不能在经受因果之中修证菩提,那么你所经受的一切,便都白白地经受了,也就不会有什么结果和意义。应该说从那以后,你也就是依靠着这种你不思量而又自难忘的指引,才从后来的那些苦难的日子里走过来的。尽管开始的时候,你也还只是以为,这求心是要去求取一颗坚强的心,感到了一切都不可怕,可怕的只是自己的软弱,并且相信一个人只有自强不息,最终才会得救。但是到了后来,你便意识到了,你最终要去求取的心,即是心灵的真相和本相。你不仅要能够了解"明心见性"的道理,知道你怀着的这颗心是一颗随缘生灭的假心,知道你的真如智慧才是你的永恒不变的本性,并且你还要通过修习,在实际上能够明心见性,即是明白你的假心,见到你的真性。你从数十年的岁月之中走过来,也就是在这样的经受和寻求之中,才渐渐地看见了这条蹊径。

我们在《今生》的甲篇里,已经写到了你当年在离开贵阳之前去黔灵山的情形,并说在往后的日子里,你还会一次又一次地上黔灵山去的,只是那时候出于行文的考虑,就没有往下写,现在我们就可以写下去了。

记得当年你去到凤冈以后,就在一次周末的时候,去琊川找双塘寺。那时候琊川还是一处人民公社,离县城有八十华里。你找到了双塘寺,但经过了许多年的人世沧桑,寺院只是残留下来一点儿遗址,如同《金刚经》里所说,一切有为法,如梦幻泡影。不过水塘还在,水还很清亮,水面也还宽阔,四处的草木也很茂盛。那一片水塘,还有双塘寺这个名字,就犹如在对人们说,佛法就是这人间的生活。刚一走近水塘旁边,就有草木和水的气息扑面而来,让人觉得十分安详和亲切。那时候太阳正在西斜,风在水面上吹拂起来清浅的涟漪,你就到水里去游泳了一回,沐浴了一回。而你那一天能去到那水塘跟前,也仿佛是要赶着去沐浴一回似的,等到你下一次去琊川的时候,那一片水塘就干涸了,隐没了。

你从琊川回到凤冈不久,第二年夏天,一次无产阶级"文化大革命"就发动起来了。那自然和阶级,和文化,和革命都无关,只是这人间的一次劫难,后来就被人们称为"十年浩劫"。你和学校里的校长,还有好些老师一道,就被送到了一处农场里去劳动改造。一天你和那位复姓令狐的校长在草坡上放牛的时候,他才告诉你说,是他从大学里把你领回来的。他去大学里要求一个名额的时候,负责分派的同志对他说,这个学生是别人挑选之后剩下来的,你要你就拿去吧。这样的一种内情,也就足见你和凤冈琊川的因缘了。

你应该就是为了经受和了却这样的因果,才去到凤冈中学的。跟着你又去了琊川中学,后来就一直在琊川生活。直到你过完了你的那段日子,二十多年以后,才回到贵阳。那么你回来以后,自然是要到黔灵山去寻找那一副对联的。正是这一次,你开始来写这篇《黔灵留梦记》。

又踏上黔灵山曲折的石阶了,节令也正是秋天。诗人说,萧瑟秋风今又是,换了人间。事情也诚然是如此。当年你来到这山道上的时候,景象不是那样的冷清?而这天的山阴道上,行人已经是接连不断,黔灵山也已经修葺一新。说往事浮上心来,这倒也不是的,你只能确定你曾经踏上过这些石阶,却也不能在心头真切地浮现出来当年的情景。浮现出来的倒是一位宋代诗人的诗句:二十余年如一梦,此身虽在堪惊。你没有在山道上多停留,就照直地去找那副对联。你似乎等候这一刻很久了,一时间心也更切了。

你满心以为,对联还会在原来的地方,但事情却完全出乎你的期望。你进了山门,走近第一重殿堂,对联倒是有的,却不是那一副。当年的那副对联留在你心里的印象是太深切了,以至于你一望之下,都不用再去分辨,即知道那不是的。那么是你把庭院记错了?那对联是在第二重殿堂跟前?你赶紧往前走,去了第二重庭院里,对联也仍然是有的,只是一望之下,又仍然不是的。你有些惶然了,恐怕它是被换了一处地方。稍一停就静下心来,开始沿着那些走道和回廊一处处仔细地寻找。你一路走过去,只见寺院是增其旧制了,有许多新的壁画绘制出来,还有许多新的饰品正在打造,院落里也一片烟缕萦绕,但那副对联你还是没有找到。

对联或许是在"文化大革命"中被砸毁了?但如今寺院已经恢复起来了,又怎么会没有那副对联呢?或者是没有人记得那副对联了,这又怎么可能呢?在确定已经找不到那副对联以后,你就在一处石阶上坐下来,试想着其中的原因。你知道,你已经无法去查找,这样的推想也没有什么意义。后来你就想到,你还能够做的一件事情,就是写一篇文章,把这副对联留下来。这或许还能成为一则史料,并且有缘的话,也还会有人因此而读到这副对联,从中能够得到前人的慈悲与赐予。

这就是第一次,你开始写《黔灵留梦记》。你把它写下来了,也以为就把这一段旧梦了却了。但一篇文章要能够写完,一件事情要能够了却,就要这人的心里不再有牵挂,不再有阴影。不久文章刊载出来后,你就打开杂志来读下去。你每一次读自己写下来的文字,都会战战兢兢,如履薄冰,希望一句一句地都能够让你走过去,心里不要生出来阴影,直到你最后从那些文字之中走过去了,才会从心里透过来一口气。那时候你把那一稿《黔灵留梦记》读下去,但几乎是刚一往前走,阴影就生出来了,跟着阴影越来越多,乃至你都还没有把它读完,就知道你是过不去了。你满怀希望写下来的那些文字,却会那样不中肯、那样不得要领。所以后来,你趁着一次选编集子的机会,就把那稿子重新改写了一遍,你以为这就把它完成了。但也还是不行,等到你又把书页打开来,把新写下来的稿子又读一次的时候,还没有走远,又堆积起来许多的阴影。这就让人禁不住纳闷,你以为你可以完成的一篇文章,却一次两次地没有把它完成,怎么会是这样呢?你感到你还会去写它的，只是该怎么写，又会在什么时候，一时间却也不知道。

佛门的《心经》里说，这个世界里有的只是因果，而没有是非和得失。我们通常以为的是非和得失，便都是你自己对事情的判断和期望。而菩萨在得到了平等的智慧之后，便"无智亦无得"，没有了是非的考虑和得失的计较。所以菩萨的心里便没有挂碍，这心灵便始终处于智慧的、圆满的和宁静的状态。但你却一直在挂念着那副对联，并依照自己的心愿，希望它能够像当年那样，仍旧挂在那殿堂上面。这就不是因指见月，而与妄念无异了。这心念像一颗种子一样，会在心里生长起来的。那么又过了几年，一个念头便在你的心里成长起来了。你便决定还要上山去一次，去拜见弘福寺里的住持法师，向他问一问这件事，或者对他说一说这件事。那时候你心里已经有了一个主意，要是法师认同的话，你自己就去把那副对联重新制作起来，然后送到寺院里去。

于是你就又一次去了黔灵山。那时候弘福寺的住持，还是那位叫慧海的老法师。你去到寺院里的时候，已经是午饭时分，法师接见了你，便让你留下来一道吃午饭。你对法师说起了那副大慈大悲的对联的事情，但法师给你的回答又很是让你意外。你刚一大致地把事情说完，法师就立即对你说，有的有的，对联已经恢复了，已经恢复了。你心里不由得一怔，恢复了吗？多久恢复的呢？或许是你上一次来过黔灵山以后，才恢复起来的？你为了得到印证，便趁午饭还没有上来的那一刻，赶着去殿堂跟前查看了一次。这一次你看得很仔细，把两座殿堂的对联都读了一遍。那时候你就明白了，法师说的是恢复了对联，但恢复的却不是那一副对联。正午的阳光映照着，有许多客人正在上香，你像当年一样站在殿堂跟前，就看见那对联是崭新的，也是黑底金字，其中也有慈悲的字样，却不是当年的那副对联。并且你还看清楚了，这副新的对联的文句，是慧海法师本人撰写的，而对联的书写者，则是省内一位知名的书法家。那一刻你就意识到了，你想让原来的对联恢复起来，大抵是做不到了。过后你回到了法师的客室里，便没有再说起对联这件事情。

那天你和法师一道吃午饭的时候，你们也没有更多地说话。你心里闪闪烁烁的，想起了这数十年的岁月，觉得有什么在散开，又有什么在飘忽不定。当法师对你说了什么的时候，你就随着自己的心思说了一句，学佛是一个人自己的事情。那时候法师就点头说，是呀，是自己的事情。之后你们就没有再说别的话，饭后你辞别了法师，也就下山了。你自然也想到了，再把这天去黔灵山的事情写下来，兴许《黔灵留梦记》就完成了。但这一次你却没有立即就去写它，就让它留在心里了。

日子依旧一天天地流淌，窗外的芭蕉在冬天里凋零了，在夏天里又绿意满窗了，什么时候你屈指一算，又有十多年的光阴过去了。这些日子里，你都没有忘记《黔灵留梦记》，也没有想到要去写《黔灵留梦记》。我们说经受与寻找，这固然了，那么到了后来，自然就无所谓经受，也不再寻找，连不寻找也不寻找。我们说了因果和修菩提，这也固然了，那么也要任因果来找你或者不找你，不然你也不知道它在哪里。至于菩提，它就在那里，是本自具足的，连求取也不用去求取。你自然也渐渐地就来到了最后的年月里，但这光阴也无所从来，亦无所去，却也是逝者如斯而未曾来往的。

那么到了去年，有一天，一位琊川的人士来看望你。他给你带来了一本书，叫《千年琊川》，是他们新近编好和印制出来的。夜灯下你读了书里的文字，一篇就说到了你，还有一篇就说到了黔灵山的觉崇法师。当年法师就先是在琊川双塘寺出家修行，后来又才去到黔灵山弘福寺，成为省里第一任佛教会长和弘福寺的第十一代住持法师的。几十年了，你都没有读完那篇碑文，不知道法师的名号。但几十年了，法师又和你在一起，走过你的一路的行程。如今仿佛时候到了，才又有人告诉你法师的生平。那时候你合上书页，已经是夜深人静，你禁不住想，你是不是还该去一次黔灵山，再拜望一次法师的灵塔和石碑，也算是有始有终呢？

于是有一天下午，你就又一次到黔灵山去了。又经过了几十年风雨的洗刷，塔林里的好些碑文都已经模糊不清，如果不是有人事先告诉了你法师的名号，你就几乎找不到法师的灵塔和石碑了。但你知道灵塔和石碑还在那里，心里也不着急，后来也就去到了灵塔和石碑跟前，在那里坐下来，一如你小时候那一天的情景。

塔林是在一处斜坡上，那天你就在石阶上坐了好一阵。只见天空里有飞鸟，有白云。下面的路上有车开过来，又有车开过去。从寺院里进进出出的，有老人和孩子，也有年轻的男女。近旁的石栏旁边有竹筐，有垃圾，还有蝇子和蚂蚁。一切如是如是，心里没有思虑，便没有了阴影，也没有了《黔灵留梦记》。

不妨这样说吧，你一直想写的这篇《黔灵留梦记》，就包含着你一生的因果和行程，而你也正是用一生的光阴来写它的。佛法里说，文字是一种般若，一个人的文字因缘之中，也就包含着因果与菩提。这时候我把这些往事写在这里，也自然要用这些记述，来对黔灵山上的觉崇法师表达自己的感激。

# 古树：另一种形式的时间简史

祝成明

它们静静地躺着，看苍穹之上云卷云舒，日升月落，风雨变幻；倾听着清风吹过山峦，惊动了那些翠绿的枝叶；感受着季节的更替和嬗变，俗世的喧嚣和繁华。云雾氤氲、香火缭绕的青山绿水中，传来阵阵悠远、清澈的钟声，濯洗着大地上所有感应的心灵。然而，它们依然无声无息，丝毫不为这人间的天籁所感动。

我写的，它们，是这样一群早已消逝了生命状态的遗树——在东莞樟木头镇观音山古树博物馆里，横卧着五十余棵古树，它们生长和遗存的年代可谓是久远、漫长，最老的为距今五千年左右黄帝时期的青皮树，最"年轻"的为距今两百余年鸦片战争时期的古树。陈列的树种多样、丰富，既有热带、亚热带气候条件下特有的水松、青檀、格木等，也有反映我国南方气候冷暖变化的隆兰、青皮、青冈等。这些从岭南地区出土的古树，断断续续地拼接起一段从黄帝时代到尧、舜、夏、商、周、秦、汉、三国、唐、宋、明，直至清末的中国各个历史时期的时间链条，以集体力量展现了一部埋藏在岁月深处的、不为世人所知的岭南秘史，从人类浩渺甚至被掩盖的时间长河里，它们依然忠实地见证、记录并延续着中国几千年地下文明和地表文明的传承。

一场变故，它们在地下静默了几千年；另一场变故，它们从另外一个地方来到观音山。物换星移几度春秋，在幽暗的地下和苍茫的时间甬道里，它们也忽略了时间和空间的概念，只留下一些粗壮的黑色躯干，用沧桑的印痕和斑驳的碎片,为"时间的本质和真相"做了一次穿透性的注释和演示。这样的穿越过于彻底和残忍,五千年的时光顷刻间失去了重量。它们失去了"巍峨的云冠,清凉的华盖",碳化在时间的长河里,只剩下遒劲、苍老的巨大躯干,沉静的姿态,墨黑的形象,凹凸不平、千疮百孔的皲裂外层;禅定之态,苍劲之美,沧桑之叹,悠远之韵,集于一身;它们姿态各异,虬根盘结,似怪兽穿过岁月,或虬曲如龙,或铮铮如鳄,或威如啸虎,或斑驳似苔,或嶙峋如岩,力沉千斤,坚毅,安详,隐忍,内敛,散发着穿越时空之后的独特魅力和幽香,这其中隐含着多少时间的密码和历史的谜底?也许只有它们自己知道。

"生命是光阴的道路,肉体是时间的旅程"(袁仕咏的诗句)。面对一棵棵不同时期、不同品种的古树,就是面对一个个生活年代不同、性格迥异的先人。站在它们的身边,低下头颅,凝神静气,屏住呼吸,我似乎能倾听到千年以前大地的心跳和气息,想象千年以前,它们挺立在岭南大地上的勃勃生机,粗壮、高大的身躯,丰缛的枝叶,撑起一片葱茏的绿荫和鸟语。它们经历了苍茫时间的岁月烟尘,见证了黄帝、黄帝的孙子颛顼、黄帝的曾孙帝喾、尧、舜、孔子、秦始皇、汉武帝、诸葛亮、唐太宗、岳飞、成吉思汗、林则徐等伟大历史人物的鲜活事迹和是非曲直。太平盛世,世道昌明,则古树参天,浓荫匝地;兵荒马乱,生灵涂炭,则伐树为车,焚林于烬。它们是历史的见证者、经历者和哺育者,书写了岭南地区一程程筚路蓝缕的漫长跋涉——茹毛饮血的贝丘遗址和蚝岗遗址;秦始皇的部将赵佗挥鞭南下,统一岭南;历朝历代珠江泛滥的洪水、席卷的饥荒、流行的瘟疫;远去的金戈铁马、鼓角争鸣;海水消退,隆起肥沃的沙田大地;燕岭上传来阵阵坎坎的采石声和"杭唷杭唷"的劳动号子,满载货物的舟楫穿梭在东江的波涛之上;陈益从安南引种的红薯从小捷山发芽,郁郁葱葱地生长,藤蔓渐渐缠满了整个中华大地;可园里关闭不住的春光,一抹枝桠摇曳在泛黄的宣纸上;林则徐虎门销烟的壮观场景历历在目;还有风调雨顺、蛙鸣嘹亮的丰年,短暂的盛世时光,和大地上生生不息的歌谣和祈祷、幸福和苦难……在它们的每一个纹路、每一个皱痕、每一个节瘤和每一圈年轮里,都可以找到这些消逝的历史记忆和岁月回音。正如我在一篇散文《家园的守望者》里写道——

>   远古人类在森林的襁褓里繁衍、生息,犹如母亲怀抱里安详的婴儿。
>
>   伊甸园里赐给亚当和夏娃以欢乐的智慧树、生命树。
>
>   馈赠给释迦牟尼以大彻大悟的菩提树。
>
>   "昔我往矣,杨柳依依",《诗经》唱出了人与树的感情。
>
>   孔府里活了两千多年的桧树,散发着先贤曾有的生命温度。

树木是人类最好的朋友和兄弟,树木一直在关怀和注视着人类。我国五千年光辉璀璨的华夏文化中,树木用它特有的芳香和恩泽默默地呵护着我们的家园。古有轩辕柏、孔子桧、项王槐、书圣樟、李白杏、东坡棠、朱熹杉之载,今有中山松、主席栗、总理桂、小平榕之传,还有"佛树""神树""风水树""祖宗树"等文化教化之说。一棵称得上古树的树木,往往和一座城市、一个村镇、一座山脉、一个庙观的历史相承载。它们的身上,讲述了一段鲜活的历史、一个地域的沧桑变迁和人居的悲欢离合。观音山古树博物馆收藏的罗浮山水松就是一个例子。此水松为清代雍正五年(1727)酥醪观道长柯善智法师亲手栽植。《浮山志》载:"罗浮山皆山松,唯酥醪观前大池左右有水松二株,高十余丈,樱枝密叶,苍翠下垂若幡幢然,柯善智师手植。"这棵水松就是酥醪观门前右侧的那一株,至今已有270多年了。这是国内目前唯一有史料记载的古松树,见证了罗浮山几百年来的风霜雨雪和人文历史。

"活化石""活文物""地域历史的丰碑",林业历史的"活资料",这些溢美之词都是属于古树的。它们记录了山川、气候等环境巨变和生物演替的信息,刻下了降水量、地下水的年代变化,目击了当地的丰年、灾年及农民的喜乐和忧愁。每一棵古树都是一座值得研究的基因库,在其复杂的年轮结构中,在其核染色体的迷宫中,记录和蕴含着可供我们发掘利用的信息和基因。科学家通过对各个历史时期的古树年轮的分析,可获得一部古代气候变化、环境变迁、水文状况、地质运动的编年史,还可以为预测未来的气候及环境变化提供科学依据。比如,观音山古树博物馆的镇馆之宝、一棵距今约五千年的青皮王,是从广东阳江发掘出来的,身躯粗大,尽管风蚀和河水浸泡已使其失去了三分之一的外层,但仍遗留下三百多圈年轮。这棵古树在黄帝时期就已经生长在南粤大地,属于热带乔木,主要生长在越南和我国海南岛,它证明了五千年前广东的气候比现在热,与现在的海南相似。古树博物馆里还陈列了一些可以见证广州曾经下过雪的古树,南朝隆兰与东汉水松就是其中一部分。气候学家曾考证,一千五百多年前广东平均气温大约比现在低二至四摄氏度,广州虽然没有那个时候的气候记载,但这棵现今只生长在滇藏高山的隆兰,就是有力的物证。而在东汉被冻死的水松,原本生长在北回归线附近的高要市白诸镇的洼地中,已生长了数百年,可能是"飞雪盈树"的一次特大寒潮,把这棵树龄已达数百年的老水松冻死,后来被泥沙掩埋在地下。由于当时全球气候变冷致死,气候专家称这一时期为"新冰期"。

  在古树博物馆的水松区,有一个两百余平方米的水池,别出心裁地"栽种"着二十多棵生长在黄帝、黄帝的孙子颛顼、黄帝的曾孙帝喾、尧、舜等不同时期的古代水松,池中木桥和栈道穿行于水松林中,我们漫步其中,仿若置身于五千年前河道纵横、气候湿热、降水丰沛的珠江三角洲。古语有云:岸上千年杉,水中万年松。水松根浸泡在水中几百年来都没有腐烂,这就是树木的生命力量和韧性。

  观音山古树博物馆以这种方式"树说"历史,展示生命的内涵和感悟,深深地震撼着我们的心灵。"古树高低屋,斜阳远近山",古树是诗意的栖居,古树是文化的传承。在千里之外的故乡,也有四棵千年古樟,一字排开,矗立在村庄的中间,直冲云霄,傲雪凌霜,写下向上的渴望和信仰。古今中外,善待保护古树者比比皆是。暴君秦始皇"焚书坑儒",但不烧"种树之书"。清朝左宗棠"爱树如命",所栽柳树,被称为"左公柳"。爱国将领冯玉祥在保护古树上,更是语出惊人:"老冯驻徐州,大树绿油油,谁砍我的树,我砍谁的头。"在国外,保护古树,更是摆上了重要日程。1984年,罗马俱乐部科学家强烈呼吁:要拯救地球上的生态环境,首先要拯救地球上的古树。印第安人警告:"等你把最后一棵树刨出时,你才知道,钱是不能吃的。"马六甲海峡群岛的人将开花树视为"怀孕",树下禁止喧哗,不准烧火。亚马逊河流域市长办公室两棵古树破屋而出,"爱树如屋"……这些英明的举措令人欣慰。

人生百年,肉体易枯易朽。面对古树,我感慨万千,获得的岂止是宁静,感动,更是一种透彻和热爱。恍惚中,我看见一棵棵躺着的古树慢慢地站起来,抖落身上的烟尘,树皮开始滋润,泛青,冒出芽尖,抽出枝叶,开出花朵。整个大地上都是一片片葱茏、葳蕤的古老森林,一阵风吹过,发出阵阵汹涌的涛声。

所有的历史都在风中复活了。

# 赏梅,在梅花谢了的时候

徐南铁

岭南的梅花,正月十五就已经谢了。或许梅知道春节假期过完,人们不再有暇殷勤探望,它不必在眼光和镜头的追逐中秀丽影了。

偏偏我在这个时候想去探访梅的消息。

广州著名的赏梅去处是萝岗,据说从宋代开始,萝岗的农民就开始大面积种植青梅,至今已有八百年历史。乾隆年间的番禺县志记述萝岗梅景:上村下村皆梅,岭南岭北尽梅。20世纪60年代,广州评"羊城八景",萝岗的梅花以"萝岗香雪"为名,成为"八景"之一。"遥知不是雪,为有暗香来。"将梅花形容为带有香气的雪,不但充盈诗意,还满溢视觉、味觉的诱惑。有资料说,到萝岗赏梅的人有过一天16万的纪录。

可是20世纪90年代初,我慕名去萝岗寻找这一片香雪,却失望而归。

萝岗有很大一片已有年头的梅林,是人们赏梅的主要去处。在萝岗镇上,随便拉住大人孩子问路,听说你来看梅花,大多指引你走向那里。

记得当时刚刚立春,来到这块梅花盘踞多年的领地,只见两道山梁如巨大的双臂伸展,怀中一片葱茏。我以为春风已老,梅花谢尽,香雪全消,剩下的全是绿叶。走近才知道,那些根本就不是梅树,而是橙树。橙树个头比梅树略小,但是叶片更厚大更茂密。一棵棵橙树趾高气扬地列成方阵,在春风中不断地延伸。

跟一位正给橙树培土的老农闲聊了几句。他告诉我,这一片原先确实都是梅树。因为橙树的经济效益高于梅树数倍,大多数人家都伐梅种橙,所以梅树日益减少,橙树迅速蔚为大观。

曾经听说过,萝岗甜橙是岭南名果,其中的"暗柳橙"更是全国十大柑橘良种之一,经济效益自然可以傲视那些小而酸的青梅。老农说,一个人种橙的年收入可达4000元。这在当时是一笔可观的收入,对于每月还只拿300元工资的我来说,完全没有开口为梅树争一席地的底气。

返程之际总算遇见梅树,零星散布在橙树林的边缘。这些刀斧下余生的"君子",孤独无奈地望着奔涌的橙树绿浪,徒然回味旧时的盛荣。

回来查资料,当年萝岗的六万亩果园中,柑橙已经占了三分之一,而梅树只剩700亩,只比百分之一略多一点儿。

大潮涌来,花神无奈,只能任由人世间操纵,徒然看着梅花香消雪殒。

花开花落,近三十年光阴过去,如今萝岗花事如何?

早就看过有关报道,说梅花又回来了,"萝岗香雪"已列入"广东省非物质文化遗产"名录。不过我相信,不是时代重拾了对"疏影横斜"的留恋,不是社会再次兴起关于"暗香浮动"的喜爱。如今对梅的再度青睐,是因为深植于经济的社会价值观念有了新的衡量和选择。

近年大兴旅游业,各地竞相挖掘旅游资源,兼有自然、人文、历史元素的"萝岗香雪"理所当然要从人们的记忆深处浮起。

2005年,广州开始着手恢复"萝岗香雪"景观,将那一大片已经果实累累的橙树林辟为香雪公园。那些橙树也像当年的梅树一样,被毫不顾惜地抛弃。

但拥挤早已是旅游的常态,因而我从不敢在节假日去旅游胜地,包括不敢迎着幽香去探访梅花。但这种拥挤却是旅游业的狂欢,2017年元旦前三天,广州地铁线延长到萝岗,香雪站开通。时间节点选择在梅花开放的时节,在方便市民赏花的同时,也助长着对梅花林里水泄不通的另一种渴望。

网上看不到对梅的近况描绘,没有听到一声关于梅花凋谢的感叹。我却断言:梅花定然已经衰败。游人只注目于绚丽浪漫,不会关心花之后那些沉实的果。花一衰败,人就星散。

但我还是到萝岗看梅去了。

香雪公园占地八十公顷,遍植梅树。不但有青梅,还有花梅,包括桃红宫粉、江南朱砂、美人梅、绿萼垂枝等品种。七千株梅树,每株就是一个带香气的彩色浪花。花开时节洪波涌起,可以想见那花海蔚为大观。

不过此刻梅花确是谢了,连树下也不见一瓣落英。地上只有细绒般的浅草,铺开一抹抹淡淡的鹅黄。枝头全面置换成"腮边红褪青梅小",一捧捧绿叶簇拥着一粒粒小小青梅。

我的眼光从枝头滑落,投向梅树的枝干。

梅树的精彩在树枝。它没有独领风骚的主干,几乎是刚冒出地面就开始分叉,似乎每棵树都要争先着手上层空间的结构和展示。但是梅树的自我设计意识太强,枝条各呈个性,形成了旁枝逸出、曲欹疏朗的梅树风格,形成了独特的审美力度,历来受到中国文人推崇。流风所及,甚至出现了刻意压抑、修整梅枝的普遍现象。"斫其正,养其旁条;删其密,夭其稚枝;锄其直,遏其生气。"龚自珍是用这样的事例诟病时事,但是关于梅树的审美情趣却由此可见一斑。

站在梅树林一眼望去,无数梅树的枝条构成错综蔓延的透视空间。一根根颜色深沉的枝条曲折有致,远近交加,展开了一幅中国传统的水墨画。那些在阳光衬托下的梅枝,似也有西方炭笔画的风采。

这样的体会和感受,若是早十天八天来,在拥挤的人群、嘈杂的声浪中大约是无法拾取的吧?

避开人潮,才可能在春日的阳光里惬意漫步或驻足,才可能放纵所有的感知,感受春景,感受自己。尽管放弃了似锦繁花给予的快意,但比起在花树下拥挤不堪,我还是愿意冷冷清清地在花瓣落尽的梅树林中徜徉,仔细体验心灵的漫游。

我也有过为看花而陷入人潮的经历,恰恰也是因为梅花。

那一年春天到南京,正是国际梅花节的最后一天,朋友坚持要陪我去赶节日的尾声。

是周六,天气晴朗,游人如织,很多市民全家出动来欣赏梅花。一波波欢声笑语在树间飘动,非常热闹,但也很是嘈杂拥挤,一路走去,不时需要给人让道。

公园里的园圃与平冈满是梅树,可惜它们无力为梅花节的门面坚持这最后一天。大多数梅花已经在和暖春风的反复抚弄中败了,残花坠落一地。有的树依然留有勉力攀附在枝上的花朵,但是花瓣没有了青春,无奈地露出一副憔悴模样。好在游客们并不嫌弃,他们的热情眼光并不停留在花上,全部交付给了手机。只要有花,无论容颜如何,总见到有人伫立树下高举起自拍杆,自然流泻或努力挤出灿烂的笑容。

我没有挤来挤去凑趣,不只因为残花似无欣赏意味可言,更是担心梅有感知,不免会自惭形秽,不愿意以如此面目示人。我实在难以相信,孤高洁净如冰雪的梅花,会甘愿在游人的镜头里留下这样一种尴尬的"倩影"。

置身于这说不清是快乐还是忧郁的梅花节末章,我不得不怀疑,我们与梅花之间淡化甚或遗失了一种精神层面的审美沟通。

在文化的长期审视观照中,很多花木有了相对应的文化定位,形成了不同的拟人化寄寓。比如以繁茂的桃李代表学生,用清俊的菊花象征隐逸精神。牡丹被喻为花之富贵者,"世人甚爱",周敦颐则"独爱莲"。

寒风中绽放的梅花给人看到的是凛冽傲气和坚贞品性,因而成为笑傲尘寰、不畏强权的精神寄托。在百花凋零的"苦寒"之中,梅花的"寂寞开无主"反衬着"香如故"的可贵。因而"不须檀板共金樽"的孤芳自赏精神也成为梅花的标签,宣示着不媚权贵、不羡浮华、独善其身的操守。

梅花是国人喜爱的花。在源远流长的传统文化中,梅花一直被赋予丰富内涵而受崇尚。"岁寒三友"中有它,象征着坚定、从容的人格境界。"四君子"中也有它，标榜着高尚气节和清雅风度。今天我们在传统的中国画四条屏中，依然常常见到梅作为主角之一，以卓然风姿牵连着中华文明的漫长时光。北宋诗人林和靖钟情和依恋梅花，甚至以"梅妻鹤子"自况，昭示自己布衣闲适而不甘流俗的清高姿态。

可是，以无数个春秋酿造、提炼而成的这份文化醇厚，如今似乎并没有伴随梅花进入大多数赏花人的视野。我们在关于梅的节日里，看到的是物理的彩色，闻到的是化学的香味。

有一句流行一时的口号，叫作"文化搭台，经济唱戏"。各种各样的民俗、特产、掌故和野史传说，都被搜检出来作为文化引子，赋予引爆投资热潮的任务。花卉更是少不了作为当家花旦，被拉出来参与"搭台"的工作。

当赏花成为一个节庆活动，而终极目的却又不是为了赏花的时候，花的任务就只剩下起哄。在这种舞台上亮相的所有花卉，无论雅俗贵贱、艳俗清纯，都在娱乐化的洪流中洗去各自的文化色彩，共同沦为欢乐场景的吹鼓手。在好看、欢腾和热闹的统一要求下，不同的面目一起以喜庆和喧闹的形式完成了自我消解。桃花的灼灼和梅花的冷艳已经没有多大区别，也似乎没有了区别的意义。

我当然明白，赏花应是一种轻松的心理活动，不是非沾染些思考的色彩不可，更没有必要为文化阐释的厚重所累。我担心的只是，当人们不再关心文化所给予的附加值，这些花朵象征的人文品格是不是会在我们的精神生活中淡化以至消失。

从萝岗回来不几天，应邀去参加一次书法界的雅集。

活动安排在一个傍着公园的会所。我去得稍早，就在公园里漫步，又有了一次亲近春花的机会。

过年的热烈气氛还没有消散。公园里那些费了不少财力不少工夫的节日装扮没有撤去，依然夺人眼球。梅花自然是没有的，本要两个月后开放的郁金香,在花工的精心安排下开得正艳。花丛中还擎起几支巨大的郁金香造型,与真花一起用红黄两色张扬着喜感。花径的每一级台阶都刷成大红或紫红。两旁开着花的灌木,枝头系上许多小小的红灯笼,增添了色彩的浓重。那些童话般四处点缀的风车、小屋和倾斜的"陶罐",满溢的都是暖色调。让我惊异的是,与三角梅的火红花带蜿蜒并行的黄色树丛带,是街边见惯的冬青树修剪出来的。在这温煦的合唱中,绿色声部似乎不受待见,因而也设法改成了黄色盛装。

虽然正月还没有过完,早春的太阳已经把天地和花草都焙热了。放眼望去,整个公园的色彩统一在鲜艳和欢快之中。我突然觉得视觉有些疲倦。我知道,公园一心要迎候和欢娱孩子,而孩子需要抢眼的色彩,需要夸张的造型,需要喧闹的刺激。但是,他们成长着的生命不需要点别的什么昭示吗,比如安详、恬静,比如高贵、矜持和闲适……

那天雅集结束时,会所的一个工作人员拉着我,希望给她写一幅字。

纸墨笔砚都是现成的,我问她想写什么。她说孩子今年高考,鼓励一下吧,就写"宝剑锋从磨砺出,梅花香自苦寒来"。

我给她写了,心里却一直在问——

你的孩子真懂得梅花吗?

他知道"苦寒"是什么感受,知道"香如故"表达的是一种什么样的情操吗?

# 巴丹吉林札记

杨献平

## 流沙地

沙漠是深的,所有沙漠都是。巴丹吉林——它深得让我流泪和敬畏。一些智者和勇士先后走过,我只能尾随其后。在它面前,我时常被一种强大的自然力量震慑,为它的孤傲与宽广不止一次垂下自以为高贵的头颅。来到这里的最初几年,我曾经设想:在一个天高云淡的早晨,背上干粮与水袋,一个人单枪匹马地迈开趔趄的双脚,向沙漠深处行进。我梦想在孤独的死亡之旅中,遭遇到向往已久的世外桃源,在不断的行走中摘下黄沙中的美丽花朵。在空旷之中,我总是听到诗人昌耀在高处说:

心源有火,肉体不燃自焚,
留下一颗不化的颅骨。
红尘落地,
大漠深处纵驰一匹白马。

我也知道,除了那些圣者和勇士,还有很多人来过这里,但没有几个留下名字——巴丹吉林沙漠把他们的名字和身体留下之后,就化成了尘沙,收藏他们的灵魂和尸骨。我早就听说,老子骑青牛出关,"没入流沙"(即巴丹吉林沙漠);周穆王不远万里,到昆仑幽会西王母。还有后来的张骞、解忧公主、李陵、班超(及其家族的非凡勇士)、晋高僧、唐玄奘、林则徐、左宗棠、斯坦因、吉·瑞超、科兹洛夫、彭加木等人,他们的路过和来到,对于巴丹吉林,他们是骄傲的、永生的,唯有他们,巴丹吉林——远古的流沙地带才如此叫人心感温暖,豪气顿生。

我时常一个人,站在寂寥苍茫的沙漠边沿,望着远处匍匐无际的瀚海,从这一端到遥远的另一端。橘黄或黑色的地平线上,始终漾着一些生动的景象:白发鹤颜的老者,集体裸体奔走的美丽女子……我想,那么大的沙漠,人间的疆场和地狱,从人间最低处,一直伸向灰黄色的天堂,一切都寂然如梦,而又充满玄机。苍老的大地、悲怆的往事、惨白的驼骨,骏马的弃缰像蛇一样蜷缩在黄沙上。听当地人说,马鬃山有美丽的红狐和白狐,我想见到它们,可是我不能够到达。有一次,我竟然梦见了红狐,在沙漠当中,它们轻盈地奔跑,在我酸疼的内心中划出一道动人的光亮。

而高低不一的沙丘,纵横交错,遮挡了多少远望的目光?硕大的太阳整年照耀,金色的光亮徜徉在巴丹吉林沙漠干燥的肌肤上。在夏天,偌大的沙漠上到处都是海洋,都是海市蜃楼——水光潋滟,毗连高耸的亭台楼阁,舞栏轩榭,足以使这个世界上最坚定的人乐不思蜀,流连忘返。

《淮南子·地形训》将巴丹吉林称为"流沙"——流动的沙漠,流动的沙,流动的天地和事物,在时间中诞生、成长、夭折和消失。在过往的年代当中,剽悍的乌孙、匈奴、月氏、西夏的强劲马蹄,以刀枪和呐喊卷起大风,吹裂了西汉名将路博德带领征夫和流犯用泥做的城堡和古关。此后,在漫长的岁月之间,多少流放者、徒步的商客、骑马的剑士与虔诚的信徒先后来到,在巴丹吉林,与尘烟同在,又如尘烟一般被岁月湮灭。

在蒙语当中,巴丹吉林还是一个带有死亡意味的名字,让我迷恋。我总是喜欢这样带有悲怆气质的事物。这么多年以来,一个外来者,一个时光和土地的过客,我看到的仅仅是这些,纵深的沙漠,即使我把眼睛看成了黑洞,把心放在滚烫的卵石上晾干,也看不到它的尽头——在远处,浩瀚与苍茫之间,在人世,在欲望和灵魂当中,我不知道,人世间究竟还有多少看不到的沙漠。而我的身体和生命是敏感的,我在这里,一点点活着,一点点苍老,我时常看到自己的身体,刀子一样的纹路,展开、展开,没有休止。但我肯定也知道,这些都将是灰烬,只有沙漠——黄沙和那一些珍贵而稀疏的名字会在风中和口中流传。

**弱水河的故事**

源自祁连山青海境的弱水河到金塔县境内,形成两面水泊。三墩乡的人说,很早之前,这里的一个女子和一个男子恋爱,不被允许,两个人就化作了鸳鸯,以水的形式,完成了尘世夙愿——这故事让我觉得老套。去了几次鸳鸯池,湖光之间,荒山枯燥,风吹之下,涟漪繁多。我端详好久,也没有觉出一点爱情的味道。附近的村庄,杨树环绕,鸡鸣狗叫之间,有一些马匹或者驴子,漫步在鸳鸯池边的草滩上。

日暮时分,夕阳残照,牲畜的身子被镀成金黄色,村庄慢慢下沉,连同背后的阔大戈壁,远看起来,有一种天堂的味道。

另一个故事饶有意味——唐朝的时候,弱水河泱泱而流,从祁连山南麓的璎珞峡谷,携带积雪、黄土和草屑,从甘州辗转而向居延海。玄奘一个人负笈西行,到巴丹吉林,趟涉弱水河的时候,一个趔趄,一页经卷飘落水中。水流迅速,玄奘嗟叹。数十年后,弱水河天仓流段岸边,长出了一大片胡杨树。

这些胡杨树至今还在,每年秋天,叶子金黄,笼罩四野,即使身处暗无星辰的夜晚之中,缓步其中,眼前也明亮无比。附近很多村人,便将亲人尸骨葬于胡杨林周围,泥土因为水流的漫洇,时常芳香。年代久长,坟茔逐渐成为平地。远看的胡杨林依旧幽深静谧,金黄的叶子粲然于枯燥戈壁边缘,似乎匈奴的黄金甲帐。

在此之前,我去过两次肩水金关,残破的城垣,只剩下两面土墙,拱门的木板被风挖出来,横在两墙之间,似乎是悬吊的时间,从下经过,我都浑身发冷,那似乎不是木头,而是俯冲的剑刃。站在高墙上,看到的弱水河蜿蜒如蟒蛇,白色的水花连续向北。远处的戈壁上沙丘连绵,缓慢的红色的骆驼夹杂其中,看得久了,只觉得整个沙漠都在晃动。

**沙漠里的花朵**

春天,巴丹吉林沙漠为数不多的花儿们是迟开的。先是杏花,因为杏树很少,花朵也开得零零散散,只有凑近一株,才能看到灿烂。我拿了相机,一一记录了它们盛开的样子,放在电脑上观察,却发现,杏花的粉红之下,更多的是白:惨白和雪白。几天后,桃花开放,也像杏树一样的少,我寻到营区外围,在一片芦苇旁边找到两株,它们卧在去年的茅草丛中,枝干稀少,但花朵很多,在春天的阳光下,花瓣粉薄,花蕊曼妙。

梨花要更迟些,直到农历三月初,一夜之间,就染白了梨树们青褐色的枝干。我从阳台望出去,附近的果园里有农人在侍弄葡萄,梨花开在他们身后或者面前,底层是黑色的泥土,远处是苍茫戈壁。因为天气连续阴霾,我等了几天。次日上午,春光丽日,天气乍暖,我拿了相机,穿梭了好多梨树,采集了一些盛开的梨花。

梨花的白是大面积的,尽管还有一些梨树枯死了,使周边盛开的梨花似乎成为一种祭奠。清水从铁龙头中哗哗而出,落在地面,又分流出去,潜伏在返青的苜蓿和茅草之间。忽然一阵风吹来,梨树摇着,梨花也跟着摇晃,像一群茫然无措的孩子。这时候,儿子来了,爬到树上,做了好几个姿势,我以盛开的梨花为背景,一一拍摄下来。

下树的时候,我将儿子从梨花之间抽出。回到家里,发现外衣上有几滴黄色的黏液,妻子说是蜂蜜。我把照片放进电脑硬盘,打开,一张一张看。花朵们完全静止下来,再大的风也吹不动了。

第二天一早,又是大风,夹杂着沙尘,在巴丹吉林沙漠横飞。再一次打开照片,花朵们静止着,盛开的样子显得肃穆、优雅,有一种说不出的气息,寂寞而又悲壮。我看了好久，然后一一为它们重新命名。

我知道，这是春天的巴丹吉林沙漠的花朵，它们盛开，瞬间的美或者静穆被我采集，盛放在电脑屏幕上。事实上，再有几天，田野里的它们就会零落成泥，随着时光中又一个春天的消失而消失——而我拍摄的这些照片，会不会在某个时候被误删了呢？

**红柳与沙枣花**

红柳是沙漠地带生长的一种灌木，似乎永远不会长大，表皮发红，冬天是紫红色，在一色枯燥的戈壁，一眼就可以看到。夏天，或许是绿意太浓的缘故，红柳表皮呈暗红色。春天，红柳会开花，洁白的那种，但不怎么芳香。附近村里的人们会采割了来，编成筐子和篮子，盛放果实或者给牲口的食料。

营区外三公里处，红柳最多，即使在冬天，也显得茂密。红色隐约于盐碱的田野之上，像是凝固的鲜血。即使有风，也很少摇动，风从枝杈间溜走了。夏天时候，我路过，经常看到突然飞起的野鸡，咯咯地奔向远处。还有野兔，也在红柳的庇护下，胆战心惊过日子。

直立的红柳除了编筐子篮子之类的，最大的功用就是防风固沙了。这些天来，每次植树，都先有上了年岁的人说，红柳还可以用来做箭杆，但要大拇指粗，干枯后才不致弯曲。秋天时候，红柳叶子为长条形，秋天时候变黄，有的会变成红色，尤其是生长在路边的那些，远远看起来，很是爽心悦目。

沙枣树像沙漠一样恒久和绵长，虽处干旱地，但极少死亡，主干表皮裂痕深深，枝干极度扭曲，偶尔的干枯也是枝条的事情，与主体无关。每年农历四月初，沙枣树才长出叶子，很小，灰色，再过十多天才开花，花朵金黄，状若米粒。

在巴丹吉林沙漠，最香的花朵就是沙枣花了，全面盛开的时候，五十米开外就可以嗅到一股浓郁的蜜香。我刚来巴丹吉林的时候，礼堂左侧就有一片沙枣树林,每次经过,鼻腔内都是蜜香,以至于整个身体都是芳香的。营区的外围还有很多,尤其是菜市场周围,枝干交错的沙枣树形成阔大的绿荫。傍晚时分,我经常去那里闲坐,嗅着花香,看漫天星斗,对面的宾馆和住宅区内灯火辉煌,歌声不断。

  我一个人坐着,在土山的石头上,风吹过来,驱走蚊蝇。坐得久了,感觉自己就像一尊神。夜深了的时候,喧嚣减退,风开始发凉,我起身,伸个长长的懒腰,沿着小径下山。人工湖内的水上飘着灯光,一朵一朵,随着鱼儿跳跃而开的涟漪,在深夜扩散。

# 凤冠山

陈　仓

秦岭南麓有个丹凤县,是我的老家。城北有一座山,它有两个名字,别人喜欢叫凤冠山,我则一直乐于叫鸡冠山。

因为我从来没有见到过凤凰,不明白这凤凰到底为何物。倒是鸡,我不仅养过多年鸡,而且被鸡养过几年。觉得鸡这小畜生,比起猪呀狗呀,优点真是多多了。一是勤快,瓜架下、田地边,一天到晚四处寻食。二是不挑食,见啥吃啥,苞谷麦子它吃,菜叶草籽它吃,虫子腐物它吃,万一啥都没有,石子它也吞咽得不亦乐乎。三是它长得快,21天就出壳了,三个多月就成熟了,公鸡开始打鸣,母鸡开始下蛋,一年能下300个蛋。四是比较低调务实,它长个鸟样子,有一对大翅膀,但它不像麻雀鸽子乌鸦之类的,有事没事就飞起来,跑到天上转一圈。天上又没有吃的,也没有它们的巢穴,除了显摆自己能上天之外,还有什么意义呢?

讲了这么多鸡的好处,想说明鸡冠山的好处。鸡冠山之所以以鸡身上最漂亮的部位命名,因为鸡冠山的山顶怪石嶙峋,褶皱百结,尤其是旭日东升或者夕阳西下,被火红的阳光一点染,从颜色、线条和外形远远地去看,活脱脱都是一只充血的鸡冠。养过鸡的人都知道,公鸡与母鸡在雏鸡的时候就可以区别开来,区别方式凭的就是鸡冠。鸡冠大的、明显的、颜色深的,就是公鸡;鸡冠小的、不明显的、颜色嫩的,就是母鸡。小时候家里养鸡,其实并不是养鸡,并没有粮食喂它们,反而是鸡在养我们,靠着几只老母鸡没日没夜地操心,下蛋,换家里的油盐。所以养鸡,大家喜欢养母鸡,抓鸡娃子的时候,专挑那些没有鸡冠的小雏鸡。但是有一点不要误会,母鸡并不是没有冠子,只是比公鸡长得晚一点儿,长得小一点儿,颜色浅一点儿。

如果硬要让我给鸡冠山定个性别的话,我觉得它应该是一只老母鸡。

原因之一是颜色。一早一晚从远处看鸡冠山,虽然也是充了血的,但充血不够明显,而且大部分时间,它不是红色的,也不是白色的,而是惨淡的——老母鸡的冠子就是惨淡的。我分析原因,恐怕是由石头的质地和植被造成的。登过鸡冠山的人都明白,山中的石头质地比较差,属于碎石和乱石,可以说是风化石,也没有一块石头有奇特的造型,无法拿出来打磨一下,当成一件艺术品。从远处看,山顶是光的,像鸡冠子是不长毛的,其实石头缝里不但长着茅草,还长着密密麻麻的野枣树。这两者加在一起,山顶不容易反光,或者说反光不够。本来阳光是灿烂的,被并不光滑的山顶反射之后,就变成惨淡的了。

原因之二是样子。如果远远地看,尤其是从城南朝北看,山腰是时疏时密上下错落的树林子,酷似鸡身上蓬松的羽毛,穿插其中的一块块庄稼地,春天是油菜,夏天是麦子,秋天是玉米,冬天是雪花,随着四季红黄白绿地变换着,像是扑棱的翅膀。县城是依山而建的,整体来看是一个椭圆形的鸡窝。城内有南凤街、新凤街、凤鸣街,与紫阳宫路、机耕路、车站路纵横交错。这些老街并非徒有虚名,是铺了青石板的,被磨得油光滑亮,坐在街边打牌喝酒,风吹过的时候有如凤鸣,尤其夜宿此处静听街风,宛如和美的箫声——相传舜作《箫韶》曲的时候,凤凰都被招来了,说明凤鸣与箫声同源。丹凤古代是"北通秦晋,南结吴楚"的交通要冲,上行翻过"远别秦城万里游"的秦岭可进入长安,下行越过"关门不锁寒溪水"的武关可直达武汉,城外便留下了马帮会馆、船帮会馆、水旱码头、龙驹古寨,近些年又建了滨江公园等,这些人文古迹与现代园林相互映衬,把这个鸡窝编制得十分漂亮。加上城外的万亩良田,尤其夏季麦子熟了的时候,鸡窝里更像是铺了金黄色的麦草。

一座山,一座城,新风古韵,加在一起,不像一只鸡伏在鸡窝里像什么呢?公鸡是不会抱窝的,只有母鸡才会抱窝。抱窝有两种可能,一种是正在下蛋,一种是正在孵化。到底是何种情况呢？给我的感觉两种可能都有。如果是夏天或者秋天，它更像是在下蛋，那涌动的人流，那繁华的市井，是鸡蛋落地之后的满足和喜悦，甚至真能听到咯咯哒咯咯哒的声音；如果是冬天或者是春天，它更像是在孵化，那围炉小饮，那其乐融融，必定是小鸡破壳而出之后，老母鸡张开自己的翅膀，把一群小家伙拢入自己怀里，享受着闲适生活的安静和温暖。

尤为美妙的，是这个鸡窝，放在了一条江边，无论是下蛋还是孵化，都有无尽的景色可以欣赏。这便是丹江，从城南偏南的地方，由西向东穿过，江水清澈，不深不浅，不宽不窄，不疾不徐，不动不静，不冷不热，曲曲弯弯，若隐若现。丹江恐怕是过于干净的吧，山与城的倒影自不必说，而且能看到自己的影子，还照得见阳光的影子。按说水是没有影子的，阳光也是没有影子的，但是在这丹江里，水便有了影子，有了影子的水像佳酿一样醇厚；阳光便有了影子，有了影子的阳光像玉液一样透彻。丹江里的鱼儿，我叫不上来名字，有人介绍说，鲌鱼、鳡鱼、鲤鱼、娃娃鱼，种类繁多而稀罕。鱼儿在水中游来游去，最应该有影子的了，偏偏身子与影子全不见了。明明有成群结队的鱼儿在面前，却是无论如何也辨别不出来，以为是水或者是水中的一丝儿波浪。如果把脚或者手伸进水中，它们便过来吻你，也可能是咬你。有一些调皮的，偶尔跃出水面。只有这样，你才会发现它们是存在的。

我曾经在丹凤县城待过几年，结交了三个要好的文朋诗友，一个姓张、一个姓秦、一个姓王，常到丹江里钓鱼。我们钓鱼，不像其他人用倒钩，也不像姜子牙用直钩，我们什么钩都不用，只需要带一根绳子，从丹江边折一根柳枝，从河滩上剜几条蚯蚓。把绳子系在柳枝上，把蚯蚓绑在绳子上，然后把绳子垂入水中。我们几个人，从中午一直钓到傍晚，不仅晴天钓鱼，下雨天也会打着伞钓鱼。我们之所以如此钓鱼，有两个考虑：一是我们不想伤害鱼，反正我们钓出来的鱼，不会带回去烧菜熬汤。大家都知道，这鱼烧菜熬汤肯定是鲜美无比的，尤其娃娃鱼，是大补之物。可是一旦钓到鱼，无论大小胖瘦，都会扒个沙窝窝养着，临走时统统是要放回江里的，我们只是享受一下钓鱼的那个过程。二是钓鱼不是为了钓鱼，而是为了谈古论今。四个人都喜欢写诗，老张还喜欢写散文,我除诗之外兼写小说。大家来钓鱼的时候,带着各自新写的东西,或者是徐志摩的诗集张爱玲的文章,一边垂钓一边交流切磋。谈到妙处,击掌言欢,谈得不投机,彼此指着鼻子骂娘。老张性子直,老王脾气暴,两个人有时候,一个会梗着脖子,一个会卷起袖子,一副要斗鸡的样子。老秦憨厚温和,每到关键的时候,往两个人中间一站,左盯盯老张嘿嘿一笑,右盯盯老王嘿嘿一笑。我准备看热闹呢,面对老秦这个傻子,我们三个只有哈哈大笑的分儿了。

或许是这种情绪感染了江里的鱼,即使我们不想钓它们,它们也糊里糊涂上了钩,拖着我们的钓竿在水中跑,似乎提醒我们说,快点儿把我拉出去。把它们拖出水一看,不明白它们太傻呢还是太贪,吃完了绑在上边的蚯蚓,把绳子深深地吞进了肚子,算是一种自缚吧。

我在丹凤县城的那几年,业余时间一部分消耗在丹江里,一部分消耗在鸡窝一样的县城里,大部分还是与这帮文朋诗友一起消耗在了鸡冠山上。

一是摘果子。鸡冠山上果子最多的时候是秋季,主要是野枣子,可以说满山都是,长在石头缝里,白花花的一片。有些长得好的,个头有指头蛋子大小,经过霜打之后,由青色变成了白色,吃起来肉多而甜。这些野枣子不能摘得太早,太早了没有熟透,咬不动,没有一点儿味;也不能太晚,太晚了虽然变红了,实际上成了空皮,干巴巴的,没有什么吃头。如果是秋天,我们四个好友,无论因什么上山,就边摘边爬,边摘边吃。吃不下了,不用带回家,带回家味道就不同了,事实是味道还是一样的,人要的就是一个采摘的过程。有了这个过程,心情就变了,爬起山来感觉很快,一点儿都不觉得累。野枣子再怎么吃,无论如何是吃不完的,老王喜欢摘下来玩弹弓,打麻雀;老秦则喜欢埋在地下,照着他的说法是养蚂蚁,过一段时间果然会生出一窝蚂蚁。

二是打兔子。鸡冠山上兔子尤其多,恐怕是这里风水好。动物也是讲风水的,鸟择良树而栖,就是这个意思。讲风水,主要有这么几方面:一是比较向阳,兔子生性活泼好动,天寒地冻的时候,没事喜欢出来晒太阳,而且向阳的地方冬天仍有青草,主要是麦苗子。冬天雪下得再大,麦苗子也会长得绿油油的,不像阴坡,麦苗子都会被冻死的。二是幽静而不偏僻,兔子怕寂寞又胆小,太偏僻的地方它受不了,人太多的地方它又提心吊胆。鸡冠山下就是热闹的县城,鸡冠山上并无一户人家,只有零零星星的爬山之人经过,正好不闹不静、不闲不适,它可以趁机与人捉捉迷藏。有一阵子,我们喜欢上山打兔子,与其说是打兔子,不如说是和兔子玩游戏。我告诉大家,我上辈子是兔子,所以我是懂兔语的。我把耳朵贴在地面,可以准确判断附近什么地方有兔子,它们在说些什么。有一次我说,两百米外肯定有兔子,而且是两只,一只说,今天天气不错,另一只说,可惜马上变天了。他们说你就吹吧,非得和我打赌,赌晚上回县城的两壶苞谷酒。但是循着我指的方向走了一百多米,果然看到两只兔子在麦地里追逐,傍晚的时候果真飘起了雪花。那一年冬天,几乎大多数周末,我们都泡在鸡冠山上,按照我的指引打兔子。有一次,看到一只兔子骑在另一只兔子身上,唧唧歪歪的,也可以说是卿卿我我的。我们拾起石头,疯狂地追打,吓得两只兔子沮丧地抱头两散,惹得我们幸灾乐祸地在麦地里打滚。其实,多数时候我连人话都听不懂,哪懂什么兔语。不过我也不是瞎胡闹的。古话说,人过留名,雁过留声。别说是一只兔子,一只蚂蚁从世界上经过,都会留下蛛丝马迹的。兔子冬天的盛宴,只有一道主菜,就是麦苗子。太阳出来后,它们一家三口,或者是夫妻双双,肯定会晒着太阳赴宴。如果麦苗子的茬口是新鲜的,说明刚刚被兔子啃过,它们还没有走远,顶多也就一两百米而已。

三是去山上下棋。文朋诗友之间喜欢下棋论道是不足为奇的,可是我们四个人之中,偏偏有一个怪人老张。老张不喜欢在家里下棋,也不喜欢在城里下棋,原因是他在家里或者是在城里,无论与谁做对手是必输无疑的。按照他的意思这家里与县城地方太小,都不是骑马放炮的地方,似乎真上疆场一样。我分析原因,是每次下棋的时候,如果有观棋者嘀咕一句,尤其他老婆在耳边说句话,哪怕与棋局无关的话,他立马就慌了神。每次有人要下棋,他就拿一件衣服把象棋一卷,挎在肩膀上说,走,上鸡冠山。

鸡冠山上有几个石窟,都在悬崖峭壁上,确实是爬进去下棋的好地方。老张说来也真奇怪,一到这里下棋,他便杀气腾腾。每每逢到危急之时,他就会放下棋子,站起身,一边气势汹汹地撒一泡尿,一边茫然地俯视着山下,像一个王在思考他的江山社稷和前途命运。等他再回到棋局中,必定是峰回路转。所以他总是赢多输少,其他三个人轮流上场,与他大战九九八十一个回合,基本是中午上山,一直杀到天黑。遇到十五月圆之夜,还会趁着月光继续战斗。有一次天下大雪,在石窟也避不住了,但大家还是冒着大雪,下到了傍晚时分。等收了棋盘,头顶已经积了一层雪,下山的路也被大雪封住了。

无论是上山摘果子、打兔子还是下棋,都和去丹江钓鱼一样,总是志趣相投的这么四个人。恐怕正是这样的环境,不几年的工夫,各自赢得了自己的江湖。凭着这些,老张很快离开了丹凤,进入西安一家杂志社当了编辑,老王从丹凤调到了商州,在一家史志办上班。我年纪最小,负担最轻,则走得最远,一口气跑到了1300公里外的上海。从此天各一方,十八年间与老张见过两面,都是在西安城里,每次就两个小时,吃一顿饭,喝几杯酒,又得各奔东西。十八年间与老王和老秦连一面都没有见过。按说我每年会回丹凤一次,但是仅仅是路过县城,唯一能做的就是坐在车上,无奈地望几眼鸡冠山而已。

只有老秦一直没有离开丹凤县城。他先在学校教书,后来在教育局机关上班,每每怀念起当年,我都要打电话给他,问他还上不上鸡冠山,还下不下丹江。每次他的说法都是一样,鸡冠山建了亭子,铺了几条小径,开了一些石窟,按说更漂亮了;丹江上建了大桥,两边种植了绿化树,有了泛舟漂流项目,按说更有意思了,但是如今没有那个心情了。问起原因,他说,你们都走了,玩不起来了。言下之意,无论是鸡冠山还是丹江,都是因人而生的。

我是这样理解的,丹凤城北的这座山因其形而得名,它看似还在,气息已经变了。像有一只鸡,无论公母,养鸡人已去,公鸡打鸣也罢,母鸡下蛋也罢,都是毫无意义的。就是说,如今的鸡冠山早已不是当初的鸡冠山了,那叫它什么名字才是合适的呢?想一想,我还是叫它凤冠山吧。

《庄子·秋水》中说:"南方有鸟,其名为鹓鶵。"鹓鶵亦即凤凰之属,经过研究和田野考古发现,凤凰其实并不存在。

凤凰只是一个传说而已,凤冠山何尝不是一个传说呢?

# 白哈巴之秋

张行健

走进白哈巴村的时候,是正午时分。

秋阳高悬。

北疆的太阳慷慨地照射着阿尔泰山,照射着阿尔泰山山脉下的河谷平地。

仰了一张发热的脸子朝远处望去,哈萨克斯坦的群山清晰可见,群山上的树林尽被秋阳漂染,泛出大片大片的橙黄、浓绿和黄中泛白的点缀来,山风使它们掠起波浪,一涌一涌地在山间起伏,连接着阿尔泰山上茂密的松树林,一直推涌绵延到眼前的白哈巴村里。

在之前从喀纳斯往这里走的某处山坡上,眼尖的同行者、同时也是援疆办的王女士高声说道:"看,远处有小木屋的那一片就是白哈巴——"

顺着她手指的方位,我们看到山坡下面的河谷地带,是一大片开阔的平地,平地上有高高的草垛,有低低的栅栏,有细小的溪流……最吸人眼目的是一座座小木屋屋顶在秋阳下泛出的白亮,那白亮一簇一簇,一团一团,在大片大片的浓绿和橙黄或者橘红里脱颖而出。我们知道,那是图瓦人居住的房屋,几乎全是用粗粗大大的原木搭建起来的。可是,屋顶为什么全泛出白亮呢,难道是没有剥皮的白桦树皮吗?我这样猜想。

色泽和光线是很奇妙的结合,在不同的时间、不同的方位、不同的角度里,在强烈光线的作用之下,物体本身便放出异乎寻常的色泽来。

两三里地外,就是邻国的小城镇了,我不由地再朝西北方向深看一阵儿,开玩笑说道,要在儿时,一弹弓就打出国啦!

我们一步步走近白哈巴。

**走进白哈巴,就走进一个具有异国情调的小村落**

白哈巴小村落的木屋,全呈了金字塔的形状,你注意到了没?

是身边的同伴问我,这也是他最早的发现。

白哈巴是纯朴的,无论屋身或是屋顶的木料,全是原生态的木质,许多松木粗糙的皮子也未曾修饰和加工,显示出图瓦人的质朴与本色,而屋顶高低不同的金字形状大多用白桦木和松木做成,在错落有致中昭示异国风韵和图瓦情调。

不仅仅是在白哈巴,就是在喀纳斯附近的贾登峪、海流滩、珍珠滩还有神奇的禾木村,扑入视野里的是遍地的木栅栏,不高,一米上下的样子,用的松木桦木的枝条,竖栽横搭,形成一方方圈地和院落。木屋和饲养牲畜的圈棚无疑都要用木栅栏围上的,那是一方方院落的标志和象征。在村落的外部,在屋舍、草垛和圈棚的周边,也有一处处相对宽阔的木栅栏围起来的草地,那些栅栏便起着地界的作用了。有了这个写意性的地界,沙尔塔甫汗家的牛是不会到阿木尔沙纳的草地去食草的,而阿木尔沙纳家的马也不会越过栅栏跳到沙尔塔甫汗家的院落去的……

除了一座座耸立着的木屋,一排排执着自信的木栅栏也是白哈巴村的一道景致。

有两条清澈的小溪流,从白哈巴村的两边悄无声息地流过,它们是从阿尔泰山起伏的山脉和茂密的松林下流出来的么,那清清的水流带着喀纳斯河的神秘,带着鸭泽湖的柔美,带着双湖、白湖的碧绿,带着额尔齐斯河的深蓝,就那么沉静舒缓地从白哈巴小村流过去了,不动声色,潺潺湲湲……

白哈巴是新疆阿勒泰地区图瓦人最为集中的一个村子,同远处的禾木村一样,是保存最完整的图瓦人居住的村落。图瓦人浓郁的生活风情不仅仅从木屋的样式上表现出来,而且在他们的宗教信仰——作为蒙古族一个古老的分支,他们的宗教信仰是原始拜物教——萨满教上体现得最为充分。他们祭天、祭树、祭火,这多样性的图腾崇拜,就使他们有别于其他民族。

小小的白哈巴村还居住着少量的哈萨克人,这从他们有别于图瓦人的尖顶木屋而是具有自己民族特质的圆形毡房上可以看出。小毡房不多,点缀在距木屋有一段距离的小溪旁边或一片草地之上。曾带着好奇走进一处毡房,这是较为考究的毡房,上部是穹形,下面是圆柱形,是由红柳木纵横交错连接成的栅栏,栅栏外层是用芨芨草纺织成的墙篱围裹,其上盖一层毛毡。毡房内布局分住人和陈设两个部分,进入毡房,一眼可看到正上方往往有一张垫桌,桌上又置有木箱,木箱上则又叠放着一层层被褥。而正中铺有一条大花毡,白天是吃饭、接待客人的场所,晚上铺上被褥就成了客人们的床榻。进门的右上方是主人的铺位,左右两边放置着马具、炊具、猎具,还有其他一些食物……

尽管在一个小小村落里,哈萨克人的毡房和图瓦人的木屋还是有一段距离,但他们和谐居住在一个村落里,认可着各自的异同,并固守和沿袭着各自的生活习俗、传统文化和心目中的信仰。

由于哈萨克人仅有少数几家,尽管还有驻扎着汉人为主的边防哨所,但白哈巴整体上是一个扩散着浓郁的图瓦人风情的村落,村落的异域情调还在于它的西北面一河之隔便是哈萨克斯坦。此时那条国界河的流淌声清晰可闻……

**走进白哈巴,就走进一幅色彩绚丽的油画里**

看,多像一幅油画。
是同行者小鲁的感叹。
他是看到眼前色彩斑斓的白哈巴时,先发出的赞美。小鲁是对美术有研究的人,尤喜油画和国画。现在,大自然鲜活生动的油画铺陈在眼前时,我们的欣喜和激动是可想而知的。

首先是泛着金色光芒的白桦林,秋风使白桦树的叶子染得一片金黄和橘红。这很有意思,同一棵树上因为接受阳光的角度和浓烈程度的不同,叶片们便呈现了三种不同的色泽,油绿、金黄与橙红,再有树身枝条的浅白颜色,每一棵白桦树都释放出一团颜色亮丽的耀眼光泽。它们融汇在苍翠欲滴的松树群落里,自然界最优美和最壮丽的色彩便在美丽的白哈巴交相辉映,蔚为大观。

白哈巴之秋是最悦人眼目的季节。

秋风是白哈巴美的使者。使者先把她的美交给了黄叶儿,除却万山的金黄和层林尽染不说,单看平坦开阔的草地上,那些细小的草叶和密密麻麻的草茎一齐吐露着迷人的黄色,这种黄色又是有层次的淡淡的黄、浅白的黄、混沌的晕黄、蛋黄样的金黄,还有枣红与金黄交融了的橘黄……这些树林,这些草地和这两条蓝色的河流,匠心独具地把村落装扮成一个童话世界。

放眼四周的山野,起伏有致、绵延不绝的山林是天然森林公园。有新疆的针叶松、落叶松,有云杉、冷杉,它们是群山美丽的衣裳,在秋风中作着优雅的律动,这种律动连接着或者说带动着灌丛草甸、高山植被和石山植被,看得见村落北边阳坡和山间小盆地的丰美水草和绚丽的山花……王女士说,白哈巴一带真菌种类是非常丰富的,有珍贵的冬虫夏草、平盖灵芝、花杉灵芝,它们是白哈巴特有的生态环境下的产物,是喀纳斯后花园的珍品。

此时放眼望去,村落和村落四周的山岳,尽被红、黄、绿、褐诸多色彩浸染,显然成了大自然的调色板,远处又有阿尔泰山高大而雪白的山峰的背景色映衬,远山近景,形成浓墨重彩的油画。

这种画面常常是跃动的。

那是在村落某人家的婚礼上。

白哈巴图瓦人的婚礼大都在秋日收获的季节举办。

夜晚我们住在白哈巴森林山庄,清新、寂静、凉爽是这里的特色。天色未亮,就和保忠、黄风,还有玄武几人早早起来欣赏白哈巴的晨色了。期待着东方的第一缕晨光,穿越神秘的森林缝隙涂抹在白哈巴诗意的村落里。

晨光的降临和炊烟的升起几乎是同一时间,在袅袅的炊烟笼罩村落的当儿,壮丽的彩霞也洒遍了美丽的小村,尖尖的小木屋,圆圆的牧草堆,还有闪着白光的木栅栏。晨起的图瓦人一起网在万丈霞光里,朦胧诗意又富于活力。而夕阳晚照下的白哈巴更是动人无比。辽阔茫然的天幕下,移动着牧归的马匹、牛群,牧人在马背上的影子在晚照里拖得好长,炊烟从尖顶的木屋上升起,从草地上的某一处升起,融进金色晚霞里。白桦林,静静的牛群马匹,还有图瓦人脸部的轮廓,被夕照定格成层次分明的特写了。

**走进白哈巴,就走进心域宁静的家园里**

一条洁净的土路弯弯曲曲穿越白哈巴村。

在路边的木栅栏上,我静静坐着,享受着大自然赐予的这一派安静与祥和。

空气是清新的甜丝丝的,带着森林、草地和河流中的独有的香馨,而草地上和草垛里生发出的和牛马畜类相关联的气息,则给人以生活的亲切感。原始森林里荡漾过来的古朴气息和山岳沟坡里的花草气味,是最原生态的大自然的恩赐,嗅过它们,有如置身在上百年前的岁月里甚至更为遥远。

有汩汩的流水声很深沉地传来,不是淌过村落的小河,是村子北边遥遥相对的过境界河的减弱了的波涛声,那是哈巴河上游的涛声,它在提醒着我,这是在西北边地,是在我国最西北的第一个村落里。

一切都处在无声无息的静谧里,秋风掠过群山,对满山的松树桦林进行一遍又一遍的抚慰和关照,群山便发出隐约的节制性的喧嚣,它又与天籁交汇着,形成这里似有却无的惯常音乐。辽阔的草地上,牧人则骑在高高的马背上,他放牧着一大群黑黑白白的羊,羊儿们如草地上的大团儿大团儿的云朵,漂移着,啃着草儿,听不见牧人的吆喝和羊的啼唤,他和它们也在身体力行地守护着这里的宁静。还有三五成群的牛,黄的牛、黑的牛、黑白相间的花牛,或勾了硕大的脑袋专注地吃草,或仰起头来朝远处望,一律沉静着,若有所思的样子,像它们原本就沉稳踏实的性格一样。

偶尔有马儿牛儿和羊儿从我们身边走过,我能从它们的眼睛里读出从容和友善的内涵,对于人类,它们不是当作主人和统治者,而是平等的与它们相类似的物种……

白哈巴小河里的水是清澈的富于灵性的水,这样的水才能滋养出这样神圣的山岳和神奇的草木。这两条不甚起眼的小河儿,我想,它们和额尔齐斯河、喀纳斯河、喀纳斯湖,以及月亮湾、卧龙湾、五彩河、鸭泽湖、双湖、白湖以及禾木河等是一脉相承的水系,是神山蓄贮下的圣水,在滋养润泽着这片土地,这片土地也神奇的有了灵性。

图瓦人是有自己的宗教和信仰的,真正有信仰的人,所具备的特质之一便是心性的沉静。即使在他们欢庆节日载歌载舞的时候,在他们的大大小小、苍老或年轻的眸子里,流泻出的是清水般恬淡、幽静、沉着、从容,他们目光的内容和神情,与他们生存的这片土地、山冈、森林、河流、草原是多么和谐一致。

曾有位作家说,大自然的美好中,总有一种特殊的能量,是什么呀,是无言的大善,是潜在的道行,是安慰和教诲。我则感到是一种力量,信仰所激越出的崇高感,她平和了人的心气,抑制了欲望的蔓延,扼杀了罪恶的萌芽,增长了认真生活的勇气……他们心胸的朗洁和心态的平静,从他们大善与微笑的眸子里表达出来,就连白哈巴秋日的风,也让人感觉到是连接天与地广袤空间里的难以诠释的神秘信息,把上苍神圣的旨意传达给这片土地和在这片土地上踏实生活着的人们……

## 旗　海

张桂柏

　　随着山往后移，视野渐渐宽阔起来：黄灿灿的油菜花、红殷殷的三角梅、火辣辣的木棉树，还有白莹莹的梨花、绿油油的南竹、黄灿灿的桉叶……一股脑儿全朝我们扑来。若不是大自然打翻了调色板，此地怎会如此斑斓？我惊叹世间竟有如此佳境。

　　出临沧市临翔区向南行驶，映入眼帘的是一卷色彩柔和的水彩画：湛蓝的天空下，群山绵延，树木葱茏，给画卷上着厚重的墨绿底色；枝叶交织头顶，郁郁葱葱，阳光透过缝隙落到地上，影影绰绰。道路逼仄，汽车难行，偶有云带若隐若现，浮于半山腰上，让我顿生登临仙境之感。

　　"国旗！那儿，一片片红！"随行同事的呼叫，把我的注意力从花海中调转出来。可不是嘛，花海间有一个山包，山包上有数十座低矮楼房，依次排开，错落有致，令我惊奇的是，每座楼房屋顶上都插着一面国旗。纵然距离稍远，看得不很清晰，但红色旗帜上时隐时现的金色五角星，还是让我确认无疑：那一片片红，就是一面面国旗！

　　见过沧海、林海、花海、人海，今天，我见到了旗海！此时此刻，置身祖国西南边陲，在这少数民族聚居的边境沿线，我为眼前这片由旗帜汇成的壮丽海洋而震撼！

　　军旅生涯几十年，升旗，我见得多了，但家家户户屋顶插国旗飘红旗，这样的情景，还是头一回见到。是不是宗教仪式呢？虽然行前做足了功课，对少数民族聚居区域纷繁复杂的宗教仪规已有充分心理准备,但好奇心还是驱使我们想进村看看。

村道很宽,两旁不规则地分布着棕榈和榕树,也有些叫不上名的绿植。路旁垒砌的石块上刻着图腾,大榕树上挂着牛头,神秘而肃穆。我知道,佤族视牛为保护神,傣族奉孔雀为吉祥鸟,傈僳族喜佩长刀。看来,这是佤族村寨了。

距村口二三十米处,有序分布着数十根竹竿,竿长一人多高,竿身刻着符文,竿顶绑着碗口大的竹筐。这整齐的排列、刻意的雕琢,在无序蔓延的树枝间显得尤为庄重。

"我看是渔具,那上面的小筐,往水沟一放,刚好兜鱼。"

"我看就是装饰,迎接客人用的!"

随行者各抒己见,有人还不断比画着。

"这可是放人头的!以前佤族祭祀,猎人头放在里面!"一个随行者的话,吸引了路过的村民驻足。

"都是摆设啦,现在祭祀改用牛头喽!"村民笑嘻嘻地说。

佤族世居西南边陲,从原始部落走出来,直接过渡到文明社会。新中国成立初期,毛主席在接见佤族头人时,特意叮嘱:不要猎人头,可以改用其他方式祭祀。此后,在解放军工作队的宣传引导下,"猎人头"陋习被废除,但"剽牛祭谷"延续至今。著名佤族民歌《阿佤人民唱新歌》,就反映了佤族人民的移风易俗。

"村子近年才建的?"看楼房墙面非常洁净,我估摸这村庄建住年代并不久远。

"嗯,前年才搬进来。以前住在山顶上,可难喽。是政府盖房让搬下来,我们阿佤人又唱新歌了!"

这就是啦。以前常听说云南少数民族多住山顶或密林,为了躲战乱、避匪祸,给自己增添了多少困难,且愈发封闭落后。新中国成立后,少数民族都过上了新生活;特别是改革开放以来,政府加大了分批把他们迁下山来居住的力度。

说话间,一行人已随当地村民进到村里。村子不大,房屋清一色的白墙黛瓦相间,高不过两三层,琉璃瓦拉成斜顶,高高的黄色圆顶耸立在村中间。美丽而独具风情的村庄,现代而不失传统,繁华而不失宁静,处处洋溢着民族气息。我想,就是五柳先生在世,大概也不会拒绝把这儿称为"桃花源"吧。

进到村子才发觉,屋顶上国旗大小不一,小的如书本,大的有黑板那么大。就连悬挂方式也是五花八门,有的绑在竹竿上,有的系在铁棍上,有的直接拴在瓦砾上。

"家家插旗,户户飘红,是不是当宗教图腾?"同事问道。

"国旗,就是国旗呗!就是为了证明:这里是中国,我们是中国人。"村民神情激动,"中国"和"中国人"几个字语调提得很高。看得出,他很自豪。

"莫不是政府发给你们的?"我问。

"自己买的旗,自家做的旗,打记事就有了,搬到哪儿插到哪儿。你看,那面泛黄的就有些年头了,从山上带下来的喽。"

我没有再问下去,眼前的旗帜让我陷入了回忆。我对国旗是有特殊感情的。许多年前,我在红河、文山一带参战,每每队伍集合时,都有国旗、军旗飘扬,真有"彩旌蔽日,旗旒翳天"之感。那段岁月里,无论是炮声隆隆还是硝烟滚滚,只要看到国旗,就有了向前进的无限力量。部队归建后,军区大院里每天准时升旗,伴着激昂的国歌,我总能在纷繁世事中找到正确方向。有几次出差到北京,每次我都天不亮就起床,就为了赶到天安门观看升旗仪式。护旗卫队飒爽的英姿、利落的动作、铿锵的节奏,总让我不自觉地昂首挺胸,心中无比崇敬。

而在这边境村寨,既没有雄壮的国歌,也没有标准的旗杆,甚至连旗面都不统一,但家家户户都将国旗挂在最高、最显眼的位置。这旗帜,是我民族同胞发自肺腑的信仰。如果说战场上国旗是战斗的号角,让我奋不顾身向前冲,那么眼前的国旗就是润物无声的和风细雨,不觉间渗进肌肤、深入骨髓;如果说机关大院里的国旗是严父的目光,时刻敦促我在和平环境里牢记使命,告诫自己不能腐败变质,那么眼前的国旗就是鲜活的教科书,提醒我来自哪里、该为谁服务;如果说天安门前的国旗像高不可攀的泰山,让我敬佩之余也略生畏惧,那么眼前的国旗就如小区里的公园,和蔼又不失雅致。

"都说云南十八怪,我看应该加上一条:云南十九怪,国旗披瓦盖。"同事不无幽默地说。

"有啥子怪的,这一路下去,整个边境,到处都是呢!"村民自豪地笑着。

一路上,我让车走慢些,希望这遍插国旗的景色在我们的视线中停留得久些,再久些。

村民的话不虚,一路上,每户人家、餐馆、酒店都是国旗飘飘。除了静止的,还有跑动的哩。行驶在路上的三轮车、拖拉机、小轿车也在显眼处插着国旗,越往前走,覆盖率越高。一面面国旗迎风招展,煞是好看。我从他们中间走过,心中涌起难以言语的感动。我想,这里的每一面旗帜,就是一份力量。

终于到达南伞镇,这是祖国的最西南端了。南伞,这座边陲小镇,与缅甸山水相连,虽然近年来缅北冲突不断战火频仍,但我方一侧南伞街道上,行人依然不少,一切照旧。

"离这么近,你们不怕吗?"看着身边的群众,我不无担心。

"怕啥子,国旗扬起,平安无事!你看,我们早在边境线上插满国旗了,国旗是保护神,挡飞弹哩。"

顺着他的手指方向望去,呵,万绿丛中一片红,恰似一条长长的"红河",弯弯曲曲,若隐若现。受视野所限,我无法看到红流的起点和尽头,但我确信,这"红河"定然流过了每一个界桩。

眼前这条弯曲蜿蜒的"红河",让我不禁想到北方的长城。这两个不同质的工程,都是为消除战火、守卫和平而建。长城坚硬,千百年岿然不动屹立不倒;红旗柔软,但任何人都休想拔起。长城是秦始皇举全国之力,动用数十万劳工历时数年修筑而成的;而"红河",是千万民族同胞自发所为,由一颗颗民心组成!那石块垒砌的铜墙铁壁,终究未能让秦朝逃脱"二世而亡"的命运,而眼前的一面面旗帜,却能将炮火阻挡在境外。宋代文学家汪藻说过:"王者所以得天下者,以得民也。得民者,以得其心也。"假如秦始皇能看到这番景象,定会对"为国者,以民为基"有深刻领悟吧。

  小镇里红旗飘飘,道路上红旗穿梭,边境线红旗绵延。我想:倘若以村寨作"湖",以边境线作"河",以车辆作"流",那整个边境不就是一个海洋吗?这千千万万、大大小小的国旗,不正汇成一片无边无际的"旗海"吗?

  山风徐来,旗海随风舞动,一浪接着一浪。

# 资江排歌

李清明

在湘江与资江交汇流入洞庭湖的西岸,曾矗立着一座名叫临资口的千年古镇。因古镇依江傍湖,水路交通方便,经由这里的船多、木排多、竹筏多,以驾驭其为生的排鼓佬也多。"日有排客千人,夜有明灯千盏",便是古镇当时的风貌写照。

一代又一代身躯敦实、皮肤黝黑、性野豪放的排鼓佬们,整日肩背缆纤子,手撑爪钩子,驾着木排子,住着吊楼子,吃着吊锅子,提着酒篓子,抱着湘妹子,吼着船号子……在大江大湖中求温饱谋生存,曾经书写和演绎了勤劳、勇敢、智慧、刚烈、忠义、豪迈,乃至于神秘、悲壮等长达千年的水乡文明。

说起"排鼓佬"的称谓,许多地方大多叫"排客""排工",也有的叫"排古佬"或"簰鼓佬"。至今仍在临资口古镇洞庭庙守庙的甘道长告诉我们,叫"排鼓佬"的只有资江和沅江,原因很简单,这两个江道放排须擂鼓。排客们闻鼓下篙,听鼓扳棹,以鼓助力。

始建于东晋年间的临资口古镇,自古便是南洞庭湖的水上交通枢纽与南来北往货物交易的重要码头,呈"丫"字形的地理位置十分便利与独特,右上方向西是资江,左上方往东是湘江,朝北是洞庭湖,往下便可以直通长江。从桂北、川东、黔东、湘西、湘南等地源源不断而来的桐油、木料、楠竹、煤炭、牛皮、猪鬃毛,以及烟草、水银、药材,甚至鸦片等山货须到此转口。一部分向北经由洞庭湖运往岳阳、武汉,甚至南京、上海;一部分往东转湘江运往长沙、株洲、湘潭、衡阳、永州,进入广东、广西。反之,从各大城市口岸用空船带回或专门运来的食盐、花纱、布匹、煤油、西药、肥皂、面粉、白糖等日用货物,以及机器、设备等工业品则需在此分流。其中,尤以从云、贵、川、湘南、湘西以及两广等地顺江下漂的木排、竹筏和毛板船(一种不用过刨子、不涂桐油的毛糙木板简单钉拼而成,到达目的地先销完船装货物后,再直接将船板拆了卖掉的一次性板船)最为多见,每天均在百艘(排)以上。其百舸争流、千排云集之盛况,正如有诗所云:"千只木排下湖湘,一路滔滔到资江。"

星垂江水阔,月涌排筏流。每日只等船舶、排筏驶进古镇的船坞与排湾,雇用篙手与排工,聘请舵手和法师(会施法术的排鼓佬),以及喊箩脚子、挑夫,租用桅杆、帆具、舵桡的船主便会络绎不绝……生于斯长于斯,既熟知这大片江河湖泊的水文地理,又个个身怀驾船放排绝技与胆魄的古镇水手们,一会儿要将上游下来的小木排、小竹筏在进入洞庭湖之前归拢扎成大排大筏;一会儿还要把经由下游大江大湖航行而来的大船在进入内江内河时由大换小,将机械转换成人工……久而久之,便催生了古镇一个靠水吃水的新兴行业——排鼓佬。水乡习俗,凡吃"水上饭"的人,乡亲们皆以"排鼓佬"统称。

据统计,在近千年的历史长河中,临资口古镇的居住人口常在三千人以上,多时达到五千多人,其中排鼓佬、舵工、桨手以及专门给船户排筏挑货运货的箩脚子们均在半数以上。其余诸如木匠、铁匠、篾匠、铜匠以及茶楼、酒肆、乐坊、怡春院、销魂楼、潇湘馆等大部分男女从业人员,也均与水手们的生活息息相关。其时,古镇江边青墙黄瓦的洞庭庙前,除初五、十四、二十三几个不宜行船放排的忌日外,其他大多数的日子则充满锣声、鼓声、鞭炮声,还有法师们洪亮的祷告声,以及放排号子声不绝于耳……其间,总见众多的排鼓佬们将资江排工号子吼得山响:"天下山河不平凡,资江流水几多滩。鼓响三声立桅杆,锣响三声扯风帆。谁知排客苦与乐,妹砣等我下江南。暗礁险滩何所惧,千里洞庭一日还……"

水乡自古宫观祠庙众多,宗教信仰浓厚,几乎家家都立神龛,户户都祭祖先。为此,古书也曾有"楚人性刚烈,喜祭祀"的记载。受其影响,排鼓佬们的起排与放排仪式则更为讲究。起排前,为头的排鼓佬,也称法师,要观天象,测定黄道吉日与出发的最佳时辰。然后,在洞庭庙前的江边摆上神龛,众排客还要准备好香烛、神钱,以及一只煮熟的整鸡和一个猪头,还有鲜果、米酒、清茶等供品。供桌的四角和地下,法师还会依次插上五根檀香,点起五根白蜡烛,叫"请五方神"(即茅山祖师李老君、排鼓佬祖师、铁牛仙师,还有河神及土地)。紧接着,法师亲自率领排客们表情严肃地面朝神位,喃喃祷告:今有某某庙某地某人,驾排(船)往某地,请诸神保佑一路平安,乘风相送,滩滩有水,路路有泓。敬完神,船工们则将熟鸡、熟猪头饱饱地吃上一餐,叫"打牙祭"或叫"呷起排饭"。吃鸡时,鸡头(也称凤凰头)献给头篙,鸡头为首,含把握方向、大吉大利之意;两只猪眼睛与两只猪耳朵则会敬给舵师下酒,愿其心明眼亮,能眼观六路、耳听八方,确保排筏往返平安顺利。

放排仪式过程中,为首的排鼓佬师傅见到看热闹的乡民和水手越聚越多,还会表演几个祖传的"排鼓佬施法"节目,以助兴邀彩。一曰:提无底水桶。只见一个十六七岁的小水手,先是提着两只没有底的大水桶缓缓走下河堤,来到众人面前站立。经过排鼓佬师傅用手指向天空摇摆画圈、念咒后,小徒弟再缓缓走上河边停靠的木排,缓缓弯腰在河心装上满满两桶江水。然后又是缓缓回走,经过人群……两只盛满了江水的无底木桶竟然滴水不漏。二曰:定鸡。排师手提一只用来祭祀的大公鸡,先是对着鸡头烧三片神钱,然后扯下鸡头上的三根鸡毛,再念一道《超生咒》,咒语道:"此鸡不是凡鸡,是皇后娘娘所赐的神鸡,可收邪神邪鬼,可定八方阴魂……"不一会儿,这只被施了"定身法"的公鸡便不叫不抖,连眼睛都不眨,很是听话;解开其缚在双脚和翅膀上的绳索,把它放在地上,任人吆喝起赶,也是不动不跑。

起排开始,须敲打铜锣,称"开头锣",提醒泊于附近的船只注意,以免碰撞。待排筏启动顺资江下行时,常常摇鼓,以鼓传令,以鼓起势扬威,以鼓助力鼓劲。一般鼓声只从洞庭庙码头响至湖边的打鼓港趸船处后,便须息鼓,全程也就四百米左右。原因是再敲则害怕惊动了洞庭龙王,龙王发怒多会狂风暴雨,不利行船。后面的湖上行程,排鼓佬们只能以锣声替代鼓声进行指挥调度。

放排时,众排客都是几大口谷酒下肚,一声吆喝跳上排筏,十几把长篙同时用力,木排便离岸归流,缓缓前行。水上航行最怕散排沉船,故而排上舟中说话行事颇多忌讳,比如不能随便说"翻""沉""散""打""倒""滚"等字眼或同音字;排上东西不能随便横放,排前排后不能晾晒女人衣物;不准用锅盖舀水,不准无故敲打碗碟等。就连行排时,船工哼唱花鼓戏《打金枝》,有同伴问及唱何戏时,也不能说"打",要改说"摇金枝"。待浪小排稳,排客们便会唱起熟悉的资江排工号子,用以排遣寂寞,消除疲劳。开始,一般是站排头的头篙起唱:"嗨哟喂来嗨哟咳,阳春三月哟好放排,头排去哒二排来,二排过后哟有三排。吊楼的妹砣遭人爱哟,好似春风哟扑我怀,好似春风哟扑我怀……"紧接着,尾排的排工便有回应:"嗨哟喂来嗨哟咳,云闪开来哟雾闪开,一条青龙喂下江来,腾云驾雾呐放木排。吊楼的妹砣你好乖哟,别人敲门哟你不理睬,要等我哥哥哟把门开……"

洞庭湖浩浩荡荡,横无际涯,宽阔的湖面常起风暴,险象环生。《洞庭风暴歌》里记载,从"正月初九玉皇暴"开始,至"十二月二十扫江暴"结束,一年便有近二十次大的风暴。歌云:"洞庭宽来洞庭长,水中起落无太阳。无风三尺浪,有风浪三丈。稍一不小心,排散船翻喂鱼秧。"初遇风暴险情时,船主(一般的船排均会随行一位业主)多会带头鸣锣磕头,焚香剁鸡头,求神灵保佑。险情过后,多不还愿,故有"小财迷过洞庭——歪许乱愿"之说。此时,真正紧张、辛苦、危险的还是为首的排鼓佬及众多的排客们。一进险滩或暗涌漩涡,只见排鼓佬用棒槌猛击锣面,一声长喝:"撑——篙!""扳——桌!"篙手们便个个怒目圆睁,分站于在巨浪间起伏摇摆的排筏的前后左右,举篙在肩作投标状,齐声回应:"撑——啊!""撑——啊!"不一会,锣声骤响,吼声如雷:"头篙——挺住!""二篙——钩住!""三篙——控死!"锵!锵!锵!——嗨!嗨!嗨!人人表情肃穆,个个全神贯注,均把功名利禄及爱恨情仇等尽抛脑后,摆在他们面前的只有生存与脱险,责任与尊严!

# 呼伦贝尔深处

艾 平

夏天的草原,身背长枪短炮的摄影家,开着带行李架的越野车,一拨又一拨地来,就像刚出巢的百灵鸟一样,在旷野中盘旋。他们来自水泥成林尾气如雾、天空不再纯净的别处,面对草原的风景,手中快门咔咔作响,大量"出片",并借助网络媒体,遍地流传。他们因此名扬四海,乐此不疲,认为自己走进了自然,捍卫了生态,已成经典。

他们的作品之所以抢眼,得益于呼伦贝尔草原的风景资源。草原一碧千里,云从牧草中生发出来,成为天。天的边,地的边,在这里融合为苍穹。在别处,人的方位一般这样表述:高速上、楼下、地铁中、公园里,而到了这里,人们发现自己竟然是在天地间,穹顶下。绿野和缓无垠,河流透迤飘逸,蒙古包时隐时现,骏马如风掠过,羊群似云朵栖落,牧歌唱晚,少女的剪影楚楚动人,奶茶的芳香中,母亲的老珊瑚耳环隐隐生辉……于是,那些来自别处的审美眼光,在草原的元素之上飞快变异,快门几乎不假思索,四处追逐光与影的画面。难道佳作精品真的唾手可得?其实他们无非在用时尚的器材为小草镀金,为花蕊增光,涂抹晨光的色温,将骏马的长鬃变成银丝,捕捉大雪的蝴蝶,记录亮丽的节庆歌舞、猎奇的竞技瞬间,说到底,不外是做一些广角与光线的合作,微距和长焦的嫁接而已。而这些照片散出去,却真真能够叫人叹为观止,没有谁怀疑这就是真实的呼伦贝尔草原之美。呼伦贝尔的风景就这样缺失了深度。

让我们走进草原，把习惯于飞也似行进的汽车锁住，在蒙古包的干草铺上踏踏实实住上几天；让我们忘记城里的暖气热水，在大雪笼罩的日子跟牧民出一天牧，最好，就像当年的上海知青一样，住进牧民之家，做一回阿妈阿爸的儿子。那时候我们或许可以真正了解一些草原，可以看到草原鲜为人知的品质。草原将不只是一幅风和日丽的画，不只是远在天边的赏心悦目。在呼伦贝尔风景的深处，我们走进的是一部前所未有的卷帙，每一章都写满了草原的智慧和哲学，每一页都镌刻着草原的深厚和博大。

呼伦贝尔草原八万平方公里，由大兴安岭西麓铺展到中蒙边境、额尔古纳河右岸。曾经有三千多条河流和五百多个湖泊在这块土地上滋润万物。夏季莺飞草长，冬日白雪皑皑。因为只有90天左右的无霜期，这里的植物都抓紧时间疯长，有的从开花到打籽，只有二十几天而已。牧人知道，牧草的花期不可复得，牛羊一年里只有一次获得这些营养的可能。所以他们游牧，让牛马羊吃多种草，汲取丰富的微量元素。物竞天择，羊咳嗽，它会去找冷蒿吃；马上火，它会去找金莲花吃；更神奇的是，当牲畜骨折的时候，竟能够自己去寻觅含钙高的牧草吃。呼伦贝尔草原的游牧民族，正因为深谙大自然的规律，方能从青铜器时代一直游牧至今。游牧文明来自千万年的运化，不论你是技艺如何高超的摄影家，不论你曾经怎样千辛万苦而来，甚至爬冰卧雪，栉风沐雨，没有对牧民的理解和亲近，你不可能真正懂得。

你不知道绿草之下土壤的秘密，你不知道马蹄印之后草场的秘密，你不知道，天鹅、鸿雁、狼、黄羊与人和睦相处的秘密。你以为你和草地人混得热络，每每让他们为你煮一锅喷香的手把肉，斟满芳香的奶酒，为你穿上盛装，摆拍各种载歌载舞的姿势，就算读懂了那来自远古的眼神，就真的可以传达他们深埋在心底的梦想。告诉你吧，牧人的情怀苍穹一般高远，你需要满怀敬意，慢慢亲近。

我开车先到，一下子就惊呆了！难道是我突然走进了梦境？天空碧蓝，白雪起伏，只见一片金黄的草地，出现在白雪和蓝天中间。那块草地上干草如织,从雪里钻出来,有半米多高,密密匝匝地站立着。这一片老哥哥秋天打草时特意留下的冬牧草,造就出如此灿烂的风景。褐色的马群徜徉在山坳里,像波涛抖动的湖;下山往上看,又像是天空垂落下来的一幅画。

大马群由四个儿马子的小群组成。此刻,马携带着一团团热汗的白雾,正在金黄的草浪里肆意漫游,那一份飘逸舒展,竟如鱼儿嬉戏在涌动的水里。所有的马都饱满健壮,毛皮油亮,它们不必为食物担忧,也不必为安全惶恐,极寒的天气倒像是一种亘古的抚慰,温情地笼罩着它们。

老哥哥骑马到了,他只是挽着缰绳在上风口那么一站,马就闻到了他的气味,纷纷停止了咀嚼,抬起头向他张望。老哥哥满脸都是慈爱,像祖父久久地看着调皮的孙子。接下来,不可思议的一幕发生了:老哥哥把一只手高高举向天空,仿佛回应天上的某种召唤,然后发出了一种无法言说的声音。"啊……哈……呵……"其实我这样转述并不准确,老哥哥像在唱长调,又感觉不像,像在呼喊,又分明有起起伏伏的旋律。那节奏非常缓慢,似乎每一个小节都没有休止符,声音开始时低沉,渐渐高亢,直至使人想到金属的光芒。我听着听着,仿佛看见老哥哥的嘴里有一条河,一条清澈而缥缈的河,长长的河流升腾远去,和碧透的长空融为一体。我回过神看,天哪,曾几何时,马群已经汇聚一体,云朵般簇拥在老哥哥的身边。细看,各种颜色的马耳朵直立起来,像往上长的小树叶,忽而不停地向脑后抿着,忽而齐刷刷地挺起,仿佛舞蹈的细节。

老哥哥突然一抖缰绳,跃马而起。顿时,原野上白雾弥漫,万马奔腾,飓风如雷,风驰电掣……老哥哥的两个儿子,骑着有劲的杆子马,步步紧逼两匹最剽悍的马,在烈马慌乱的瞬间,挥动套马杆套住马头,然后拧紧皮绳,由于颈动脉被勒,两匹烈马摔倒了,又跃起……到底屈服了,草原又恢复了安静。

没有任何一部教科书,能给我解释草原上这种人类与动物之间的神奇沟通。我常常求教于那些真知灼见的牧人,常常面对草原久久冥想。我看见星星滴落,我听见冰雪消融,我嗅到日照的醇香,发现那远去的鸿雁把影子留在我身上,那隐匿的狼崽跳出来在我的脚边嬉戏。我的耳朵被灌满,我的眼睛被唤醒,不知不觉中,我的心脑开窍,一种久违了的密码,由远而近,日益清晰。我懂了,在草原上,旱獭立起身子合唱,那是有大动物威胁的信号;马在水里跳舞,是因为鱼在水里唱歌;马的头上缭绕着一个小咬团,那是暴风雨的前奏……原来有许多亘古的声音和气味,带着强大的能量和推力,早就存在于我们的生命密码里,是我们在貌似文明的觅食路上,忘记了它们。当我们脱离了喧嚣,才会发现它们,才会发现自己的世界变了,变得极为丰富又那么广阔。我们与万物生灵,原是一个母亲的无数孩子,或许大家已然各奔东西,或许彼此已经遥远而陌生,但饮食生息,却同样不可改变地依偎着大自然的母体。母亲的乳房给我们同样的庇护和血液,让我们心有灵犀,在一次次对视中,重新相识。你看,狼可以听懂风中掺杂的各种气息,牧人也会看风听风,他在马背上放眼一望就知道未来的天气变化,他把套马杆横放在草上,就能听到是谁在走来。音乐脱胎于对自然的模仿,动物一声接一声的嗥叫是为了彼此呼唤,牧人的长调像云一样悠长盘旋,也是为了把信息传到最远处。更奇妙的是牧民多音域的呼麦,具有和马、狼重叠的音域。那么凡能听懂自然之声的动物,皆可以凭借记忆,走进人的呼唤空间,人便可以模拟自然之声,与动物沟通。就这样,草原有了沟通万物的牧歌,游牧民族有了出入自然之门的钥匙。

夏天,我重返草原。我看见有一片倒下的马,已经变成了洁白的枯骨,在蓝天和花草之间,依然以倒下那一刻的姿势存在着。旷野安谧,我听见阳光和风正从它们身边走过,或许再过一个夏天,它们就会变成草,从土壤里长出来,把春天传承下去。

老哥哥一家都到秋牧场打草去了,只有他家的二儿媳留在家里。院子里多了一个新扎驻的蒙古包,还停着背包客的汽车。看来老哥哥也开始做一些旅游接待了。我向陌生的客人讲起马的事情,并邀请他们去拍拍那些白骨。他们对我的建议毫无兴趣,他们吃过饭会在车里睡去,凌晨时起来拍日出。他们说他们是来草原拍风景的。他们不懂,呼伦贝尔草原的美是一个天人合一的境界,那远古而来的文明是其中最有深度的风景。

## 乌珠穆沁的诱惑

季 华

那些脚步,在五百年前的时光里,当也是受到了诱惑的。它让那些牧草向他们招摇,让山峦上的树木与风配合着向他们摇摆。那些从遥远的阿尔泰山来的迁徙者,就开始盘算那些牧草可以肥硕多少牛羊,那些树木可以打出多少车辕缸桶和毡房的乌尼杆子。当时还没有河。他们还没有看到它。但要作为可以长久依赖的家园,没有河可不行,那是不行的。他们几乎就要忍痛割爱,就要继续前行了,但这时,有调皮的孩子在后来名气大盛的半拉山上大喊大叫。大人们便上去看,于是,就看到一条河,它正在柳丛掩蔽的沟坎里秘而不宣。

从此,这个世界上,就有了这个乌珠穆沁。

从此,这个世界上对人所有的诱惑中,就又多了一个。

其实,不只时光可以生长,诱惑也可以生长,它也是可以随着时光长大而渐趋成熟的。这个诱惑又生长了四百多年,到了20世纪60年代中期时,收获了它的第一批硕果。那是一群人,在一个风雪冬季走进它。他们同样是受到诱惑而来。他们穿军衣,戴军帽,背军用挎包,但他们不是军人。他们是命中注定要成为草原之子的人。不同寻常的是他们的挎包里有一支笔,还有应对寂寞的劣质香烟。草原上的牧民们都管他们叫斯赫腾——知识青年。后来,又管他们叫玛乃斯赫腾——我们的知识青年。他们都是因了人生一个苦难抑或幸福的约定而来到这里。它不知道他们,却知道这些人的到来会是个好征兆——他们会用文明触动它的宿命,用热血给它以青春。同五百年前的迁徙者一样,他们如果再不拨动它沉寂已久的琴弦,它就要被古老和迟滞锈透、沤断了。果然,后来就有了《骑手为什么歌唱母亲》,有了《黑骏马》,有了《血色黄昏》,还有了《狼图腾》。乌珠穆沁,有了前所未有的收获。这个被汉语译为"有葡萄的地方"出了名,似乎无处不洋溢着荣耀的甜香;就连那些生活的苦涩,好像也是甜香的了。可它天生缄默,就像那两条可以代表它的河流——萨麦河和巴拉嘎尔河,就是那种蒙古人的样儿,不诉说也不争论,不反驳也不抢白,就那样将一切都揽下,统统放到时间的河水里凉一凉、洗一洗,眨眼间让它顺水流走,都流走,一丝丝也不剩。

就是那条掩映在沟槽蓬柳下的河流,五百年前用来饮牲畜,五百年后用来漂流。草原人世世代代将河水依恋并敬慕,他们不让它去洗涤人体,不让它去接污纳秽,连那里生长的鱼他们也不吃。但是,他们饮它们,用歌唱它们,给它们起希冀着美好的名字。他们给这条河起的名字是巴拉嘎尔,意思是像蜜一样流淌的河。这样做了还嫌不够,又把一座城也以它来命名。连河都像蜜一样,那么其他呢?这个乌珠穆沁!

一种诱惑可以变成多种诱惑,而一个人接受了诱惑,又可以将其传于他身。我去乌珠穆沁也是由于诱惑,是《黑骏马》和《血色黄昏》诱惑了我。那是 1983 年秋,我和两位作家踏上行程。那时我还在多伦诺尔,还是一个不懂蒙古的蒙古人。也还不是作家,是业余作者,不过是在省级刊物上发过两个头条,便有了凌云之志。便去了。去那里了。

我深深地融入它。住蒙古包,与牧人朝夕相处,在那里待足了旬余,待得后来都不能再待了——情感已逼得人不能不离开。对乌珠穆沁的基础感知,对灵魂最初的自我触动,应该都是来源于此。后来调到锡林浩特,更是无数次地去那里。归来时自我感觉已是一个富足之人,它给你的你一生都用不完,那是用不完的。所以更不要说那些当年的斯赫腾,他们与草原十数载相交,又是以青春为代价,当然是不能不铭心刻骨。

草地细绒毯似的伸展,到弧线的天边也绝不会褪色。所有山峦呈现精致的浑圆,连沙谷、河岸、牛粪垛也是。河流像一根巨长的银鬃绳,随便往哪里一堆,就堆出一些几乎等距离的趔弯儿,闪着银亮,宛若连环,从那里繁衍而出的是银色的水淖尔,还有切切的温婉和纤柔。若是秋里,若是清晨,雾就开始了。先是极缓地匍匐,接着就失去耐性,一股脑儿地站起身,越过柳丛,漫过山顶,连招呼也不打,就浸进如洗的空气、野辽的花香、善变的白云和抑扬的长调。后者来自那成熟的绛紫色的狼针草丛。一个孤独的骑者也不下马来,一只腿韧镫而一只腿不韧镫,沙哑的嗓音颤动着穿越喉结。而他的一半声音是自己享用,另一半是顺着山势和风送给情人的。他的情人若是正要煮奶茶而把茶砖捣得嘭嘭响,或者正在捣酸奶而未到一千下不能中途而停,那他就是一个失意者或是一个幸运的人了。那歌声可能又为他赢得另一颗芳心,而这颗心有可能比那颗心更炫亮、更激昂悸动。他的歌声终还是成为那诱惑之一的风景的衬托,或者是伴奏,与那些头顶头扎成一团的羊一起,若是没有它,那风景就如奶茶没有放嚼口和盐,马鞍没有配银条与骄饰。蒙古包要是形容它,就是银纽扣般镶嵌在草地上,而不是如某歌中唱的那样"似飞落的大雁"。

相对于西乌珠穆沁的华丽浪漫,东乌珠穆沁则显得质朴与内敛。那里的河流太少,丘陵缺乏韵律,而几万平方公里的广阔无际却完胜于前,从而,它对人的诱惑如一个风骨老者,透出的已无不是厚重、苍凉和迷茫。在那样的氛围下生活,是要看人的,要看是谁在那里的,这个人的秉性所好和心境所随。而对一个内向而低调的人,一个自重而谦卑的人来说,那无异于天堂。那苍凉就不是苍凉,而是融入;那沉重就不是沉重,而是抚慰;那悲伤凄美也就不是悲伤凄美,而是一种心的随机和灵的互动……有一次我在乌里亚斯太靠近道特的地方听一位伯勒根唱《四岁的海骝马》,她的歌声似狼针草芒穿透我的心。我哭得稀里哗啦。听的人都哭得稀里哗啦。后来,歌者也哭了,平静地泪流满面,像是煮了太久还没有出锅的茶,一看就知其饱含怎样的苦涩,历经过怎样的坎坷。在那座蒙古包外,我对着朝东的道特方向,对着东乌珠穆沁的一弯弦月,试着去想那些五十年前来到这片草原上的人,想他们怎样为诱惑而来,因失落而泣,为脱离艰苦而不懈……

我想起来了,有一种景象,为乌珠穆沁所特有,那也是它诱惑的一部分。我之所以要把它记下来,是因为那撼人心魄的鼓舞和不竭力量的催驭。

是风,乌珠穆沁的风。

起初它像马驹儿一样在温柔地吮奶,并没有多少力气。但是很快,仿佛那马驹儿突然长大,突然繁衍出无数匹马,而那些马又组成盛大马群,从草原上浩荡而过。于是,它来了。风来了,以模拟万马奔腾的方式。这时的它已为一种力量所充满。岂止是人的衣襟发鬓,那些灌木柳林、经幡毡苫,那些三叶草、扎蓬棵,以及整座山壑,整片草甸,整个狼针草丛,都如同附上野马狂魂,霎时进入了一种极致的动荡。是这样,那才叫动荡,之前的不过是摇曳、摇晃、摇动、摇摆,不过是风飞草舞,山欢水叫。动荡是整体上的,是所有中的无一而遗,是全天地间向同一方向的剧烈倾斜,是全宇宙在同一节律内的持久共振……那个人也身在其中,他似乎已不是我,是谁不知道,他已为这种动荡所贯穿并震慑。还有牵着的一匹马,怎么像与他一起在水中浮游?他发现草原已丧失原本,已不是草原,已变成海。这个来自多伦诺尔的男人,自称作家的人,还从未见过海。但他认定那就是海,海就是那样,他可不就是在海中经受风吹浪打,涤荡拍击,承接某种生命的洗礼?他还发现,草原与海真是相像至极——那博大与博大、广阔与广阔、狰狞与狰狞、包容与包容;山峰不就是礁石,天边不就是海岸?草涌即潮涌,尘暴即台风,畜群即鱼群,呼啸即怒吼,恬静即思想,树丛蒿草即水榭珊瑚……然而,那么诡异。忽然间,风停了,原野进入一种突兀的宁静,并旋即完成了一种固态凝结——草地凝结成翡翠,天空凝结成蓝宝石,水淖尔凝结成一枚枚形状各异的银镜儿,而之前那波涛汹涌的红色之海,那狼针草丛,则凝结成几十上百里那么大一块血色冰川!

他也被凝结住。有些恐惧,他就催着那匹马跑。可是它不跑,因为它看到了向它姗姗而来的那个年轻的女主人。他们叫她索米娅。

不过,那种情形极其的短暂,只那么一小会儿,一切又恢复原状,乌珠穆沁草原,风又刮起,浪又涌起,又进入一轮新的反复……

　　我现在写这些字,是望着乌珠穆沁方向的。

　　今年锡林郭勒大旱,乌珠穆沁大旱,但昨天传来消息:乌珠穆沁下雨了。

# 草原册页

敕勒川

## 无名的敖包

睁开眼的时候,我看到了那座敖包,孤零零的,立在浩瀚的蓝天白云之下。不知怎么的,看到它的一刹那间,心竟怦怦然起来,似乎孤零零站在那里的是我,似乎我已站在那里很多年了,一直在等着我自己。一片云,在它头顶缭绕着,干净得像童话,像一个人内心里留下的珍贵的空白。

在看到它之前,我一直闭着眼在草原上漫无目的地走着。我知道,不论我怎么走,都不会有问题的。漫无边际的草原上没有疯狂乱蹿的小汽车电三轮,没有缺了盖子的下水井,没有小偷,没有抢包的小流氓……只有软软的草,镶嵌着五颜六色的花朵,在脚下地毯一般铺展开去。

离开蒙古包时,我只是想散散步。我想,是应该好好走一走,不要辜负了这铺天盖地一往情深的绿色。走着走着,我突发奇想,我想闭着眼睛走一走。极目四望,远处的蒙古包像一小块石头,除了绿草如茵,什么都没有。在城市,闭着眼走路跟中500万彩票一样不可能,没地方不说,也没有那个心思。而在草原,闭着眼睛走路,不再是一个问题。我要看看自己闭着眼睛能走多远,能走到哪儿。我想,在我睁开眼时,看到的不论是一个人,还是一匹马一头牛一只羊一条狗,甚至是一匹狼,我都会把他们当作我的亲人。我会怀着真诚的爱,去紧紧地拥抱他们。

而现在,我遇到的是一座敖包。

那是一座无名的敖包,至少我不知道它的名字,就像它不知道我的名字一样。但我想,它也应该是我的亲人。我不能食言,即使没有人知道,我也不能。

其实,在漫无边际的草原上走路,你睁着眼和闭着眼是没有区别的。你走着走着就会迷路,因为四处都是路。四处都是路,跟没有路是一样的。路多了,你就找不到你要走的路了。幸而有敖包的存在,它们立在那里,就是为你指路的。但它们不说,它们让你自悟。悟到了,那是你的造化;悟不到,那只当是人生的一次擦肩而过。

我慢慢走到那敖包跟前,仔细地端详着它。它有两人多高,普通蒙古包一样大。我慢慢地绕着敖包走着,心里默默地祈祷,一圈、两圈、三圈……走着走着,我忽然觉得那一块一块叠在一起的石头是一颗颗心,是一颗颗历经沧桑的心。此刻,它们就在我的眼前跳动着。只是我不知道,多少颗虔诚的心聚在一起才能成为神。那些白色的蓝色的哈达,像一条条伏在敖包上的河,只要我走动,它们就欢快地流动着……

我停下,我展开双手抱住那座敖包,仿佛我抱住了自己,仿佛四十年了,我一直在等着这一次拥抱。

天,地,敖包,我……一切的一切在这一刻都融为了一个。

回到蒙古包的时候,朋友问我,你走到那座敖包了吗?我说是的,我走到那座无名的敖包了。

不是无名的敖包,它叫……朋友说。

不用告诉我它的名字了,不用了。我赶紧打住朋友的话。

我爱上了这无名的敖包。因为无名,所以它可以是草原上任何一座敖包。因为无名,我可以把遇到的任何一座敖包,都当作是它。名字,也许是一个枷锁。我不想给那个敖包套上一个枷锁,就像那些草,无名的,却是永恒的,一直铺向天边,谁也挡不住。

一直以为,那个无名的敖包之所以站在那里,是在静静地等我,指引着我的灵魂之路。或者,那无名的敖包真的是我,一直站在那里,等待着地老天荒,等待着我的前生与来世……

**大风刮过草原**

即使在蒙古包里,也能感觉到大风的张狂。大风一会儿在这面推推,一会儿在那边扛扛,一会儿又爬上包顶使劲地跺几脚。时间久了,没有人理会它,它就无趣似的向远处跑去。跑得没意思了,就又返回来,狗一样喘着粗气,在蒙古包的周围眄视着、逡巡着。

在春天,大地复苏,动物们也似乎明白了生命的意义,被生命原始的冲动鼓噪得纷纷发起情来。大风也不例外,大风也跟着发情。大风是一个硕大无比的动物。大风嗷嗷地叫着,不管不顾,它的身体里热血澎湃,它的内心涌动着无限的情欲。

大风把草原吹得像一面旗帜一样猎猎汹涌。大风像一个发了疯的野兽,一抬手,把天空拉了下来,又一抬手,把大地扔到了天上。天空和大地就像是大风手中的两个玩具,被它变戏法似的从左手抛到右手,又从右手扔到左手。没有什么可以阻挡大风,大风把大地上的一切都融化了。直到在天地间,在大风的视野里,空荡荡的,什么都没有了。大风得意地狂笑着,把内心里的空茫震得嗡嗡响。

就在大风最得意的时候,一个人出现了。一个人若无其事地站在大风面前。一个人有意无意地瞟了大风一眼,就走进了大风。他要看看大风是一副怎样的铁石心肠。

狂傲的大风,似乎被一个人的无知、无畏、无所谓镇住了。有几秒钟,大风仿佛被人施了定身法,怔怔地站着。但是,大风随后反应了过来。大风像一个泼妇一样,冲向了那个人。大风又唾又骂,连踢带咬。大风想把一个人吹灭,大风把他的衣襟一下子撕开,把他的皮肤一寸寸吹裂。大风搜索着他骨头里的灯盏,摇撼着他的心。大风在他的脸上,刻下深深的风声,甚至,大风把身后的一座大山抓起来,摔在了他的身上。

但是,那个人似乎什么也没看见,什么也没听见,什么也没感觉到,他依然一步一步向前走去,走进大风里。那个人像一枚坚硬的铁钉,死死嵌进大风的身体里。

大风终于被一个人硌痛了,弯下了腰身……

如你所想,那个人就是我。我就是那个在大风中行走的人,那个硌痛了大风的人。很多年了,我已经习惯了大风的劲吹,习惯了大风把我的骨头吹得哗啦作响,吹得星光一样明亮而幽冷。很多年了,我在大风中越走越远,越走越远……

一个人的一生,只有顶着大风才能越走越远,这就像一个人挑着重担,才会快步前进。一个人的一生,不经过几场大风是长不大的。一个人要么被大风吹大,要么被大风吹灭。但是,一个人可以被大风吹灭,可他不能被大风吹怕。

多年以后,即使搬到了钢筋水泥的城市,大风也能一下子找到我。大风一直记得硌得它心疼的那个人。

我们势均力敌。我们惺惺相惜。

**每一棵小草都有一场辉煌的日出**

大幕徐徐拉开,一场辉煌的演出就要开始。

仿佛上一场演出刚刚结束,几颗星星还恋恋不舍地眨着眼睛,盘桓了一阵才意犹未尽地离去。小草们都准备好了,腰杆挺直,有些还捧着芬芳的鲜花。风在这里走走,又在那里逛逛,有一搭没一搭地和小草们说着什么,像一个剧场的巡视员。

牛羊们也似乎在盼着一场精彩的演出,眼里闪着渴望。偶尔有几声咩叫在空旷中响起,但随后,它们就又陷入自己的沉思默想之中了。仿佛黑夜依旧在它们的身体里继续停留着,它们得先把自己体内的黑暗慢慢融化掉,才可以一心一意地观看这场演出。

蒙古包总是被母亲最先推醒,它吱呀一声长出了一口气,哐当一声又打了一个喷嚏,抖一抖身子,随后一缕青烟就缓缓地升起来了,仿佛一个人点起一支香烟,美美地抽着。随后就有奶茶的醇香,一点点溢出来。

演出就在母亲奶茶的醇香中开始了。是啊,演出总是在母亲奶茶的醇香中开始,多少年了,我们早已习以为常。

一条河像一段明亮的前奏,缓缓地拉开了这场演出的序幕,把我们的目光一点点拉向天边。天边,耀眼的彩霞飞扬着,仿佛是太阳的开路者,前推后拥、呼呼喊喊地排列在天空。辽远的地平线微微颤动着,太阳在浩浩荡荡的光芒簇拥下,终于出了场。先是半个括号似的一线,接着是镰刀似的一弯,然后是犹抱琵琶半遮面,最后是成佛般的圆满。

太阳,亮出了这个世界的底细。

为了这一个小时的日出,上帝准备了十个小时的黑夜。上帝是这个世界上最优秀的导演,他懂得怎样在黑夜之中一点点抠出光明,他把湿乎乎的黑夜拧干,然后凝结成一场梦幻般的日出。他知道人们需要什么,他懂得怎样恰到好处地调动人们的情绪。他明白,黑夜与光明,一个都不能少。

因为太阳,我们把一天又叫作一日。又因为这"日",我们便对这世界充满了美好的期望。是啊,太阳是这个世界真正的帝王,它傲然于大地之上,目光炯炯地俯视着大地上的一切。太阳把大地上的一切,都镀上了温暖的金光,每一个生命、每一件事物都显示着庄严。

大地,天堂一般辉煌。

面对日出,我默默地闭住了眼睛。我闭着眼睛默默地祈祷,为我白发苍苍的母亲,为我辛劳一生的父亲,为我朴素的爱人,为我健康成长的女儿,为那些至今不因为我一无所成而依然爱着我的人,以及那些我爱的人和那些我不爱的人……甚至,为那些伤害过我的人、那些我曾经恨过的人,现在我原谅了他们。我知道,我原谅他们,其实是在原谅我自己。

我慢慢地睁开眼睛,我看到一棵小草上的露珠里有一个太阳……哦!我看到每一棵小草上的露珠里有一个太阳……天哪,这简直是一个奇迹:每一棵小草都拥有一场辉煌的日出。

"每一棵小草都有一场辉煌的日出!每一棵小草都有一场辉煌的日出……"我反复念叨着这句话,念着念着,泪水就涌了出来,一颗心就暖暖地融化在了无边的光芒里。

## 花梨：往内心生长的植物

孔　见

　　花梨是一种草木，现在很多人都来沾草木的光。生意场上赚了钱的人，花几万块买一串珠子套在手腕子上，感觉人一下便贵气许多，跟原先不一样了。仿佛过去在人堆里摸爬滚打沾染的晦气，从此便都烟消云散。当然，这说的是海南岛的黄花梨，不是越南黄花梨，更不是缅甸花梨、巴西花梨、非洲草花梨。因为海南黄花梨出了名，许多地方的木头都来蹭，其实不是那么回事的。如今，在玩家之间，海南黄花梨反倒不叫花梨，而是称"海黄"，发的是"黄"的音，取的是"皇"的意思。显然，它作为木中之王的地位已经没有争议了，但实际上，它应该归于木中的圣者。它的征服，靠的是内潜的品质，而非张扬的霸气。在社会场上，海黄能够给人加冕，让人觉得自己活得有范儿，颜脸上有釉彩，像景德镇的陶瓷。有实力的人，家里没个海黄家具摆设，别人会起疑的。在茶肆里跟人说话谈事，嘴里叼一根花梨烟斗，底气更足。空闲的时候，将木珠子放在掌心里揉捏，看它无端地扮着鬼脸朝你笑，而且笑得那么灿烂，是件开心的事。

　　小时候，我亲手栽过许多树木，就是没种过花梨。原因不难说清，这种木头看起来太寻常，太不起眼，既开不出香艳花葩来，也不能结出甜蜜果子来，况且长得实在太慢。积三百年时光，可用的芯材也不过碗口粗细，七十古来稀的人，等它乘凉都来不及啊，还不如种个甘蔗、龙眼什么的。即便今天，作为一种乔木，花梨的外观也是乏善可陈，棵株不高也不矮，叶子不阔也不碎,枝节不疏也不密,素颜朝天的,找不到一点儿提神的地方,以至于在林子里都很难辨认出来。没见过蝴蝶蜜蜂在它叶间停留,也极少看到鸟在它枝上筑巢安家。然而,也许正是这些不事喧哗的外相,保全了它内心极其灿烂的品质,让所有的树木都黯然失色,应了老子"唯其无争,莫与之争"的真言。

花梨的内涵,全在于它长得慢,活得有耐心。通常认为,山林是清静隐逸之地,其实也不是那么回事。不管对于动物还是植物,这里都充满纷争。且不说野兽们为了地盘和占有更多的异性交配权,从来就没有停止过嗜血的格斗,即使看起来生性平和的树木花草,都在为攫取土地与阳光相互挤对与绞杀着。几乎所有的草木,都牢牢抓住脚下的那寸土地,踮着脚跟一个劲地往天空里拔,生怕别的树木挡住自己的光明出路。特别是那些阔叶的植物,近乎疯狂地生长,恨不得将所有的光芒都披到自己身上。在难以拨开的热带雨林,只有极少数的植物,不追求一朝一夕的繁荣昌盛,将心气降到接近于零的原点,安住于一阳初始的静谧。它们不急着开花结果,也不急着要成什么栋梁之材,不追求自己本性里没有的东西,依照内心隐秘的天机自在生长。花梨木就是其中的一种,它是慢生活的经典。在淬去浮躁的心火之后,它生活的节奏变得极其舒缓,呈现出一种近乎无为的状态,哪个季节看上去都是一副与世无争、悠然自得的样子,像一个看破红尘的禅者。有禅修经验的人知道,尘埃落定之后,心底会豁然洞开一种宁静致远的境界,进入窈兮冥兮的状态。想必花梨木就是这样,悄悄潜回生命的源头,用胎息去摄受天地间最最精微的元气,将其运化吸纳,凝成自身纯粹的品质。诚如道家所言,天地的灵性无处不在,缺少的只是一颗致虚极守静笃的心。

茂密的热带雨林,汇集着各种各样的植物,有的是婆婆有致的灌木,如夜来香;有的是器宇轩昂的参天乔木,如几人合抱不过来的陆均松;有的是缠来绕去的藤萝,如牵牛花,虽然身子骨都撑不起,但攀附于高大的树木之间,也蔚然成一道欣欣向荣的景观。这些植物基本上是向外生长,向天空里攀爬,以挤占地方之大为荣耀。相对而言,花梨是一种内向的植物,它更多是往内心深处生长,在近乎静止的时间里涵养性情,陶醉于自身气质的馥郁,不动声色地生活,不在空间上四处铺张,更不通过攀附来制造虚浮的繁荣。

在海南,树木的芯材被称为格,类似于石头玉化的部分,性质细腻而深沉,不易变形开裂,其造化功夫远远超越普通材质,是木之精华所在。岛上阳光灿烂雨水丰沛,植物长得快不算什么能事,长出格来才是道行。那些急于长大的树木,比如榕树、凤凰树等,都很占地方,但质地相当粗糙松软,成不了什么格,很容易腐朽,成为虫子们的快餐,只能用于烧火或搭建窝棚,做一把凳子都支撑不起。海南是白蚁的乐园,白蚁是时间可怕的使者,只有经得起白蚁牙口检验的事物,才能在岛上存留下来,获得趋向不朽的品质。这种极具繁殖能力的顽强昆虫,洪流一般的汪洋,它们以狂欢的方式,贪婪地吞噬着形形色色的事物,连砖头、石块、金属,甚至白银都不例外。许多高广的庙宇、坚实的堤坝,不知不觉中就被它们蛀吃一空。一部海南岛的历史遗存,差不多就给白蚁吃光了。但对于花梨木这样有诱惑力的美食,白蚁却消化不起。按照古代命理的算法,大多数人的命都没成格,经不起时运的折腾,只有那些花梨木一样活出格来的人,才具有强大的稳定性,抵御外部环境的侵蚀。

花梨格色泽深沉、光润璀璨,保存着行云流水般的年轮,时间美妙的脚印。时间在万物中无声地流淌,但从普通的草木身上流过,跟从花梨木心里流过,步伐姿态是不一样的。花梨木无疑是时间最为优雅、最为潋滟的流程,它微微漾起的波澜、意味深长的漩涡,令无数人淹没其中,难以自拔。花梨木芯材被称为鬼脸或狐狸头的旋儿,看起来像是一种诡秘的笑容,让人浮想联翩,其实不过是花梨成长过程中留下的创伤记忆。一般说来,人们都希望自己和亲人过得平安吉祥,躲过飞来的横祸与无妄之灾。但是,倘若从砥砺品格的角度来看,过得顺风顺水不见得是好事。艰难困苦,玉汝于成。击打和跌撞对生命是一种锻造,只要能够经受得起。海南岛地处台风的交通要冲,每年都要来几次昏天黑地的大扫荡。对于香蕉、橘子等众多以开花结果为成就的植物,实在是灭顶之灾,但对于像花梨木这样以品格为成就的树木而言,却是难得的造化。旋转呼啸的狂风,极尽其能事,变着不同的角度来蹂躏阻挡其前进的事物,释放内心愤怒的雷火。它的暴力在花梨木内心留下了绚丽的花朵,还有一个个神秘的酒窝,造就了它迷人的质地和越来越昂贵的身价。

俗话说,不怕贼偷,就怕贼惦记。某种意义上,人是这世间的贼。世上的事物,一旦被人盯上,卷入人类的生活,处境就十分危险。尽管生长在海南岛这样边远的地方,国色天香的花梨照样难以自弃。慈禧太后入殓之后,还要在数千里外的岛屿,运去上好的花梨木椁,极尽其奢侈的哀荣,何况还有那么多活着的人呢。生前死后,他们做人的荣光都需要花梨木来映衬。数百年来,无数花梨木在还未成材之前,就倒在锋利的刀斧之下,难得享尽天年。现在,原生的花梨木已经十分稀罕,成为即将绝版的生命,这正是它价格不厌其高的原因。不用说山上没人照看的,就连海口公园挪来供人观赏的活株,尽管安保措施严密,也被人神不知鬼不觉地杀害了。而在离海口不远的龙泉镇,为了避免同类惨案的发生,花梨木幼树被禁锢在钢筋制作的牢笼里,像是等待秋后问斩的死囚。难怪老子要抵制难得之货,庄子要倡导无用之用。说到我家的情况,则有过之而无不及。村子里一个斜视的男人,不知什么时候起,就盯上了那把犀斗柄,并在某一个下午将其盗走。因为途中被人看见,老祖母传话过去,他只好乖乖送回来。但一年之后,这件东西终于消失得无影无踪。再后来,那双收藏着多少代人梦想的油梨枕头,也长出了翅膀。至于正厅里那对太师椅,最好就不提了,免得我母亲吃不下饭。进入新世纪之后,乡村里存有花梨家具的房子,差不多都成了凶宅。万宁那边,便出现一张八仙桌要了几条命的事。这些人所做的可耻事情,他们内心黑暗的纹理,怎么能够配得上高贵的花梨!

与花梨不同,现代人并不在意自己心材的成长,也不以成格为造化。他们活得越来越焦急,总是行色匆匆,仿佛要到什么地方去,其实什么地方都待不下,因为脚下没有了根。一旦时间的脚步放缓,世界变得寂静起来,他们就受不了,甚至要发狂。魂不守舍的人,精神无家可归,时间便无法在生命里积累,玉化成一种坚贞的品质,或涵养出一种深邃的境界。本质的虚弱,促使我们抓握一些事物来支撑和填充自己。过去,我们以黄金、白银、钻石、翡翠、珊瑚来装饰,现在又找上了花梨木。解决温饱问题之后,失去信仰的人群,势必踏入一个玩物丧志的时代。只有对人类尊严保持着敏锐警觉的人,才走上格物与明心的道路。中国自古有格物明心的传统,格物与玩物不可同日而语。格物是通过对事物深入的观照,体察其中蕴涵之微妙玄机,师法自然之道旨,成就自身心性的品质;而玩物则是将异己的事物当作意淫对象,陶醉沉迷其中,寄托找不到出路的迷惘情感,耗掉骨髓里惴惴不安的精魂。前者近似于借梯子登楼望远,后者无异于抱石自沉。

  天地之间,处处氤氲着空灵之气,唯有微妙通玄的心怀可以吐纳,成就道成肉身的功德。作为万木精华,花梨是阳光与水的陈年佳酿。倘若能越过虚荣的消费,亲近这种天物凝练的品性,接受其芬芳的熏沐与涵养,变化自身的气质,也算是一种潜移默化的无言之教,免得在花梨愈来愈成为人的荣宠的同时,花梨反倒被糟践。而花梨木心格上一个个吊诡的笑容,才不会被理解为对人的嘲弄。

# 观音山,向你抵达

郁 乃

观音山,此刻我对着一张 1∶37500000 的中国行政区地图,细细地打量着你。想象着你的山风,你的地貌,你的十八万亩广阔胸怀,并跟随着夏天的夜风,向你所在的南天圣地、百粤秘境的广东东莞——急行。

书桌上的台灯,一如既往的柔静,照亮着我遥望你的目光和思绪。我仿佛已置身于温暖明亮的万顷翠绿中,真实得不像是梦幻。是的,我正呼吸着饱满的欢喜和思念,黑夜中昂首阔步,循着安详的佛光,向南,再向南,幸福地前行。

天地玄黄,宇宙洪荒。仁慈隐恻,造次弗离。守真志满,逐物意移。我是背诵着"千字文"长大的东方女子,我也是读着"盘古开天地"长大的华夏子孙,我的心中始终有一个朦胧清晰的神话故事。我记得那个女子,她叫妙善,来自佛祖身边,甘愿下凡,在人间承受苦难,普度苍生,让人类感知善恶,让高昂的佛光明亮俯照黑暗。从出生到成长,从高贵的皇宫到偏僻的山村,苦难成群结队跟随着她,生死一线的惊恐接连不断袭来,这弱小的肉身生命所经历的,像一个个人间的苦难符号,呈现在世俗的目光中。善与恶,无时无刻,不在细说生命的内在质相。

人间天地,山河岁月,历史沧桑。所有的善,所有的恶,所有的悲,所有的喜,永远在轮回中诉说着因果之报。每一个中国农历的六月十九,都是让人仰天敬拜的日子。这是观音的诞生日,它意味着一个美丽的神话传说,永久地闪烁在时间的星空上,永无休止地照亮红尘大地。从人间的妙善公主到天上的观音菩萨,一千只手一千只眼,只为大慈大悲救苦救难,守望人间平安。

即使明白了回归乐土的路,即使知道人间世道的艰难,仍选择留在紫竹院,一瓶玉露,一枝杨柳,只因有苦有难的人间需要善的传播。爱,便是向佛祖的誓言:我不入地狱,谁入!这不是一句普通的誓言,这是一句坚定的诀别。用爱剪断与极乐世界的脐带,甘愿扎根人间世界。从此,必须孤独守望并面对苦难的红尘苍生,且化身到俗世,为每一个生灵牵肠挂肚,甚至为一棵草枯一朵花落暗自流泪悲悯。这一番的人间常住,爱一切的善,甚至恶,其中的隐忍、沉默、委曲,其间的大悲情怀,如果我们凡夫俗子仍不解不悟不感恩,那么,将是怎样的可悲可哀!生命之旅,如果我们不要爱不要善,那又将是怎样的荒凉不堪?!如果我们不能爱观音所爱,不能珍惜她的悲悯她的慈爱,我们的灵魂将要流浪多久才能抵达温暖的安宁福地?

当我用思绪翻开那些泛黄的文字记录时,多想纵身跃入那悠远古老的岁月,去听,去看,去感慨观音菩萨在人间的苦难历程。我甚至想象我曾是大香山的村民,与妙善为邻,并知道她所有的成长故事。人间的苦难,人间的悲喜,人间的挫折,怎会那么无情地向那么一个柔弱的女子袭来。本来安乐地守在佛祖身边,却甘愿背负尘愿流落人间,本来降生皇宫却被追杀隐忍偷生于民间,从高贵到平凡,从生来到寂灭,从苦难到圆满……我读着那长长的神话传说,竟然忍不住伏案悲泣,沉浸于细细的泪光中,不能自拔。

生命是一场怎样的苦难之旅,生命又是一场怎样的劫难和伤痕累累?我向窗外的黑夜天穹,大声地叩问着!

我知道,从苦难中走过来的生命,又将是怎样的坚强美丽,像寒冬过后春天大地的花草,也像夏天里水上莲开的微笑,美得安宁祥和。生命如莲,生命似草,枯萎后的重开,开放后于西风中寂灭,每一场的轮回,都有自身的惊天动地歌哭交感,每一场的重生,都拥有山呼海啸的磅礴气势。不为伟大而来,不因平凡而卑微,只为热爱人间,只为感恩天地物华之美。

难灭福生,当我们仰望天空,渴望祥云,当我们敬拜观音,拥佛在心,我们会刹那醒悟,地狱不可怕,磨难不可怕,孤绝不可怕,只要有善念善行,有为之甘愿去奉献的红尘信仰,一切的一切都无惧无悔无怨。世间的所有悲、苦、难,都有挥手一别的时刻,俗世所有的爱心善念,也都将花开永恒。活着中等待,等待中活着,我们将记住:生命唯一的方向,是爱,心中唯一的善,是爱!

历史早已被文字记录在案,我们不能忘记苦难的人类,是怎样从苦难中千山万水走到今天。即使在当下今天,世界仍是苦难遍地,战争、屠杀、掠夺、伤害、谎言、欺骗……物欲的苦难层出不穷,而心灵的苦难更是无边无际。

有一种爱,天上人间,生生不息,覆盖心灵高地。有一种爱,柔软厚德,承载包容着人类的肉身生命。这,就是佛的广阔大爱,是生命的力量!观音在云上在世间,向我们诉说传递着,每时每刻中。

细细思来,红尘俗世,我们的悲,是因为爱,我们的喜,是因为爱。所以,我们其实是活在爱中的,只是很多时候,我们自己忽视了爱的存在。只有当我们觉醒时,我们才会把心灵的钥匙交给爱,交给天地,而因此拥有温暖安宁的日子。

生与死,仇与恨,爱与痛,病与老,当我们困惑不解而苦恼时,抬头仰望天空祥云,我们将翱翔在希望的信念里,我们会感到自己身体里温暖的血液在流动,眼中清冽的泪水在滴,我们会将爱的瞳孔放大到从生到死的距离,我们会将感谢感动感恩化为力量,去奔赴一场场生命中的各种邀约甚至苦难,我们会彻悟什么是生命的原本!

我向观音山走去,我想象着观音山霞光万道的壮观,想象着万林丛中鸟语花香的美丽,想象着无数个朝拜者的虔诚目光,想象着我站在观音山下,仰望离天三尺三观音石雕的笑脸,想象着我的欢喜我的思念在那一刻,落地成土,然后开出柔软的花,仰望永恒的爱。想象着这些个想象,将会随我走过怎样的遥远,一同抵达梦想。

夏天的长风,缓缓地从六月吹到七月,又将吹向八月和九月。蛙声蝉鸣,一阵阵响过耳畔。我看见我自己,正随着飞往东莞的风,一步又一步走着。携带着生命的重量,背负着生命的价值,在悲喜的知觉中,懂得生命的方向和苦难的意义,我喜欢这样的我,喜欢这样的行走生命。我并且相信,走过这长长夏夜,将是秋高气爽的明天。

亲爱的观音山,请给我力量,请给我信心,也请给我向你抵达时沿途的曲折,请守望途中我的踉跄,我的彷徨,甚至我的气馁,这样,当抵达在你的万亩清凉地,向观音俯身礼拜时,好让我懂得大慈大悲救苦救难的人间佛号,是一声怎样深婉柔情的生命长歌;让我彻悟人间生命是怎样的悲喜交加,惊天动地,然后归于永恒的静安;让我甘愿卑微伏泣在天地间的佛光下,为人间的万物苍生祈愿平安,并因此花开自己的心灵。

观音山,我正向你抵达,千山万水,万水千山,不懈不弃。

# 观音山您早

周伟兵

一觉醒来,恍然间想起:窗外缭绕的是朝霞,自己正身处鸟语花香的幽谷山居,便满心欢喜。

## 一

漫步在观音山山间的晨曦里,诗情画意款款而来。脚下由鹅卵石和苔藓泥土组合的小道上,落英缤纷,残叶遍地,夜露和朝霞凝成的晶莹水珠,逍遥在那些叶片花瓣上,笑眯眯地向着一双双路过的鞋履致意。轻雾弥漫在山道弯折处,也挂在路旁的树梢草尖上,使得眼前滋润的山色空灵而朦胧。到处都是苍松古榕,它们冠盖如伞,遮荫一方,君临于群芳之上。古木四周是茂密的竹林,万杆千枝,摇曳翠旗。块块叠垒的山岩竖勾横架,壁立卧躺,掩映在青竹古木和苇草藤蔓间,有的撑起山形,有的耸起石崖,还有的就四处散落,斑斓出大山的颜色,映衬着天上的霞光。小溪顺势而来,带着一夜的星光月色,更带着黎明的清新,它们曲折有致,时急时缓,一会儿在浅水石滩上流成万千银锭,一会儿在松竹倒映的深潭处静卧成一方碧玉,一会儿载着缤纷的落红旋转成一条舞动的彩练,一会儿又成了一湾欢声笑语的儿童乐园,任凭朵朵水花孩子般地雀跃于顽石之上。逆着泉流向峭壁上望去,彩云托日,天水漫来,飞瀑像一匹巨大的白布在崖顶铺开,接着就在石缝岩缺间跌宕出无数条白练,这些白练各具神形,恣肆随性,轰隆隆地垂落成气势磅礴的瀑布群。远远望去,犹如万绿丛中倾泻的接天银河,罩着一层童真的曼妙,又飘出几许神话的风采,实在是喷仙吐秀,美不胜收。濯足瀑底,垂直仰面,只见瀑口四周幽岩暗林,藤蔓纠结,乱石横空,只有一缕曙光在水雾中飞起隐隐红霞,令冰清寒爽的深潭上空陡生暖意。而在曙光的照耀中,有几株好像是天外来客的苇草正顽强地挺立在瀑口飞流处,它们的芦花竟然呈现出一种枣红的色调,仿佛一面面飘扬的赤旗,旋舞出灿烂的诗情。由此我才感悟,古往今来那些山水田园诗人,就是大自然的模仿者或搬运工。比如"明月松间照,清泉石上流"和"万壑树参天,千山响杜鹃"这样的句子,其实就是自然山水的本来面目,也是山翁野老随口都能说出的言语。又比如"竹喧归浣女,莲动下渔舟"和"孤舟蓑笠翁,独钓寒江雪"这样的画面,就是山女渔人躬行其间的日常生活。至于荆扉孤烟、古渡落日、寒山苍翠、层林尽染这样的辞藻,也是山中水边俯拾即是的自然场景,稍加雕琢便可入诗。这说明,诗文的源泉并不在象牙塔里,而在大自然的千古造化之中,伟大的作品永远属于那些山川行吟者和有心人。

## 二

朝阳终于大白了青山,躁动了万物,观音山中新的一天,由此拉开了序幕。

小松鼠是最先跃入眼帘的,这里一只,那里又是一只,它们在树枝上蹦跳出一串串音符,令这个美丽的早晨有了乐感。那些色彩鲜亮的小蜥蜴纷纷亮相,它们灵巧地穿梭在苔藓石缝和古木盘根间,例行着持之以恒的祖传晨操。两只碧绿的青蛙,还在溪中的岩石上叠身呢喃,似乎在宣誓着海枯石烂永生相守。一条色彩奇艳的大蜈蚣,从落叶丛中爬了出来,那橙色的头颅、黑亮的身躯和无数条赭黄腿脚,一看便知毒性十足,令人生畏。密林深处鸣叫着咕咕咕、啾啾啾的歌声,虽未相见,也知道那是锦鸡、斑鸠在向早晨问好。翠鸟、白头翁和雨燕都从森林中飞出来了,它们轻盈地掠过山泉的水面和瀑布的水帘,唧唧喳喳地展开了它们日复一日的空中对歌和争吵。蜜蜂、蝴蝶和红蜻蜓、蓝蜻蜓也开始与晨光共舞,翩跹起生命中新的光阴。它们有的悄悄与水花露珠约会,有的精灵般飘逸在芳草繁花之间,飞到哪里,哪里便是一片锦绣。有一种纯黑色的大蝴蝶特别引人注目,成群地来来去去,眷恋于小溪边扶桑树上俯首欢笑的大红花,当蝶儿与花儿接吻时,溪水和山石便荡起了羡慕之情,相互羞涩地凝望,也想轰轰烈烈地来场爱情。只有游鱼最为用功,一醒来便诗人般地吞吐着经过树根石岩一夜滤过的清泉,嘴巴一开一合地吟咏着"天液飞泉响万峰""竹翠花黄境自幽"之类的诗句,踱步于蜿蜒悠长的山涧水道。其实,在这茂密绵延的观音山里,与清晨一同醒来的还有野猪、猴子、黄猄、果子狸、山猫、竹鼠、蛇和好些说不出名字的山禽昆虫,它们各自在林莽深处的领地上传宗接代,繁衍生息,不断演绎着"物竞天择,适者生存"的古老法则。

  其实这次进山,我最想看到的是只能在非常洁净的泉水中生存的娃娃鱼。关于它仍隐匿于这座山里的传说如雷贯耳,但多次到山中寻觅却了无影踪。曾经在山村的集市上看到有人叫卖用塑料鱼缸盛装起来的小娃娃鱼,山里朋友告诉我,那是一种类似蛇的东西,根本不是真正的娃娃鱼。但是他却非常肯定地说,他曾在山溪里发现过娃娃鱼,只要有一双锐利的眼睛和不知疲倦的腿脚,就一定能与这种山溪精灵邂逅。在这个生机勃勃的山间清晨,虽然我对这种意外不抱太大希望,但却仍旧坚持着寻寻觅觅的浓厚兴趣,希望能发现一些大自然中新鲜或神奇的事物,将勃勃生机注入自己不再年轻的肌体。而这一点,在我目睹野生娃娃鱼的那一瞬间,就确凿地实现了!

  发现娃娃鱼的地点离山脚并不太远,但这条山溪很不一般,乱石横陈间,溪水注入一个两米深八米方圆的水潭后,又向下游的嶙峋石滩奔去。清潭中有一凹处,积满了沉入水底的枯叶,就在枯叶边缘,一个一尺见长、与褐色叶堆颜色相近的东西,慢吞吞地移动了一下。这是断枝还是活物呢?我在水潭边静静地观察着,等待着。终于,它又开始爬动了,小心翼翼而又连续不断地在水底移动,而在爬行过程中,它的四肢显露出来,娃娃鱼的轮廓特征确凿无疑。我欢叫起来,手舞足蹈,却又赶紧用手掌捂住了嘴巴。我知道,在这样一个离人群不远的地方,任何异常举动都可能引来围观,继而给娃娃鱼带来被捕捞贩卖乃至食用的灾难。岭南的山水中过去啸傲过华南虎,横行过花豹豺狼,但如今都销声匿迹了。想到此,我由喜转悲地望着眼前这条普渡溪中的娃娃鱼,戚然地目送着它钻进水底的枯叶堆里,就像天边落日寂寞地沉入暮霭中一样。

一汪无名的惆怅,顿时袭上心来。

## 三

但是,山中晴日的清晨,是容不得哪怕一丝愁绪的,即便它已生成,也会很快散去。你看,人们在城里绷着、木着、苦着、伪装着的那一张张脸,一经沐浴了观音山的朝露和晨雾,全都像花儿一样绽放了。这些喜悦欢欣的"花儿"点缀在石间、水中和路旁,便使得红日下的青山有了一种超凡脱俗的生机。

山脚下,一些摄影发烧友正整装待发,他们面对着如此美妙的晨曦开怀大笑。一群天文摄影爱好者已收拾好设备返回驻地,一张张因拍到了理想照片而喜形于色的脸,涂满了明媚的月色,闪耀着灿烂的星光。有一位老画家已在泉溪旁支起了画架,准备染绿点红。最兴奋的要数那些准备登山的年轻情侣,好像满山晨色都滋润着他们的甜恋蜜爱。一些上了年纪的游人步履轻缓,陶醉在自己哼出的小调中。高树巨木下随处可见比画太极的长者和练琴吹箫的后生,他们在专注练习的过程中,悄然地将自己也变幻成了一幅山晨风景。

进到观音山更深处,喜欢戏水和沐浴的人们已三五成群地散落在泉溪中。最近的一处是一大两小三个男孩,打罢水仗还不甘心,滚在一起玩起了扒裤子打屁股的游戏。还有几个女孩手持小网捞鱼,那样子好像是在水溪里淘金子,不时地因发现小鱼而雀跃合围,又因鱼儿的敏捷逃窜而互做鬼脸。不远处的一泓水洼里,六个日常装束的大妈泡在一起,家长里短地聊得津津有味。还有一位年逾古稀的老太,身着花枝招展的泳衣,出现在只有汉子们才敢涉足的深潭处,优雅地游弋出与她年龄并不相符的朝气,令人不得不赞叹这山间清晨所赐予人们的巨大能量。

沿着山溪继续向山上挺进,渐渐地人迹稀少,山深林野处,我如同一个孤零零的闯入者,越走越感受到大山沉寂的凛凛威严,总感到有什么事情会在前行的路途上发生。而就在离峰顶不远处,童话般的一幕出现了。在一条潺潺飞花的细瀑下,有碧的潭、绿的苔、褐的石和爬满青藤的木桥,还有一男一女两个娃娃,他们一个身着天蓝色泳衣、一个身着桃红色泳衣,肩并肩地坐在置于齐腰泉中的橙黄色塑料椅上,各套一个红白相间的游泳圈玩水嬉戏。花儿在他们的头顶上争艳,蝴蝶环绕着他们翩跹,朝阳斜射的光柱,正好把他们染得耀眼灿烂,如在天堂。"喂!你们好!"随着我的一声招呼,四只纯洁天真的眼睛望向了这边,可是我还没有向孩子们靠近多少,树丛中就蹿出两只半米来高、一米半长的白皮黑斑大犬。它们并不叫嚣,也无恶意,四只眼睛牢牢地盯住我,似在问询,又像判断,总之转着圈地拦住去路,不再允许我前行半步。

正当我不知所措有些惊恐之际,又有四只眼睛出现了,这是一对上了年纪的老夫妻,慈祥荡漾在他们脸上,"不打紧的,先生,它们这是在保护孩子哩,你不往那边去它们不会伤害你的。"我松口气后笑了,那笑容一定很亲切,令两位老人与我一见如故,攀谈起来。两只狗见此情形,便摇着尾巴上来嗅我的鞋帮,并用头和身子蹭我的裤脚。"那两个孩子在泉中真美,能为他们拍几张照片吗?""当然可以,那是我们的龙凤胎孙子孙女,都长得很靓吧!"老爷子骄傲地说罢,就请我去泉边拍照片。拍完照后,我问孩子:"你们和爷爷奶奶怎么上来的呀?怎么一大早就到了这里呢?"孩子答道:"我们是坐爸爸妈妈的车上到离这儿不远的地方,然后爬上来的,我们昨晚都睡在这里呢!""你们爸妈呢?"孩子朝不远处一指:"在那里呢!让爷爷奶奶带你去找吧。"扶着老人,在两条撒欢儿的狗的前导后拥中,我们朝一块空地走去,那儿支起了两个帐篷。这是一对中年夫妻,都有些发福,中年男子非常友善,在闲聊中我才知道,这一家是深山里的常客,每个月都会上观音山两三次,找一处新景致,露营一两天,在青山绿水中休闲度假,而两个孩子早就适应了这样的生活,对自然山水已经产生了一种亲切的依恋。这一家子真不简单,活在红尘讨生计,玩在深山享清福,那种无忧无虑的幸福感,弥漫在山水之中和我的心里。

## 四

终于,我赶在朝霞散尽前登临峰顶,只见橙天碧地,云往雾来,大气磅礴,正所谓"青山皆国画,绿水铺文章""多娇女儿颂,豪迈英雄诗"。眼前壁立的摩崖石刻,沐秦月照汉阳,依然在云雾飞渡中清晰可辨;远处丛林古刹的钟声,响盛唐鸣大宋,越千年历百劫而依旧回荡群峰。历经千万年,观音山依旧如诗如画,全托老祖宗尊天敬地,珍石惜水,怜爱苍生,并且用耳提面命、著书立说的方式代代相传。东晋陶渊明所书的桃花源,其实有摹本。他所达到的"采菊东篱下,悠然见南山"的境界,以及我眼前的这个"到此已无尘半点,上来更有碧千寻"的山间清晨,不正是古往今来众里寻他千百度而回首可见的绿野仙踪么?

环手于唇上,纵情高呼:观音山,您早!

## 二郎山记

李存刚

风太大了。蛇形的道路崎岖又逼仄，行驶中的越野车轰隆隆响着，巨大的响声从头顶、脚底、耳旁的车窗外，直愣愣地钻进耳心里，一直不停地轰响，像一大群初学者在同一时刻在耳边挥手擂响锣鼓，直感觉车子和身子随时可能散了架，跌入路旁的万丈悬崖，粉身碎骨。在拐过又一个不大但绝对急促的弯之后，车子终于在一片绿茵茵的草地间停了下来。车子停下了，耳旁依然轰隆轰隆响着，像有无数双大手齐声拍打着车身。有人迫不及待地打开了车门，车内旋即灌满凉飕飕的风，车上的人纷纷打起了冷战，索性都推开车门，钻出长方形的金属盒子，瑟缩着身子站到了呼啦呼啦的风里。又是六月，只能是在这个季节。我有好几次在秋冬季节里萌生过动身前来的念头，每次一向人提起，回应我的都是一片反对和责骂之声，都觉得我不是在开玩笑，就是想找死。左侧的山巅上积雪覆盖，在六月的阳光下泛着耀眼的光。此前有一次我来时遇上阴天，山巅灰蒙蒙的，一大团白，山巅的雪和四周缭绕的雾叠印着，有形的山于是完全藏匿在了无形的白里。不远处的草地里，立着一根大木桩，以木桩为圆心围了一圈石头，石头和木桩之间拉着细绳，挂着彩色的经幡，路标似的晾在刺眼的阳光和蓝天下。老旧的已经老旧，似乎随时可能脱离细绳的束缚随风飞扬而起，新挂的一眼就能辨出是新挂上去的。刺眼的阳光、呼啸的冷风、绿茵茵的草甸、彩色的经幡……这一切，无不让人恍若置身于青藏高原的一隅了。但实实在在的，这里不过是从四川盆地到青藏高原的过渡地带。此途延绵,像一条漫长的斜坡,一步一梯,越往西走,沿途的高山险途越多,而这里是它必须要经历的第一道坎、第一梯台阶。世人习惯叫它第一道门户,所谓门户,想来不外乎两层意思:门内和门外是不同的世界;门曾经是关着的,现在它大开了,门里的世界于是清晰地呈现在世人眼前。

这是在海拔 2948 米的二郎山垭口。左侧的山巅即是二郎山的主峰,海拔 3437 米。地球上比二郎山高的山何其多,就是与此相邻的贡嘎山,其主峰海拔也有 7556 米。但此山非彼山,否则世界也就太单调乏味,也就没必要再分什么彼此了。出发前,我特地百度了一下,却发现,全中国以"二郎山"命名的山竟然有至少六处。惊奇和诧异是自然的,但只是一瞬。即便同名者如此众多,但我想此刻我所在的这一座"二郎山"仍然是独一无二的。时值六月,山的东坡各类植物竞相绽放着绿意,枝繁叶茂的古杉、粗如碗口的毛树、树枝上幕帘般垂下的藤蔓、四处生长肆意开花的杜鹃……如被如盖,又像一井广阔的绿莹莹的深潭。民间有"随地立根锄把都能长出绿芽"之说,说此话的多半是山那边的人,说的当然是山这边的潮湿丰润,百草丰茂。而山的西坡就完全是另外一番景象了,满山满坡沙化的岩石,低矮的耐旱灌木和草丛,绿是绿了,但那绿像是被滤去了水分,或者是让火燎过了一般,淡得无精打采,近乎稀释过度的黄色颜料。绿和黄,应该是不同季节才有的景致,但六月的二郎山同时将它们呈现给了世人,山因此有阴阳山的别称。也有人因此将山比作一位粗粝强壮的康巴汉子,一边裹着厚厚的皮袍,一边赤裸着臂膀。

放眼西望,对面便是高入云端的贡嘎山。谷底是蛇形蜿蜒的大渡河,河水咆哮,耳边呼呼的风声里似乎就夹杂着河水湿漉漉的咆哮声。我后来去过贡嘎山,也有几次途经大渡河,顺便近距离听闻过大渡河水的咆哮声,瞻仰过湍急的河水之上横跨而过的铁索桥,也就是久闻其名的泸定桥。当年泸定桥天险一般地阻挡着路过的红军,现在早已成了一座有特殊意义的纪念碑。而在贡嘎山上,身边随处是堆积如山的皑皑白雪,炽热的太阳挂在碧玉一样澄澈的天空，仿佛一伸手就可触摸，一次轻巧的原地小跳就可碰到。我想到我该像世上所有好奇的初访者一样来一场欢呼雀跃，但因为缺氧，脚下像裹了铅块一样沉重，每一步都像踩在厚厚的棉花上，稍稍快一些就感觉呼吸困难，胸口憋闷得像是要炸裂，于是收敛起满溢的兴奋，慢慢悠悠、小心翼翼地迈着步子，心里不由得羡慕起不远处的草地上低头啃食的牦牛来。在严酷的高原，人和所有生命体一样脆弱和渺小，但作为高原人家普遍放养的物种，牦牛与生俱来的顽强生存力和适应能力，是人所无法比拟的。后来我想到了自己的来路，于是侧身向东，眼里却是白茫茫一片，就像置身在二郎山垭口时，回身所见的只有茫茫山野，我们所来的道路隐没于一片无边的绿野之间，不复可见。如果不是亲身所至，还真让人疑心世上竟有这样的道路存在。

　　但路是确实存在的，否则也就没有此行，也就不会有国画大师张大千1940年亲临此地后所作的《二郎山》了。在那幅著名的国画上，张大师题有一首诗作，书写的便是二郎山当时的风貌："横经二郎山，高与碧天齐，虎豹窥闱阖，爰猱让路蹊。"我们所在的二郎山垭口，其实就是公路盘曲而上最后翻越而过的地方。在书面和官方的文本里，这段路叫作川藏公路二郎山段，也叫G318线二郎山段，现在人们叫它二郎山老公路。所谓老，当然是相对于新而言的。新的公路是隧道，自半山腰穿山而过，从二郎山垭口下到海拔2200米的地方便可与之续接。老公路于1954年完工通车，而公路隧道则是在21世纪之后才筑成通车的。

　　站在垭口上，我张开嘴，想要亮开嗓子哼上一曲，可刚一张口，嘴角便被无孔不入的风撕扯出一种冰凉的痛感。我赶紧抿紧了双唇，被迫变成了一个黯然的哑巴，转而在心里默唱起来：二呀么二郎山/高呀么高万丈/古树荒草遍山野/巨石满山冈/羊肠小道难行走/康藏交通被它挡那个被它挡//二呀么二郎山/哪怕你高万丈/解放军　铁打的汉/下决心　坚如钢/要把那公路修到那西藏……(《歌唱二郎山》)歌曲是当年专门为二郎山筑路者创作的。据权威的统计资料显示，在修筑二郎山路段时，平均每公里就有七名军人献出生命,而长达两千公里的川藏公路,总共有4963名战士牺牲。2010年4月2日,清明前夕,二郎山东麓的天全举行了一场名为"魂归二郎山"的公祭活动,其主题就是纪念和缅怀当年修筑二郎山公路牺牲的烈士,将烈士们的遗骸从天全县两路乡的简易墓地迁移到县城边的烈士陵园,让更多的人瞻仰他们的墓碑。整条G318公路,始建于1950年,1954年建成。十多年之后,司机老王在二郎山东侧的天全县城出生;三十多年之后,老王开始驾驶汽车往返二郎山;之后的某一天,老王突然丢开了驾驶多年的大货车,改当起了专职的小车司机,路线大多改去了雅安、成都以及其他更远的地方;现在,外面很多地方都通了高速了,老王用"风一样"来表达他跑高速的感受,说的既是行车的速度,也有通行的方便和快捷。一说起高速路,司机老王便两眼放光。我们来的路上,经过好些处建筑工地,那是在建中的始自雅安、途经二郎山、直达康定的高速路。据说穿越二郎山的高速路隧道已经开掘了一半以上,真正地进入到二郎山的腹中了,预计2017年底将全线建成通车。老王此刻的兴奋就源自于此。

比盘山公路更久远的是如今人们热议的茶马古道。古时,成都平原通往二郎山的道路,后来被历史学家们考证为"南丝绸之路"的初始段,从距此50公里外的天全(今碉门)开始,凭借山脉屏障和沟谷走向,二郎山成为这条汉藏古道上的一个枢纽。茶马古道从来就是一个特定时期与一片特殊地域有关的地理称谓,更是一个交通网络的简称,包括川藏道、滇藏道与青藏道三条大道,其中,尤以川藏道开通最早,运输量最大。而川藏道中的雅安(那时候叫雅州)到康定(那时候叫打箭炉)这一段,二郎山是必经之地。那时候,路是即便猎人也很难涉足的荆棘路,只有那些买不起也养不起骡马的"干人",才会背负茶包,杵着丁字拐往返此间。来的路上,司机老王曾带我们去过甘溪坡,一个藏身于G318线路旁的静谧小村,村子里有一条不长的石板路,爬满了青苔的石板上至今还留存着一个个指尖大小的深窝,那是背夫们手中的丁字拐千百次杵过之后留下的窝痕。那段石板路和那些窝痕,也便是现今关于川藏茶马古道不多的真实留存。除此而外,自此西进东出的遥遥道路，只留在一部又一部厚厚的典籍里被反复记叙了，后世的读者们每翻阅一次，便是一次特殊的祭奠。

　　古道消失了，但山还在，老公路废弃了，山依然在。用不了多久——事实上不用等，现在就已经可以见到——此刻我们所在的二郎山老公路，也将彻底变成荒野。途经二郎山的人们，走 G318 公路隧道或者走高速，只需几分钟，便可完成以前起码半天或者一天甚至更久才能完成的事。而二郎山仍将继续屹立于世，无涯的时间所能改变的已经改变，而不变的，将是和时间一样久远的存在。就像永不停歇地吹过二郎山的大风，就像大风之中猎猎翻飞的经幡。

# 桑耶寺的声音

嘎玛丹增

经幡,一直在追风途中,坚持用梵语说着西藏。

在山南,我的行程总是被诵经声翻开,有的源自寺庙,有的源自村庄,似乎听见神灵在大地深处小声说话。那些声音都来自古代,暂时还不会因为物质科技的一统天下停止发声,尽管我被合约、账单、噪音和绝望塞满的身体,很难走进藏王的羊群。

桑耶寺在下午五点以后,稍稍显得有一些冷清。朝圣礼佛的人们,已经走在回家的路上。即便道路上堆满了古老的冰雪,以及不知什么时候跑来的沙尘暴,人们总是不辞劳苦,在桑耶寺熙来攘去。你要寻找遗迹实体或事实真相,原本就不会像在互联网一样,随时可以拿取。你必须要经过艰难跋涉,付出耐心和毅力,有时,还需要为之不惜性命。世界上从来就没有什么现成的东西,可以唾手可得。

桑耶寺虽不像拉萨昭觉寺那样热闹,但作为藏传佛教的精神源头,依然是很多人向往的古老圣地。在人烟稀少、气候恶劣的青藏高原,并不缺少喇嘛庙,但人们总是以到过圣地为荣。我们经常可以看到,在藏区静寂空旷的山原谷地,满脸沙尘的朝圣者,用等身长跪的方式,缓慢地移动在通往布达拉宫或其他古老圣迹的道路上,爬冰卧雪,风雨无阻。他们对圣人圣迹的珍视,很难被我们所理解。朝圣之路往往都很漫长,在没有公路和长途汽车的地方,人们只能依靠双脚,前进得非常缓慢而艰难,途中来回往往需要几个月时间，甚至一年、两年。

没有任何力量，可以阻隔朝拜圣地的精神之旅。

我们想去某个地方，向往了很久甚至一生，大多选择节日和假期，不可能像朝圣者一样放下身边的一切。我们是那么喜欢已有的名利、金钱或地位，谁也不会为了虚无的精神，放弃已经到手的订单或即将兑现的钞票。

桑耶寺是西藏第一座佛、法、僧三宝俱全的寺庙，不仅仅作为宗教圣地存在，所有建筑、塑像、雕刻、经卷、壁画、唐卡、法器，无不指向丰富的历史记忆和精神记忆。除了作为藏传佛教祖寺，它还是一座规模庞大的博物馆。它纪念的圣人圣迹，不断激发着人们的宗教热情，并没有因为时间的寒冷而降温，反而随着时间的推移越加神圣。古老的东西总在不断地离开我们，喜欢在旧物中寻求安慰的人又越来越多，通过遗迹访问我们的祖先，自然比在书籍和博物馆直接，像我一样不是朝圣者的游人，也络绎不绝地加入了这个队伍。

桑耶寺很大，远远超出了视界，可以从名字的汉译一目了然："存想寺""无边寺"。整个寺院的布局、建筑内容和式样，严格按照佛经中的"大千世界"结构布局，远看近似坛城，象征世界中心。融汇了藏、汉和印度三种建筑风格的乌孜大殿，既是桑耶寺的中心主殿，也是弥足珍贵的古老文物。

站在这座有庞大体积的寺院围墙前，面对众多的建筑群体和各式各样的佛塔、经幡、经幡阵、经轮、风马旗……就像错综复杂的精神意念，突然用形状和色彩，铺天盖地地具现在眼前，一下子就冻僵了你的手脚。我和同行者，站在桑耶寺门口，不知从哪里开始精神之旅。换句话说，我们在桑耶寺的停留，注定只是走马观花。

同行者匆匆进入了乌孜大殿。我一个人在寺院周边晃荡，一群转经的人经过我的身边以后，我听到的是寂静，再也看不到其他任何人。澄净的阳光照耀在乌孜大殿，精雕鎏金的经幢、宝轮、套兽，鳞次栉比的佛塔、色彩古典的筒瓦房顶，纷纷掏出迷人的光芒，摇晃着我的惊奇。我只能使用现成的语词来形容：金碧辉煌，巍峨壮观。

我独自站在能看清乌孜大殿全貌的地方,安享着心灵的震撼。

一阵风吹过了白杨树,哈布日神山挂满的经幡在远处飘动。鸽子扇动灵巧的翅膀,不断从白塔和房顶上起飞和降落。纯净的诵经声从出售旅游纪念品的房子里传来,那是刻成光碟的录音在代替喇嘛们说话。随着我向前移动的脚步,莲花生大师心咒唱诵越来越近,直至响彻整座寺庙。

远远看见一位藏族老阿妈,身着氆氇,正站在乌孜大殿南墙,弯身将青稞撒在一块陈旧的石碑下。鸽群立即从房顶上飞落于地,在阿妈脚下旁若无人地觅食。

桑耶寺这块旧石碑,刻着古老的藏文,于今没有几人认得,据说是三十七代藏王赤松德赞亲笔题写的敕令,也是吐蕃废除本教、立佛教为国教的物证。赤松德赞和第一代藏王聂赤赞普、第三十三代藏王松赞干布,历史上并称"吐蕃三法王",他们在政治、经济、文化、宗教等西藏文明史上取得的辉煌成就,至今让人们记忆犹新。

公元779年,桑耶寺在莲花生大师的主持下正式建成。赤松德赞从拉萨布达拉宫赶来剪彩,亲手将洁白的哈达戴在了莲花生大师和寂护堪布的颈脖上,向两位为西藏弘扬佛法的大师,表达了一个伟大君王足够的尊敬。整个扎马山麓上空澄明清澈、祥云飘飞,阳光普照着茂密的森林和青碧的草场,满是安详和平的景象。法王站在乌孜大殿,顶礼完释迦牟尼佛,转身面向王公大臣,正式颁诏废除已有九百多年历史的本教信仰,开立佛教为国教,并亲自把精心挑选的七个贵族后代,交给莲花生和寂护大师学习佛法,成为桑耶寺第一批剃度修行的藏族僧人。来自印度的莲花生大师和来自尼泊尔的寂护大师,分立蕃王两侧,露出了满意的笑容,好像在说,谢谢国王为弘扬佛法所做的一切。

这是我站在乌孜大殿内墙壁画前看到的一个段落,通过我的眼睛和观想,还原以上画面。这幅有"西藏史"称誉的巨型壁画,沿着二楼回廊内墙绘制,画长92米。如果对西藏有一定的历史、宗教常识,你可以在这幅用天然矿石粉颜料绘制的壁画前,了解一些西藏发展简史。桑耶寺有很多细节,足可以让人安静地流连忘返，其精神意义远远超越了物质存在。

桑耶寺所有圣物、圣迹、法器古物、雕塑唐卡、壁画经书，均是神圣信仰的一部分，很多器物、经书、画卷都是稀世珍品。我们走了很远的路，来到如此古老的场所，虽不为朝圣，但完全值得花更多的时间，用身体和心灵去抚摸那些古老的物质和记忆。它们虽然不会开口，但蕴含的智慧和神性，只是换了一种方式在说话，你只需倾听、融入和感受，就能从中获得某种启示和安慰。

古老遗迹的存在就是一种安静，这正是我们需要的。

莲花生大师的塑像在乌孜大殿二楼佛堂。不知道莲花生这个名字的人可能很少。《西藏度亡经》（又译《中阴得度》），就是莲花生大师在一千二百多年前伏藏的经典。

信众、喇嘛、游人在佛堂内供奉、礼佛或参观，井然有序又静默无声，我也一样恭敬。莲花生端坐莲花之上圆睁着慧眼，手持金刚杵，神态端严睿智，满身光辉。没有任何声音的静寂无边无际，只有酥油灯芯在呼吸光明。我参观过不同信仰下的教堂、寺庙、道观和清真寺，除了不同的建筑风格、塑像、道具和陈设，都有一个共同的特性，就是场。一直隐隐觉得"场"是一种神性的存在，越古老的遗迹，场的力量越强大，它的力量正是通过有形的物质传递的。这和我们回到离开了多年的故乡一样，近身旧物故人时，既有感官的觉察，也有心灵的温暖或者悲伤。很多物质存在的意义，并不是我们后来强加的，原本就是土著从未移民。神灵一直就没有离开大地。神就是天，就是地，就是生，就是希望，就是烛照世界和人生的火把。

我一直崇敬有信仰的人，甚至嫉妒他们因此满怀希望。我也许过分迷恋体性的欢愉和痛苦，一直和油盐酱醋纠缠不清。我曾试图通过不断地奔跑和穿越，在过世的时间里寻求安慰。用一种死亡慰藉另一种死亡，结果就是最深的死亡。或许纯洁的信仰，能够引领我们打败黑暗，照亮前行或后退的道路。我相信任何一种信仰，都不是突如其来，而是记忆的返老还乡。

我跪在了莲花生大师足下。我很愿意就此长跪不起。如果身体匍匐能够代表心灵发言,我可以从此闭口。但我清楚地知道执迷万象的心性,很难就此收声。莲花生大师的在场,至少能成为我意念观想的地址,可以在安静时刻准确地回到这个地方。无求生死出离,只愿心灵和平。

太阳开始降落。我沉溺在那些石头、木料、雕塑和画像里,触摸我能听到的声音和看懂的往事。一个喇嘛从转经环廊深处出现,站在佛学院僧舍下面清扫卫生,不时停下来看我几眼。我正在仔细观赏大殿北墙下一座小巧的白塔。整个乌孜大殿环廊只有我们两人。僧舍走廊上有几盆绿色植物,是佛学院的年轻人种植的,在金色的阳光下显得十分迷人。看不到喇嘛的表情,但他的身体语言告诉我,参观的时间应该结束了。我沿着长长的甬道走到了乌孜大殿门廊,一个唐式挂钟恰好悬在头顶。赤松德赞的王妃王子铸献的这个青铜挂钟,同样镌刻着于今无人看懂的藏铭文,记颂着赤松德赞弘扬佛法的事迹。我停了下来,一转身,看见那个年轻的喇嘛蹲在地上,正伸出双手和一只鸽子交谈。

我看到更多的翅膀在大殿上空飞翔。同行者站在广场上,把我唤出了大殿。

殿檐上的风铃叮当作响。寺院外传来了汽车声音。我走进广场,乌孜大殿在我身后,被徐徐降落的黄昏关在了里面。

远处白塔阵列的围墙下,一群信众摇着经筒在缓慢地行走。我不知道他们是不是向着家的方向。我很清楚,我万念起伏的身体正在一点点死去。我的心思,已经或多或少地留在了桑耶寺,祈愿莲花生大师能在最后时刻,把我从麻木不仁的物质世界中唤醒。

世界很静,静得只剩下风,在经幡上呢喃细语。

# 穿过细奴逻的目光

吴安臣

随着毕摩入场,巍山笼罩在威严肃穆中。全场静默,只有毕摩在全神贯注主持着祭祖仪式。庄严的祭祖大典上,恍惚间,我看到细奴逻从神圣的祭坛上走了下来。在巍山这块古老的土地上一直存在的君王,从来都充满了传奇的色彩。仰首,我敬畏地看着他,他端坐着,高达一丈余,头戴赤莲冠,满腮胡须,身穿长袍,腰系玉带,脚打绑腿。这样的装扮让人想到了细奴逻耕种于巍山的时代,他和孟子所言的"舜发于畎亩之中"的舜帝走的是同一种亲民路线,他是一位从民众中走出的王者。细奴逻称得上是盖世英雄。他从牧耕于山野的优秀青年变成一个王朝的伟大创始人,绝非偶然,他需要拥有决心、勇气、刚毅而强大的内心、敏锐的判断力、至高无上的智慧以及盖世的豪情。虽然细奴逻走向帝王的过程有君权神授的意味,但在我看来,最终藏身于道教名山中的这位大蒙国的君王身上总裹挟着泥土的痕迹,带着田园的味道。千年之后,你甚至还能嗅到他身上沾染的泥土的芬芳气息。那一刻,他的目光不再威严,反而充满了慈祥和安宁。

是夜,我梦见细奴逻的目光引导着我走入巍山这片神性的土地,这片被千年文化浸润过的土地。巍山,让我想到了张择端的《清明上河图》。追溯历史可以发现,细奴逻时代的大蒙国和张择端如椽巨笔下的北宋时期的景象何其相似,画的主角与一千年后的今天我在巍山看到的图景似乎是重叠的。恢弘壮阔的时代,政治清明的朝代,宏伟的建筑、杰出的人物宛如星辰一般次第诞生,并一代代绵延不绝,所以才会有历史的粲然风华。我从早上的第一缕阳光中感受一座老城前世的繁华。不一样的时空,却有相同的图景,这座古城也许不再是物质意义上的小城了,而是承载着千余年厚重历史的光阴。朝代与个人一样,都是一种时间现象。透过细奴逻的目光,我仿佛在电影《星际穿越》所描述的五维空间里进行了一番历史回放。如果能进入五维空间进行一场时光之旅,我想我一定能遇见细奴逻。假如我能搭上五维空间的快车,那么一千多年前的景象回放就将是连接起现实与梦境的桥梁。

拱辰楼,到巍山就不会错过的标志性建筑,其名字来源于《论语·为政篇》中的"为政以德,譬如北辰,居其所而众星共(同拱)之",体现出其众星捧之的瞩目性及重要性。拱辰楼始建于1390年,土木结构,瓦坡顶屋,它凝聚了中国明代古建筑的风骨。

拱辰楼端坐于巍山古城正中。遥望"魁雄六诏""万里瞻天"这两块悬挂在城门上的匾额,豪气顿生。当我第一次站在这座城楼下时,我是充满敬畏的,我没有攀爬上去的任何念想。这段历史太厚重了,而自己作为个体太过渺小。第二次站在拱辰楼下,我正参加滇西笔会。那一次,我和一个文友斗胆登临其上。彼时的我清瘦异常,缩在城垛后,迎着阳光,在城楼的斑驳里仿佛是不真实的存在。如今再见拱辰楼,斑驳了六百多年的楼依然坚固如斯。显然,这座能打败时间的城楼自然比任何渺如蝼蚁之命的个体来说,都要恒久。

站在拱辰楼上可以居高临下俯瞰古城,并可以看到从这里向四方辐射出的四条古街。我不知道自明代建成以来,有没有王者登临其上,但凭这两块匾额背后的意义,就可以串连起很多的历史故事。言中国不能舍弃西南,言西南自然少不了南诏。一千多年前与唐王朝相始终并传承十三代的南诏国就发源于此,二者之间纠缠颇多。但在一个纷乱且分崩离析的时代,没有一统山河的气度与王者胸怀,唐王朝要想把西南纳入版图是无法想象的事情。第二次天宝战争，唐将李宓战死大理，全军覆没，就是一个鲜明的例证。然而数百年后，李宓却成了当地的本主，端坐苍洱间享人间香火供奉。这不是历史开的玩笑，而是南诏王治下人民的宽容使然。即便是敌军败将，最后却享了殊荣，李宓若地下有知，不知该作何感想。

  作为公元七至九世纪中国西南边疆出现的一个少数民族地方政权，南诏历代国王励精图治。从南诏第一代王细奴逻成为洱海边最大的部落首领，第四代王皮逻阁统一洱海地区，建立南诏国，至第五代王阁罗凤势力扩至昆明，正式对滇东地区实行统治……前后历经七代，南诏统一云南，建立起强大的南诏帝国。其统治区域最大时，北至今大渡河，东至今贵州遵义、贵阳、黔东南以及今越南北境，南至今老挝及泰北，西至今缅甸、印度交界，成为云南政治和文化生活的中心，雄霸一方，显赫一时！拱辰楼就是这段历史的真实写照。但一座诞生于明代的城楼悬挂的是几百年前南诏国君主们的雄心壮志，这不由得让人想到那句"历史总是交由后人评说的"。"万里瞻天"，这是明朝统治者们承袭南诏十三代王雄视八方的恢弘气度，更是一代代王者向外宣示的居高临下的威严。

  当我站在拱辰楼上遥望巍山时，似乎又看到了细奴逻眉宇间的笑意。因为说起拱辰楼，还绕不开一个与细奴逻有诸多相似之处的人物，就是那个葬在石棺里、生前文武双全的守节者，明末清初的巍山奇人陈佐才。或许，一片神性的土地总会诞生各种奇人，细奴逻不识陈佐才，但陈佐才肯定识得细奴逻。几百年时光的等待，在细奴逻之后横空出世的陈佐才，让人刮目相看。他视自己为大明王朝遗民，面对早已改换的朝代，为了让自己头不顶清朝的天、脚不踏清朝的地，便戴斗笠、骑跛驴寄身于山林流泉之间。

  残阳斜照，石棺前，我和陈佐才的第十五代传人交谈，唏嘘感慨中，我想到了明代著名的思想家、文学家、哲学家和军事家王阳明。王阳明生时具有传奇色彩，而陈佐才则在逝去后留下太多的谜。陈佐才的后人陈立中说，陈佐才在即将离世前，已经算定了归去的日期，所以才会在离世前凿石为棺。我询问墓前巨石的由来，陈立中说，那是陈佐才作为"城隍之神"审案时的桌案。巨石何其重哉！即便是今天，尚且无法用装载机运送至此，遍观附近山野，亦再难寻此等巨石。这两块如飞来之巨石，一块被陈佐才凿出一口棺材以盛装他的肉身，一块用以审案。与谜一样的陈佐才有关的还有他自己修建用以清修的是何庵。不建观却修庵，个中意味可谓深长！

  陈佐才这个充满了传奇色彩的人和细奴逻一样，身上充满了谜。作为一个烙上鲜明时代特征的人，他是巍山的一个符号。又要说到电影《星际穿越》中的五维空间，倘若真有五维空间，陈佐才和细奴逻应该会成为朋友。但是那样的陈佐才也不会隐居于山野，而应该会出现在细奴逻的殿堂上吧。也许的也许，他们都已经位列仙班了！其实历史那么严肃，岂容我等这样胡乱搭配……

  南诏在巍山不仅仅是一个逝去的名字，更是一种延续千年的美好传统。迎着朝阳，古城苏醒了，从拱辰楼下走过了走向菜场的菜农，鲜亮的青菜上水珠晶莹，仿佛还带着夜的气息，一座雄性的城楼从此刻展现出其柔软的一面。

# 五色莲花

朱丽秋

在欲望河上挣扎久了,心会累的。灵魂和身体总要有一个在路上。于是,在那个秋天,我离开久住的城市,一路向西而去。列车开动的刹那,心如风中的云,轻盈飘零,无所依托,无所适从。

阳光伴着车轮静静流淌,缓缓拉扯着丝丝缕缕的痛。有人问:你去哪里?我摇头。这一次未经筹划的旅行,没有终点、没有明确的目的地。一位乘客手中的小册子引起了我的注意。她说她的家乡陕西户县有个草堂寺,寺不大,在佛教史上和书法界都非常有名。那里有过一位堪比玄奘的高僧。

草堂寺什么样?有过什么样的传奇人物和故事?我随机抓住一根"稻草",决定参观草堂寺。

## 古寺钟鼓

环山公路在山间蜿蜒,缠绕,两道清流怡然北去。窗外是一眼望不到头的绿,全然没有印象里西北褐色的饥渴的黄。也许是一大清早的缘故,在草堂寺下车的乘客不多,只有我一个。寺院山门紧闭,匾额上"草堂寺"三个金色大字折射着柔和的光,和热闹的白马寺相比,朴素得有些寒碜,有些寂寞,有些凄凉。钟声从寺里隐隐传来,联想着宋徽宗赵佶"深山藏古寺"的诗句,一种莫名的怅然和感动漫了上来。正当我不知所措的时候,一位僧人从右边的侧门走出来,开始清扫门前的空地。

自主安排的参观随性适意。草堂寺是安静的,或静默,或联想,可由着自己的心来。和绝大多数寺院一样,草堂寺里建有天王殿。对天王殿的参观一带而过,那样心境的我,对天王殿和天王已没有了孩童时代的好奇。天王殿的两侧两楼相对,鼓楼在西,钟楼在东。鼓楼中的鼓大得出奇,高1.8米、直径1.8米。一旦击响,一定会声震天宇。儿时看《梁红玉擂鼓抗金兵》的小画本,总感觉画得不对。哪里不对?为什么不对?仰望着这面大鼓,我找到了答案:画上梁红玉擂的鼓不对。气势和威仪从来都是一对孪生兄弟,宗教和世俗两界对此都有着极为清醒和深刻的认识。各国设立三军仪仗队、罗马教皇手持权杖演绎着一套套繁缛的仪式……最终目的都在于要在精神上取得一种压倒性的、绝对的权威和胜利。两军对垒,生死关头,梁红玉擂鼓助威,意在震慑敌人、鼓舞士气。这样超重的负荷,那种很文艺、很单薄的小鼓怎么可能担负得起?梁红玉不是命运的宠儿,受到父辈战败获罪的连累,她被迫沦落为京口营妓。对于命运的宣判,她进行着极其顽强的抗争,在一次次出生入死的御敌平叛中名震天下。想象着梁红玉在两军阵前擂出民族气节的飒爽英姿,同样作为女性、刚刚在泥塑的天王面前泰然自若的我,顿时觉出自己的"小"来了。

草堂寺的钟楼也很特别。除开悬吊着撞击的大钟,地上还摆放着另一口明代大钟,品相极好的大钟有一个别致的名字"挂不起来"。从万历年间铸成那天起,一直被搁置在地上。集形体美和工艺美于一身的大钟,却独独缺少了音韵上的抑扬和美。生为钟即为鸣。身为一口不能鸣的钟,对于这口明代大钟而言是幸还是不幸?大钟用自己的存在给出了有力的回答:身为钟,一样可以鸣;一样可以不只为"钟声"而鸣;"鸣"的意义有多种。作为一口存世极少的古代巨钟,"挂不起来"具有极其珍贵的研究价值。在可以预见的将来,大钟还将沉稳地坐在地上,向后人集中展示中国古代高超的冶炼和铸造工艺。

## 一代高僧

草堂寺中香烟缭绕，已经过了花期的玉兰树在轻风中婆娑。现在的草堂寺是在明清建筑的基础上修建的。清代建筑的大悲殿古朴厚重。殿西侧的门外，有一座六角形的亭，亭中矗立着草堂寺内珍贵的文物"姚秦三藏法师鸠摩罗什舍利塔"。鸠摩罗什自幼才智过人，精通多种语言和文字，在当时的西域和天竺享有盛极一时的尊荣。据《高僧传》记载："西域诸国，服什神俊，咸共崇仰。每至讲说，诸王长跪高座之侧，令什践其膝以登焉。"

从命运的巅峰到谷底的深渊，有时，只是转瞬之间。

一场史无前例的人才争夺战打响了，前秦、后秦两个政权先后发动两次大规模战争，战争目的仅仅是为了争夺高僧鸠摩罗什。这是人类战争史上的一大奇迹，就像有人说到的那样，这是东方的"特洛伊之战"！

有高僧预言鸠摩罗什："若至年三十五不破戒者，当大兴佛法，度无数人，与优波掘多无异。"母亲也曾经告诫鸠摩罗什："大乘方等甚深的教法，要传扬到东土，全得仰赖你的力量。但是这件宏伟的事，对你而言，却没有丝毫的利益，要怎么办呢？"鸠摩罗什回答："大乘菩萨之道，要利益别人而忘却自己。假如我能够使佛陀的教化流传，使迷蒙的众生醒悟，虽然会受到火炉汤镬的苦楚，我也没有丝毫的怨恨。"尽管前秦王苻坚吩咐大将军吕光："……若克龟兹，即驰驿送什。"龟兹陷落后，鸠摩罗什并没有被即刻送往长安，相反，吕光对鸠摩罗什百般羞辱和戏弄，他强迫鸠摩罗什饮酒，安排他倒骑骆驼和牛马，以看其跌落为乐……吕光甚至还设计强迫鸠摩罗什娶了龟兹王的女儿，破了鸠摩罗什的戒。这一年，鸠摩罗什35岁。淝水之战后苻坚被杀，吕光在甘肃武威创立后凉。鸠摩罗什被羁绊在后凉先后长达十八年。他忍辱负重，"潜心学习汉语，直至精通圆熟，为以后弘法传教做准备"。直到公元410年，后秦皇帝姚兴讨伐后凉，在户县圭峰山下建起草堂寺，鸠摩罗什在草堂寺中度过了生命中最后的十几年。

鸠摩罗什率精选弟子八百,僧众三千,校译佛教经典共计 97 部 427 卷。译经活动影响巨大,在佛学史和中国文学史上具有划时代意义。鸠摩罗什将直译改为意译,史称他的翻译"义皆圆通,词润珠玉"。由于鸠摩罗什对中国文化的影响和贡献巨大,他被季羡林先生誉为"一个博学无所不通的人"。南怀瑾先生则说他影响中国文化一两千年。草堂寺也因此成为佛教发展史上著名的三论宗祖庭。

公元 413 年,鸠摩罗什圆寂。西域人民收集起晶莹璀璨的宝玉,在草堂寺中建起玉石灵塔。塔高 2.33 米,塔身共有八面十二层。因为有玉白、砖青、淡红、浅蓝、墨黑、乳黄、赭紫、灰色等八种颜色,此塔又称"八宝玉石塔"。塔身的主体坐落在由须弥山、香水海及三层云台组成的金刚座上,象征着"金刚不坏"的寓意。佛教的慈悲和佛寺的庄严都没有能抵挡住来自世俗的侵扰,灵塔上由珍宝珠玉装饰的塔顶,在太平天国时期永远地失去了。鸠摩罗什一生颠沛流离,历尽坎坷。作为在历史上产生过重大影响的一代高僧,生前每次讲经前,他都谦虚地将自己比作生长于淤泥中的莲花:"臭泥中生莲花,但采莲花勿取臭泥。"临终,"于众前发诚实誓:'若所传无谬者,当使焚身之后,舌不焦烂。'"在鸠摩罗什舍利塔南面,留存着一座"莲花井"。相传骨灰安葬后,塔前即生出一朵莲花。姚兴皇帝派人挖掘,发现井和鸠摩罗什舌舍利相连。因为鸠摩罗什生前讲经如"口吐莲花",人们给这口从来没有出过水的井起名叫"莲花井"。

## 五色莲花

"惟舌不化",临终的鸠摩罗什以怎样的信心发下这样的誓言?除开对自己所译佛经准确性的确信无疑之外,鸠摩罗什还想借此表达和传递出一种寓意和精神?

佛教——莲花——,佛教和莲花素有渊源,有"花开见佛性"一说,花为莲花。莲花代表着最高的智慧。一个人通过修行有了莲心,也就有了佛的心境。注视着鸠摩罗什舍利塔，我突然有了自己的顿悟和理解：鸠摩罗什本身即为一朵五色莲花。鸠摩罗什的五色莲花分别表现为信仰、博爱、慈悲、执着、真诚。他用自己的执着和行动见证了自己的诺言：哪怕是身陷污垢，依然要一心弘法，普度众生。

夕阳带出粉红的烟霞，在天空中涂抹着瑰丽的红，缥缈空灵，袅袅婷婷。我想，这样的烟霞一定照耀过遥远的龟兹，照耀过高僧鸠摩罗什。处身于各自不同的时代，人们对于莲的理解都是相通的。我默默地吟诵起周敦颐的《爱莲说》："出淤泥而不染，濯清涟而不妖，中通外直，不蔓不枝，香远益清，亭亭净植……"

距离"莲花井"不远，有一块匾额上面题写着五个字：烦恼即菩提。注视着这块匾额，久久压抑的心情终于得到了全部的解脱和释然：鸠摩罗什舌舍利的出现，或许是他想用这样一种方式告诉世人——在所有的存在中，最柔软的，才最持久。

草堂寺里奉有一座日本日莲宗奉送的楠木雕像，告别草堂寺前，我特意来向端坐在莲花座上的鸠摩罗什这位澄透的智者告别。这是一次美丽的邂逅。《圭峰定慧禅师碑》虽然陈伤累累，经历风雨坎坷，却仍以残损之身牢牢地固守着中国书法史上的珍贵。莲虽生在淤泥之中，却依然芳香四溢……1500年前，鸠摩罗什在草堂寺种下的五色莲花依然在盛放，纯真、圣洁、庄严。

佛，是一种缘；悟，也是一种缘。让我对莲花、对人生有了新的领悟，也是一种缘。人世间没有铺满鲜花的路，要学习在污浊的淤泥里让自己盛开一朵清香四溢的莲，在不完美中成就自己的完美。

一场原没有终点的旅行，在草堂寺画上了圆满。精神世界的丰饶和辽阔结束了一颗心在寻找中的漂泊。我要走了，我将回到我生活的都市人群中，带着一种"莲"意的优雅、从容和释然。

## 十万佛洲

吴春梅

与十万佛择水而居,相守终老,人生十有八九的不如意,似乎常常被一种莫名的欢喜心所代替,加之所剩一二的吉祥如意,我总有一种逆活青春的奢望:如若能够像十万佛洲崖壁上的菩萨默然寂静地活着,让平凡的生活呈现出油画里的静物之美,在水一方的女子就算一生守望也值了。

十万佛洲是炳灵寺的藏语音译,有着先天性的神秘基因。丝路上的驼队运来了十万佛,隆重的足音踩在永靖的山水之间,炳灵寺与其说是世界文化遗产、东方石窟艺术的瑰宝,不如说是丝绸之路上白垩纪红砂崖壁孕育出的佛国世界,谁若走进它,谁就有可能成为十万佛之一。

崖壁上的木栈道穿凿在陡峭嶙峋的红砂岩里,我一望凌空栈道就发晕,甚至来不及问一下栈道是否牢靠,心中便产生了一种意念:跟着与佛有殊胜之缘的诗人是不会有事的,况且他们多半时候借用灵魂走路,再不牢靠的路,估计也没什么大的问题。

栈道上落满了灰尘和鸟儿们的粪便,似乎人迹罕至。行至半路,果然,一群黑压压的鸟儿从洞窟处飞过来,翅膀划过一道弧线,暗藏着巨大的风力,似乎翅翼下有无数把小剪刀一下子将人从半空的栈道剪下去似的,我的心提到了嗓子眼,身体往岩壁上紧贴的同时,也禁不住往下瞭了一眼,哎哟妈呀!下面白茫茫一片,刚才那群鸟像佛祖从洞窟里扔出来的石头,唰的一声掉进了一片空白里,我的心也似乎被揪出了老远,抛在一片虚空中。带队的曹所长看到我像蚊子一样粘敷在石壁上的样子,大笑着说,我们已经上到弥勒佛的头顶了,大佛爷知道来者总有因,不用紧张,会保佑我们的。早些时候,大佛爷的身后有九层楼阁,木质的,作为弥勒佛的窟龛,后来被付之一炬。这尊弥勒佛高27米,是炳灵寺最大的佛。现在时代开放了,佛爷也想走出窟龛,想看看能上到他头上的到底是些什么人,我们以后就不再重修,遂了佛爷的愿。这人哪,跟佛打交道的时间长了,或多或少地也能猜到一些佛的心思。

曹所长的冷幽默越冷,木栈道越颤抖,诗人们假装充耳不闻的越厉害。其实这样的沉默是有效的,当169窟的窟门打开时,一切语言失去了功能。

洞窟的世界是鲜活的,15米高的窟顶上有七宝花树,枝繁叶茂,苍翠如竹,散发着奇异的香气,没有供养,没有人迹,没有噪音,只有尘埃反射着亮晶晶的光芒。天然的洞窟,一切回归于佛国的境地,诸佛菩萨好像是上早课的样子。第二十龛上的释迦佛祖,此刻,是苦修未成道时的王子,仿佛是镶嵌在红砂岩里的一枚"悟"的模板,高高的肉髻、额眉间的抬头纹、鼻翼处的法令纹,都仿若佛祖刚刚从举手投足的瞬间掠过的痕迹——颧骨高突,两腮深陷,两肩瘦削,胸骨凸显,腹部深凹,腰肢纤细,腰间系有刻纹清晰的莲瓣束带;上身袒露,披巾从脖颈绕到肩臂上,仿佛刚从洞口被我们带进来的一缕春风撩到了两侧;下身着裤,风化的左膝像西部牛仔故意破出一块,却恰巧有了一些时尚的元素;结跏趺坐时,右脚从流畅的裤管里反转着搭在左腿上,仿佛全身的丰满都长在那只脚丫上,软嘟嘟的很突兀,佛与人的区别,关键时候就不经意间露了出来;双手在腰间做禅定印时,修长的双臂和手指的骨节映衬得腰肢更加笔挺有力;神情慈悲祥和,面容清癯自信,仿佛刚刚走完艰苦卓绝的修行之路,眼眸里充满着黎明前的曙光,俨然一副世尊将至的气象。他仿佛在讲解着《阿含经》里的某一偈,众弟子围坐在四周,有提问的、记录的、打瞌睡的,还有千佛龛里婴儿般娇嫩的,那些像医院育婴室里的小小弟子,一个个趁佛祖不注意的时候,挤眉弄眼、你推我搡地玩游戏。他们在小摇篮里练习打坐时,每一个人脸上都有佛祖的影子。他们的世界是悠闲而静谧的,他们调皮的时候也很守规矩,只在自己的窟龛里翻筋斗,彼此都不会造成影响。当然,思想也会抛锚,有时候会跑到姊妹峰那边去玩,会爬到很高的峰顶,时常也会模仿张鷟在《游仙窟》里的叹息:"若夫积石山者,在乎金城西南,河所经也,'导河积石,至于龙门',即此山是也……张骞古迹,十万里之波涛;伯禹遗纵,二千年之坂磴。深谷带地,凿穿崖岸之形,高岭横天,刀削岗峦之势。烟霞子细,泉石分明。实天上之灵秀,乃人间之妙绝……向上则有青碧万寻,直下则有碧潭千仞。古老相传云:'此是神仙窟也。'人迹罕及,鸟路才通,每有香果、琼枝、天衣、锡钵自然浮出,不知从何而至……"不知从何而至? 沉思冥想也不得其意,干脆又跑到洞沟的石林上看黄河在天上写"人"字,一撇给了人,一捺给了十万佛时,他就哈哈大笑。那笑声浑厚空灵,回声跌宕起伏,听上去又绝非小小孩童的声音,此乃山水妙谛最难悟得。

  须弥山的清晨是最美丽的,观音菩萨和大势至菩萨略施粉黛,面若芙蓉,红衣绿裙,娉婷玉立,宛如彩虹出于新雨、岫云倒映碧波。这时候,二菩萨也许刚好端起七宝功德水,也许手执宝瓶甘露洒凡尘,也许正好闲着。总之,俗人是猜不到的,因为二圣的手臂是空的,也就是残缺的,手臂的有或无、虚或实,对于二菩萨似乎没有造成任何影响,面容依旧、笑靥依旧,在菩萨包罗万象的眼眸里无论如何也看不到俗人们猜度的结果。正中的阿弥陀佛,方面大耳,端严毕至,今天,也许是心情最好的一天,端坐七宝莲台,嘴角暗含笑意,但很节制、内敛,比起桀骜不驯的神情耐看很多。大概,无量寿佛也是第一次尝试穿富有民族风味的小坎肩吧? 但还是显得有些不习惯,在上面加了一件半袒肩的绛红色袈裟,长裙裹腿,悠闲而舒适,结跏趺坐,施禅定印。极乐世界的日常生活,俗人们只能猜度,但从《无量寿佛清净平等经》第三十四品中隐约可以感知那是一个可以向往的去处,如果稍加对比,稍微留心,就会发现凡尘与此差不了多少,只是那里的人们消除了多少"贪、嗔、痴",俗人们就不得而知了。

  这时,隔壁的世界里传来了奇美的交响乐。

细腰鼓、萨克斯、竖箜篌、横古琴、排箫、阮咸、编钟、琵琶、古筝……这是一支中西合璧的交响乐队，维摩诘家的后花园里热闹非凡，也许，正在排练着一台叫《丝路花雨》的大型演出吧？满院子的飞天、乐伎，成群的美丽妻妾，聪慧乖巧的子孙们天使般飞来飞去，天然生就的楼阁里，无量寿佛、文殊菩萨、维摩诘仿佛沉浸在美妙的天籁之音里，此刻，维摩诘露出一副悠然自得、欲辨已忘言的神情。文殊菩萨知道维摩诘是一个出入自由、在人佛之间持有通行证的人，连西域高鼻深目、褐发卷曲的胡僧，都千里迢迢来十万佛洲敬献供养。高层贵族妇女成群结队，手提香炉，或持彩莲，襦裙飘逸、璎珞叮当地正向维摩诘家的方向走来。文殊师利似乎稍稍显露了一些羡慕嫉妒恨的神情，此刻，纯情的面庞上掠过一丝稍纵即逝的复杂，反而显得知性而可爱。不知道为什么，我突然生出一种怜香惜玉的感觉。眼见路过的一只小鸟四处张望，我顺便让它把祈福捎给了那个在众多人群中有点儿孤独的菩萨。如此丰富而微妙表情的《维摩诘说法图》世间恐怕唯此一帧，然而，在十万佛洲一千平方米的壁画中，这只是一个小小的插曲。

　　早课间休的钟声响起来了，间隙里，大力佛想表演一番"力拔山兮气盖世"的精彩片段，但没想到的是，有人却早已把他连根拔起，只剩一只力大无比的臂膀在空中比画，力量的震慑犹存，依稀可见当年那场争斗是多么的惊心动魄。那力量之臂仿若一面旗帜立于窟中，使所有雕像都像他的翼下子民一样毫发无损。人们在谈论丝绸之路上那些美轮美奂的石窟艺术时，总忘不了提到炳灵寺石窟是保存最完整的一个，但往往会省略或者疏忽大力佛保卫战的故事。上到169窟的人凤毛麟角。在"唐述窟"的描述里，羌语称此窟为"鬼窟"。《水经注》的记载里也许只有那些"鸿衣羽裳之士，练精饵食之夫；怀道宗玄之人，皮冠净发之徒"才在此窟里吸风饮露。

　　佛祖逍遥的片刻，人们也趁机放松了下来，诗人们好像渐渐地和诸佛菩萨弟子熟悉了起来，高谈阔论起了崖壁上的建弘题墨。

　　几行墨迹干枯萎缩，仿佛历史留给人们的一块相思手帕，题写着只可意会不可言传的玄枵文字。最末行有"建弘元年岁在玄枵三月廿四日造"字样。这些文字是从大面积残漏不全的题墨中打捞出来的，有严重的望文生义倾向，如果不效仿《千字文》的胡乱混搭，根本就不知道书者所云何为。所幸的是末行留有清晰的年号，建弘元年即公元420年，文字的魅力往往是在骑虎难下的时候反射出耀眼的光芒，就是这几行灰头土面的文字，确认了炳灵寺开窟的大致时间。在此之前，整个河西走廊的石窟寺，学者们总认为不会早于北魏，而现在有了参考的标尺，炳灵寺灿若星河的历史终于有了该有的名分。

建弘题墨的发现，意义非凡之所在就不言而喻了。而诗人们冒着极大的危险来瞻仰169窟，感悟它的神圣、微妙、不可说，大概就是为了那一缕千年的墨香吧。

## 尼雅啊,尼雅

高洪雷

一

"敢去尼雅吗?"

在游客云集的轮台县城,旅行者们只对百里外的胡杨林情有独钟,而身为地质工作者的我,目的地则是千里外的尼雅古城。

可是,当我们一行六人乘坐越野车,经过长达七个小时的颠簸,真的走近尼雅古城,却发现,这里没有苍蝇、蚊子,没有老鼠、野狼,有的只是一片片枯死的胡杨林,一堆堆高大的红柳冢,在流沙中摇摇欲坠的古代房屋、佛塔,还有那在黄沙中时隐时现的木棺和白骨。

我们来得太晚了!因为早在百年前,就有人首先找到了这片遗址。他叫马尔克·奥莱尔·斯坦因,犹太人,1862年出生于匈牙利,先后在英国三所大学主攻东方语言学和考古学。1888年,他来到英属印度担任教育官员,开始筹划到中国新疆探险。1900年7月,斯坦因顺利抵达喀什。这个在考古专业上堪称世界一流的学者,精通七八种语言,却不懂中文,因此急需一个翻译。

英国驻喀什总领事给他推荐了一个人,并且告诉他:"这个人与一般中国学者不同,只要带上他,你的考古一定顺利。"

于是,斯坦因拥有了中国翻译兼秘书——师爷蒋孝琬。

我面前有一张斯坦因为蒋孝琬拍摄的照片,他坐在马扎上,一身清朝官员装束,两手安放在膝盖上,脸庞清瘦而英俊,嘴角泛着自信的微笑。

有了蒋师爷的辅佐,斯坦因如鱼得水。两个月后,他们离开喀什,于十月中旬抵达和田。一个月后,对于阗国故都遗址约特干村实施了大规模的发掘,获取珍贵文物近百件。

志得意满的斯坦因尚嫌不足。夕阳下,坐在约特干废墟上的斯坦因在读玄奘的《大唐西域记》,书中有一个名叫尼壤的古城,就在约特干东部不远的地方。

1901年1月,他们冒着严寒,匆匆奔赴尼壤。

一场针对尼壤的浩劫拉开了序幕。

二

玄奘所称的尼壤,就是精绝国古城尼雅,它在维吾尔语中的含义是"遥远不可追溯"。

东进途中,他们路过一个绿洲小村,斯坦因的驮夫从村里拿回了两块带字的木板。斯坦因惊呆了,作为东方学专家的他认出,这是公元三世纪贵霜王朝通用的字体,已经失传已久的西域古文字——佉卢文。

几经周折,他们找到了丢失木板的人,他叫易卜拉欣姆。

大喜过望的斯坦因,立刻请易卜拉欣姆带路,冒着零下八度的低温,沿着干涸的尼雅河床行进三天,终于在卡巴克·艾斯卡尔村以北30公里处,找到了木简的出处——尼雅古城遗址。

遗址位于民丰县城以北100公里处,散落在古尼雅河谷的沙丘链之间,以北纬37度58分34.2秒、东经82度43分14.9秒的佛塔为中心,呈带状南北蜿蜒25公里,东西布展5至7公里。在这片狭长的区域内,散布着残存程度不一的住宅、墓地、佛寺、作坊、城墙、古桥、栅栏、果园、沟渠、池塘、田地、行道树等二百五十多处遗址。专家推断,遗址的年代横跨公元前一世纪到公元五世纪,在西域属中等规模国家。

面对这个消失千年的绿洲城邦,面对半埋在沙丘之间一片又一片的古代建筑,他想到了公元79年8月,亚平宁半岛上的维苏威火山突然喷发,将美丽繁华的罗马名城庞贝深深掩埋的可怕情景。于是,一个新的名称脱口而出:"沙漠中的小庞贝!"

从1月28日开始,斯坦因一行对这个"沙漠中的小庞贝"进行了大规模发掘,共装了十二大箱。今天,这些珍贵文物仍毫无表情地躺在大英博物馆东方古物部和大英图书馆东方部里。

2月13日,发掘已持续了十六天,参与挖掘的工人都疲惫至极,加上沙漠风暴的季节已经临近,斯坦因只好带上十二箱辉煌的战果,"离开这一有希望更富于刺激的地方"。

尽管搜刮了如此众多的中国文物,这位贪婪的考古学家仍在书中表示,自己此次乃"快快而返"。

回到伦敦后,斯坦因带回的一千五百余件文物震惊了英国,继而轰动了欧洲。他先后写就一系列有关和阗考古的著作,国际中亚与远东探险协会因此成立。在书中,他将这座古城以身边那条干枯的河流的名字命名为"NIYASITE"(尼雅)。

## 三

就是斯坦因所谓的"快快而返",为尼雅的下一次劫难埋下了伏笔。

五年后的1906年,已经获得英国国籍的斯坦因再次来到新疆。这次尼雅之行,还是由磨坊主易卜拉欣姆带队。很幸运,在上次发掘区域西部三公里的地方,他又发现了一片被掩埋的建筑遗址。经过清理与挖掘,又获取了大量的佉卢文、汉文木简。

两年半后,他带上九十三只装满中国文物的箱子返回伦敦。对东方文物近乎疯狂的掠夺,为他带来了崇高的荣誉,他先是被授予"印度帝国荣誉公民"称号并受到英王接见,继而被英王封为"印度帝国高级爵士"。

1913年12月,斯坦因第三次闯入尼雅遗址,又发现了一批佉卢文简牍。

1931年初,已被聘为美国哈佛大学荣誉研究员的斯坦因,肩负着美英两国的利益,第四次来到尼雅。令他懊恼的是,中华民国政府已于上一年颁布了《古物保存法》,官员与国民开始表现出一定的文物保护意识。在民国知识分子的抗议声中,斯坦因想尽一切瞒天过海的办法,被允许进入了废墟。而且,背着当地政府监管人员不得动土的指令,让随员从废墟中挖掘出26枚汉代木简。在这些木简上,斯坦因终于找到了期盼已久的记载:"汉精绝王承书从……"尽管只有几行字,但足以证明:尼雅就是精绝。

站在灿烂的阳光里,斯坦因长长地出了一口气,额头上的皱纹也舒展开来。为了这段文字,他在新疆整整辗转了三十一年,从38岁寻找到69岁。

他深知,这是自己最后一次进入中国。

## 四

文物大盗斯坦因死于1943年10月,地点是阿富汗,原因是在野外考察时中风。据说,他临死还对和阗、敦煌、楼兰尤其是尼雅念念不忘,因为有关尼雅的诸多疑问还困扰着他。

不仅他死不瞑目,我们至今也不得要领。核心的问题是,究竟什么原因导致了尼雅古城的突然废弃?

有人说,可能是因为尼雅的急剧衰落。理由是,它在汉朝之后就不成其为国家了。《汉书·西域传》记载,尼雅河下游住着480户人家,3360人,养着500名士兵,这就是"西域三十六国"之一的精绝国。丝绸之路开通后,这个遥远的绿洲城邦,从此成为商旅的必经之地,丝路南道上的一颗璀璨明珠。凭借着交通与商业上的优势,精绝国建成了众多的佛塔、民居、商铺,拥有了精美丝绸、犍陀罗艺术和佉卢文木牍,创造出了名噪一时的"尼雅文明"。到了东汉末年,尼雅河流域才被鄯善吞并,精绝国被改名精绝州。此后的历史成为空白。

对于尼雅消失的原因,有人说,可能是因为外来强敌的入侵。理由是,考古学家在尼雅遗址的一所房子中,发现了一只狗的遗骸,它的脖子上拴着绳子,绳子的另一端拴在柱子上。难道真的是因为一支外敌入侵,尼雅全体居民选择了匆忙的撤离?但在尼雅遗址中,没有断戟残剑沉埋沙中,所有出土的古尸都平静而安详,所有的房屋遗址都是完整的。如果说尼雅毁于战火,这些又如何解释?

有人说,是由于环境的急剧恶化。理由是,125号佉卢文书提到尼雅需要更多的水。482号佉卢文书上则记载着国王的一道命令:"活树严禁砍伐,违者罚马一匹;哪怕只砍了树的枝杈,也要罚母牛一头。"这也许是世界上最早的"森林法"。与此相矛盾的是,尼雅遗址有大片的果园、葡萄园以及老桑树,还有树荫俯照的水池、绵延数里的人工水渠遗迹,说明作为尼雅城水源地的尼雅河,起码是塔克拉玛干沙漠地区的一条中型河流。

排除了经济衰落、外敌入侵、环境恶化,那么,尼雅的突然消失究竟是因为什么呢?

## 五

于是我想,尼雅就是一朵喜欢在暗夜里开放的昙花。她花费那么长时间精心孕育的美丽,兀自绽放,又兀自枯萎,多像一个一品大员锦衣夜行呀。

读者肯定会问,是什么原因导致了尼雅古城像被火山掩埋的庞贝那样,在几千年后还能展示出最原始的风貌呢?

一位史学家解释说,因为环境、战火、瘟疫或其他鲜为人知的原因,精绝国人在公元五世纪左右的某一天选择了无奈的撤离。我仿佛看见,残阳如血,驼铃声咽,荒漠故道上,精绝国撤离的驼阵蜿蜒远去,凄迷不知所终。

如今我们看到,在废弃的遗址中,当年的文书还完好地封存在屋内,储藏室里厚积的谷子还有橙黄的颜色,房厅屋宇的门还是关着的……时间看似停止,人们仿佛刚刚离开这里。

我还撞见一个废弃的小院,院门口的木制栅栏半掩着,仿佛这家的美丽女主人刚刚进屋。当我蹑着脚走进院内,期待邂逅一位金发碧眼的精绝少妇,但目之所及,唯有横七竖八的房架与残墙……柳絮吹尽,佳人何在,门掩残红。

试想,在五十多万平方公里的盆地中间有一个三十多万平方公里的沙漠,而他们撤离后留下的古城又处于连绵的沙丘之中,谁能冒着生命危险到这样一个既没有人烟也没有财宝的地方把玩生命呢?而且,沙漠中央无雨的天气,干燥的气候也使得它处在了不被大自然侵蚀的状态。也许正是基于以上原因,尼雅得以完好地保存下来。这是尼雅的灾难,还是尼雅的幸运?

我们在这里闲逛许久,也想发现一点古老的东西,但显然没有那个西方文物大盗幸运。因为中国人来得太晚。

"中国人总还是来了。"新疆同行告诉我,"1995年,中国考古学家偶然来到这座废墟捡漏,居然得到了一方绣着'五星出东方利中国'字样的织锦,这件织锦被列为国家最高等级出土文物,至今都不允许出国展出。"

回到乌鲁木齐后,我特意来到新疆考古研究所,见到了国家严禁出国展出的珍贵文物——"五星出东方利中国"织锦护膊。那一刻的我,气血上涌,心潮澎湃,有作为中国人的骄傲,也有对珍贵文物得以保留在中国的庆幸。

# 寻找唐朝的那条河

杨健棣

那一年的春日,天瓦蓝着,日头像一枚熟透的、火红的柿子悬在高天之上。骀荡的风中,家乡大洼里的麦苗在疯长,三两方金黄的油菜点缀在无垠的绿野间,成群的彩蝶在其中自在悠然地翩跹而舞。天尽头,一片绵延百里的梨林正把梨花开得茂盛,远远望去,像在泛着绿波的麦海彼岸筑起了一线雪白的堤坝。夹杂在梨树林里的一丛丛山桃和野杏也来凑热闹,涂抹出一块块热烈的红、一片片梦幻的粉,次第展现在那线闪着莹白光亮的堤坝上。

晴朗的夏夜里,幼年的我安静地躺在养母怀中,享受着她麦秸编织的扇子给我扇着的凉爽轻柔的风,以及她温言软语讲述的故事:很久很久以前,唐河夏日里闹水,一个个巨大的漩涡像一匹匹桀骜不驯的野马,在宽广无边的河道里撒着欢。恰在此时,从上游驶来一条客船,由于风高浪急,客船歪斜在河心,随着湍急的水流打转,眼瞅着就要被滔天的浊浪淹没,绝望的嚎哭声、呼救声响彻唐河湾。唐河岸边村庄里几百条汉子闻讯风风火火赶来,他们把脱下的衣服甩在大堤上,一个一个相跟着跳进激流翻卷的唐河。一时间,一大片坚硬的脊梁耀得人眼睛生疼。一个时辰后,船上几十人悉数获救,而有一百多条唐河边的汉子,却永远消失在唐河里……听着养母温婉、呓语般的述说,我眨着眼睛遥望繁星点点的苍穹,在我心里,唐河就成了夜空里那条璀璨的星河,那点点的星光就是为救助他人牺牲在河里的义士们明亮的眼睛。养母还讲荆轲刺秦,讲汉昭帝的母亲钩弋夫人,讲九千岁魏忠贤,讲清朝最后一名文状元刘春霖……她故事里的主人公不断变换,场景却无一例外地紧紧围绕着我们的家乡,围绕着她娘家村庄附近的那条唐河。

我念小学的时候,养父给我买了两只羊,每天放学后,我都要背着柳条筐去洼里打草来喂养它们。等到学校放假,我就会把它们牵到村旁的苇塘边上,解开套在它们脖子上的绳索,让它们由着性子找寻喜欢的青草来啃食,而我,便独自坐在苇塘边的一棵大柳树下,后背懒懒地贴靠着大柳树粗大的树干,闭着眼睛海阔天空地遐想。每每此时,耳畔就会响起欸乃的桨声、咕咕的水流声,有一条荡漾着潋滟波光的河流,迤逦伸向我不曾去过的远方,这条河就是唐河。

后来读书多了,我得知唐河古称滱水,《山海经》里即见滱水之名。至唐朝,滱水改称唐河,那时唐河水深鱼肥,整日里舟楫往来,一派繁忙景象。后来,河床泥沙淤积,河道完全废弃,唐河就此湮灭在了历史的尘埃中。已不复存在的唐河,最终成为我难以释怀的一个幻梦。

今年开春,县里开始筹划在南部的梨乡举办梨花节,那梨乡,正是我养母娘家所在。年届九十依然耳聪目明的养母听说后,眯起眼沉吟地望着窗外,然后连连点头喃喃自语:那好,那好,那好啊。

因为梦里唐河的牵引,我决定去一次南部。光阴荏苒岁月如梭,然而,唐河从不曾在我的梦里消失。

养母当年告诉我,唐河就在那一带梨林的后面,我要穿越那带梨林,才能找寻到唐河的影子。驾车行驶在梨林狭长的柏油路上,我发现路旁梨树枝条上已挂满一簇簇毛茸茸的花苞。柏油路在一个村庄穿过,一户人家门旁一株遒劲的梨树霍地映入眼帘,粗壮的树干上布满了拳头大小的节瘤,两根苍黑的枝桠迎着村街蜷曲着过来,像一个人张开臂膀要拥抱什么;这户人家黑漆的大门上火红的春联还在,恰好辉映着门前老梨树枝头那一蓬蓬的绿,生机盎然妙趣横生。我的心里开始有了些许的醉意。

过了村子,放眼望去,满眼都是神态各异姿态万千的老梨树。卧停下车,沿着梨林里一道丈余的宽土沟继续南行。前面,几个梨乡村人正在梨树地里拉条幅铺石板，满心欢喜筹备着梨花节呢。我走上前问：老乡，这里离唐河还有多远？一位脸膛黑红的汉子冲我笑笑，指指脚下，说："我们现在就是站在唐河故道里呢。"看到我惊讶的表情，他接着说，"当年唐河淤积之后，老百姓在这河滩上种玉米种麦子都没有好收成，之后有人栽种梨树，所产鸭梨却个个皮薄、肉脆、汁甜如蜜，于是附近乡邻纷纷效仿。直到明朝年间，此地出了个宦官魏忠贤，官至九千岁，把唐河故道的鸭梨供奉给皇帝，因鸭梨品质不凡，被赐予'御梨'的美称，自此唐河故道两岸的农人种梨成风，梨树大增。"红脸汉子自豪地告诉我：这里的梨树，树龄最大的有五百多年呢。

唐河！曾经在我梦中千回百转的唐河，果真就在我脚底下了吗？

我又问："咱这村子里是不是有个传说，说是因为搭救别人咱村死了一百多人？"顿时，梨地里干活的老乡们，全都直起了身子，肃着脸看着我，岁数最大的汉子说："那可不是传说，是真事。在我们这里，只要是有月亮的晚上，你往梨林最深处走，就会听到浪头拍打堤岸的声音，还会听到无数人汇合在一起的震耳欲聋的呐喊声。赶上晴天，赶上你幸运，从远处望这梨林，贴着梨树尖儿，你会看到一片片清晰的帆影，甚至还能听到纤夫们拉纤时的号子声呢。"从他的语气里，从他们的神情中，我听到看到了梨乡人对唐河壮士的无限崇仰之情。

徜徉在这神秘的梨林深处，一棵又一棵的老梨树迎面而来。看，那一棵塌背弓腰，双手托腮闭目沉思，如饱经风霜的老者；那一棵则像痴情的女子，把满腹的相思深藏在了柔美的身体里，孤零零站在沟畔眺望远方的恋人；那两棵树干扭结一处，树枝缠绕依偎，分明就是一对热恋的人儿在嬉戏；那一棵亭亭如华盖却偏偏又在旁边生出一棵小树，如爷孙牵手共享天伦。穿行在这百年梨林中，仿佛置身于古老的林莽之间，你根本无法看到它的边际，你更无法找到哪怕是长得有些相似的两棵树，每一棵老树都把自己站成了一个独立的个体，站成了一个情感饱满的人！由不得你不惊叹造物主的神奇与高妙。

我的手在一棵又一棵老梨树皴裂的树皮上划过，犹如在触摸一段段我未曾知道的历史。一时间,我感觉自己在这些树龄几百年的老树面前是那样的卑微与渺小,它们阅尽人世沧桑,见证了无数人间往事,它们知道沉默的力量,它们懂得无声的诉说更能直达心底。

前方直直挺立的一棵老梨树强烈吸引了我,它突起的巨大根系错节盘绕死死抓着土坡,伸展出来的绿莹莹的枝桠几乎遮到了沟的那畔。我急急地走近它,端详着树根上的节瘤,而当我绕到它另一面时,我惊愕地瞪大了眼睛——这棵树的树干竟完全是空的!我忍不住惊呼:"它竟能活着?!"听到我的感叹,不远处正给梨树浇水的梨农告诉我:那是雷劈的,几百年来它就这么活着,春来花开,秋至结果。凝视着那树皮上苍凉的青黑,我一时无语。

往回走的路上,又碰见那些铺石板的村人,我随手托起一条梨枝,见柔嫩的花苞尖上已娇羞地露出了点点的洁白,就问:"老乡,梨花这几天就要开了吧?"有人答:"这要看天气了。梨树们开花是一定要等到那个温度的,达不到温度,大家就齐了心一起等待,花苞就像娃娃们握紧的小拳头,说什么也不会张开;温度一到,一夜之间没有哪一棵梨树会落趟儿,都会竞相怒放。千百万棵梨树一夜之间花满枝头,你可以想象那时的壮观啦。"

从梨乡回来的当晚,我做了一个梦,梦里月色如水,皎洁月光里,我乘着一条小船,漂荡在一条泛着粼粼波光的大河之上。在梦里,我叫它唐河。

在焦急等待梨花开放的日子里,我到处搜寻有关那片梨林的旧事,得知:抗日战争时期,我家乡的抗日武装力量以那一带梨林为依托,剿杀鬼子和汉奸数百人。贺龙元帅也曾率部在那带梨林里和日本鬼子交过火,那一仗重创日军,让我的家乡肃宁成为冀中第一个获得解放的县。

十天后,我又驱车向南疾驰,还在省道上呢,就已经远远望见那一带梨林了。这回,它如云絮,又似雪花,更像滔天的白浪翻卷着扑向一个又一个村庄。浓郁、热烈的白色潮水被绿油油的麦海托着,翻波涌浪,浩浩荡荡直冲天际。那磅礴的气势,那义无反顾的劲头,像极了我们大平原上的汉子。

车子拐下省道之后,前面却堵车,来自全国各地的游客挤满了狭长的乡间柏油路。我索性把车子停靠在路边,一头扎进梨林。

　　远看,梨花犹如一幅恣肆泼墨的写意画,近观,梨花则堪称细细勾勒的工笔图。随手即可触摸的梨花,清新淡雅的莹白花瓣温润如玉,白得纯粹,白得晶莹剔透,白得让人心痛。紫红或嫩黄的娇柔花蕊,被五片洁白花瓣托捧起,犹如袅袅婷婷的婀娜少女,轻盈曼妙美不胜收。几个稚气未脱的孩童骑坐在老梨树枝干上嬉戏,见到结伴走过来的几个老人,齐声高喊"爷爷",老人们答应着,沟壑纵横的脸上立时绽满笑意。嗅着梨花微凉清淡的花香,看着一蓬蓬洁白的梨花,再看那些苍郁的树干,我仿佛望见了唐河里那百余名义薄云天的慷慨之士黑黝黝的脊梁,眼前的梨树难道就是他们幻化而生的吗?透过一根根纵横交错的梨树枝桠,我仿佛穿越了时空,清晰地看到唐河边的英勇壮士,在危难之际舍生取义,他们紧抿着双唇高擎着手臂,奋力托举起一个又一个落水的船客,犹如这一棵棵苍老梨树,在静默中独自吞咽辛酸、忧伤、苦痛,坚忍地等待那个花蕾绽放的时刻,不屈不挠地把美丽留给人间,让生命之花在最美的季节定格、绽放!

　　在这个春天,能够与唐河故道里的梨林对话,能够与那些有着几百年树龄的老梨树们对话,对我而言,是一件多么幸运的事情;在我模糊的泪眼中,数千万棵梨树,上亿条怒放着的花枝,汇聚成了一条气势恢宏光彩照人的河流,那就是我梦里真真切切的那条唐河。

# 大清,让我为你鼓一次掌

綦国瑞

说起清朝,我总气不打一处来,腐败无能、丧权辱国、割地赔款……甲午海战的舰飞烟灭,庚子之年的八国联军侵华,皆是永世之恨。

初秋,我去了河北围场,也去了承德,在那儿,康熙和乾隆,这两个早已远去的历史背影,一下子变成纵马扬鞭的身影,铭刻在我的脑海,激荡着我的心灵。

**围场,把长城修到人心里**

八月中旬的塞罕坝,已是秋色一片,呈现出一派壮丽的北国风光,高远的天空蓝得浓烈鲜亮,几丝白云若有若无地悬在空中,美得让人心醉。

蓝天白云下是连绵不断的高山,山上是高大浓密的树木,秋风吹过,树林发出阵阵声响,如波涛轰鸣,又如千军万马奔跑,气势磅礴。山与山之间是草地,厚实而富有弹性,地上的草已绿中有黄,这黄绿相间的草地顺着起伏的土地远去,像是荡起了一波一波的浪,使秋野显得更加辽阔和悠远。有苍鹰慢慢从蓝天下掠过,又有苍鹰使劲打开双翅,完全是引而不发的态势,反而呈现出最大的威慑力;黄牛和白羊间或隐没在草原里,使这里更充满着诗意。

在漂亮的白桦林前留影,在激荡的河水里漂流,在碧蓝的湖水里泛舟,在广阔的草原上纵马,我仿佛觉得处处都能看到康熙跃马挺枪的高大身影,都能听到他雄浑的呼喊,感受到他那不惧凶险、敢于面对一切的气魄。

三百余年前,康熙就在这里排兵布阵,举行"秋狝大典"。数万名旗甲鲜明的清兵,将无数的虎、鹿、熊、兔等野兽围堵在一条山沟里,康熙一马当先,张弓搭箭,"嗖"的一声将一只正在跃起的斑斓大虎直射在地,紧随其后的皇子皇孙、王公大臣、蒙族显贵一拥而上,万箭齐发,正四处逃窜的野兽纷纷倒地,士兵的欢呼声直冲霄汉。

围场的选择和秋猎的制度化,都是康熙力排众议的"独断"。满蒙合作是清朝的基本国策,经过几代苦心经营,本来大局已成,然而,沙俄对清朝北部边境虎视眈眈,频有挑衅。面对内外矛盾、四伏危机,康熙三次亲赴塞外实地考察,寻求解决的良策。康熙二十二年夏季,塞罕坝上万马飞奔尘土飞扬,康熙带领文武百官八旗将士来到这里,无边无际的林海像绿色的海洋迎面扑来,群臣沿着迷宫般的山林沟壑而上,放眼眺望,"万物萃集,高接上穹,群山分干,牲畜繁育",不禁心旷神怡,连加赞许。独具慧眼又心有所系的康熙,却发现这里是"左通辽沈,右引回部,北压蒙古,南制天下"的战略要地,于是,在飞驰的骏马上,一个在此建立围场"习武绥远"的旷世构想,就在他脑海中形成了。

围场选定后,康熙亲自主持了第一次声势浩大的"木兰秋狝"大典,从此,每年组织一万两千余人来此围猎,成为惯例。据清史记载,从第一次围猎到康熙去世的 45 年间,他来此行围 48 次,有时甚至一年里来两次。北巡和木兰秋狝,成为康熙后半生十分重要的活动。

漫长岁月证明,康熙设立围场的做法,是大胸怀,也是大手笔。围猎(相当于今天的军事演习),使得士兵常怀警惕,在心中建起一座不倒的长城;围猎,充分展现了清朝的强大实力,使内外对手望而生畏,不敢轻举妄动;同时,围猎也加强了各民族之间的沟通和了解,密切了民族关系。看似平平的围场,却解决了军队培养和治理蒙古两大难题,围猎,真正是一项富有气魄和远见的伟大举措。

**喇嘛庙，胜似十万兵**

从围场向南走四百里就是承德。车进承德，只见群山环绕，苍翠如屏，中有武烈河缓缓流过，确是青山绿水，气度不凡，无怪乎被康熙选中，在此建了避暑山庄。山庄完全借助自然环境顺势而建，东南湖区、西北山区和东北草原的布局，共同构成清代疆域的缩影，不愧是中国最大的皇家园林。

然而，真正打动我、震撼我的，是环绕着山庄建起的一座座庙宇。从这些庙宇中，可以感受到康乾祖孙二人解决民族矛盾的大胸怀和大智慧。

站在避暑山庄山顶的二马道上，放眼四顾，一座座金碧辉煌气势宏大的建筑，若隐若现在一面面绿色的山坡上，自西向东有"普陀宗乘之庙""须弥福寿之庙""普宁寺""溥仁寺"等多座庙宇，这是康乾祖孙先后用了八十多年的时间修建起来的。在这些庙宇中，有几座由皇家供应的喇嘛住持，而且在北京专门设立了一个管理机构：理藩院。这些庙宇建设时间之长、数量之多、规模之大、规格之高，不能不说是空前绝后，让人叹为观止。

普宁寺建于乾隆年间，规模宏大，前面依次是山门、碑亭、钟楼、鼓楼、天王殿、大雄宝殿，是纯纯正正的汉式"伽蓝七堂"式寺庙结构。过了大雄宝殿可就完全不一样了，一座座碉堡式的白色建筑沿山势逐渐向上，这碉堡式建筑通体白色，高约数丈，并有盲窗数个。原来这就是著名的曼陀罗，是仿西藏三摩耶庙之式建造的。后来，我们发现普陀宗乘之庙、须弥福寿之庙也都是汉藏合璧式结构。更令人称奇的是殿内的佛像也是汉藏都有的，在普宁寺前面大殿是藏式佛像，而后面大殿就是汉式佛像。在须弥福寿之庙则更有意思，一个大殿中，中间是藏传佛教的大师宗喀巴塑像，而周围则是十八罗汉塑像，这在别的地方是没有的，由此可见乾隆当年吸收和尊重各族文化和宗教的细腻用心。

离普宁寺不远的须弥福寿之庙是专为迎接六世班禅修建的。乾隆四十四年，六世班禅亲自提出要到承德为乾隆祝七十大寿，乾隆十分高兴，动用重金,调集大量物力、人力到承德,昼夜施工,不到一年就建成了仿班禅西藏住处的须弥福寿之庙,供班禅祝寿时居住和活动之用,同时在北京香山建起一座寺庙作为纪念。班禅到达承德后,乾隆亲自主持隆重的欢迎仪式,当班禅欲行跪拜之礼时,乾隆抢前一步扶起。祝寿之时,乾隆携班禅同登宝座,接受群臣和使节的庆贺。乾隆对班禅的敬重让所有喇嘛感动。

普陀宗乘之庙在外八庙中规模最大,仿西藏布达拉宫而建,故有"小布达拉宫"之称,从山脚至山顶,整座建筑占据整个山坡,气势恢弘,庄严肃穆,富丽堂皇。远观山顶上的大红台,巍峨高耸,整体呈方形,通体红色,一排排白色盲窗镶着黑边,如一只只灵秀的眼睛,通观酷似布达拉宫。大红台之上的万法归一殿是这里的主体建筑,大殿为重檐尖顶,巨大的尖顶上覆盖着紫铜鎏金鱼鳞瓦。据史载,每片瓦用铜四斤七两,用上等黄金三钱,共用黄金一万四千多两;站在红台之上,只见金顶闪闪发亮,在秋日照耀下摄人心魄,实为天下奇观。金顶上有几十片金瓦呈现出青黑色,是因为日本兵当年用刺刀把上面的鎏金刮走了,鬼子本想全部刮走的,但有一个鬼子在刮金时掉下来摔死了,鬼子们认为是佛祖显灵,于是罢手,否则这一天下奇观就不复存在了。

承德的寺庙众星捧月般拱卫在避暑山庄的周围,无不庄严肃穆富丽堂皇。我忍不住问当地人:康熙和乾隆当年为什么投入大量的人力、物力、财力来建这些寺庙?他们笑答:一座喇嘛庙胜过十万兵啊。康熙即位后,看到塞北和西北地区的蒙、藏民族多信奉喇嘛教,便采取"因其教,不易其俗"和"俗习为治"的政策,为了尊重蒙藏民族的宗教习俗,便大修佛教寺庙,大力扶持喇嘛,以使这里的僧俗"民心悦"而心甘情愿地接受统治。康熙和乾隆,都是有着极高政治智慧的人,他们正是站到了争取人心的高境界上,才不惜重金在避暑山庄外修建了金碧辉煌、气势恢弘的皇家寺庙群。这一看似与政治无关的举措,却起到了合内外之心、成巩固之业的政治作用,维护了多民族的团结和统一。据记载,康乾之时,"蒙古王公,喀尔喀及四厄拉特……莫不倾心托命,奔走俯伏,来享于庭。"这些文字,现在读来仍令人十分感动。

到达普陀宗乘之庙，一进山门，便见一座高大的黄琉璃瓦碑亭，亭中并排耸立着乾隆亲笔撰写，用满、汉、蒙、藏四种文字镌刻的三通巨碑，其中一通是《土尔扈特全部归顺记》，记述了一段千古传奇——16世纪，我国西北边疆居住着土尔扈特、准噶尔等四部，后土、准两部首领不合，为避免冲突，土部西迁到地旷人稀的伏尔加河流域。18世纪，沙俄势力逐渐扩展到这里，远离祖国的土尔扈特部陷入了繁重的徭役、赋税和残酷的刑法之中，当他们得知清朝尊重和厚待蒙族人的消息后，决心回归祖国。乾隆三十五年，土部首领渥巴锡召集全部战士焚烧一切庐舍和船只，义无反顾地带领三万三千户，近十七万人浩浩荡荡东归祖国，他们不顾沙俄围追堵截，浴血奋战，约有十万人倒在了东归的路上，且丧失了全部财产，最后只剩下数万老弱病妇孺回归到祖国的怀抱。乾隆下令调拨二十万两银子的粮食、布匹接济他们，把他们安排在伊犁河流域居住，随后又封渥巴锡为卓里克图汗，并亲自撰写碑文纪念。一个部族，能在离开祖国一百多年后重新回归本土，实在是康熙乾隆处理民族问题时攻心为上的最成功也最有说服力的证明。

大清朝的两个有为之君康熙和乾隆早已隐没于历史的深处，而当我在承德匆匆走了一圈之后，却发现他们祖孙两人的身影依然留在这片苍茫辽阔的土地上，那是因为，他们的雄才大略、文治武功永远留在了这里的山山水水间，为此，我要由衷地为大清鼓一次掌。

# 透过历史的指缝

黄荣才

历史,大多是严实的,如同置身于手指紧闭的手掌那面。只有在某些时候,我们可以透过指缝,看到某些历史的身影飘忽而过,成为某种风景。

这风景是驿道。

我首先看到的是木笔树,然后才是驿道。

木笔树在平和县霞寨镇钟腾村。树在小河边,小桥流水的韵味不是木笔树的,树也不大,也就三米高的样子,碗口粗。冬天的木笔树看不出有什么风采,季节总能把许多风情抹杀得无影无踪。看到木笔树的照片,在春天的季节里,这棵木笔树有成千朵的花开放,热闹而且喧嚣,很能吸引眼球。

这棵木笔树更能吸引眼球的不是树,而是树后的人。这个人就是清朝乾隆年间的武榜眼黄国梁。作为漳州地区唯一的武榜眼,黄国梁的名字在相当长的时间里屡屡被人提起,当岁月轮回渐行渐远的时刻,历史又峰回路转,黄国梁再次从历史深处被牵扯出来。

享尽盛名的榜眼故里有了不少游客,自豪的村民在介绍的时候,也会提起这棵木笔树。木笔树笔直,花先于叶开放,当年的黄国梁为什么会从京城带回木笔树的树种在自己家乡的土楼前种植,至今已经没有确切的答案,所有的猜测都是后人的信马由缰,现实就是木笔树存在于榜眼府不远处的河边。

如今的木笔树也不是当年黄国梁带回的那一棵。当年的木笔树并不是种植在小河边,而是在黄国梁出生地朝阳楼的后面,木笔树在经历了岁月的淘洗之后,最后只剩下了一个树头。就是这么一个树头,也在数十年前恰巧被雷击中,烧焦了。就是如此的巧合之下,来年春天,树头边长出了几穗嫩芽。木笔树就以如此的方式留存下来,被村民移植到小河边,逐渐长成今天的风景。

有关木笔树的武将风范仅仅跟黄国梁有关,但是逐步衍生增加,好像木笔树向空中逐渐增多的枝条,各类故事都在它身上叠加,木笔树也就不仅仅是简单的一棵树。

和木笔树同样被提起的还有离它不远的总驿馆里那棵据说当年也是黄国梁亲手种植的五色茶花,它只剩下树头,树头新长出的枝干上,每一年茶花都开得旺盛灿烂。这些五色茶花和木笔树一起,承载了不少当年黄国梁的故事,成为今天穿越时空复原昔日的特殊管道。

相对于当年耗费13300两白银修建的榜眼府和同样耗银13300两修建的余庆楼以及颇具特色的楼套楼的朝阳楼,甚至那些旗杆,木笔树都是微不足道的一个小小细节。黄国梁没有想到,他当年一个小小的举动,会在身后数百年仍被津津乐道。由此可以看出,历史的传承并不需要精心的准备,机缘凑巧,细节可以成为伟业,而伟业也很可能化为灰尘。

如今的木笔树,就在小桥边以自己的姿势经历两百多年的历史,与旁边的两棵蜈蚣树和平相处,听河水流淌,看白云苍狗,接受游客的赞誉或者猜测。

以景仰或者怀念的目光看完木笔树,才来到古驿道。站在古驿道的任何一段,目光就不是看树的热烈,而是别有一番滋味。那条路被荒草抢了眼球,有着荒草掩径的寂寞。是的,是寂寞,已经没有什么人行走在上面,曾经很光滑的石头,遮盖上了时光的尘土,悄然走上去,会留下时光久远的印痕。

古驿道从榜眼府旁边的土楼前经过,一直延伸到远方。这条路如今只剩下片段,在土楼的那一段可以清晰地看到路的形状,石头还在,河里普通的鹅卵石。

古驿道看不清来路,也不知晓终点。从村民的口中得知,这条路一直通往芦溪,然后到达永定。当年有客家人从永定迁往平和等地的时候,这条驿道应该会留下他们风尘仆仆而且疲惫艰辛的身影。只是,这些普通人的行走走不进历史,没有丝毫的记载,尽管他们才是驿道的主角。而许多时候,历史总是忽略这一点,许多历史的记载类似于今天的追星活动,总是盯着那些鸡毛蒜皮。

榜眼黄国梁肯定在这条驿道上活动过。至于黄国梁是否对着这延绵到远方的路留下什么感慨,也不得而知。黄国梁毕竟是习武之人,他更喜欢的是舞弄大刀和举起练武石,而不是留下文绉绉的什么印象、感慨。等到黄国梁功成名就,远在京城的他没有过与文人墨客的应和,况且39岁就英年早逝,文人墨客的目光还没来得及从京城到达这偏远乡村。曾经的字里行间缺少相关记载也就可以理解,黄国梁更多的是在族人的传承叙述中存在。

古驿道作为驿道存在,有别于普通的乡间小路,而是有了官方的色彩。这条驿道的存在上了当年官方道路网的版图毫无疑义。那么,这条路上行走的就不仅仅是当地村民,不仅仅是当地村民下地劳作或者走亲访友。这条道路上,或许当年不时有行色匆匆的旅人经过,挥洒下奔波的汗水;也许还有那些读书人,他们把行走当成自己开阔眼界的有效途径,用脚步丈量着驿道的长短,他们是真正的体验一族——马或者轿子是一种奢华,和许多普通的行走无关。而且,这两尺左右的宽度更适合的是行走,而不是纵马驰骋,更不是轿子行走的悠闲。

古驿道曾经热闹过,冷寂也是其自然的命运。这条驿道是什么时候冷清下去的,也没有明确的记载或者说法。有些事情总是悄然发生,等到发现已经既成事实,没有办法详细地理清头绪。荒草慢慢地掩盖,把驿道藏起来,只有在村庄这一段,因为村民的行走,还留存当年的容颜。如今这段驿道,就如一张照片,让村民向人述说的时候有个依据,有着不曾说谎的自信。

行走在古驿道上,恍然走进了明清时代的道路,吹着清朝的风,看到黄国梁从驿道旁的私塾里跑出来,在驿道上奔跑,古驿道也就承载了许多韵味。

其实,和黄国梁有关的还有石晶水。在石晶水泉眼旁的石壁上,刻有"石晶圣泉",那是黄国梁所题,这泉眼也就有了故事。

石晶水,忽然之间就有了"平和第一泉"的桂冠,在历史的某一段书写一种光荣。大凡被称为第一,无论是在何种区域,自有其理由,石晶水也不例外。

石晶水在石晶宫后面。石晶水典出清道光版《平和县志·古迹志》。志载:"石阴水,又名石晶水,在大协岭,水从石罅流出,六月如冰,和邑品泉,此为第一,谢德夫建亭其上,后圮,今建观音庙,名石晶宫。"能够"六月如冰"也许是文人笔下的夸张了,但足以想象它的清凉。曾喝过石晶水,那泉水从石缝中涓涓流出,没有任何杂质污染,十分干净,看了自然赏心悦目,掬一捧入口,清凉顺喉而下,游走在内腑之中。想当年,石晶宫前有条石磴道,曲径通幽,自古以来就是府城(漳州)通往旧县城(九峰)的要道,过往之人络绎不绝,那时交通不便,都是在蜿蜒的山道步行,即使坐轿也是颠簸辛苦。无论从何处出发,走到此地肯定是口干舌燥,大汗淋漓。停下来吹吹山风,喝一口泉水,清凉惬意无法言说。再加上石晶水位于峡谷之中,山谷清幽,谷中青松挺拔,松下古寺缭绕着多年的香火,拾级而上的石阶,巨大的石头等等,构成了美不胜收的风景,在赏景的同时有奇泉流淌,难怪当时的平和县尉谢德夫会发出"和邑(平和县)品泉,此为第一"的感慨。

谢德夫的评点吸引了当时众多的游客,龙溪(今龙海市)名士陈正学听说后大喜过望,次日,便带上上等茶叶和茗具,跑了一百多里路,来寻平和第一泉。要知道,当时可不是如今的来往方便自如,陈正学的举动不愧为名士的"风流之举"。因为他的这样一跑,石晶水更得以留存佳话。到了地方一看,幽谷、青松、古寺、石阶、奇石、清泉,不愧是平和一处名胜。陈正学未暇赏景,解装取出茶具,用石支鼎,敲火煮茶,自斟自饮。茶香隐隐,发出兰蕙般的芳香,旅途的疲倦,连同胸中的夙垢一下子便消散了。好景好茶,陈正学诗兴大发。于是,当夜寄宿宫中,彻夜无眠,写了一首《石晶泉歌》:"石晶之泉泉最清,宝珠岭上擅奇名。涓涓石罅出如注,酌之不竭常盈盈。我闻荆山之人玉抵鹊,傍石居者挹泉而漱瀹。旁檐篱落握山阿,谡谡松涛吹大壑。山行驱车已过之,闻泉却步立移时。洼仅容瓢澄可鉴,夏寒冬温沁肝脾。解装试出笈中茗,涤杯敲火石支鼎。行人笑我太好奇,惠泉中冷徒尔为。此时更不烦水递,茶香隐隐为兰蕙。胸中夙垢悉遣去,顿觉云生欲轩翥。"次晨,把它往墙上一贴,便飘然而去。陈正学潇洒飘逸的转身已经湮没在历史的深处,但当年他的一时兴起,为石晶水留下了诗名。尽管在他之前也有人为石晶水题过词,但因为他这一名篇的传诵,更是吸引众多的名人为此吟诗题词,让石晶水逐渐芳名远播。

  站在石晶宫的前面,可以看到石晶宫后面的石壁。石壁旁有数株天然的茶树。后山上,有一方巨大的"佛"字刻石。庙的左前方山上有一仰天大石,刻有"寿"字和"龟寿万年"。历史无言,也许当年的热闹都会有曲终人散的时候,也许是历史波峰浪谷的起伏传承。已经没有人专程前来就是为了品尝一口泉水的闲情雅致,更别说边品尝石晶水边吟诗填词的雅兴。也许陈正学会寂寞的,但石晶水依然从石罅流出,宠辱不惊。有些东西注定要湮没或者流失,我们只能在历史书籍的字里行间寻找当年石晶水的意蕴。历史指缝中的风景,也就带点古老的醇香。

## 金盆山纪行

钱久玉

上金盆山的路在蜿蜒起伏中颇有灵动感,它向上飘逸着如同昂起的龙首,车子循着这条龙的轨迹,也划出优美的曲线。当车子再次穿越数千米森林长廊停驻在金盆山国家森林公园办公楼前时,我在心里说,久违了,金盆山!办公楼的院内种满了景观树,旁边的小山河日夜流淌着,仿佛是一支永不休止的音符。

稍事小憩,我们就开始在山的怀抱里徜徉,尽情领略金盆山国家森林公园美轮美奂的大自然风光。

陀秀崇,海拔一千余米,登上此峰,万千山峦,茫茫林海,无限风光尽收眼底,既可从大角度、远视角俯看金盆山国家森林公园全境,又可沿山麓而下微观欣赏境内的不同景点。登山,是人类最古老的活动,无论是因为生存还是为了征服,人们在攀登中体会与享受成功快乐的同时,往往是挑战自我。而我每次登山,都怀着一种敬畏,因为一旦面对那些大大小小、风格迥异的山峰,人其实很渺小。人们在山的怀抱中如蚁类般爬行,山在敞开宽广的胸怀接纳他们的同时,也用慈祥的目光注视着万物。

往上攀登约半小时,大家在一处坡度稍平坦的地方停下步。此地处在陀秀崇的坡弯弧面上,向外凸出的地形,便利了大家的视野。一边回望来路,一边仰望我们正在攀登的高峰,都惊叹着陀秀崇的雄奇险峻。此时同伴用手指着不远处一块突出的巨石说,那巨石被称为铁拐李石,可有来历,不去看看会遗憾的。巨石离陀秀崟主峰尚有百米之遥,仿佛是冥冥之中苍天不经意摆设于此的一个巨型茶几,它斜斜地向山下探出,上面有一个凹坑,酷似一只特大的脚印,传说是八仙之一的铁拐李留下的足迹。尽管历经了无数的风雨洗涮,可印痕清晰如新。正要问个究竟,仍勾着头在搜寻的同伴又指着距"脚印"仅一米之外的一个小圆坑说,这就对了,都找齐了,铁拐李的拐印也在,说明陀秀崟巨石上的传说是有依据的。

我一边把自己的脚踩到"脚印"里,一边想,自古仙道总与山水有缘,而传说与故事之类也总由民间口耳相传。铁拐李是否真的在此山此石上留有仙迹,已非重要之事,重要的是这一方山水的人们需要什么样的民间文化。大家说笑着告别巨石继续向高峰攀登,此时温馨凉爽的秋风在耳畔吹拂,暖暖的秋阳洒满了山的南麓,如同镀上了一层金黄色光辉,阳光下的陀秀崟主峰也赫然耸立于大家眼前。我们顿感疲惫全消,欢呼雀跃着向陀秀崟山顶冲去。

山高人为峰,此话刚在脑海一闪现,大脑深处却又出现了另外一段话:"赤子爱春,为其烂漫;志士爱秋,因其旷远。"眼下虽非山花浪漫、万物盎然的春天,却正是落木千山海阔天远的时节,我们伫立于陀秀崟高高的山顶上,沐浴着秋日的光辉听山风和鸣,极目远眺,映入眼帘的是纵横交错的千山万壑、高低起伏的绿海碧波,由近及远,大自然演绎出一幅波澜壮阔的山海图。而我们脚下的陀秀崟正是这万千山海的最高支撑点。它提纲挈领地抖动着群山的脊梁,弹拨着辐射四方的山峦曲线,宛如驾驭着奔腾不息的无数骏马在驰骋。

这就是大自然!它既恢宏大气,又低调谦卑;既千姿百态,又个性鲜明。当它们宽宏大度地把我们向上托起的时候,我们才有登高望远的基点。有了这样的基点,我们才能俯看朝霞落日,感受天高地远;还可以临峰而立,大喊一声你爱的人的名字,倾听着山谷中幽长旷远的回音。青峰之上,白云之下,那种空灵高峻之美,须身经心历之人才可以领略一二。

从陀秀崟主峰往西下,有一段山路属于安远县地界,一山两县,山水相连，鸡犬相闻，山势地貌并无差异。拐过一道山弯后，走在前面的人"咦"了一声，大家循声望去，有一座小塔正竖在缓坡上。说它小，因为它只有二三米高，直径也不过两米，与我从前见过的一些巨塔相比，它称得上是一位小矮人。小塔呈六面形，在青山的衬托下，秋日照着它泛着佛光一般的光芒，虽小，却也散发出一缕肃穆祥和的气息。

在这前不着村后不着店的山道上，何时由何人建造了这样一座微雕似的塔？我想到了民间久有的传说，在交通闭塞的若干年前，有一条古驿道穿越金盆山境内，它连接着安远和三南，可达广东。它早期由南迁的客家先民踩踏出来，以后逐渐成为商旅的路线。而此塔，也许是古驿道上先民们设立的地标，也许是旅途中哪位先民的归宿地。

此时，从徐徐的山风中好像有音乐声飘近，侧耳细听，分明来自不远处的山谷方向，同伴们说那是半山腰处瀑布传来的声音。眼下我们穿行其间的金盆山有许多大大小小的瀑布，它们均源于陀秀崇区域，沿主峰天沟依次往山谷排列，它们虽然处在不同的高度，但均在金盆山的怀抱里激情地涌动和倾泻，它们飞流直下，为此山此水奏响起美妙的音符。我眼前的银线瀑布，是距陀秀崇主峰最近，也是地理位置最高的一座瀑布，几乎悬挂于半山腰间，距底下的深潭少说也有十几层楼高，它展开数米宽的布幅，如同浣纱女手中的轻纱，洋洋洒洒地飘逸而下，在青山绿岱间划出生动而美丽的弧线，宛如一位白衣仙子的曼妙舞姿。水流不间断地冲击着潭底，那潭足有二百来平方米，仿佛是一面椭圆形的鼓，也犹如一只特大的琴盘，瀑布自上而下连接着它，就像一把竖立着的正在演奏的乐器。此时从天而降的瀑布忘情地倾泻着，激荡着，在清幽的山谷里奏响起永恒的音乐之声，简直是青山白云间的一曲天籁之音！

踏着那精美绝伦的音拍，我们离开了陀秀崇山麓地势最低的响水瀑布，开始进入大公桥林区，这里是金盆山国家森林公园的核心区域。我仰望头顶上方高大的树林，只见阳光从茂密丛林的树隙中照下来，踩着林中小路上斑驳的光点，我们走进了一个叫大告的村庄。大告原先称大窖，据说数百年前曾氏在这儿建屋场开基时，在地下挖起了一大窖银元，视为吉兆，故名曰大窖。在有些地方的客家方言里，窖与告谐音。当若干年后曾氏一族迁出，温氏一族又迁入，口耳相传中大窖也成了大告。大告依山傍水，独处大山一隅，显得安详而幽静，倒有几分世外桃源的味道。大家寒暄着围坐在老温家院子里早已支好的饭桌前，他妻子麻利地把备好的饭菜端出来，也不等招呼，人人拿了碗盛饭。院子边上有棵大杉树，我们在树上两只松鼠好奇的注视下美美地吃将起来。

饭后，大家和老温道了别，就沿着小溪向大公桥林区腹地走去。这里山谷众多，森林茂密，山与山之间交集重叠，形成了纵横交错的林间小溪。而源于陀秀岽区域的山水自上而下往大公桥方向汇集，使这儿拥有丰富的水资源，形成了大公桥林区独有的山水景观。有山则有水，有水必有桥。大小、长短不一的桥，巧妙地搭在山谷、小溪间，与大自然协调地融合在一起。大凡有山有水还有桥的地方，都能引来纷至沓来的脚步，大公桥也不例外。这里的一山一水、一草一木皆为令人难忘的自然美景，因为这样的美景一旦进入人的视线，瞬间能营造出童话般的氛围：当你走在林间小路上的时候，也许会遇上一两只觅食的山鸡，或是其他叫不上名字的山鸟。当你站在小溪间的石桥上驻足观赏水中游动的河鱼时，石蛙会突然间进入你的视野。当你看着树林里的小山村在薄纱似的青雾里若隐若现时，三三两两的山牛也会出现在这个画面上。你宛如置身于一个童话般的世界。它伴随着你对大公桥此山此水的亲近，内心深处就会有景由心生、天人合一的意念。

陶醉于山水间，时间在不知不觉间过去，当我们返回金盆山国家森林公园办公楼前时，已是华灯初上。在食堂用了晚餐，因为白天几乎都在跋山涉水，所以有人喊累了，大家就说干脆早点休息，明天还要去龙井湖。

关上门，正要盘点一下白天的收获，感觉到有一股暗香袭来，那是宾馆院内几棵桂花树散发的香味。院内有的桂花树，已有数十年的树龄，正逢繁花时节，它们在秋夜的月光下婆娑弄影，与徐徐的山风相濡融合，令秋夜中的人们闻之舒畅至极。

第二天清晨，山鸟们争先恐后的鸣叫声把我们唤醒，它们就像一个合唱团，此起彼伏的鸟鸣声打破了山谷的宁静，那声音掠过树梢，滑过山溪，传到悠远的地方。

吃过早饭，在山鸟们的合唱声中，我们一行启程走近龙井湖。

三只水是龙井湖库尾的一个小山村，它依偎着群山，掩映于树林中。当我们乘坐的车子在它的旁边停稳后，我匆匆地登上了附近的一处高坡，放眼所望，只见山峦线朝不同方向蜿蜒而去。而在山与山之间的开阔地带，若干年前，它们是宽广的山谷，如今青山作床，源于不同方向的山水汇集在此，在那儿孕育着川流不息的山水文章，也成就了眼前这一方水乡泽国。而此时的龙井湖依然在梦里，远远望去，湖面上浮着薄薄的青雾，似青纱，如蝉羽，宛如睡美人乳白色的睡衣，它静谧地躺着，超然而恬静。

我几乎是屏住呼吸在欣赏龙井湖的清晨。当旭日冉冉升起并照在山上的森林，又渐渐地照耀到湖面上，山与水都被浸染上一层淡淡的红晕，那红晕与薄雾糅合着，形成了龙井湖独有的雾蒸霞蔚的湖光山色，仿佛是水面之上一群灵动的舞者，它们在晨风里曼妙起舞，在为一出山水大戏拉开序幕。

# 观音山，一座飘香的圣山

唐成茂

樟木头镇，这座因栽满香樟树而出名的小镇，更因观音山名动南粤大地、祖国大地。

在有"小香港"之称的樟木头镇，在产业之城东莞市，在曾经因"发财到广东"而聚集了全国各地寻梦者的广东省，观音山是被认可的飘着"香樟香"的一座圣山。

甚至可以这么说，诞生于全世界唯一"大面积生长扑鼻香樟树的小镇"——樟木头镇腹地的观音山，是一棵结满艺术硕果、飘着文化芳香的大树，是一座绿色自然景观与人文艺术景观相互映衬、相得益彰的圣山。

一座山一旦有了绿色，就拥有了美好的向往。
一座山一旦拥有了文化，就拥有了点亮黑夜的明灯。
一座山一旦拥有了历史，就拥有了启动智慧之门的钥匙。
一座山一旦拥有了美丽，就拥有了万般温润和似水柔情。

这就是观音山，在与我工作、生活的地方，只有一城之隔的樟木头镇，一次次把我吸引。甚至因为观音山，我在樟木头镇最好的楼盘——香樟绿洲购置了一套大房，室内室外都飘着香樟树的香味。每到这里坐一坐，香樟缭绕，满目翠绿，清香扑鼻，心旷神怡！

我是深圳的文人，但我仍爱周末到观音山下的"香樟之城"——樟木头镇休闲,这是因为我爱上了这座小城。

爱上一座城是因为爱上了一座山。

爱上一座山是因为这座城令我感动。

有人把观音山称为"义勇观音山",这是因为观音山在文化上的有情有义和忠勇无二。

在香樟树满城摇出翠绿和馨香的这座小城,观音山人肩负使命,在造绿留香的同时,大办文化艺术事业,尽可能为这座小城、为这座小城的子民,留多一些文化,留多一些思想力,让大家与文为伴、手有余香。

在观音山,二十年前植入的种子,一开始并没有长出绿绿的植被。

那时的瘦东莞,目光纤细,腰身不够丰满,是被国际化大都市深圳吸血后的贫血小城,只有向隅而语,荒凉落寞,哪能彰显一丝一毫的志士之气以及大雅和大美?

那时候的东莞人一叶遮目,不知道观音山;那时的东莞人、深圳人、广州人只知道莲花山以及莲花山庄娱乐城,那时的观音山还没美到可以与那些名山抗衡,所以只有向隅而泣,孤芳自赏,寂寞无依。

驿外断桥边,寂寞开无主。已是黄昏独自愁,更著风和雨。

无意苦争春,一任群芳妒。零落成泥碾作尘,只有香如故。

这是宋代陆游的《卜算子·咏梅》,说出的正是观音山当时的心境。

一支笔,一支中国士子们爱用的笔,它们饱蘸五湖之水,书沧海春秋;集五岳之气,唤万里风雪;成王者之道,立千秋伟业。

观音山守护者的万般豪情,化成寒藤挂古松的圆润或苍莽。

观音山森林公园园内最高点为耀佛岭,海拔 566 米,观音山海拔 488 米。

比起巍巍黄山、莽莽昆仑,观音山不高,也不大。但山不在高,有仙则名;水不在深,有龙则灵。

观音山顶屹立着33米高的观世音菩萨像,这是全世界最大的玄武岩观世音菩萨像,这尊观世音菩萨像雄踞观音山顶,是观音山人为红尘之中的芸芸众生打开的又一重门——心灵之门。

因为这头顶宝冠、身披天衣、肩披帔帛、手握净瓶和无畏金刚印,端坐于水花飞溅之中的观世音菩萨,观音山每日吸引着大量的信男信女上山跪拜。

感恩湖、回音壁、怡心亭、慈云阁等佛教景观,掩映于绿水青山之中。

传说穿越现实,美景饱含文化底蕴。

在观音广场,普度众生的观音面带微笑,独坐莲花,在祥云缭绕中庇护着苍生。

对观音山,对整座樟木头,观音是一种庇护,是人们的一种精神寄托。

观音山是一棵巨大的树,祥云袅袅。

爱上樟木头,爱上东莞,是因为爱上观音山,感恩观音山。

与香樟树的对话,与观音山的独语,会让灵魂得到洗礼。

# 观其山,知其音

梁 爽

南粤的高大与峻秀,是由山峦拼贴、堆积而成的。

山是南粤的坚硬体格,也是她的好胜脾性。在琳琅的山与山之间,比着个头,比着俏媚,比着高富帅,比着白富美。

观音山的突然现身,是个意外。很多人实在想不明白,奢华的南粤,竟还典藏着这样一块环保的圣域。没有污浊的侵扰,没有浮躁的跃动。

## 大 观

观音山是崇尚幽静的。她从不为荣华所动,从不与喧嚣为伍,只在内心深海,守护着属于自己的悠然、坦然与淡然。

要不,她不会选择落户在神闲气定、鲜为人知的樟木头。

空中俯瞰,在南粤的密丛中很难捕捉观音山的背影;地面索骥,在富庶的庄园中很难接近观音山的真谛。

双面髻山、大细锅、笔架山、飞鼠山、尖峰,是自己多年的友邻。相处之中,观音山不张扬、不轻狂,不浮漂、不焦虑。就这般,独善其身,秉守孤寂。

观音山故意将自己隐身于茫茫尘世。她料到,清净——早晚会成为这个世界的稀有;本真——注定要成为人类失守的品性。

踱步山间,需要屏着气息,臂挽闲情。身边的一草一木一飞禽,都不可也不忍触碰。品味安适，静阅风景，当是此时最明智的举动。

因为，这些草木圣贤，这些珍禽异兽，日日经受佛光沐浴，月月领略佛法润泽，年年参悟佛学真义。也许，在不经意间偶遇的，草木年过五百，幽禽身价不菲，但混迹于山林，它们还只能勉强算是个少壮派。

观音山是属于风雅、优雅和典雅的，她不接纳世俗的成见，更不容许无聊的聒噪。

在这里，山是手相牵的，树是根相连的。

在这里，云是开过光的，心是还过愿的。

满山的绿荫是观音山绵延的子孙，繁茂中撑开着硕大的心胸，也掩藏着壮美的遐想。

每一棵树，都是她的宠儿，因为植入了她的期望。

绿色是观音山浓重的底色，覆盖了整个山体，抢尽了山的风头。树木在这里无拘无束，毫无节制地繁衍。菩提树、古香樟、古荔、龙柏，一丛丛，一排排，神采飞扬，器宇轩昂。

日出日落，雨雪风霜。观音山呼吸着氧气，坐享着清爽，安之若素，一如既往。

每一段路，都是她的珍宝，因为刻录了她的坚实。

曲折是观音山条条路径的性格，直线与弯度的巧妙混搭，考验着凡夫俗子的耐心与忠贞。洒满禅意的佛缘路、佛光路和菩提径，究竟路有多长，指向何方？一级级负重抬步，一扇扇佛门洞开，只有虔诚才能丈量心灵的地图，只有意志才能破译生命的密码。

目标的宏大与精微，不是人为的渲染式勾勒，而是心境淘洗后的造化。

每一片景，都是她的佳构，因为洋溢了她的创想。

平实是观音山景色的白描，华丽与娇艳在此毫无立锥之处。因为，观音山是属于大众的，她不屑于修饰，也拒绝妆点。亲民才是她的最大资本，普世才是她的最高立场。

大观仰止，巍巍高耸。

## 福　　音

观世音是人心中最美的神灵。

当年,她轻吟梵音、播撒和善,从遥远的国度一路走来。

之所以行色匆匆,是因为天下的欲望过于拥挤,有太多的心灵需要疗伤;之所以风尘仆仆,是因为世上的包袱过于繁重,有太多的生灵需要慰藉。

"若我当来堪能利益安乐一切众生者,令我即时身千手千眼具足",这是她的一番神话,也是她的一诺千金。她渴求自己能够有一千双眼来派生负离子,能够有一千双手来释放正能量。

在踏足中土歇脚时,她惊喜地发现了这座山。

是山的容貌打动了她,还是山的奇崛挽留了她?

在她广袤博大的情怀中,只有安宁的幸福,才能让她驻足、留守。

如今,她置身云端,正坐须弥莲座,头戴宝冠,身着天衣,肩披帔帛,胸饰璎珞。左手持净瓶,右手结无畏金刚印。装束朴素,庄重圣洁。

笑是她一贯的表达。不造作,不生硬。

善是她一世的馈赠。真性情,真面孔。

她的视线,瞄着山脚下城市的生动,盯着平凡中众生的表情。她以点洒圣水的方式,批判着邪恶,批发着幸福。

名和利,串连成一道道伪命题,拷问着毅力与克制。一些人在迷恋中迷失,将价值弄丢了。

情和义,弹拨出一曲曲咏叹调,纠缠着温良与把守。一些人在放松中放纵,将身心遗弃了。

生和死,导演出一幕幕情景剧,诠释着良知与担当。一些人在穿越中穿帮,将命运戏弄了。

难道,真有那么多绕不开的诱惑、放不下的抱怨、解不开的惆怅?

是选取"柴米油盐酱醋茶"之箪食,还是偏好"琴棋书画诗酒花"之养分?

人与人的供奉不同,攀比则无休无止,苛求亦光怪陆离。

爱如空气,与心灵相呼应;德如阳光,与心田相观照。观世音用次第竞开的幸福花儿,变奏出悦耳的福音,飘荡在无垠的天空,浸没在无欲的心魄。

大慈大悲中的大经大法,大是大非后的大彻大悟,大开大合里的大智大勇。是呀,一个大字起烟云,一叠大字藏乾坤。

开库日又是如约而至,大仁大义的观音广场再次敞开大度大容的胸襟,盛满了四方香客的祈福、八方信众的朝圣。

你可以去围观,大悲殿、财神殿、观音寺里正在打开心结;你可以去揣度,古鼓楼、古钟楼、慈云阁内正在唤醒梦呓;你可以去伫听,莲花池、放生池、感恩湖中正在放逐禀性。

福音希声,袅袅动听。

## 智　　山

天生一座观音山。

立足于法门,不妨将追随的目光放牧于晴雨长空,将深邃的眼神流连于朗月清风——

此时,层峦叠嶂,出没翠涛。祥云盘绕,灵气升腾。

此刻,飞瀑流泉,暮鼓晨钟。仙乐氤氲,燕啼莺啭。

一颦一笑之间,吞下的是哀愁,吐出的是酣畅;一静一动之间,吸进的是人文,呼出的是精神。

观音山俨然一个慈善氧吧。她过滤着万千尘埃,吸附着虚浮轻佻,发散着澄明智光。

其实,氧吧的后台老板不是佛和僧,不是天和地,而是你和我。

不是么?每个人都可以自由自在地出入,每个人都可以无忧无虑地享用。这硕大无朋的山宇,是一家抱诚守真的专卖店,是一个讲信修睦的大卖场。穿行其间,采购的是清新,抢手的是祥和。

活着,才是一条王道;生命,就是一场修行。

有的人,将生命刻意雕琢得五花八门,结果却收获了七零八落。一声叹息中有愧惜!

有的人,将欲念肆意武装得张牙舞爪,结局却落得个遍体鳞伤。一片唏嘘中被窒息!

爱恨一瞬间,因果一轮回。

当下,生存的技巧是否真的需要拆迁?生活的本原是否真的需要开发?生命的是非是否真的需要重建?

人性的质地,或光泽,或晦暗,或冰洁,或龌龊。其优劣高低,依仗于涵养的成败,得益于仁德的冶炼,也取决于审视的法度。在养生的典籍里,既要养体,也需养心,更须养智。

立身清正,修身方正,持身端正,当为悟道之法。得意失意不在意,顺境逆境无止境,乃为禅境之极。出世入世,求索通达,自然需要一个经世济世、涤荡性灵的时空道场。

攀岩耀佛岭,透视观音山;枕卧仙宫岭,品鉴观音山。

一幅浩漫苍翠、清隽光鲜的水墨巨作款款舒展——

平远处,树与人以气质相合体。树是人远古的凝固,人是树现实的托付。当树和人成为一个概念时,便造就了一段超脱的冥想,也成就了一种永恒的理想。

深远处,山与水以气势相唱和。山是水灵秀的厚重,水是山磅礴的欢动。当山水结为一对伉俪时,便圆满了一段唯美的传诵,也验证了一种不老的传奇。

高远处,佛与心以气度相融通。佛是心慈悲的化石,心是佛亲善的标本。当佛心修为一重境界时,便净化了一段斑斓的向往,也造就了一种不屈的向上。

这,不就是一个强大的气场么?

是信仰,将气质、气势、气度融解为一体;是幸福,将树与人、山与水、佛与心绑缚在一起。

智山乐水,滚滚红尘。

## 超越佛境界

吴光辉

观音山是佛的山,安详静谧的山。

高高耸立于广东观音山最高峰的观音圣像,静静地让迷蒙的雨雾给自己渲染意境,使自己变得更加神秘威严。我和成千上万的信徒沉默于这样的意境里,悄然无声地感受着佛的磁场而变得格外虔诚。

雾是佛的背景,静是佛的外表,空是佛的意境。

一路郁郁葱葱,一路静默无语。沿着佛光路的石阶沐雨爬行,我觉得这墨绿色的画面似乎被调到了静音。我就是在这肃默的气氛中爬到了观音山的主峰,仰望着观音圣像正沉默无语地端坐在须弥莲座之上。观音菩萨肯定不想打破这寂静的氛围,只能用手语在向世人布教。她左手持净瓶,右手执无畏金刚印,肯定是引导我们穿越尘世的繁华喧嚣,抵达这荷花盛开、与世无争的佛国净土。

我觉得这尊观音的长相似乎已经与广东的人种融为一体了,有了广东东莞地方的肖像特色。她高高在上、清高脱俗的气度,给这座国家森林公园里的瀑布、湖泊、岩石、树木,增添了只有广东东莞才具有的特色之美,更为佛创造了独具南国特色的意境。佛爱美但不好色,因为美是安宁,色却躁动。这是所有的佛全都选择在最美的风景里建庙立寺的原由,这样肯定更有利于他们营造佛的意境。

清高脱俗是佛境界,四大皆空是佛境界,普度众生是佛境界,包容天下也是佛境界。像我这样的凡夫俗子是无法进入佛的境界中,我只能静静地仰望。伫立于观音圣像下,听到黄昏里的宝刹钟声向着万籁俱寂的原始森林传播而去,钟声沉雄,落叶静寂。钟声落满秋天里的万木,然后和落叶飘零的声音交融在一起。我便期待着更多的飘落,小心翼翼地拾捡起一片金黄色叶片,它是在佛的境界里沐过的净品。

所有的山都有灵性,都有品格,都有气质,也都有喜怒哀乐。如果说观音山主峰的性格更多的是凝重,那么与之相对的仙宫岭则多了几许飘逸。

没完没了、絮絮叨叨的云雾便在这条山间小径的四处深情地缭绕。当爬到山顶我四处寻找,却既未见到高大巍峨的道观,也没有仙风道骨的高人居住,唯有一大片遮天蔽日的竹林在缠绵悱恻的薄雾之中,肩并肩地摇曳着细长的腰。

这条山径被一片又一片清高脱俗的竹林遮掩着,我爬行时便有一股阴凉飘逸之气浸入肌肤,自然令我想起刚才在山脚见到的那座浮在湖面上的八仙过海群雕。据说若干年前八位仙道游历到此,将一棵花苗滑落下来,落地生根,眨眼间就茂盛成林。他们给这片秀竹林增添了飘逸的仙气。

从山间竹林的缝隙间隐隐地看到对面山顶上端坐于云雾之间的观音圣像。那条菩提径如一条飘舞的长练,从仙宫岭蜿蜒而去直奔观音山主峰。这条山径让观音山群的这两座山峰挽起了胳膊,形成了观音群山佛道并存、和谐共处的格局。外来的佛和本土的道,也就在这同一座名山上共存共荣和平共处了。

观音山也是一座中庸的山。观音山已经超越了佛的境界,佛界加上道场,佛道合一,恰好也表露出中庸的儒家品格。观音山在骨子里是一座儒释道三教合一的山。

包容是这座独具南国特色的观音山的秉性,南国民众的大度包容在观音山得以集中的表达,她比起江南的婉约细腻多了几分大气,比起北方的粗犷豪放又多了几分精致。她将江南的婉约和北方的豪放全都汇集于一身，她将江南的细腻和北方的大气全都包容于一体。我推想这就是观音山能够让佛道并存于一山的文化根源了。

观音山的大度包容还远远不止于此，她还是一座交融古今、汇合中西的山。当我站在建于观音山半山腰的国际会展中心的广场上，看到四面青山起伏，云雾缭绕，而自己居然身处这座流光溢彩的现代化广场时，这种感受也就更加强烈了。

我推想这座现代化大型建筑只是作为一种银白色的背景，它肯定心甘情愿地衬托与它并肩存在的那座世界唯一的黑褐色古树博物馆。在古树博物馆我便沿着一条"树说的历史"向历史的深处"穿越"。先是看到出土的五六百年前明清时代的青檀树、格木树，然后看到出土的唐宋元时期的隆兰树，接着又看到秦汉寒冷时代的青格树，最后走向热湿时期生长在四五千年前的那些青皮树。

在观音山我们可以"穿越"历史，也可以从历史的深处回望现实，观音山就是这样将现实与历史完美地结合在一起。或许只有广东东莞才能有观音山这样包容的山，这样兼收并蓄的山，这样和谐的山吧。这样也就不难理解观音山这样的佛教名山，为什么还会安放一座抗日英雄蔡子培将军的塑像了。

一群山雀在观音山那条仙泉瀑布和36级瀑布的上空反反复复地盘旋着、鸣叫着。秋雨刚过，一群随心所欲的雾也追随这群山雀飞舞在观音山的半腰，我推想飘荡不定的鸟们肯定是在忘情地迷恋着执着奔流的瀑布吧。

连鸟们都知道这里是天然氧吧，知道这里的空气负离子含量每立方厘米达1100个，知道这里是珠三角地区空气负离子含量最高的地方。这里的空气确实格外的清新湿润，好像被过滤了似的，似乎在半空中抓一把空气就能攥出几许充满氧气的水来。

眼前的这座森林公园里，各种参天大树在南国初秋温润的气候下竞显风姿,各种花草也在争芳斗艳。当然,更能吸引我注意力的还是耸立在各种花草树木之上的巨大奇树。如果说观音山的奇花异草就是美丽如水的姑娘,那高耸入云的参天大树就是高大健壮的小伙,那么这些奇树则是观音山的祖先了。据介绍,观音山已经发现了七种国家濒危奇树:粘木、白桂木、苏铁蕨、土蚕霜、金茶花、野茶树和野生龙眼。尽管这些奇树们已经皮肤枯黑,肢体粗糙,可它们的形态显得那样奇异,浑身上下充满了生命的张力。

当听说这座国家森林公园正在举办的健康文化节所表达的主题就是"倡导低碳生活,发展绿色经济"时,我才明白为什么我会忽发奇想将东莞经济开发区的现代化厂房和这片原始森林联系在一起,原因是它们共同组成了"低碳生活和绿色经济"的和谐生态。

试想作为中国经济最发达的珠三角鳞次栉比的工业带,却能和中国最原始的森林生态资源融为一体;试想中国最现代化的城市东莞,却能和中国最古老的原始森林和谐共存,这不正能体现出观音山的品格吗?这或许就是广东东莞为什么能够成为中国改革开放的最前沿的文化原因吧?这或许也是虎门销烟、广州起义、改革开放这些影响中国历史进程的重大事件为什么会在广东引发的精神原由吧?

观音山的品格是海纳百川的大包容,观音山的境界是海纳百川的大境界。

# 天上的甘丹

凌仕江

一

甘丹一直隐居在翅膀擦亮的云朵里。

十月之后,我在西藏的后花园——成都锲而不舍地描摹甘丹。离开拉萨五年,这是一个离去者生平第一次返回西藏,追踪离去者的遗迹。真正的离去者是宗喀巴大师,他以佛之名背对人间的朝圣已经五百多年,留下的只有一座不被尘世染指的庙宇。每天都有人来此寻觅大师。一路上,他们手拨念珠,心摇转经筒,当高处的甘丹出现在眼前,他们便停下来,久久仰望,风吹乱了发丝,肃穆与欢喜掺杂阳光,刻进一张古老面孔的万种纹路。

许多年过去,我从没有在此留下时间的划痕。尽管当时甘丹离一个写诗的少年仅仅只是山与山的距离、河流与树木的距离、青草与雪山的距离、大地与天空的距离,但少年的踪迹太受局限,一切信息都被铁的纪律幽闭在军营。现在想来,定是日光城充斥了太多诱惑,布达拉宫主宰了太多自由,拉萨河谷逼仄了太多权欲。唯有几次打甘丹以下往南的墨竹工卡县路过,尘埃分散了难以整合的记忆,林芝与拉萨的往返,被风沙吹得久远,怎能发现甘丹就在少年曾经怀揣诗歌梦想经过的地方?

半山口的草地上躺着五条相貌怪异的狗,它们以不同的造型望着我与即将抵达的甘丹,这让我更加确信——神灵出没的地方,动物更易辨识人与物的缘分。尽管在一个陌生人眼里,它们从不胆怯和畏惧,即使你此刻就站在它们面前,那惺忪的眼睛依然不会为你刻意睁开。风马旗在天边猎猎作响,它们习惯了不为任何风吹草动而动容,只愿同阳光一起进入大地冥想。我深入它们之间,蹲下身,将矿泉水与面包递到它们唇边,却难以敲开它们眼中的秘密,只发现它们蜷缩不动的身体对阳光有着超人的依恋。它们的样子,是否被坐在甘丹里的佛看在眼里?它们眼里究竟有没有佛的存在?这一切,都令人生疑和好奇。它们站起身足有半人高,如同藏獒。事实上,它们并非藏獒,真正的藏獒,陌生人无法亲密接触。它们水汪汪的眼睛,时而被风打开,时而又被阳光闭合,那深不可测的世界里,不仅养活了死神,还有安静和悲悯!

在终年披满雪与阳光的旺波日山侧峰,甘丹每时每刻都在生长。飞鸟挡不住,牧人也拦不住,待到我猛然看见,甘丹已长到山巅之上,长在云朵的睫毛下,像一尊浑身散发藏香的巨佛,谦卑又安详地坐在天空里,双手缓慢张开,环抱半个人间。秋天把所有颜色调和在一起,再把成熟的山坳和天空当作温床,上面坐着金黄的和紫红的,还有绯红的、灰的、白的、棕的、紫的、近乎黑的生命,它们在一座寺院的秋光里成了一片凝止不动的柔和。

这种被牧人叫作甘丹的香草是一种神奇的植物。它柔和、自由、随性却又极致,好比萨顶顶唱的《万物生》。甘丹在生长神奇生命的色温里升腾,看不清它的面色,远远地,只能领略它迷人的暗香。

阳光投下足够的亮光,使一个像是着了火的年轻僧人靠在黄漆刷过石头的墙角,一抹深红色,在通体白色的院墙下显得格外让人玄想。在缠了哈达与经幡的电线杆上,几只嘴角黄如谷粒、羽毛灰得油亮的鸟儿,纵身跃到台阶上观望人群,它们像一群山里孩子在铃声响过的间隙,歪着脑袋看学堂里又来了什么稀奇古怪的人。其中一只鸟直接跳到那抹深红色的影子头上。此时,那抹影子放下伸进嘴里的手指,眼睛先是重叠陌生与熟悉,然后才是微笑。这个微妙的表情,感觉他离我很遥远。

望远处,浅雪落下的山乳在视野里堆积成线条明显又凌乱的景,那是水印浸入纸上构筑的雪线。当我们快要走近他时,那抹影子忽然一转身,鸟儿全落到地面——它们真是受乐知足而生欢喜之心的族群。

在比摄影师的镜头更长的阴影里,它们扇动翅膀,骄傲又轻盈,冷得瑟缩发抖,也不肯扎堆取暖。

## 二

明永乐七年,时年53岁的宗喀巴大师在大昭寺参加隆重典礼祈愿大法会后,得到帕木竹巴阐化王扎巴坚赞和内邬宗本仁钦桑布等政权头首的资助,率众弟子建寺。就在宗喀巴和弟子们筹划选址建寺当天,一只过路的乌鸦突然叼走了他头上的黄帽子,众人惊呼,张望天空,乌鸦在空中盘旋几圈,将帽子丢弃在山腰。大家火速追寻到这个地方,宗喀巴大喊一声:"慢,这定是佛的旨意!"于是,他弯下腰,拾起帽子,双手合十,当即选定此地为噶丹寺址。就这样,经过365天的忙碌修建,1410年2月5日,第一任甘丹赤巴宗喀巴主持噶丹寺开光大典,门徒排了几条长龙,千里之外,善男信女不请自来,三千喇嘛高坐殿堂,齐声吟诵藏文大藏经《甘珠尔》和《丹珠尔》,祥云绕山,鹤群成队,鸟落民间……

一座名寺的踪迹,就此藏匿于山间。

和平解放西藏前,蒙藏委员会驻藏办事处英文秘书柳陞祺先生为西藏的寺与僧著书立说,来到旺波日山实地调查并搜集资料,我在参阅他的著作中发现,格鲁派的由来,初名亦为噶丹派。现今,人们习惯叫的甘丹,就是噶丹,藏语里的同音字在人名或地名中一直被通用。"格鲁"是善规之意,风规善妙。宗喀巴,原名罗桑扎巴,出生地在离青海西宁西南约25公里的宗喀地方。喀,藏语"边地"之意。他之所以至今被朝圣者顶礼膜拜,是因当年正逢藏地各派宗教针锋相对,其所开创的显密两宗双修、严格加持的甘丹派,拯救了西藏宗教,深得人心,他被称为藏传佛教史上力挽狂澜的革新人物。朝圣者虔诚信仰他,甚至不愿直呼其名,而尊称他为宗喀巴。

## 三

甘丹的结构如同一座隐秘的村庄,壮观的群楼在云雾中重楼叠阁,阳光下隐掩的部分最为雄伟,五十多组单元建筑,僧房密布,其规模已远远超过三个布达拉宫,它城市般的功能,本身就是一个体系复杂的社会。只是在这人烟稀少的藏边之地,忽然抬头,很容易复苏我熄灭已久的诗兴,认为那是天上的海市蜃楼。

许多房屋的分布,通过上上下下的木梯,进入像迷宫一样狭窄的小巷。然后,再攀升那些摇摇晃晃的木梯,来到半山坡上的康村三楼,就是次成坚赞的僧舍。几年前,曾一个人去山南游历,在桑耶寺徘徊,不肯入内,止步于那些点缀着许多窗户飘带的建筑的白色外墙下,生怕产生对五位男神与十二位女神的存想。据说八世纪以前,西藏曾有被五位男神十二位女神侵占的一个时期,后来静命大师请来密宗大师莲花生祖师应付他们。桑耶,有一种翻译,就是存想的意思。除此之外,藏地寺院有个共同的特点,那就是藏匿神话故事之多,它们汇聚起来,远胜于一部《西游记》或《封神榜》,只是很多故事未能得到更好的传承,人们多对格萨尔王印象深刻。

我站起身,从窗口望出去,几千米高的斜坡,不见城市,也不见炊烟,只见荒野上的枯木、新生的树枝、香草与野花,鸟儿自由弹跳。风偶尔把黄叶带走的声音,与成都每天的汽笛声,形成坚实的对比。它帮我找回了灵敏与自我。

僧人次成坚赞之前的身份则是牧人。墨竹工卡农牧区,距离甘丹不到50公里,那里有松赞干布荒凉了岁月的故园。次成坚赞的父母、兄弟姐妹至今生活在那片藏王诞生之地。理论上讲,吐蕃延续至今的寺院对所有的凡夫俗子都敞开大门,入寺的僧人没有年龄与学历限制,更没有权贵或庶人之分。次成坚赞从小生性好静,尤喜阅读佛经故事,进入甘丹之后,更是勤于念经,深得智贤上师们喜爱。

清晨日出时,甘丹的鸣鼓声响,他就披一件深红氆氇的大氅,头戴鸡冠花形的高帽,携带自己的木碗与糌粑去上早殿,按照个人入寺的资历,找到规定的坐处,盘腿与僧相背而坐。除了两排座位之间的走道,殿堂内无处不飞红。他们由翁则(领经师)率领诵经,在休息的间隙,每人将木碗捧在手里,等值日端着大铜壶进来,依次在每人的木碗里倒满一碗茶,这就是次成坚赞的早餐。

## 四

离开甘丹,已是午后两点半。山口,看不见旅者,多见朝佛的藏民。闲聊中,方知他们来自香格里拉和康定。阳光刺目,车辆的缝隙之间,突然钻出一群上山的喇嘛。面对摄影师的镜头,他们朝着山上的甘丹一路飞奔,红色在大风中成了飘摇的旗。几步后,有的猛然回头,朝我们灿烂一笑,雪白的牙,恰似夜晚含在天边的一粒雪花。

阳光漫过石头、植物,强有力地跃过高高的甘丹,照在弯弯曲曲的下山路上。忽然,索朗将手伸向次成坚赞的背,一只形状如瓢、壳上背着多种花点点的小家伙正在他深红的袍子上漫游。

"噢,那是什么?"我指着它,好奇地问。

索朗将它从次成坚赞身上轻轻吹到地面,只听见他说了三个字:"喇嘛虫。"他的声音很小,生怕那只虫子听见似的。次成坚赞低着头,盯着虫子漫不经心地爬过那片松软的沙地。我朝他挥手,他仍守在原地,大红的衣衫被风卷得漫无边际。直到车子启动,他才跑上来,伸进手与索朗握别。他们的藏语伴着笑声。

抬头再看次成坚赞,甘丹已被云搬走。

许多年来,不少表现藏地的艺术作品,无论绘画、音乐还是文学,都喜欢戴"天上的"帽子,这种过于夸张又泛滥的天上之名,找不出时空存在的细节,那种臆想常让身居其境的人难以置信与苟同。去过甘丹之后,恍然发现,一切"天上的"都是枉然与空想,在旺波日山脚下的河流边,仰望甘丹的海拔,真正能配上"天上"二字的,窃以为只有佛祖授记的甘丹。

高高在上的甘丹,万物有灵且相伴。

# 菩萨低眉

刘玉玲

这里一定是个菩萨看到也会落泪的地方。

要去这里游玩之前,我很郑重地告诉同学:我要去河南省一个叫"郭亮村"的地方。同学说:哦,这个村啊,听说过,有什么好玩的?我引用宣传的句子说"这是世界第九大奇观",我的中国同学"扑哧"一声笑出来,然后幽幽地说:哪来的第九大世界奇观?后来我才知道,原来"世界第九大奇观"是日本影视公司到这里来采访时用的形容词,并不是官方的说辞。

无论如何,去年的十月,我确实和我马来西亚的几位学弟学妹一起参加了 CET 举办的郭亮村之旅。我们到郭亮村的时候,村里人山人海,大家还开玩笑地说,这就是名副其实的 people mountain people sea。如果郭亮村凿山壁的先人们得知郭亮村也有今天这般的威风,估计一定会颇感安慰。问导游:每天都有那么多人到访郭亮村吗?导游说,就你们这一批人赶上了这人潮,因为郭亮村在 2016 年 7 月遇上山洪,村民们紧急疏散,关闭了几个月,所有的游客都无法到访,旅行社接下的团都被延后,十月恢复操作和营业,七、八、九月累积的旅客就一窝蜂挤在十月一起来郭亮村。赶上这股人潮,我们寸步难移,却又感到非常兴奋——出游嘛,自然要人多一点才热闹。平时来郭亮村游玩的就一万人次,我们赶上的是大人潮,估计有三万人。想想看一个小小的郭亮村挤满了来自世界各地的游客,而我们 CET 带来的这一团,无疑是最显眼的:红发绿眼的占了大多数,只有少数像我们这些黄皮肤黑眼睛的,还可以假装一下是普通话说得不太好的广东人或香港人。

郭亮村有着不一般的前世。农民的儿子为了谋生路而组织民团起义,利用丁点的力量和官府作对,根本就是以卵击石,注定是要失败的。但在那艰难的时代,饭都吃不上了,不反抗也是死路一条,反抗的话说不定还有变数。人在世间,一切都是定数,也讲究一个缘分;人和死神是缘分,人和人活着也是缘分。抗与不抗、逃与不逃,都是一念之间。菩萨虽然慈悲,但每每路见不平或于心不忍就拔刀相助或挥一挥手中的杨枝金露挽救众生,岂非乱了天命?在我看来,历史上这位淳朴老实但又聪明绝顶的农夫之子,命中也当遭遇同伴的背叛这一劫,以致最终慌忙逃命。我说他聪明绝顶,绝非信口开河——谁会想到绑一只鼓在树上,再悬一只羊,让羊蹭脚击打鼓儿,任其咚咚咚地响,恼了敌人的心思,乱了敌家的方寸?这鼓声何止击响了绝路的逢生,更击到了天际边,通知到九重天的菩萨们:这块土地上的苦困的人儿,也需要您的低眉怜爱。

盼庇佑。

农夫之子牺牲,村民为了纪念他,村子因此命名为郭亮村。以节士之骨埋之,以节士之气润之,以节士之风活之。郭亮村多少年来风雨不断,又山洪又天灾的。不得已了,这家守不了了,大家破了一锅,像前世失散今生承诺必当再次相见的情侣,一人手持一半的观音像,因缘际会之时,观音像一拼,正是相见之日。郭亮村也上演了这般情景,只是大家持的是破锅铁片的一块,分片儿的人是整个村子的村民。一户人家一片铁,今生发愿再相会。这愿要等菩萨批准了,自然有福的人会回来。山洪来了如猛兽,人受伤了,山洪退了也如春笋,受伤的人慢慢疗愈,继续在破瓦之中重建家园。明知猛兽会再来,却心中无惧。

咱们的祖先和菩萨有约,别怕,要继续守护此地,守护着家。黑暗之后,总会看见光明。

盼庇佑。这是先人对菩萨的祈愿,也是先人对菩萨的叮咛。

你答应过的,要庇佑。

我马来西亚的学妹,有一位是学校的历史老师,去郭亮村之前她就把绝壁长廊说得天上有地下无。我当时还嗤之以鼻,心里想:不就一道靠人手打凿出来的路嘛,有必要这么激动吗?

来到了现场,亲临了绝壁,这才发现,这村子里的骨气,岂是我们这些外人能够理解的。导游带着我们一路慢行绝壁长廊,总结出当年申明信决心要凿壁的五大理由,当中最主要的是没有姑娘愿意嫁到郭亮村来。村子里男人多女人少,早期嫁进来的女子还要攀爬岩壁才能到夫家来,再有毅力的女孩估计也会望壁兴叹,这新婚的第一关竟然是陡峭山岩,往后的日子还能顺遂吗?申明信发动村民凿山壁,开始带领十三个村里的壮汉一起共襄义举。村里的人翻箱倒箧,能用的都用上了,能当的也当了,在只有人手人力和人的意志力下,慢慢地把山壁凿开,一斧头、一锤子、一点一点、一块石头一块石头地开起了路。导游说:"喏,他们就是这样从山上吊着绳子下来,从外面凿进来。"

这绝壁啊,是这一群让人敬重的勇士,不惧安危,置生死于度外,在山的外延往山的内部,一凿一凿地把山壁凿开。每一凿都带着他们的盼望和期待,每一凿都那么有力和爱。

今天我们在绝壁长廊所行走的每一寸、每一分、每一步,都有着郭亮村村民和先贤们的血与汗。打通这一条路,他们从此以后就把世界和郭亮村衔接起来。衔接的何止是世界,衔接的还有希望和力量。

十三人带动,陆陆续续感染了其他的村民加入,凿山的团队越来越壮大,壮烈牺牲在山谷里的人自然也不少。可曾有哪家爬着陡岩峭壁嫁进来的媳妇自私地规劝自己的丈夫:你别去,这要了你命,我以后的日子怎么办?如果没有万众一心,如果自私的媳妇占大多数的话,那郭亮村绝对不会有一条让人赞叹的绝壁长廊。爬过那山的媳妇终究也盼望着:以后嫁给我儿子当媳妇的女孩不必再爬山,而是大红的花轿子直接抬着进来,稳稳重重地踏在夫家。为凿壁而死去的男儿,遗弃了他们家哭断肠的媳妇,但媳妇绝对不后悔,她大概也知道:咱们家的男人,这辈子做了最了不起的事,他们用他们的精神,为这村子留下了血脉、精神、骨气、榜样,也缔造了希望和爱。没有什么比用灵魂守护村子来得更伟大的了。

几十年的光阴,从斧头第一下砍凿在这山壁上,郭亮村从此注定了它的不一样。若世间的路绝了,忙碌的菩萨一直把档案排在后面,不得空处理,那人们只好自己动手,自己动脑筋寻找出路。我想,郭亮村的村民当年也是这样想的。可再怎么想,也不会有人想到以人手开辟一条生路。心有愿,就有力,有力就不难。花了五年时间,依赖着村子里的接力劳动,就凿出了一条可以通路的石洞。

不可思议是我看到郭亮村的绝壁长廊的第一个感觉,心里的激动根本无法用言语表达。想想在20世纪70年代,那种环境下,人们的坚持和坚毅,竟然可以如此震撼人心。

我们吃饱饭后,在郭亮村四处溜达,也到了附近的小瀑布参观,自然也看了壮观的石景。除了赞叹,再也无法寻出更恰当的词汇。村里到处兜售"狗屎糖",我自然也买了一堆回去分给同学吃,但回来一看,原来产地并非郭亮村,不由得莞尔一笑。

从郭亮村回北京,要坐上十多个小时的大巴。夜半不允许大巴行驶,大巴在休息站停下,我静静地翻看在郭亮村拍下的几百张照片,心情激动。在郭亮村三天两夜,我除了买一些糖果,也带了蜂蜜回来。同行的小学弟笑称我这个老姐姐需要保养,但我知道郭亮村的蜂蜜绝对是正品,所以无论多贵,也都买了下来。

如今的郭亮村已经不能与当年同日而语,今天的它早已身价百倍,成为每天有一万人次进村的旅游胜地。当年姑娘们还要爬着陡峭的山岩到夫家,而今旅游巴士和其他各种车辆络绎不绝地往村子里进,当地的经济被带动,家家户户都在做旅客生意,要么开餐馆,要么开旅馆,要么卖纪念品或土特产,也有不少人兜售狗屎糖。

先人的眼界如此开阔,知道这路一定要开,只有开了这路,村子里的人才有活路。

先人的境界如此高远,知道这村一定要守下去。继续守着,才会看到明天的彩虹和光明。

　　菩萨没有食言。

　　那一段鼓声敲到了天际,菩萨垂目。

　　那一凿锤声敲到了天际,菩萨庇佑。

　　前半生,郭亮村用血泪建村,后半世,郭亮村迎来喜悦笑声。

　　当然,还有来自世界各地的游客们的赞叹。

# 陈氏书院

冯顺志

"天下李,广东陈",形容李姓是中国人数最多的姓氏,而广东最多的则是陈姓。古籍载,陈姓至今已有四千多年的历史。周朝武王封舜的后裔胡公满于陈国,该氏族就以国号"陈"为姓,并在河南颍川不断生息发展。经过千年的历史演变,陈氏的分支传至广东,并不断繁衍壮大开枝散叶,发展成为广东最大的姓氏。清光绪十四年(1888)七月开始,以陈颍川堂和陈世昌堂的名义购买了广州西门口外的荔枝湾修建陈氏书院。

祠堂文化是中国一种年代久远的民间文化。清人赵翼从名称上考证了祠堂的由来,道出其本质是一种宗庙,宗庙在古代中国社会生活中一直有很大的影响,它不仅有敬祖的意义,而且是宗族教化的一大手段。因此,在整个陈氏书院的建设及后来的祭祀活动中,始终以同姓的社会名流为号召或主祭人,这实际上不仅是一种宗族的荣耀感,而且也体现了当时社会的流行价值观。陈家祠作为广东最大姓氏——陈姓的最大的合族祠,汇集了广东七十多个县的陈姓族人。其也由祭祀、处理宗族事务等发展成为具有多种功能的场所,例如为陈姓子弟来广州参加科举提供复习和落脚之地,方便来广州处理诉讼、缴纳赋税的陈姓族人休息,使原来非常神圣、受族人尊敬的祠堂更具有实用功能。

从《陈氏书院章程》中可见修建陈家祠的初衷,并有"增设内试寓,以便各房赴考"的功能。另外还"延品学优长老师在本书院讲学课文。凡陈氏子孙系聪明敏捷、材学有成、无力求学者,准入书院课读,由书院酌助膏火"。根据章程,当时陈家祠的董事职位可以用金钱购买,以获得神龛正座主位作为回报。牌位的摆放位置与捐款数目挂钩,各地陈姓族人只要交纳一定款项,就可将自己的祖先牌位放入陈家祠内供奉。

  春夏之交的某一天,我置身在这座国际化大都市里,直耸云端的"小蛮腰",琳琅满目的珠光宝气以及行色匆匆的香车美女并没有吸引住我的视线,在穗城友人陪同下,我直奔陈家祠。一进陈家祠,一股强大的古典气息包裹着我,让我步步惊艳,目不暇接。身浸其间,领略兼有宗祠、书院和会馆三种性质的合族祠风姿,陈家祠是我见到过的保存最完整、最富有代表性的古代民间建筑。祠院里那种中国封建社会等级森严的气韵给人一种强大的逼仄感,建筑规模的讲究规定,在陈家祠得到充分展现。其实在清末,封建制度与礼教形同虚设,才使得广东陈氏能在省会广州建一座宏伟壮观的合族祠,而且在建筑过程中一切都严格按照封建礼数理念来建筑。陈家祠比起广州许多古建筑来说,它不算历史悠久,然而论它的规模之宏大,装饰之堂皇,其他建筑都是无可匹敌的。只要看它的主体建筑就够让你一步一惊叹:五座三进、九堂六院。以大门、聚贤堂和后座为中轴线,通过青云巷、廊、庑、庭院,由大小十九座建筑组成建筑群体,各个单体建筑之间既独立又互相联系。最有特点的是梁上、壁上、案上三雕蔚为壮观——石雕、木雕、砖雕,雕塑里福字最多,我留意到就连图案上的蝙蝠也艺术地被"福"字化。祠前的壁间有六幅画卷式的大型砖雕,每幅砖雕长达数米,是用一块一块的青砖雕刻好了以后再连接成一体的,立体多层次的画面里起伏连绵着神话传说,凸显着广为搜集的地方风物——山水园林、花果禽兽、钟鼎彝铭等。我一向认为石头是有感情的物质,那些巧夺天工的石雕赋予了石头更为深厚的人文色彩。陈氏书院的石雕主要是采用麻石石材,多用在廊柱、月梁、券门、栏杆、墙裙、柱础和台阶等处。聚贤堂前的月台石雕栏杆,是书院石雕装饰工艺的典范,它融汇了圆雕、高浮雕、减地浮雕、镂雕和阴刻等多种技法,以各种花鸟、果品为题材,用连续缠枝图案的表现形式进行雕饰。又把双面铁铸通花栏板嵌入栏杆中,使呈淡雅灰白的栏杆在色调深沉的铁铸栏板映衬下,对比鲜明,主题突出,极富装饰效果。这些木雕、石雕、砖雕、灰雕、陶塑、铁铸惟妙惟肖地展示了广州悠久的历史与老广州人的生活情态,传统的雕刻艺术在这里表现得酣畅淋漓。在北京故宫和台北故宫中都藏有大量从广州进贡来的雕刻,最出名的是象牙球,一层套一层可以自由滚动,收藏与审美价值很高。如今广州街头可见大量的石质和金属雕塑,特别是在二沙岛上有一排排栩栩如生的人物铜像,如"爷爷在纽约""邮箱信使""洋人喝中国茶"等等,从这些作品中我们可以想见一百多年前广州对外开放与外界频繁往来的景象。陈家祠如此大手笔地运用木雕、砖雕、石雕、灰雕、陶塑、铁铸和绘画艺术之巧妙,实属中国古代建筑史绝响之作。面对陈家祠宏伟的雕梁画栋、精工绝艺,心情无以言状。难怪郭沫若观光后赋诗称赞:"天工人可代,人工天不如。果然造世界,胜读十年书。"在当下这个充满商业气息的大都市里,还蕴藏着这么一座完好无损美轮美奂的宗祠书院,实乃这座城市的大幸。

  历史有时真是雾里看花,当时往往令人难以捉摸,我诧异,如此庞大的古建筑,为什么经历一百多年的风雨沧桑却完好无损地盘踞在广州最为繁华的中心地段?我问一位广州长者,是什么让陈家祠如此安然无恙,就连在"文革"时期也逃过一劫。老人告诉我,"文革"初期,有位掌管广州文教大权的陈家人,他敏锐地意识到陈家祠早晚要遭浩劫,如何保护好祖宗留下的遗产成了他的心病。这位陈氏后代绞尽脑汁,最后想出了两全其美的办法。当年为加印毛主席语录,广州的印刷厂不够用,于是他下令将印刷厂搬进陈家祠,并指示支左部队在陈家祠布岗放哨,这样一来,既能够完成上级交办的任务,又能巧妙地保护好祠院。果真不出所料,不日红卫兵、造反派汹涌地赶来"破四旧",陈家祠里的印刷工人、解放军战士和文物管理员与造反派、红卫兵小将们针锋相对,据理力争:这里现在不是"四旧"场所,而是印红宝书的地方……就这样陈家祠被保护下来了,陈家祠真幸运,真应感谢那个时代广州人的智慧。

不错,即使在乱世,承继传统的韧性仍在起作用,想必这位"文革"期间掌握广州命运的陈家后代,就是个饱受陈氏祖上的传统教育的,骨子里遵循传统文化的人,而民间的智慧更是不可低估。这让我想起不少地方的古民居之所以得以保护,都是因为当年被人民公社、村革委会或支左部队征用做办公场所,有人想破坏也无机可乘。看来当年征用那些古民居的领导者不少是有意在保护,即使是无意,也算功在千秋。

青云巷是陈家祠的一大福祉,我不知为何如此着迷于这条庭院里的巷子。幽邃的青云巷望不见头,光洁的大青石板,长有点点滴滴青苔的青砖壁,天井常年笼罩的云雾,仿佛是百年不散的云霞烟岚,淡淡的,若即若离的,这样的情境很容易让人陷入无边的遐想。我是个古典情绪甚浓且喜欢胡思乱想的人,思古怀今,此时荡漾的思绪袅绕缠绵已无边蔓延了。静静地坐在青云巷口的青石板上,望着幽深巷子轻飘的青雾,诗意从古巷的天眼弥漫开来,眼前幻化出一位端庄秀雅的西关小姐,忧伤的身影在巷子深处徘徊,仿佛被青光融化成一缕青烟袅袅升腾……这缥缈虚无的幻影不由得让我联想到天下第一藏书楼宁波天一阁。那个江南才女绣芸为了能靠近天一阁,只是为了能看上一眼楼阁中的藏书,不惜把自己的青春作为赌注,嫁给了范氏公子。虽最终未能登上天一阁,却让忧郁的香魂长绕于高阁角檐,福佑这个名阁,完成了中国古典女性的文化人格造型,后人无不感佩这个弱女子为文化"殉道"的勇气与执着。既然陈家祠初衷含有育人教子之意,那一定跟粤地72县的陈氏莘莘学子有着千丝万缕的关系。我想,偌大的陈家祠是否在一百多年间也发生过类似天一阁江南才女绣芸的故事?或许还隐藏着更为悲怆的故事?不得而知。

我与友人走出陈家祠已是黄昏。站在祠院前空旷的广场上,放眼望去,近处是一片花园,树木幽幽阴阴,浓绿满眼,荔枝湾上空升腾着一束束袅烟,缓缓地盘向天空。而对面高楼大厦下是熙熙攘攘的车水马龙,古典与现代的反差断裂成两个迥异的意象。前面是现代的繁华,后面是传统的坚守,给我一种不真实的感觉。我宁愿相信眼前的浮华都是浮云,而我身后的那片古色古香能真实地永久存在下去,至少能保存长久些——一百年?两百年?抑或上千年?也许友人看出我的迷惘,用粤语为我吟唱了一首古韵十足的西关童谣《凼凼转》:"凼凼转,菊花圆,炒米饼,糯米团,阿妈叫我睇龙船,我唔睇,睇鸡仔,鸡仔大,擤去卖,卖得几多钱?卖得三百六十五个仙……"我虽不能够完全听明白歌词的内容,但领会了粤语吟唱的独有韵致。世上许多美好的东西不可能样样品通透,只要意会就够了。

晚春初夏的夕阳收敛了刺眼的光芒,太阳落幕前的仪式隆重而温情,余晖照耀在我身后那片金碧辉煌的琉璃瓦脊上反射出闪闪的金光,显得分外庄严瑰丽。

# 老号森铁

李青松

疲惫的森林小火车吭哧吭哧喘着粗气,然后,喷出一口白雾,停在了林区某个小站。

《林海雪原》中有一句话:"火车一响,黄金万两。"在"大木头"年代,林区人是多么牛气和豪迈啊!森林小火车运木头,一节车皮只能载一根。那家伙杠杠的,多了装不下呀!一根木头有多粗呢?这么说吧,光是树皮就有砖头那么厚啊!的确,当年林区的辉煌和荣耀是与森铁紧紧联系在一起的。然而,此一时彼一时,今天东北林区实行大禁伐,对森林来说无疑是个福音,但对森铁而言,却是个致命的打击。林区的木材运输八成靠的是森铁,斧锯入库,森林休养生息了。没有木头了,森铁运什么?林区人吃什么,喝什么?

无奈,有的林区干脆就把利用率低的铁轨拆了,铁轨当废铁能卖几个钱算几个钱吧,总比在那里闲置着风吹雨淋地熬日月生锈烂掉变成土强。

然而,事情并不那么简单,森铁的问题并非一拆了之。

在桦南林业局,我走访了森铁司机任景山。他开的是一辆老式外燃蒸汽机车,车号是"森055",需两个司炉不停地往炉内填煤。开小火车是个很脏的活儿,任景山满脸都是油渍和煤灰,只有张口说话时的牙齿是白的。任景山干这个行当已有十余年了,对小火车怀有深厚的感情。他说,这家伙看起来很笨,但力气大,装上一座山也能拉走。他说开小火车不需要太多的技术,最重要的是望,对路况的把握要准,到哪里该加速,哪里该减速,哪里拉笛,一打眼便知道才行。

任景山微微叹一口气,说,早先森铁两边的树还很密,那时一年四季都在这条线路上跑,现在只有冬季两个月出出车,干着不过瘾。我问他,没想干点儿别的吗?他说,干别的活儿,一下又很难适应。咱这森铁工人,若是离了森铁还真难活呢。说到这里时,他的眼睛有些潮。

我赶紧把话岔开了,说,咱们照张相吧。于是就喊远处车里等我的老傅,为我们照相。咔嚓咔嚓,照了十几张,背景就是"森055"号蒸汽机车。这些照片也许记录的是中国最后的森铁了。

不过,在兴隆林区任职的高乐对森铁的前景则持乐观的态度。他说:"我们兴隆的森铁不仅不拆,而且还要发展。"

兴隆是个特例。兴隆拥有森铁线路近四百公里。据说,这是世界上最长的窄轨森林铁路。这条窄轨铁路,环绕小兴安岭南麓,横跨巴彦、木兰、通河三县,不仅在林区经济发展建设中具有举足轻重的作用,而且是巴、木、通三县城乡沟通的重要交通工具。

森铁是兴隆林业经济发展的命脉。在20世纪70年代乃至90年代初期,仅商品材运输每年就达三十万立方米,自1953年以来,兴隆森铁已累计运输优质木材两千余万立方米。然而,无论怎样,这些辉煌都已属于历史了,随着天然林保护工程的逐步实施,森铁无材可运已经和正在成为不争的事实。

高乐早已看到了这一点,于是以变应变,多年前便提出了利用森铁开发兴隆森林旅游的构想。我问老高:"森铁干线两边景观如何?"

"你看看就知道了。"说着,老高掏出手机,电话打到森铁处,哇啦哇啦说了半天,末了,转过身来对我说:"我安排了一辆森铁专列,明天请你到深山老林里转转,我们这里到底有没有旅游开发价值,你看看就知道了。"

次日早晨七点半,我们上了森铁专列。从兴隆出发到二合营林场,专列整整运行了四个小时,沿途景观颇具北方林区特色,林海雪原,风光着实迷人。而对我来说乘坐森林小火车进山采访,这本身就是件极有诗意的事情。

兴隆森铁线路两边的旅游资源十分丰富,如尚未开发的原始林群落,穿冰冬钓的香磨山水库,东北虎出没的八砬子,终年积雪的小兴安岭最高山峰平顶山……一个一个的风景区既是相对独立的,又因森铁线路而有机地连在了一起。

风景是一种边际文化信息,而旅游则是寻找边际信息的过程,兴隆的森铁恰恰保留了这种边际信息。大口大口喷着蒸汽白雾的森林小火车就是这种边际信息的载体。在日益商业化的今天,即将消失的东西往往会越具有价值。人的情绪是不能流通的,但它可以弥漫,引起共鸣,付诸行动便成为一种时尚。对今天的青年和中年人来说,"旧"恰恰是"新",是未曾经历过、感受过的全新的人生情感和视觉体验。

怀旧是一种情绪。时代的变化越大,怀旧的情感也愈快捷愈浓烈。传媒说,上海人正对20世纪30年代充满了追思之情,那时的上海外滩万国银行林立,建筑风格多样奇异,构成了它独特的风景,如今随着政治机构的全部撤出,又回复到它原有的风貌。这是历史在更高层面上的回归和再现,它鼓荡起人们对旧日市场经济的重新认识和缅怀。

在东北林区,喷着蒸汽白雾的森林小火车日趋稀少了。实际上,这正昭示着辉煌的伐木时代的终结,代之的是一个全新的资源培育时代的开始。

林区的城镇均是在开发者的脚步和伐木人的号子声中诞生,并随着森林小火车铁轨的不断延伸而发展起来的。加格达奇、伊春、莫尔道嘎、兴隆、铁力、朗乡……这些早先只有猎人和皮货商们才知晓的名字,谁能说它们现在不是以城镇的意义而存在呢?有人说这些城镇都是用小火车运来的。

我相信,那些关于森铁的记忆,将成为林区人生命中最温暖最津津乐道的部分。

我离开林区的那天早晨,天空弥漫着雪野的鲜味,走在积雪覆盖的森铁轨道上,深一脚,浅一脚,咯吱咯吱的响声,富有韵律感。

每一场雪,都覆盖了过去。失去希望的人可以获得启示和重新生活的勇气。每一场雪,铺展开的都是未来。未来在哪里?未来就在脚下,原点即是起点,林区人追寻快乐和幸福的脚步永不停歇。

# 中山陵感怀

叶 盈

翻开书籍或进入网络,礼赞孙中山先生的文字可谓江河滔滔。然而还是不够,先生对中华民族所作出的伟大贡献,及其产生的深远影响,仅用文字是说不尽的,而每个人的阅读范围也往往是"弱水三千,只取一瓢饮"。若用最简洁的笔墨素描先生,在许多选择中,我会确认这段文字:"他是国民党的创始人,他是三民主义的倡导者,他首举彻底反封建的旗帜,'起共和而终帝制'。他就是——孙中山。"若是更简洁的大写意,也只好浓缩为"中国近代伟大的民主革命先行者"一句来概括。

这样说其实是为自己开脱。不论是仰望先生山脉般巍然屹立的存在,还是面对无以计数赞美先生的锦绣华章,我唯有肃然起敬。所以这篇早就想写的文章,总是写写停停,久未成形。也许是在等待一个契机,应该耐心等待。

甲午年金秋,我去南京参加一个文学活动,入住的宾馆正在紫金山下的玄武湖边。我第一时间就想到了中山陵和那篇一直没有完成的文章。草草安顿一下,便走下楼去。穿过太平门,走进白马广场,便和紫金山撞个满怀。但见耸入云霄的山影,如一滴翠绿欲滴的露水倒悬天际,晚霞中如梦如幻。

次日清晨,即与文友们登紫金山,谒中山陵。同行的文人雅士都是喜爱山水和古迹名胜的,大家建议弃车步行,细心感受这座非同寻常的江南名山。

我曾无数次在想象中登临过这座山,拜谒过这座陵。那些幻觉,终于伴随着登临的脚步被一一踩碎——所有的一切都超越了有限的想象力。用山清水秀、松涛柏浪来描摹紫金山秀外慧中的山水和葱茏茂密的植被是远远不够的;用气势磅礴、盖世无双来形容中山陵的卓尔不群也不尽然。再美的风景,也挡不住先生迷人的人格魅力。先生就像群山之外的远峰,永远是我们视线尽头的大美之象。有一种情感很强烈——走进紫金山,能触摸到"东方睡狮"的魂魄;拜谒中山陵,能感觉到中华民族的心跳。历史画卷中无数叱咤风云的人物和摧枯拉朽的事件接踵而至,比如陈胜、吴广、刘邦、项羽、岳飞,以及太平天国、辛亥革命、人民解放军占领南京等等。

我想说的是,一座山有沧桑,一座建筑有灵魂,一个人是有精神境界的。中山先生是近代史上一位纯粹的爱国主义者,是唤醒国民灵魂的精神领袖,他救国救民的可贵精神永垂青史,光照千秋。也只有这座有"钟山龙蟠,石城虎踞""金陵毓秀"美誉的江南名山,才能承载起这座举世无双的陵园,才能安放下中山先生不朽的精神和灵魂。

沿栈道一路攀登,翻山越涧,再急转直下,沿溪流而上。路边有几人合围的老树,坡上有横七竖八的腐木;谷底填满棉团似的白雾,山顶掠过行车跑马般的云朵。转眼间,天色阴暗,细雨如丝,山野林莽已是雨声淅沥、溪流合鸣,宛如浑厚缠绵的交响曲。

路过明孝陵,匆匆浏览中,感觉阴气森森,如同这个草根皇帝不无神秘色彩的人生。应该说,朱元璋是一个有作为的皇帝,他高举"驱逐胡虏,恢复中华"的旗帜,结束蒙元在中原的统治,最终统一中国,开创了"洪武之治"。然而,与历代独裁者无异,他苦心经营的依然是朱家江山,与中山先生"天下为公"的丰功伟业有云泥之别。不说也罢。

曲径通幽、峰回路转之间,深隐云雾里的中山陵终于掀起面纱。无垠的群山大野间,点缀着一些浅白色建筑,依山势台阶式渐次升高,与秋天缤纷灿烂的山色融为一体。整个建筑群由博爱坊、墓道、陵门、石阶、碑亭、祭堂和墓室等组成,排列在一条中轴线上。从高处俯瞰,像一座平卧在绿绒毯上的"自由钟",融汇中国传统与西方建筑之精华,庄严简朴,别具一格。

我于中山陵的情感,在对先生的景仰之外,还有另一层意思——这座陵园的建筑师之一,正是我家乡的先贤刘宝谔先生。面对这座宏伟的陵园,如同见到了这位远逝的乡贤,"他乡遇故知"的感觉非常真实。

刘宝谔出生于陕南颇有名望的大财主家族,从小随曾任苏州知府、上海候补道员的祖父生活,毕业于上海南洋公学(交通大学的前身),后在上海从事工程建筑。清宣统元年被西(安)潼(关)铁路筹备处选中,派往美国留学,专攻土木;学成回国后,在建筑领域成就卓越,中山陵是其巅峰之作。1926年,他被孙中山治丧委员会聘为监理工程师,负责全部工程。陵园建筑图纸由他的同学吕彦直设计,吕不久因病去世,有关设计、施工的所有任务都落在他的身上。中山陵工程的造价为白银390多万两,由于海外华侨踊跃捐赠,共得白银460万两。除完成主体工程外,他还以余款修建了光华亭、水榭、音乐台等纪念性建筑以及其他设施。在他带领下,经过三年多的辛勤努力,中山陵园这座闻名中外、具有历史意义的宏伟建筑,终于成为紫金山上的一颗明珠。他的人格魅力可见一斑,他为此工程所付出的心血、智慧和忠诚可想而知。

"近朱者赤",在建造这一盖世无双陵园的日日夜夜,刘宝谔深受孙中山先生爱国救亡精神感染。抗战胜利,内战又起,蒋介石逃离南京前,曾威逼利诱他去台湾,被他断然拒绝,他秘密转移到上海,迎接全国解放。新中国成立后,他出任西北军政委员会财经委员会专职委员兼新华建筑公司总工程师,为规划西北地区,特别是陕西的建设事业作出了巨大贡献。刘宝谔先生于1952年6月2日病逝于西安。

不知这位乡贤安葬何地,墓志铭是什么?以我猜想,"建筑大师"的定语必不可少,"最杰出的作品乃中山陵"也有可能。不过,"他的名字与中山陵同在,他是洋县乃至陕西之骄傲"才最为妥帖。

"中山陵各建筑在形体组合、色彩运用、材料表现和细部处理上堪称一绝,音乐台、光华亭、流徽榭、仰止亭、藏经楼、行健亭、永丰社、永慕庐、中山书院等建筑,众星捧月般环绕在陵墓周围,构成中山陵景区的主要景观,色调和谐统一更增强了庄严的气氛,既有深刻的含意,又有宏伟的气势,有着极高的艺术价值,被誉为'中国近代建筑史上第一陵'。"百度百科上的这段话,应该是写给以刘宝谔为首的建筑团队的颁奖词,也是他个人人生履历中最大的亮点。

作为一代建筑大师的刘宝谔,他故乡的故居该会是怎样的景象——

刘家庄园坐落在陕西洋县城西汉江边,始建于清嘉庆年间。庄园占地3360多平方米,建筑面积2110多平方米,由八套四合院和两个院场组成,房屋91间。

刘家的发达要诀就四个字:耕读传家。创始人刘兑山曾拜汉南名儒岳震川为师,因精于农耕和经商,完成了原始积累,富甲一方。后辈刘辉山、刘定荣承前启后,使家风弘扬光大,前者在本土教学子弟,后者引导子弟向东南沿海和国外发展,把刘氏家族推向繁盛。这个盛传九代的家族,打破了"富不过三代"和"五世而斩"的铁律,超过了山西盛传七代的"乔家大院"。

刘家虽为名门望族,声威并举,但家风敦厚,崇文重教,乐善好施,体恤乡邻,在后人远走四方的近百年中,故庄园安然无恙,及至"文革"被严重损毁。20世纪70年代,刘家庄园成为全省闻名的"阶级教育馆",随后被弃之风尘。

待我踏进这座庄园时,它已是破败不堪,如一轮秋天黄昏里的残阳。古堡式的围墙遗址难以辨认,曾经威仪的门楼,也只是遗韵犹存。进入凹凸不平的庭廊,满地残砖碎瓦,鼠洞、蛛网密布,许多木椽摇摇欲坠,庭院里杂草丛生,只有屋顶深红色的木板、屋檐阁楼上雕龙画凤的木刻和图案精美的窗棂,尚可看出曾有的高贵品质。正堂高高在上,青砖铺地,方砖砌墙,两边厢房宽敞大气,遗憾的是,有价值的东西早已被蚕食净尽,只剩一个残缺的空壳。置身其中,刘家当年的威武辉煌依然可以想象,宾客盈门的热闹依稀余音绕梁。然而,残破和荒凉毕竟是真实的,如同一樽价值连城的瓷器,被莫名其妙的力量瞬间击碎,留下满地碎片,长眠于时间深处。

雨越下越大。回首间,陵园已被大雾覆盖。这当然是短暂的,待雨过天晴,陵园又将清新如初,如同岁月的烟云难以遮蔽山河的本色。

挥手作别时,一个声音从群山深处隐约传来——"革命尚未成功,同志仍需努力!"中山先生忧国忧民的面容自蒙蒙雨雾中浮现出来,俨然一面镜子。

"天下为公"曾作为每个革命者的最高理想和信念,同样也是每个现代人肩负的任重道远的使命。中华民族的每个公民,特别是人民公仆,都应该不忘根本、牢记使命,经常叩问内心:一个人活着或死去,应该留下怎样的口碑?在离开这个世界后,还有多少人会情不自禁地提到你的名字并肃然起敬?

# 妙峰金顶那道紫色的圣光

马淑琴

母亲的娘家在妙峰山脚下的下苇甸村。永定河边茂密的苇丛中,村子像是停泊在岸边的一只古老渡船。村子的故事大都与近旁的一座山有关,山名妙峰,上有娘娘庙。母亲说,娘娘是他们的神。还说,山顶总有一道紫色的光,是娘娘的圣光。

## 一

我的童年浸泡在妙峰山神秘的故事里。每年庙会开始前,下苇甸"开山老会"会众腰插板斧和镰刀,为朝顶进香披荆斩棘,做开路先锋。姥爷是开山老会的一届头领。我小时候玩的一个小瓷娃娃,就是姥爷从妙峰山的娘娘庙带回的。谁家想要孩子,拜过送子观音,再从庙里用红线拴一个小瓷娃娃带回家,放到炕上,这家的女人就能怀孕。有一天,姥姥用砸了一冬桃核儿的钱,给母亲缝制了一件山丹花一样的嫁衣,母亲被一乘花轿抬着,从永定河的上游抬到下游。

在我长久的怀想中,母亲村边的芦苇长成了船篙,只轻轻一点,就将悠远的岁月从昨天撑到了今天。

2005年夏,我负责妙峰山传统庙会的申遗工作,这大概是冥冥之中的缘分吧。我抓紧机缘,如同接过姥爷当年手中的开山板斧,为我真正认识妙峰山辟出一条路,打开一扇门。一个精干的班子,一个缜密周详的计划,实地考察加查阅资料,召开130多名香会会首的联谊会,基本摸清了各路香会的前世今生。

当时,在世的著名老会首是85岁高龄的"万里云程踏车老会"的会首隋少甫。隋少甫出身香会世家,父亲隋星甫是清末皇宫"内八档"的杠箱官。少甫11岁学车技,后习会规,1940年任会首,多次率香会到妙峰山朝顶进香。为了香会,他毅然卖掉了自家三进院的房产。那是北京崇文打磨厂地区一个青砖灰瓦的旧院落,隋先生住在院子西南角的一间小屋里。走进充满神秘色彩的小屋,见先生虚弱地靠在床边,因我们的到来,眼睛里闪着兴奋的光。一张小桌上放着半副銮驾,墙上挂着多幅朝顶进香和车技表演的老照片,先生不紧不慢地讲述,又递过一本相册。临走,先生送我们一面当年"万里云程踏车老会"的三角会旗,我们当即扯起会旗,拥着老人合影留念。

只过一个星期,就传来隋少甫先生去世的消息。

奋战三十七天,圆满完成了妙峰山传统庙会所有申遗材料的准备,不仅通过了专家论证,而且被国家申遗中心评为范本。妙峰山传统庙会,终于列入国家级非物质文化遗产,同时,也让我从灵魂深处敬仰那座不同凡响的山峰,感动于那场从岁月深处走来的民间盛会。

## 二

妙峰山位于北京市门头沟区妙峰山镇北部,距市中心35公里,主峰海拔1291米。古老的火山喷发口造就了雄伟峻拔、幽深秀美的山峰奇景,成为金顶仙境。

山上植被葱郁,奇松翠柏于云雾之中时隐时现,各色野花次第绽放。秋天,满山红叶簇拥着莲花金顶的神庙,那一路的红又以身心的嬗变修成禅的象征。山下有数百年种植历史的玫瑰园,如今已近万亩。小满时节漫山姹紫嫣红,芳香四溢,给这座仙山平添了悠远的热烈与浪漫。

妙峰山娘娘庙建于明代,佛、道、儒和民间崇信多神供奉,满足了不同阶层的心理需求和精神寄托,正如一句广告词:"总有一款适合您。"清康熙帝敕封妙峰山为"金顶",位居北京"五顶"之首。乾隆帝为大殿题名"灵感宫",嘉庆帝为娘娘庙亲题匾额"惠济祠"。清后期,慈禧老佛爷两次来庙进香,题匾三块,分别为"慈光普照""功侔富媪"和"泰云垂荫",咸丰帝和慈禧太后还将去妙峰山朝顶进香的数十档香会封为"皇会"。

四百年延绵的香火中,清为鼎盛。每年农历四月初一到十五,通往妙峰山的六条香道上,"人烟辐辏,车马喧阗,夜间灯火灿如列宿"……香客达数十万。随着知名度的扩大,外埠香客占了百分之六十,于是,就有了"妙峰山的娘娘,照远不照近"之说。

庙会主要活动空间除了娘娘庙,还有香道和茶棚。城里香客不论从哪座城门出城,都是出门即有茶棚。南北两路,百座茶棚连绵不断。每一处茶棚都是一档善会,不仅备有食宿粥茶,而且还是娘娘行宫,设有娘娘神驾,香会香客都可在此朝拜献艺。

妙峰山庙会以碧霞元君(娘娘)信仰为中心活动,以朝顶进香和民间技艺表演、祈福纳祥为主要内容,是由民间自筹自办自管自治的民间信仰和综合性民间传统文化活动。除了如云的香客,还有300余档民间香会为庙会提供义务服务和技艺表演,曾有宫廷"内八档"的"顶层参与"。多年来,形成了一整套朝顶进香的程序和礼仪规范,世代相承,沿袭至今。

香客以"一秉虔心""一心向善"为理念,以"车笼自备,茶水不扰,虔诚上山,带福还家"为宗旨,香会相遇互相打知,互换拜帖,香客互道虔诚。朝顶进香途中,明文规定:"不准嬉戏打闹,不准攀折花木,不准饮酒赌博,不准淫词口角",形成了谦和礼让、互助奉献、行善祈祥的行为规范和精神品质。更加令人称道的是,这些行为完全是自觉自愿,不需任何政令,活动是民间自筹自办、自管自治,且没出过任何事故。北京民俗学家金受申先生在文章中说:"妙峰山朝顶进香时,所有香会和朝山人都一心向善,不生他想,路上绝无争吵之事。茶棚舍茶舍盐舍馒首，为人缝绽鞋，及行人让路态度都是和蔼的，道一声虔诚，有什么蹬鞋踩袜子的事全可以过去。"这正是一种人与人、人与神相处的和谐氛围，而且，多种民间文化聚集，使庙会成为承载和传承民间文化的绝妙空间。

永定河是我们的母亲河，妙峰山的娘娘——碧霞元君是东岳大帝的女儿，同样是母亲的形象和化身。对于碧霞元君，著名作家汪曾祺先生论述："泰山神是女神，为什么？这很容易让人联想原始社会母性崇拜的远古隐秘心理的回归，想到母系社会。这不是没有道理的。我们不管活得多大，在深层心理中都封藏着不止一代人对母亲的记忆。母亲，意味着生。假如说东岳大帝是司死之神，那么，碧霞元君就是司生之神，是滋生繁衍之神。或者直截了当地说，是母亲神。人的一生，在残酷的现实生活之中，艰难辛苦，受尽委屈，特别需要得到母亲的抚慰。"

由此看来，香客对于"娘娘"的虔诚，文武香会心甘情愿地"为老娘娘当差"，皇帝太后都对娘娘敬仰有加，是自然的了。

## 三

香会分文武两类，不管文武，会众全部是"志愿者"，所有行为均为奉献，无丝毫"功利"，且分工明确，责任清晰。先上山做准备的是文会。修道老会二月中旬开始整修香道，清理浮石，填平坑洼，拓宽险路，三月十五日，下苇甸开山老会砍伐香道荆棘，三月二十日，道桥老会在永定河上搭设木桥，绳络老会在桥上拴栏杆，路灯老会于香道沿途安设路灯，掸尘老会进庙打扫卫生。各坐棚善会于沿途布置固定和临时茶棚，行香善会向茶棚施舍用品。庙会开始后，馒头老会舍馒头，粥茶老会舍粥茶，各类物品全部施舍，细致入微。朝顶进香之人，向施舍人拱手施礼，然后，领上两个馒头和一些榨菜，再端碗粥，在淡泊的精神世界里感受温饱。近年来，每年平均施舍馒头20000斤。旧时朝顶多为步行，半路鞋子坏了，路边的缝绽老会立即给缝好。相传当年慈禧老佛爷一下轿,不小心崴断了花盆鞋的木跟,被缝绽老会修好了,"佛心大悦"。如今,妙峰山景区的墙上,还挂着当年一位慈眉善目的沧桑老人,正专注地为香客缝鞋的照片,成为世纪经典。

四月初一,武会上山,各自表演绝活儿,开路会的钢叉耍得人眼花缭乱;高跷秧歌有劈叉、摔叉、旋风脚、蝎子爬、鹞子翻身等诸多高难惊险动作;中幡高达丈余,"重约百斤,走会时如遇牌楼,必掷之而过。尤为难能可贵"。耍狮子过桥,探身"点水";"万里云程踏车老会"的车技更不必说。武会是民间综合艺术,利于增强体质和振奋精神,更体现了芸芸众生强悍的生命力和创造力。

妙峰山庙会如同一本经典的民俗文本,承载着大量的民俗事象。北京大学顾颉刚等五位学者于1925年农历四月初八至初十对妙峰山庙会进行了为期三天的学术考察,这是国内第一次有目的、有计划、有组织的民俗学田野调查,考察论文陆续发表于《京报》副刊。民俗学泰斗钟敬文先生感慨地说:"几位青年学者做了一件惊人的学术事情。"此后,妙峰山更成为民俗学瞩目重地。1929年,燕京大学、北京大学、清华大学、中山大学顾颉刚、朱自清、魏建功等十三名学者组成"一八"考察团,再次对妙峰山进行考察,结集出版了《妙峰山进香专号》。

1995年庙会期间,妙峰山举办了首届"中国民俗论坛",钟敬文先生参会。会后,出版了由刘锡诚主编的论文集《妙峰山·世纪之交的中国民俗流变》。2005年庙会期间,举办了"纪念妙峰山民俗考察80周年学术研讨会",并竖立了民俗考察纪念碑。

妙峰山庙会至今还生机勃勃地传承着,对安定、祥和、幸福的祈求,永远是人们心中那道紫色的圣光。

# 晨曦在交响中突围

高丽敏

想知道涧沟村早晨的样子就得早起。不到四点半的时候,扫街老人王大爷家的街门就开了,我知道他开始工作了。心想,也许走着就能碰见大爷呢。

在涧沟村睡觉,早上是不需要闹钟的。因为从天色亮起一道缝的时候,小鸟们也像人一样,早起的,稍早起的,次第亮开喉咙开始一天的鸣唱。它们的生活好像就是从鸣唱开始,每天都是快乐的,真是无忧的天使。门口的老槐树成了小鸟们的集结处。老槐树有好几百岁了,不知道树老了是否也像人一样睡眠会少。如果那样还好,否则一位好几百岁的老人将怎样忍受这群快乐天使的鸣啾呢?

鸟儿高声的、轻吟的、长声吊嗓的、柔声召唤的,或清脆嘹亮,或婉转悠扬,各个声部都一起开唱了,比作百转千回不为过。有的声音直挺挺从树枝杈间掉了下来,落在门窗,落在院子里。冷不丁站了起来,又变成了一只只雀儿倏地飞上枝头,再次壮大了这支杂牌合唱队阵容。有时候歌鸣好像被繁茂的树叶困住,这里挤出一勺,那里蹦出一碟儿,终于找到出口,就亮开了一个脸盆。

一大清早鸟儿送到门口的音乐会,让我在涧沟的每个清晨都有别样韵律。毛孔似乎都是耳朵,与我的耳朵一起欣赏聆听。这音乐虽是无厘头,却饱含负氧离子,开过千年的佛光。这是涧沟村独有的奉送,这是涧沟鸟儿的殊荣。

有时候晨光透过窗帘垂泻下来,鸟鸣也从嫣红色的窗帘随着光影投射进来,整个小屋都是温暖的嫣红。小鸟们多么聪明,对于我这个陌生人,它们怕只有声音还不够,还把自己的喉音赋予了颜色,铺在我的眼眸里,让我的一天从美丽的音乐开始。我若是也成为它们中的一只,那该是何等的美妙。

出了小院,空气是极新鲜的,禁不住深吸几口。远处的山峦全不见了踪影,雾气把山遮蔽的同时,也把向往它的眼睛遮蔽了。涧沟的清晨永远是被鸟儿们占领的,今天,耳朵再次被鸟鸣牵引了去就不足为奇了。远近高低的鸣叫声填充了耳道,让人分享中不能有杂念,这是鸟们的本领。街巷就是涧沟村的血管和经络,我像一个误入者,循着血管漫无目地地游走,却又目的明确。因为鸟鸣的缘故,我就奔了这声音去,想看看有这样美妙喉咙的鸟到底是何模样。到了近前,循着浓密的枝叶找过去,鸟分明就在眼前还只闻其声不见其踪。要拔脚再行的时候,突的一声,鸟擦着头顶飞走了,还是听见了它的声没见着面。只不过这声音不是发自喉咙,而是发自让我好生羡慕的翅膀。

不知不觉中,我又走到了上山的那条古道,据村民说原来从村里上山敬香的人都是走这条道的。《燕京岁时记》中描述过娘娘庙会期间盛况。四面八方云集而来的人数十万,不分昼夜,香道上都是人流。到了夜晚,遍山灯火,行人上下往来,在群山之巅的庙宇显得尤为神圣。此时,我不知道我的脚印之下还叠印了多少双足印,我的身影之前还有多少身影,敬香途中,他们捡了多少鸟鸣带入归途。越想越生好奇和神秘。在晨曦被雾缠绵的清晨,我一个人走在古道上,想到妙峰山的香火,如今因了旅游,因了人们探古寻幽的心情,因了亘古传承的虔心,至今依然盛极。这是探访拜谒人的福祉,也是涧沟人的福祉。因为山高路况不适宜开通公交,拜谒参观的人大多自驾,因此,这条古道还被古道爱好者探索,被登山爱好者光顾。

多年前的山路默不作声,但我知道它身体饱满得全是历史味道和重量,等着谁来发现和记录。时间就是一把刻刀，所有历经者都会被刻以痕迹。雕刻出深一脚浅一脚的蹄窝于古道是最为常见的印戳，但涧沟这条古道蹄窝不很清晰，我猜测可能是妙峰山一带独特的地质环境造成的。因为这里的山石风化现象很严重，随处可见石头酥裂的隙纹，所以就不可能像门头沟区其他地方古道蹄窝清晰如化石。

在山上环顾整个村落，雾霭已经从山头流溢到村中，这样看似漫不经心的流动，又像是一只看不见的手将一块雾的纱轻轻从山头到村中的铺絮，本应该是服帖地遮盖，但鸟鸣、鸡鸣和犬吠又都那么不驯服，这里刚平息，那里又冒了出来。最能挑战这雾霭的应该是报晓的公鸡，不知是谁家的挑了头，来自村中、村前、村后各家的公鸡就像是比赛似的，嘹亮接着嘹亮。狗们也上岗了，先清了清嗓，继而就是此起彼伏响彻涧沟的上岗宣言。在诸多的声音中，我听到最多的是麻雀的歌喉。麻雀喜欢与人共居，当然不是登堂入室，偶有不请自来的自是少数。有一个时段，它们是作为害鸟被诛杀的，那是不堪的一页我不再去翻。如今能够听到它们庞大的和声，我心里只是高兴。在群鸟大合唱中担纲领唱的应该是乌鸦和喜鹊，一个声音尖脆，一个声音浑厚。喜鹊是最为人喜欢的鸟之一，原因众所周知。它们喜欢从这家唱到那家，一早整个村子都被它们通报了一遍喜讯。因了它们的通报，涧沟人一天都是好心情呢。乌鸦常在远处的山峦或大树的高端，声儿传得远，它总像是在观察什么，等候什么。莫非是村中的平西情报交通联络站，使乌鸦曾充当了联络员，以致即便现在的和平年代，乌鸦还是一辈辈传承着使命，丝毫没有懈怠放松？这是我的联想，因为涧沟村到处都是让我着迷的景致，何况这莫测的乌鸦。合唱中，还有山鸡，它的声音实在不敢恭维。

大合唱还在进行着，一会儿激昂，一会儿又行云流水，好像有一位神通广大的乐队指挥，将这芸芸众生集结起来，每天上演没有曲谱随性而为的交响乐，而指挥自己是隐身的。

我沉浸在涧沟众生无厘头合唱的时候，一位山石颜色脸膛的村民从山下折行而来。他手臂上挎着一个荆条编的篮子，里面有横着的一把镰刀和一条缩着身子的蛇皮袋子。询问中得知他要去打花。打花是门头沟区涧沟村民特有的一种关于玫瑰花的劳动，因为涧沟村有一万亩高山玫瑰，现在正是玫瑰花开的时候，村民一早就去把花采回来。花经过分拣加工制成玫瑰花茶、玫瑰酱、玫瑰饼等各式各样的玫瑰产品。玫瑰，花美味香。为了这美和香，村民要黎明即起，攀山趟露水，赶在太阳出来之前，把成色最好的花摘回来。玫瑰花不像其他花那样只有固定的开花时间，它二十四小时都在开花，而没经太阳曝晒的花最好。打花人说话间折过山头不见了踪影，眺望着远方，我分明看见他在玫瑰丛中熟练地收获花朵，收获幸福。祝愿所有花农都有美好的收成。

  我下山了，雾还在缠缠绵绵，晨曦依旧被多声部的众生交响围困。在胡同里果然见到扫街的王大爷。他说还有一半的街道没扫呢，今天是星期日，游人肯定多，他要赶在游人来之前把全村都打扫得干干净净。看着大爷挥动笤帚的样子，我真不相信这是一位八十高龄本应颐养天年的老人。

  听着扫帚唰拉唰拉的声音，忽然，我找到涧沟村清晨众生合唱的指挥了。

  不知什么时候，雾也已退去，缕缕太阳的丝线从对面山头扑泻下来，晨曦在交响中突围了。

## 邂逅冰湖

贾文华

一束焰火，在北疆煤城南部升起。映入眼帘时我正在当院将一根烟花从手心托出。与大地垂直的一瞬，光华的纵坐标线悠然探进夜幕。这些花花绿绿的燃料，正是为新年而生的，浓烈的硝烟味儿给眼神们以快慰的绽放，高高矮矮地插进院落的雪堆、砖缝或者枯萎的花枝间。它们上升的速度与门口的大红对联有关，似乎想把其中春的消息带向宇宙，带给雪花的起源。不像门口那对大红灯笼，只知以暧昧的柔光吸引愈加倾心的窗花。这个季节，不是所有声音都为渲染节日，一种纯粹近似于原始般的抒情正划破新年夜空。"啊！如此经典的诠释，像是天空的一次陷落。"我不禁脱口而出。而手中那根竞相绽放的魔术弹，似乎瞬间失去翩跹。"兄弟，它升起的地方有一座大湖，此刻正是白雪皑皑，冰雕玉砌。这些光，准保是从那块冰上绽放出来的。"边燃爆竹边指向天空的哥哥，给了我一个关于那个大湖的启蒙。

我曾听说过，远远的南部有座驰名中外的大湖。那里，春天的灰燕喜欢衔起此岸的月明翔往彼岸的晨光，喜欢贴着起伏的草浪，小船般翔入潮汐的幽谷。夏夜，白日与星光同辉，流光溢彩的玛瑙滩连缀成地上银河。如果马头琴的弦音回响在湖心，渔火就会在隐约的涛声中编织子夜的情歌。而入秋的小河口展开优美的脖颈，饮水的马队，爱在它的颈间流连。有时，还故意扬起纷纷水花，在湖面播种露珠的项链。

那束炊烟般的焰火勾起我久仰的好奇。想象倘若在冰面上将火柱升空,像不像在玉宫中放飞神的花朵。此刻,各种颜色交织,连星斗都自愧不如。从蘑菇山到新局址,从红白房子到西大营。人们似乎想把黑夜驱散,用礼花的光芒将时空占领,用鞭炮的力量把往昔唤醒。这是一个愈往大地深处愈加激进的乌金的国度,却习惯将每个节日用庞大的激情与天空交流。我深信那束焰火并非一时冲动,既然飞升,就有其坚实的根基与不甘寂寞的原由。它们真的是从那块巨型冰面上升起来的吗?或者,来自一个邻近的光的国度?反正源于那个方向,之后再也没有呈现一束光亮。无非是一闪即逝,却留下猜想无数。

我必须弄清脚下的冰雪,一长溜剔透的玉冰凌形成的原因。它们从山巅朝下延伸,或者以雪花的步履轻覆山坡,或者用水银凝固的模式封锁院落。儿时,我在操场上见过,周围被砂土围起的突起的冰场,我常在上面做燕子似的滑翔。想象这个地方,如果冬天不用走路,一路滑到学校多好。其实,那时候的白雪已经铺出许多光滑的冰路。只是眼下,被更多荒芜不经意间拓展成不用雕琢就相当通畅的自由之路。愈加稀少的人烟早已将新年的温馨带走,唯有这天然冰雪守候着寂寞的门庭。

联想到十二岁那年的一次飞驰。那年秋季,草原上的蒲公英像飘在空中的毛毛虫。我和表弟相约于一个午后策马朝嵯岗牧场飞奔,去看他的安奶奶,品她煮的奶茶,尝她做的奶豆腐。那天风沙漫卷,我们好像经过一个大湖,但远远望去雾气昭昭,天色灰灰,我还以为那是一片水做的天空。烈马容不得我瞭望,一声长嘶,一路狂奔,绝尘四起,马尾被分割成无数飘飞的流线。我们和远山跃起,把落日扛在肩上,将大风搂在怀里,箭一般的回归线将两颗苍茫中放牧的心串成光标,这均速的行进与山巅那双纹丝不动的鹰眼形成反差。它孤立地注目,我们从未知的地方而来奔向未知的区域。眼球做扫描状,那混浊的晶状体中该藏着怎样的疑问,或者对于运动的思虑。而我们根本不知身外,除了这双眼神的反思,还有更多想法,渐渐回归大地深处的那些景致。与其被风沙读成荒芜的孤冷,不如说返回地心,与乌金结成至亲。

就在临近嵯岗牧场的一瞬,一条大河挡住去路。蜿蜒东去的河流在草原之中匍匐着,像隐藏在草丛之中的大蟒。我们的马差点撞进河中。极目回首,它的方向源于大湖,却没有明显河道。水流经草原,可那数十里征程,却没有一方水花没过草滩。浅浅的,小溪般的奔流中,没有声息波动,草们像是生长在河床的稻谷。游人猜它们是湿地,然而湿地的水是困窘的,不像它们日夜不息,一泻千里,没有人知晓它们的名字。后来听安奶奶说距离此处不远有一个大湖,一个能流到苏联和蒙古国的大湖,这些水就是从那里流过来的。夏夜,湖中常常腾跃金黄金黄的大鲤鱼,在一个叫作龙门的地方,场面尤其逼真,让从小看惯动画片的我顿时惊讶。安奶奶还说,那个地方,冬天能结厚厚的比人还高的冰,从冰上往下瞅,能看到冻僵的鱼骨及凝固的水草,像是冰底结晶的珊瑚丛。我就猜想,那凝固的栩栩如生的冰是谁雕塑而成?它们反射的光到底多亮?想着,想着,心头便生出一种奔赴的念头。

此时烟花四起,爆竹骤鸣。扎赉诺尔局址像是一大朵奇光的花蕊,东部、西北像是被光芒点燃,夜半却犹如晨曦。孩子们雀跃,欢呼,谁也没有注意到南部那束火焰究竟落到哪里。那是一个怎样的王国,好像在另一个世界打探人间的消息,难道一闪即逝的火焰就不再露头了吗?像是进入了梦境,我一定得去看看。靠近马棚的时候,只听一阵吱吱的吃草声。我的马儿还没睡,好像知道将要出征,精神地等着我。我蹑手蹑脚地将马儿牵了出来。为了不让家人担心,我在门上留一张便条,写好出去的理由,便策马扬鞭一路飞驰。约一个时辰,我就从万家灯火闯入墨一般的区域,似乎从新年领地进入远古风烟。远望如电机车线路密布的灵泉电厂,在四野通黑的背景下像一尊佛像闪烁金光,像一只雄狮盘踞在大雪原上。很快,四面群山呈现深黛色线条,像简洁隐约的工笔画,一个高坡像一个踏板,让马的速度放慢,而我却是万分激动,直击马背,好让它快一些抵达大湖。

原以为南部高坡会在瞬间度过,却不知这坡有着看山跑死马般的迢迢。一盏马灯被夜风击打得叭叭作响,顽强的灯丝还在倔强地燃着。终于来到路峰,本以为下坡时还得再转几个小弯才能接近目的地,不料,极目远望就逢着了梦寐以求的大湖。那是一片怎样的白,椭圆形镶在无垠的平谷。一眼望去晶莹剔透的湖面,雪花被西伯利亚风暴卷向远方,隐约的渔火似的灯光犹如圣诞夜般微微闪烁。我和我的白马驰过岸边稀奇古怪的乱石,茫茫雪原如白带环着草原深处的冰湖。浅浅的雪似乎知道将有脚印光顾,特意铺一条正好没底的路径。因为那束焰火的原由,我放眼观望,四处凝眸。惊奇地发现,除了彼岸,西岸也有些隐约的灯火,像一个古镇正出售星光的灯笼。离西部十公里之地,一块巨石挡住去路。一块约二十米高的巨石,像一个拴马的桩子,矗立在荒无一人的湖岸。传说当年成吉思汗征战世仇塔塔尔部落时受挫,携十余人躲在拴马桩后逃过一劫。后来,这块巨石成为观光者所爱。由于夜色凝重,且离岸不远的地方,隐约的群山起伏着新年的寂寥,我的马加快了向那座古镇驰骋的节奏。

萧瑟的芦苇滩闯了过去,枯萎的星星草地蹚了过去。僵硬的玛瑙石零乱地散落在板结的砂土里。这一眼望不到边际的湖,这块凝固在呼伦贝尔大地上的冰,孤零地待在这里。即使遥远的微光以及头上星斗勉强映出些许的光泽,也不能替代不远处的古镇盛大的火把节,正将一派新年喜气渲染到极致。我和我的马儿终于在一个时辰后接近。感觉一片火光在嘎查周身灼灼闪烁。一堆堆篝火,牵手跳舞的善男信女,面部有着萨满似的虔诚。手脚上的银链以及头上环绕的银缕,在火光的映衬下格外夺目。人们在唱着神曲,像是自编自演的即兴之歌。厚厚的蒙古袍旋转得像朵朵多彩的萨日郎花,在距离湖岸数里远的地方载歌载舞,微微声浪穿过夜幕,次次波及冰面一望无际的黑。

延伸在南岸微光与西岸热火之间的冰湖依旧寂静。那些光溜溜的风会不会站在湖心当一回自由人?到这时候天女都要散花了,我突然联想到那束焰火的源头。正是新年钟声叩响时,只见镇中心庙宇,蓦地升起数十支火焰,蛇一般弯曲,如飞鱼在天空的海洋游弋……我的马儿却挨紧我,拥我朝湖心凝眸。莫非徘徊在冰面的光阴正透视冰层的造型,尤其这辽阔的冰面呈现天空似的辐射,以一脉阳刚的冰封,拓出呼伦贝尔西部的极景。

　　看来,我得打马朝故里飞驰,就让大湖将一个崭新的开始用寂静来表述。而我想寻求的是我的驻地,我的圣境。哪怕一粒土,也能懂我默念它时的虔诚,犹如每块冰懂得一个季节的凝固抑或复苏。这草原深处的圣景,眼下,除了我,也许没有一颗心脏随之合奏一曲呼伦湖新年的大风。回眸远望小河口断桥,一半伸向湖心的桥身,被白雪镶成断臂似的玉玲珑。而岸边依稀的窗口,窗纱如绣,灯光如豆,流露出归乡似的亲情。我的马儿一声长嘶,像是证明已经来过,又喷出霜花无数,在万籁俱寂的夜色中微微飘散。

# 大地的温暖

王杏芬

暮秋的黄昏,细雨霏霏。

我坐在长条板凳上,坐在神话当中。

靖州岩角侗寨的鼓楼,神话已经散佚在它的四周。三角木架上,红火焰奔腾于铁锅。黑衣汉子们手里,比人高的芦笙惊叹号般划入苍穹。着盘轴绲边侗服的女子们,又丰美,又素朴,又华赡。怀中的侗琵琶,旋律里流淌的,都是千年百年的故事。

我曾经读过希腊地神该亚的故事,她是宙斯的祖母,直到如今,仍被整个西方崇拜。享有盛誉的德尔斐神庙,最初就是她的祭殿。

神话中普罗米修斯的后裔杜卡立翁夫妇在天神发起的一场灭绝人类的洪水中侥幸脱逃,是该亚指点他们将泥土抛入身后的大地。杜卡立翁抛出的泥土变成了男人,他的妻子所抛的成为女人。如此,死寂的人间重又有了生命的欢腾。该亚就是大地,大地是她的血肉,石头是她的骨骼。

而女娲在中国几乎无人不晓,是流芳在民间传说里汉民族的共同母亲。她抟土造人,化生万物,结束了鸿蒙时代无天无地无人的状态。许多史料一致认为,混沌初开,女娲以身化神,因神而生天;又以身化万物,万物始诞,大地新辟。

上溯到时间的发轫,在西洋,在华夏,不约而同间,大地、泥土和女性三种事物,唇齿相依出现。历史的同一时期,地球的两端,都在母系氏族社会柔软、温和的质地里温暖地浸润。

却很少有人知道，当时的华夏，还有一个极少数的群体，一位圣洁的女性，被他们全民景仰，奉为至高无上的女王。

这个小群体是侗族，这位女王便是萨玛。

相较于该亚和女娲，知道萨玛的人少之又少，少到只限于侗民族——仅仅两百多万的她的子嗣。

两百多万人口，还是文明发展到公元两千年的数据。在这之前，散居在大山深处的侗族人更是寥若晨星。我总无知地以为，刀耕火种的民族，会更崇拜雄性，因为它代表着力量和勇气。但偏偏，与崇山峻岭为伍的侗民族，每个人的内心深处却供着一位善良温柔的萨玛，每个村头的大树下都敬奉着萨岁坛。她是谁也没见过的精神高地，却又无时不与侗族的男女老少同在。

在岩角的侗寨流连，我其实是想找到萨玛的画像。我太好奇了，一个女人，具有如此强大的精神力量，历经千年不衰地影响一个民族，她，到底是个什么模样？

但我没有找到。时间尖锐的笔锋在历史的纸上划过，却没有能力为一位侗族的圣母塑像。侗民相信，春种秋收，寒来暑往，世间一切变化都来自萨玛充满魔力的无形之手。他们看得见她，在每一个失望被希望替代的日子，在每一个凋敝、饥寒、困顿被茂盛、温暖、振奋填充的时刻……

萨玛的影像隐匿在侗乡的万物之中，萨玛的名字却一直超越影像。一个没有影像的名字长久影响无数有着影像的名字，这就是永恒。存在的永恒。任何人力也无法操控的永恒。

汉人有字传书本，侗族无字传歌声。侗族大歌高亢、清越而又悲壮。歌声中我一步一步走近萨玛。她出身贫寒。她拥有相爱的丈夫。她勇挑大旗，带领侗民族抗击外侮，终因寡不敌众，跳崖舍身成仁。

在距靖州岩角不远的高椅古村，有一处院落，灰墙黑瓦，檐角斜飞，大气古朴。推门进去，我却大吃一惊。偌大的地坪荒芜空荡，唯有院子中央平地拱起一座圆墓,高与人齐。墓身的青石板,早已苔痕历历,斑驳难辨。

墓侧碑文显示,宋末元初之时,元军侵入侗乡。嫁入杨家的蒋姓侗女率乡民英勇抗敌,身负重伤。乡邻将她抬到一把太师椅上,她终因失血过多而亡。

这是我见过的最高墓堆。之所以高,是因为墓堆里面的太师椅上,至今仍坐着一位宁死也不倒下的侗乡女英雄。

她不是传说中的萨玛,她被后人尊称为蒋太君。

一遇侵犯,侗乡女子们便义不容辞站到人群的前面。是什么样的力量让她们无所畏惧?生和死的界限一旦跨越,难道她们不知道永无回头之日?

我相信我能找到答案。

六公里长的古驿道穿寨而过,是明朝中后期时湘黔桂三省物资交流的必经之地。驿道窄处仅容一人一马,稍不留神,就会被路旁房屋的石砌外墙刮伤。因此,侗家房屋的拐角处,一律砌成了弧形。一米之上,才逐渐恢复建筑本身的棱角。

这一定是侗女子的善意,男人没有那么细的心思,何况岩角侗寨本就由女儿国衍生而来。驿道旁边三块保存完好的大石碑,记录着维修驿道的捐资者名单,碑上字迹仍清晰可辨。其中两块打头名字均是"头人杨门黄氏",黄氏女子便是当时当地的首领。

"女"字,创字之初就充满屈辱的意味。甲骨文的"女",是屈膝跪坐的象形体。雌性的生理特征和生育功能,让女性在母系氏族社会备受尊崇,而在向男权制家庭过渡当中,又由于同一原因,女性逐渐被逆转成具历史意义的失败者。

但在岩角古寨的这几块石碑上,我们看不到任何男尊女卑的痕迹。处处可见的,是让内心柔软的"同缘人"三字:

  头人杨庆年同缘人伍氏捐银一两三钱。

  信士杨彦时同缘人龙氏捐银六钱。

  ……

女子的名字不仅堂而皇之刻上石碑,而且还以"同缘人"的身份。多么深情,多么浪漫,多么令人为之心旌摇曳啊。

说到浪漫,不得不提岩角侗寨的土地庙。我相信它绝对是世上唯一一座情趣盎然、充满人间烟火味的土地神庙。它的外观与通常所见无异,建在路边土坡上,毫不起眼。擦身而过,极有可能被人忽略。

与众不同之处在里面。小小的神龛正中供着土地爷,峨冠,长髯。他的旁边依偎着一位女子,秀髻高挽,左手探过土地爷左肩,垂到胸前捋起他的一把美须。两人合捧一朵地涌金莲,女子怀里还抱个小婴儿,亲热恩爱状,让温情四溢。

在侗寨,我还发现一个奇特的现象:没有狗叫。岩角侗寨家家有狗,却听不到吠声。狗们安静的习性据说就是从商旅过境的明朝保持而来。不知当时的侗家女施了怎样的蛊法,让顽劣的狗也闭上嘴巴停止喧嚣,以迎接远道而来的羁旅商贩。直至今日,外寨的狗只要一进岩角侗寨,不管成群结队来多少陌生人,它们必定只用温顺的眼神来表达对你的善意,绝对没有防备的攻击和令人心慌的乱吠。它们被岩角侗寨的狗同化了,感染了。

女人身体的精妙是远胜男人的,因而女人的体察也细若蜘网。幸福的侗族女子,不仅被她的男人所爱,而且爱得平等。这份来自男人的平等之爱,和缓、绵长、黏稠、浓密,是让女人回味无穷的甜蜂蜜。是爱,赠予了女人无穷的勇气;是爱,催发了潜藏在女人心底强烈的社会责任感与家庭意识;也是爱,让女人的怀抱成了男人的避难所,那里,充满大地的温暖。

我对侗民族顿生好感,并非无端。因为他们心中,放得下一个女人,并加以长久地尊重。

萨玛驾到!一声呐喊,世界空旷了,世界宁静了。风过无声。全部视线的中央,萨玛端坐,威仪慈祥。人群水一样聚集。人群亦步亦趋。人群向着女神的方向,顶礼膜拜。

天暗了,幽明中的火苗,在原生态情景剧《丝路女儿国》的舞台上,显出不一般的明亮。

## 六月的苏里格

江湖散人

> 独坐沙丘闲读书,
> 不为功名不媚俗;
> 心如丘下潭水静,
> 志随白云远天图。

六月的苏里格,没有内地的闷热、雾霾,没有沙尘暴,有的只是蓝天、白云和清新的空气。

六月的苏里格,犹如内地的十月,天高云淡,气爽怡人。

我是第一次来苏里格,没想到这里这么美。

我们的井队驻扎在一片沙漠的深处,远离都市,远离人群,也远离了世俗的纷纷扰扰,却也拥有了这原始的宁静和美丽。

这里是沙漠,沙丘如山连绵起伏,但这里不光秃。

在一座座沙丘的上下、左右、旁边,总能长出成片的绿植,一丛丛、一簇簇、一片片,品种不一,我说不出它们的名字。

它们的绿是格外的青翠与新鲜,让人感觉格外的清爽和喜悦。它不同于锡林郭勒草原的绿,那是绿的海洋;它也不同于华北平原庄稼地的绿,那是绿的地毯。

这里的绿,是浓淡相间的水墨画,沙漠是其布白,绿植是其墨迹。这里的绿,给人留有无限的空间、无限的想象。

在几座沙丘之间,还能看见一汪清水,有深有浅。浅则为洼,深则为潭。

庆幸的是,我们营房旁边就有这么一汪清潭。面积不大,清澈见底,目测约三四米深。且有鸟盘旋栖息,这些鸟我也叫不上名字。

这里的鸟对我们的到来没有惊慌、没有恐惧,而是充满了好奇,它们聚在一起唧唧喳喳地讨论我们为何物、从何来、来作甚。它们望着我,它们的讨论是那样的热烈。

如果像海力布那样,也有一块宝石含在嘴里,那我也能听懂鸟的语言,我会和这群鸟儿一起畅谈、讨论,我会和这里的鸟成为好朋友。

我们来到这里,高耸的井架和白色的营房,成为这片连绵沙丘与片片绿植的点缀,而我们也成为这汪清潭和这群鸟儿的不速之客。

这里的太阳不灼不热不刺眼,给人的只有阳光的温暖。

每天工作之余,手捧《易经》坐于这沙丘之顶,举头远望:天空高远,风轻云淡;低首而观:碧水清潭,恬静自然。

盘起双腿,双手捧书放于胸前,仰头向天,闭上双眼,感觉阳光瀑布般从天空倾泻而下,温暖从我的额头流遍全身。

此时只有两个声音,一个是我的心跳,一个是鸟的鸣叫。但我分不清哪个声音是我的心跳,哪个声音是鸟的鸣叫,哪个声音发自心底,哪个声音来自天空。"不知周之梦为蝴蝶与,蝴蝶之梦为周与?"

相忘江湖,散淡人生。只想风轻云淡,唯愿岁月静好。烟火、流年、红尘、沧桑,或是风景或是风情,人生只是一种心境。此时脑海中闪现出佛家的"戒、定、慧"三字箴言。

戒,不就是去除欲望让自己无负担轻轻松松吗?定,不就是让自己安安静静心无杂念吗?慧,不就是有所悟增智慧得自在吗?不就像现在嘛!

尽观眼前,此景此境,岂不正是我以戒入定、读书增慧、即得自在的好修之处吗?在这沙丘之顶捧书而读,是多么的悠然自得啊。

然而,就在我沙丘闲读已入佳境的时候,却一连三天淫雨霏霏。原来,六月的苏里格不只有阳光,也有阴雨。

雨丝细细的,密密的,均匀地洒下,不紧不慢,不增不减,漫不经心,慢条斯理,悠哉游哉地就这么下了三天。也不知哪来的这韧性。

细雨过后,第二天太阳如初,阳光依旧温暖。

我又赤着脚来到沙丘之顶,张开双臂,迎着扑面的阳光,大口地呼吸着。四周的绿植一尘不染,更加青翠欲滴。

慢慢地闭上眼睛,缓缓地收拢双臂,像拥住我久违的情人。她的温柔让我温暖,也让我安静,更让我感动。

此时有风吹来。风虽不大,但足以把我的头发吹成荒草,纷纷舞动着,想挣脱我,想去到空中,作鸟状的飞行。

风,这只可爱的小妖,调皮地和我开着玩笑,不时将细微的沙粒飞扬到我的脸上。我隐隐地感到有一丝丝轻微的针刺般的痛。那种刺痛恰到好处,让我意识到自己的存在。

想想,从自己成为一名"头戴铝盔走天涯"的石油工人,至今已近三十个年头了。这近三十年的转战东西,使我习惯了漂泊、艰辛、孤独、寂寞;这近三十年的天南地北,让我看惯了草绿、沙黄、壁秃、滩荒;这近三十年的石油生涯,我已学会随遇而安、与世无争、品茶读书即以为乐。

今天,六月的苏里格,却让我倍感惊喜与亲切,仿佛我梦中的某个场景,更像我心里那处世外的桃源。

我庆幸在这个六月里与苏里格相遇。

不知在多年以后,垂暮之年的我,是否还能记起这个六月的苏里格。但可以肯定的是,我留在这个六月的苏里格的身影以及沙丘上的足迹,将随着我的离去而消失无踪。

我知道,世间的一切,都将随时间远去,随时空渐微,或风一样飘散无影无踪,或散落在记忆的夜空星星点点。

六月的苏里格,在我生命的河流里只是一瞬,我的生命在时间的河流里也只是一瞬。而我生命的这个瞬间,却恰恰被这个六月、被苏里格所放大、所灿烂、所定格。就像大海相对于浩瀚的宇宙，也只是一滴水而已；而一滴水，在无限放大的显微镜下，就是一片海洋。

这也许就是《心经》里所讲的"色不异空，空不异色，色即是空，空即是色"吧。

苦难的岁月总是让人煎熬且漫长，迟迟不肯离你远去。而欢愉的时光虽是美好但短暂，稍稍放纵便已消失。

转眼间，这个六月即将过去，我也即将与苏里格分离。我不知道在下一个季节，我会出现在哪里，也不知道我出现在某个地方的时候，又是什么季节。这就是我的工作，我的生活。这就是"石油人"。

# 鹅湖峰顶寺

王 俊

沿着鹅湖书院左侧一条山路出发,车子有如一尾喘息未定的鱼儿逶迤在鹅湖山的皱褶里。越往上山势越陡峭,而春天层叠出的深绿和浅绿就在树梢上疾跑。一些遍布林间的桐树,顺着山势的迂回,不动声色地绽放出一片白色的花朵,也不知道埋藏在地下的力量到底有多大。

转过几道逼仄的弯,眼前豁然显现出一个巨大的澄澈湖泊。一层层绿色气流像帐幔紧紧地包裹住湖泊,忽闪着湖水的淡影。狮山和象山隔湖泊对峙,形成"狮象锁水口"的气象。向东凝望,鹅湖岭上幻作朱雀之声;西面的葛仙山,仙翁衣袂飘若飞。这些峰峦参差如莲瓣,坚守着鹅湖山这一方净土。湖泊的下方大义泉奔泻,流动的白光湿答答的,随手一沾,有幽幽的兰香。湖泊的对岸,阡陌田塍形如袈裟;再远一点儿,竹木翳荟,翠烟杳霭,绵延数里。峰顶寺独坐幽篁里,隐隐约约地露出梵宇一角。

峰顶寺,原名鹅湖寺。据《鹅湖峰顶志》记载,唐大历中,洪州马道一的弟子——大义禅师慧根深长,素喜凭一衲、一履、一杖四方云游。佛说,诸法由因缘而起。当大义禅师来到铅山县境内,登上鹅湖山顶,即刻看中此地风水,遂披荆植锡,大谈宗风,使鹅湖一山名动朝野。故得唐德宗赐匾额"鹅湖峰顶禅院",宋真宗咸平间赐予"慈济禅院",景德间改赐"仁寿禅院"。后来,信州刺史杨汝砺依傍寺庙建立了"四贤祠",此为鹅湖书院的前身,书院安然偃卧于山麓间。前往寺庙的乡邻,"入而憩焉,出而游焉"。南宋淳熙二年,朱熹、吕祖谦、陆九龄、陆九渊在鹅湖书院举行了中国哲学史上一次影响深远的学术辩论大会。不久,辛弃疾与陈亮相聚于此,论政填词。鹅湖山一度又一度把中国的文明推向了辉煌灿烂。此后,鹅湖书院屡有修举。明代宁王之乱,兵燹之余,书院的学舍悉数毁坏。直至清康熙年间,信州的官员为了铭记鹅湖盛会,便在鹅湖山脚下重新修建了书院。

鹅湖山是一块风水宝地,引来了大义禅师开山植锡,故有了兴废屡迁的鹅湖书院。有了鹅湖书院,而后才有朱熹和陆九渊等人的鹅湖之辩,以及辛弃疾、陈亮的鹅湖相聚。鹅湖之峰,何其幸哉!既是神所栖之境,又是风流贤士上下求索之地。正如万历四十六年铅山知县笪继良所说:"鹅湖之峰,则专列唐释氏南岳、青原之二宗,宋儒尊德性、道问学之二门,分宗分门,异论殊途,则有三禅之传灯说也,有四先生之语录可讲也。"

山路曲折。路旁的竹子一棵连着一棵,簇拥一起,有了幽深的意境,阻隔了山下的人声和烟尘。林间密密匝匝地聚集着一些黄色的毛茛、雏菊。阳光从林木的上方倾泻而下。竹林稀疏之处,阳光照射充足,那些花朵明晃晃地亮呀亮,耀人眼。反之,阳光照不见的地方,花朵黯淡许多。时值暮春,正是江南雨水丰盈时节。竹林中山泉潺湲,撩拨着片片老了的竹叶在林中颤动,飞舞着。而簌簌作响的声音,又如水般地向四周蔓延。

信马由缰行至一半山路,见路边多了一些茶树,想必是山上的僧人栽植。茶是自然万物中尤为清净之物,沐风饮露,吸天地之精气,养日月之光辉。在江南,有古刹的地方,必有茶树的出入。古刹需要得道者运用他们的智慧接通凡人的慧根,而茶润灵台,破孤闷,自古是禅师的至爱之物。《茶之六度》中描写"茶,遇水舍己,而成茶饮,是为布施"。饮茶参佛,佛入茶悟禅机。故而,茶禅视作一味。相传大义禅师学禅务昼不食,夜不寐,每日唯容许自己饮茶。擎一枚茶叶,闻着草芥的气息,须臾间觉得大义禅师就站立于无声无尘之处,品茗讲着妙义大法,袈裟的褶纹繁复飘逸。禅师问:"若人静坐不用功,何年及第悟心空?"座下弟子皆不语。禅师道:"直须提起吹毛剑,要剖西来第一义。若还默默恣如愚,知君未解做功夫。剔起眼睛竖起眉,反复看渠渠是谁。"弟子们闻之,心扉赫然洞开。

大义禅师说,人的心,因定静去妄念而生出清明,由清明能柔软。见山喜山,见水乐水,每一寸都有欢喜,有禅悦。

我们穿行于茶树之间,不知不觉中,身上某些东西仿佛被无形的气息冲淡了许多,内心敞亮了,澄明了。顿时发现四周的一切景象都是那么的可爱、亲切,好像心里随时都准备了一片大的空间,去包容,去安妥那些纯净的事物。

途经登峰亭。"到此漫认是家乡,还当努力;向前倘缘真境界,切莫生疑。"门联犹如当头棒喝,轰然有声。人群中有几个信佛的朋友,随即合掌于胸,折身叩拜,像是把卑微的自己交给了天地,以及主宰大地的神灵。

山路的尽头,鹅湖山峰如屏障环拱峰顶寺。寺庙占住了鹅湖山最好的地势,梵呗不绝于耳。庙前种有一棵罗汉松,虬枝曲展,形如宝塔,层层铺展着翠意,遮住了半边红尘。知客师在前介绍,峰顶寺的古枫,银杏大都已毁于斧锯之下,独这棵祖师爷亲手种下的罗汉松幸免于难。成了仙的树,往往让人肃然起敬。

寺内香火旺盛,木鱼声由近及远,穿透山的空寂,宛如鹅湖山的一条涓涓细流,秘不示人地通往我们隐秘的内心,与我们最微细的心思相会同行。

知客师领我们去茶室歇息。茶室的正厅设立佛龛,供奉着石刻的观音菩萨。彩绘的观音金碧辉煌,曲眉丰颊的微笑如莲花般绽放,映衬得整个佛堂熠熠生辉,明亮如春。菩萨的佛像从印度传至我们中土,由男性逐渐趋于女性化。我想,菩萨从男相到女相,从至高无上的神坛走向芸芸众生,将宗教与世俗融为一体,这或许也是佛陀备受信众礼赞与膜拜的一个缘故吧。

茶是山上僧人自己制作的绿茶。开水一冲,茶叶像是注入了新生命,蜷缩的叶片慢慢地舒展。水清茶香,茶绿水白。茶叶的绿,是春色中那种明净的绿,没有杂色。茶香袅袅,水汽泱泱,饮之,肌骨清,心神皆爽,疲劳尽向毛孔散去。

想起路边茶树枝头的叶子,与竹叶松针一样寻常,尝尽春风清露,却有缘被人们采摘制作茶叶。它们历经高温的杀青、揉搓、烘焙等几重工序，将生命中所有的挣扎、疼痛、欢喜、念想，以及鹅湖山的山水灵气都化作了我们唇齿间的片片香气。

　　茶是以另一种生命的形貌，延续着未尽的因缘啊。

　　隐元禅师因茶通灵，使得茶叶如花展开，暗室生辉，于茶之味中，悟得佛中至幽微妙义。

　　黄檗禅师说，即心是佛，上至诸佛，下至蠢动含灵，皆有佛性，同一心体。

　　即心是佛，就是从内心修行开始，打破十方三世的一切差别与隔阂，不迷执无挂碍，一花一世界，一叶一菩提。一个人能悟，心即是道场，佛就是本性，因而眼中的事物和心里所映现的无一不是佛法。

　　峰顶寺继承大义禅师的衣钵，他们不遗余力地提倡"一日不作，一日不食"的生活禅。寺庙内的门、窗、柱、香案，处处打扫得一尘不染。僧人们自给自足，在寺庙的右边开辟了一大片菜地。菜地的侧面搭建了瓦房五间，门上写道："三转机锋，挂杖高悬掘掘；一声鼓响，镢头放下呵呵。"几株开着花朵的山茶紧挨瓦房，房子把它们的阴影收拢在脚下。一只猫紧闭双目，如同静物般睡在山茶树下。一切生命都井然有序，袒露着出尘如莲的清净。

　　瓦房的旁边是一条茶马古道，通往福建。古道两边林木积翠，遮天蔽日的，让我们无法前行。

　　以"拯物为心，博施为任"的大义禅师自从在鹅湖山建立了寺庙以来，他踽踽独行的身影经常往返于古道。隐隐地，我的耳畔传来古道上禅杖磕击地面的清脆响声。大义禅师手中的禅杖，也不知道使多少沉睡于黑暗的心扉悠悠醒转。元和十三年正月，大义禅师望着古道告知门人，七日后我生涯将尽。七天后，天地一派清明，一朵祥云从鹅湖山峰冉冉升起，不一会儿就飘到了禅师坐禅的上方。随即，四面八方涌来了各种鸟，鸟儿围绕着禅师像人一样哀鸣。禅师坐在法座上微笑圆寂。世寿七十三岁，僧腊五十有四。

　　同样在古道上彳亍而行的还有陆游。淳熙六年的秋天，55岁的陆游被孝宗皇帝召回临安。他从建安、建阳北上，夜宿鹅湖寺，写下《鹅湖夜坐书怀》:"铁衣卧枕戈,睡觉身满霜……夜宿鹅湖寺,槁叶投客床……我亦思报国,梦绕古战场。"

身怀报国雄志的陆游,与隐居鹅湖山下的辛弃疾一样,在乱世中壮志难酬,却都在文化历史的长卷上,留下了不朽的文学作品。

一条古道,迎来送往了多少慕名而来的名士和香客。他们与佛相濡以沫或相忘江湖,走着相同的一条路,抵达心灵的目的却不尽相同。

天色近晚。我们趸身寻路下山。在茶树林边,几个埋首采茶的僧人听见我们的脚步声,领首低眉朝我们微笑。僧人们安详而从容的笑,像春风悄然荡漾开来,由人及山,由山及树。天地万物笑意盈盈,清风匝地,簌簌有声。

记得顺宗皇帝问尸利禅师:"大地普众生,见性成佛道?"尸利禅师答曰:"佛性犹如水中月,可见不可取。"大义禅师道:"佛性非见,必见水中月,何不攫取?"学禅的人以水中月作为人心的映现,清明的观照,将蒙蔽于心的贪婪、嗔恨、愚痴用智慧的禅意荡涤,以绵延不绝的清朗为众生点燃一盏温暖的灯。僧人们的笑一如佛陀充满慈悲的目光,让我们有"喜见菩萨"的心境。透过他们的笑,我们看到了神的靠近,和神在我们内心滋生。

我们再次回首时,恰好看见盘桓天边的晚霞将身后的鹅湖山辉映得通红,而山路刹那间被照得通亮通亮的。我觉得自己就是一粒微尘,在亮光的照射下,身体清清明明地飘起来了。

# 人间的观音，仙境的山

陈启文

我喜欢一个人到处乱逛，而不是那种按部就班的旅游。这对于一个想看到一点新鲜东西的游人，往往会有更精彩的发生方式。

去观音山，就是一次意外。是在从虎门回东莞的车上，突然听人说起，南天还有这样一个圣地，我便在中途下车，又搭上另一趟车，去观音山。那是一个让人神清气爽的深秋天气，有一种气味，与潮汐有着某种默契。我知道这里离大海不远了，甚至就在大海的身边。天空和空气开始呈现出大海般引人入胜的淡蓝色。但我没想到入山后会有那样大的雾，到处都是绕在绿色枝叶上的雾，如乳白色的纱幔，有一种错觉，感觉一座仙山在向自己漂来，感觉自己即将被淹没，被一种仙境淹没。

观音便是在那一刻出现的。其实她一直就在那里，但你仍然感觉到她的出现仿佛某种神奇的诞生。雾可以淹没人类的视线，却永远无法淹没人类想要看到的神祇。我知道，神是属于天界的，而祇是属于大地的。但你却难以言说观音是属于天界还是大地。她是天神，但从来不是那种高高在上的天神，他们以彻底的超然与冷漠竭力想要排除世俗的杂念与干扰，而观音却是日常生活中离老百姓最近的神，一个最深入民间的神，一个有求必应的象征，甚至是一个婆婆妈妈的神，从生孩子，到祛病消灾，到受了点什么委屈，总之，咱们老百姓随随便便的一点鸡毛蒜皮头疼脑热的小事儿，第一个就想到要去找她。她也总是那么耐心地听一个老婆婆絮絮叨叨，诉说她的一只老母鸡丢了,她的媳妇怎么不孝顺,她小孙子昨夜的烧到今朝还没退。他们不需要有太多的神,但至少有一个,来倾听他们的诉说,让他们通过这样的诉说获得一种奇异的安慰和安详。要说这样的老百姓,很难说有什么真正的信仰,而她也从来就不像别的神那样在乎和计较,信则有,不信则无,随意吧,随愿吧。

  对于这样的一个神,你甚至分不清是男是女。这其实就是她的本质,她是那种神奇的合二为一的神,将阴阳合二为一,将天地合二为一,通天意,接地气,既有直面苦难而从不退缩的无畏,又有柔软而敏感的滚烫内心。这或许就是她被安放在一座山顶、一座山林中心的原因。那不是占据,而是安放,她的位置,也是老百姓心中留给她的一个位置。此时,我凝视着她,一个菩萨,一个圣母,在蔚蓝的天空下放射出超尘出世的光芒。听说,这是迄今为止世界上最大的玄武岩观世音菩萨像,净高 33 米,重达 3000 多吨,但真正震撼我的,绝不是那天体般的非同凡响,也不单纯是那极具盛唐风采的精美雕刻艺术和高贵典雅的风格,更重要的是,她那种触摸着人间苍生的深情目光和专注神态,她眼中流露出的那种人间慈母的温情,深深地,打动了我,感染了我,那其实是一种比敬畏和震撼更深层更有力量的情感。

  一个神,或一种信仰,对于人类的意义,更多的时候其实不是让你震撼与敬畏,甚至不是拯救,而是灵与肉的双重指引,让你在庸常质朴的生活中,随时都能感觉到,有一个什么就在你身边,甚至就在你心里,有一双眼睛,在那里发光,注视着你。这样,你就开始感觉一些东西正在无形中消散,那些雾,已经越来越淡了,淡至于无。难怪有人说,观音山的观音菩萨是最灵的,你心里没了杂念了,连雾也散了,一天的云也散了,所有的树叶,一片一片,清晰地呈现出来,南方的秋天,树叶依然耀眼的碧绿,泛出我熟悉的江南那春天般湿润的亮光。站在山顶,离菩萨最近的地方,视野格外清晰明亮,从眼皮底下的樟木头镇一直延伸开去,整个世界仿佛都清晰而又层次分明地呈现出来,惠州,东莞,深圳,这些散落在人间的城池,一闪,一闪的,恍若浩瀚宇宙星系中发光的晶体。你看着这一切,有时连你自己都不知道,这是想象,还是真的看见了。但你可以试一试,尝试一下一座仙境般的山和一座菩萨带给你的感觉,神奇的感觉。

　　也许不必看得那么远。当你置身于此山中,林中,感觉就已经是个仙境,感觉自己的身体也开始变得轻飘飘的,恍然正在进入神仙的角色,思绪如白云飞舞。一条回旋的山路极尽妩媚风流,花了山的心。花也是一派率性而为的野气,所以就生动。偶有三两只蘑菇,探一探那白光光的头,皆如新剃度的和尚,都怀着一个纯洁的念头,要苦修了。草是一团一团的绿,那么地翻滚,一脚踩下去就不见了膝盖,自叹:草长了,脚却短了。再看四周,沧沧桑桑的全是树,极古极拙。虽是一身的皱纹,却根根纵横雄健,仿佛都憋着一股狠劲儿,你推我挤,把天地都挤出了这个世界,世界上就只剩下树了。山茶,芸香,马尾松,樟树,桉树,相思树……还有多少我叫不出名字来的,好在,每一棵稀罕的树上,都吊着一个验明正身的小牌子,凑上去一棵棵地看清楚了,方才知道这个世界上还有这么多自己不知道的东西,粘木,白桂木,苏铁蕨,土蚕霜,金茶花,野茶树,野生龙眼……看那身份,看那岁数,看那深扎在被青苔覆盖着的岩石缝里的老树根,再把那濒危的程度看了又看,心便一阵阵发紧,如挣扎般,感觉到这世间的每一种生命生存下来的艰难和顽强,又如此珍贵和脆弱,脆弱得你不敢多看,仿佛它们眨眼就会消失。心里便暗暗祈望,祈望这山上,山林里,真的有个神仙,有个菩萨,在这里守护着,守望着这里的每一个生命,不只是人类。

　　于是,脚步更轻了,小小心心的。路是更加窄。鸟鸣一刻也没停止过。这里虽没有由北来的大雁,但有从西沙飞来的海鸥。仰起头,天边靠近太阳的那棵树顶上,不知何时歇了一只鸟,一只我从未见过的鸟。我喊叫一声,它好像一点也不怕人。那是一只什么鸟?它开始叫。感觉夹着丝丝水汽的清风轻轻地吹在脸上。这里树林茂密,这里幽静沉寂,却又透出一种神秘的空灵。听见水响。水一直都在响,就像鸟一直在叫。朝天上看,天上就会滴下水来,却不知道水在哪里,仿佛是一个不能公开的秘密。偶尔一阵风吹,树叶摇晃起来,抬头,以为发现了什么,走过来的却是个头皮泛青的僧人,一身袈裟拂过树梢,这山林便抹上了一层浓郁的神秘色彩。再看从那边过来的每一个人,你都奇怪地觉得,他们好像都掌握了某种秘密,个个神通广大。而我踟蹰于两岭之间,一条佛缘路,2999级台阶,不知是谁数过的,我也在心里数,数着,数着,就把刚数过的数给忘了,甚至,忘了数了。两耳中,只闻泉声上下隐约,流兮,逝兮,终是不见水落,不见石出,悠扬却有如庙堂中传来的诵经声。入山愈深,便愈见风骨,那山势突然陡起来,又立时,抖擞起来,刹那间,眼前放射出白得耀眼的光芒,那仿佛从天顶上放下来一股好水,天生仙泉,化身为人间那奔放的生机勃勃的瀑布和瀑布的嘶鸣,以380米的落差,仿佛把一个世界隆重地播向另一个世界。

水在那个瞬间完全淹没了我的震惊。

从山上下来,我神色里或许也带有几丝神秘。那是每一个亲眼看见过仙泉瀑布的人,每一个刚从仙境里过来的人所具有的神情。感觉自己突然变成了另一个人,感觉自己真的掌握了某种难以言说的秘密。那个秘密与信仰有关。你可以不信神,不信菩萨,但你不能没有信仰,不能没有像信仰一样的虔诚,否则你就永远理解不了天地间那种潜藏的力量。这也是观音山的观音为什么灵验的另一个说法,人哪,每去一趟观音山,就是一次轮回,一次涅槃,有一种脱胎换骨、返老还童的重生之感。听着这话,也许不可全信,但仔细一想却又不可不信,从观音的雕像,到漫山的树林,到仙泉瀑布——我在想象中重现那一天的情景,而我在不知不觉中已经开始确立一种信念,无论是大自然,还是神,是信仰,还是天意,我们的每一次深入,都有效地缓解了自我与存在之间那种无形的对峙,天地宽了,心地与视野便开阔了。看了那么多优美干净的事物,心里于是充满了一种宁静而圣洁的情愫,不再去想尘世间那些卑微而龌龊的事,这不是脱胎换骨又是什么?未知般若,已然涅槃。去了一趟观音山,真的就像经历了一次轮回啊。

## 在观音山,我站成一棵树

文 霖

　　树是有灵的,我在耀佛岭的丛林里仰头与大树对话。我走进了与树同处一个世界的生命体。在观音山,我站成一棵树。观音山,我用心感悟你。在平淡的世界里,向往佛,即是向往禅境,呼吸佛国的净土气息,我的骨子里有着虔诚的追寻。走进观音山,以平常心对待一切,花开花落,云卷云舒,我心即佛,佛在心中流动。

　　云在观音山高处飘逸,我的心走向空灵的观音山广场。生命的颜色杂合着山树流云的颜色,还有飘逸的祥瑞之气。走进祥和宁静的观音山,我心中有了一棵树的念想。的确,我无需多想,心早已融入这片人间的圣境和禅宗里了。

　　观音山是空灵的,空灵是一种自在,一种神韵,一种惬意和令人回望的念想。

　　看那天空的云,永远是那么纯净,永远蕴含着阳光和空气。这是生命的涌动和快活,是大千世界的融汇和舒畅。

　　在观音山,我站成一棵树。真的,当我成为一棵树时,我会很快地在这座山上狂想和奔跑。

　　我知道我在奔跑时,那些梵音和木鱼鼓声都已经萦绕在我的心尖,它们让我在静谧的佛界和禅境里呼吸到神灵的声息,或者聆听到小草们舒展起来"吱呀"的快活。

像一棵树活着真好,一棵树闪烁着生机,依然在秋风中顽强生长,依然在寒流中互相问候和温暖。我走进观音山,心里的确被这种念头充盈着。当我想收回这个念头时,我的脑海里已经没有了回头的余地,我的脚底下生根,伫立在这片山林。其实,生命中回望这种可能,那就是幸福。居于东莞这座文化城市,做其中一棵树本是快活的,至少可以释放出无尽的氧气,让生活在这座城市的劳作者感到空气的清新,让那些塞满文字和智慧的大脑得到调整和休息。成为一棵树,正是造就无量之福的行动啊。佛说,修祈幸福得幸福,布施平安得平安。我站成一棵树,我一直在颖悟这样的禅机。

如果能以一棵树的身份去参加观音山的健康文化节参加观音山的书画大赛,我心里别提有多高兴。我慢慢儿走,慢慢儿想,空山灵雨,岭雾林岚,它们都钻进了我的脑海,我在感受着它们的呼吸呢!

我站成一棵树,我读到了观音山的流水,我生平又一次在这座山上感悟了佛祖的甘露。

我会很快地站成一棵树,哪怕太普通,哪怕太没有特色,只要我成为一棵树,便会在观音山的祥云里,在玉观音的护佑下成长为一棵有特色的树。我会在静谧中向着你微笑,我会把花露和甜蜜传给每一位来观音山游览的客人。

站成一棵树,我有许多联想。我联想着自己会在苏铁蕨或桫椤旁,我知道我会呼吸到它们的灵气,但我不会弯曲,我依然挺立,我有一份知足的快乐,还有尊严和自由。大凡一棵树,经历了风雨的摧折,自然更会体现自己的意志和快乐。其实,我站成一棵树,我依然随缘自然,操守自持,不会随波逐流,不会随世浮沉。尽管我没有达到佛家的苦苦修行,我一直在路上惨淡经营着我的独立的精神世界,我知道我离修成正果的路依然遥远。

我会接纳那些环保卫士做好的鸟巢,我会静静地聆听人们的祈愿,我会小心翼翼地恭候鸟儿们的驾临。我骄傲,我真正成为一棵树的时候,我的五脏六腑都是绿色的,生态的,明净的。我的生长过程除了泥土和养分,我不会再去苛求上苍分外的关怀,我生活在观音山的森林里,我会像众多的兄弟姐妹葳蕤成长,快活自在。生命就是这样,在崇高、自由和快乐的境界里,一切性灵都会顿悟出智慧和活力。

面对历史的风云际会,面对时代的变幻莫测,我依然站成一棵树,我生命的密码把天性把爽朗都写意在我的年轮。唯有向上,唯有扶助,我们这些树的生命才会昂扬。

不要忘了,在你登上观音山时,我正在丽日晴空下等待着你呢!

站成一棵树,我并不孤独。那些山岭,那些庙宇,飞鸟闲云,雾海仙露,生命中的光华,在温润而惬意的世界里溢出欣羡的喜悦,伴随着我的欢乐。在观音山,我懂得了敬畏和欣赏,我立足于斑斓的色彩里,那些叫不出名字的花草或鸟儿以神韵气脉灵动着我的思维,我的生命依然处于童蒙状态。观音山的水流、瀑布和湖泊都在跳跃着愉悦节奏的音律,让生命静静地等候,我已站成一棵树,我不会再在人生的沉浮中作无尽的漂流。

在观音山广场,这尊33米高的玉观音,是我无限的向往。我在观音山站成一棵树,我的心底有十万片菩提枝叶在飞翔,向着观音圣像的方向飞翔,我的脚同样在飘逸在奔跑,向着观音圣像的方向奔跑。在明丽的春天,滋润的朝露在滴落,观音圣像已经生长出许多嫩绿的菩提枝叶,是生命的活性,是佛心的慈悲和怜悯。这些观音的枝叶是光鲜明亮的生灵,这个春天里她依然安详如故,在开光的日子,在开库的日子,随时都在普渡慈航。

在观音山,我站成一棵树,听观音诉说着古老的故事。我的心这样想着,这个世界除了信仰,还有阳光。我站成一棵树,我在森林里沐浴着信仰和阳光。

走进观音山,我无法不想象自己成为一棵树。在大自然的怀抱,生态和谐是最伟大的和谐。树与树之间,花与树之间,花与草之间,露滴与雨水之间,它们共同支撑了一个饱含灵性的世界。眼前的山,树,流泉,飞瀑,它们都有一颗赤子之心,都有一份童真和稚气。

站成一棵树,我在春天里穿上春装,在夏天里穿上夏装,秋天冬天里穿上秋冬装。明媚的阳光和可馨的雨水都会带给我沐浴的快乐和惬意。是的,大自然中许多平凡的树,它们委实并不平凡,抑或是它们的平凡构成了大自然森林的不平凡。每一棵树都有一颗真挚的心灵,让自己的生命走向更高的境界:解脱物质欲望的追逐与漩涡,抵达自由自在的心灵深处。我站成一棵树,我看着那些鸟儿们在我的枝叶间唧唧喳喳,我看见悠闲的老爷爷在树丛间练着太极拳和健身操,我看见老奶奶领着自己的孙子或孙女,在阳光下的草地上活动。老奶奶笑着,孩子们嬉戏着,孩子们抛去了书本带来的沉重和烦恼,放飞着心灵。

佛陀降诞、成道和涅槃的世界,正是绿树覆荫、奇花争妍、百鸟欢歌的世界。在观音山,一切树、花、鸟的声音都是自然的法音,足以净化我的心灵。我在观音山林子里站成一棵树,静静地谛听到花开的声音,鸟叫的声音。

那些躺在博物馆里的古树,它们本来想跃跃欲试,本来想着奔跑而来与我欢歌。可是,它们没有脚呀,年轮的久远让它们留下来被人研究和回望。在它们的生命里曾经有过多少辉煌与喜悦,它们的生命里曾经有过多少劫难和励志。这些古树是更有生命的生命体,在无言中记录岁月的沧桑,见证人世的无常。今天,我站成一棵树,我会在它们的眼前捕捉到生命的灵感,我深信一切和谐都来自大自然。

那些草儿,花儿,它们用不着费尽心思就能理解白云和流水的意图,同那些白云和流水一样快活着自己的快活,幸福着自己的幸福。那些如织的游人为什么不看望身边的一棵树,一棵草呀。在大自然的日历上,多么需要人与树木、人与飞鸟虫鱼的沟通。当我们恣意地践踏身边的草地时,当我们无情地砍伐那片树林时,我们失去了与大自然沟通的机会。动物频频逃亡,土地干涸,洪水泛滥,泥石流暴发,这是我们不与大自然沟通的后果。善待大自然,敬畏大自然,珍爱大自然,我们会赢得大自然的情感,我们会呼吸大自然清新的空气,我们能聆听到大自然和谐的乐章。

我站成一棵树,我依恋一花一叶。一花一世界,一叶一菩提。佛心就是平常心,我站成一棵树,同许多棵树染绿着大地。这是生命的理想和完美。忍受、内敛,我重塑着自己的灵魂,委屈、冥落和不平会在我的心灵世界里消逝,再拂拭掉世俗冷漠的眼光吧。最终我站成了一棵树,在绿色的苍天里写意着尊严和幸福。也许看到我的身影,你也想站成一棵树呢。那么,来吧,只要拥有一颗平常心,只要放下执着,把持一颗善心,苦辣酸甜和悲欢离合虽是无常,委屈和不公虽是无常,可超越雷雨和阴翳的日子总会有的,月明风清、阳光和煦的日子总会有的。

在观音山,我站成一棵树,我伸出有力的手牵着花草的手,我们共同抵御风暴,我们共同撑起一块温馨的蓝天,我们共同担当人间生态和谐的精神家园。那些飞到我身边的花蝴蝶,是我的姐妹,她们还要飞向黄花地,她们在田野里嬉戏的自由正是我所渴望的。

做尘世的一棵树,该多好啊! 今生是一棵树,来世依然是一棵树,站成永恒,守望在观音山的安详里。

在观音山的风景里,我站成一棵树,见证了岁月的空灵和人生的从容。我在佛光路上奔跑,这条慈悲路,已经融入了我枝叶纷披的想象,这是佛通往观音山广场唯一的通道。

我站成一棵树,我已经成为观音山森林之网一个小小的细节,我已经成为观音山灵性的山水间一棵有着自信、自爱和自尊的生命个体。

我站成一棵树,我感悟了快乐的真正含义,回归大自然的真情真趣就是一种幸福。在观音山,在佛禅的宁静中,我依然放牧心灵,在广袤的时空里自由飞翔。

我站成一棵树,我所有的呼吸里无不涌动着生命的朝气与大地的生机。

我站成一棵树,我袒露着自己的灵魂,在观音山禅境的清音里又一次得到洗礼。

# 般若甘州

茱 萸

这就是西北了。荒芜、裸露着的淡黄地表,在八月阳光的蒸腾下,氤氲出坚硬而蓬勃的气息。带着土地和黄昏味道的气息到处游离,随着西行列车,一个波浪紧跟一个波浪地冲击。强烈的光线下,我眯起眼睛,视线由此放远、开阔。

西北的戈壁、沙漠在我面前悉数坦陈。它不需要矜持,也不需要遮掩,仿佛在说:瞧,你所说的土地,就是这样的荒无际涯。正如人人所感觉的时间,漫长、艰辛而深邃。

双脚踏上西北的土地,正是夜晚,19点21分。正好是立秋日,江南是否落下薄薄的细雨,悄然飘逝几片黄叶?而西北却是阳光煌煌。太阳红彤彤的、硕大、热情,古老的张掖,即古甘州城,被镶裹上辉煌的金边。随着时间深入,夕阳向下坠落,逐渐瘦弱,金黄的颜色却毫不减弱。而进入夜晚的城市,不能承受时间之轻,蒙上一层莫名的昏黄和淡淡的怅惘,令人感伤、低回。

此时的古甘州城,古木静立,庞大的枝叶撑起绿荫,在街道撒下大片阴凉。咚、咚、咚……隐约的古刹声在耳际若有若无地回荡。我仰起脖子,向上的视线被金碧辉煌的太阳光亮四处引领。天地静谧,仿佛进入洪荒时刻。土地在幽深的时间隧道安详地吐纳气息,一座城市,一方地域仿佛坐在佛的怀抱,奠基佛光萦绕的底座。

我是鄙俗的凡人,有限的地理历史知识,规避我对张掖的历史。印象中,张掖就是古老的甘州城,它连接着河西走廊和古丝绸之路,有着丰厚的历史文化底蕴。我作为备受江南烟雨浸淫的女子,喜山爱水迷树,已经深深习惯于温润的气候,也培植出适宜温润的脾性。平静生活,心安一隅。而遥远的西北,它陌生、隔膜。但此时我相信,它的脉息或许正通过动荡打通我的关节。我甚至有预感,古甘州在某一处应和我,它在许久以前放飞密码,而今以某种召唤的方式,要我贴近它再为我解密。

我心跳激烈。

在大佛寺,我看见这样的一行文字:甘州,古甘泉之地,居中国西鄙,佛法所以入中国也。果然这样,佛在此地起源和集散。其曲折幽深的历程,邈远的岁月又试炼出什么归属于佛?蠢笨若我者,当然无法知晓。但被奔袭气流打通关节的我,带着醉酒的恍惚,似乎隐约悟到,我小小的眩晕,是近乡情怯的慌张。那么我所感觉的佛光内含的基座,大有道理。我静静地倚靠着大佛寺里一棵两人才能合抱的树木,手中歪斜着一把双层白纱织就的遮阳伞,它的代号是"天堂"。真是有意思,巧合还是冥冥中的注定?无关紧要。紧要的是,此时的我感到惬意。可我又恍惚了,记忆有些错乱。错乱中以为,我似乎站在过这里,这样的一棵树下。那棵树有粗壮的枝干,枝叶在很高的枝干上慢慢地挑开。疏朗的墨绿色叶片,肥厚,质地坚韧,固执地反射着阳光,晃动我张望的眼睛。

好奇中,我询问那棵古树的名称,另一棵长满豆荚般果实的植株名称,还有一棵挂满了似梨又似苹果的果子的树名……但我丧失记忆般,脑海空空如也。迥异于南方树木形态,陌生的名字只能使我把记忆力差的原因归结为——我不曾见过的北方树木,它们的形状比称呼更为重要。我伸出手臂,摘下一片叶子、一朵花。

在大佛寺,树木繁多,要我忘记身在西北。道路旁,佛寺庭前,均是面积不大却四处散落的小园林。这样那样的树木,没有一棵是相同的树种,它们或高大粗壮,或低矮瘦弱,或古老葳蕤,或幼小稚嫩。它们不同又相同,不同科目的树木都笔挺挺地直着腰板,而开花的树木一律是细碎的白色花朵,芬芳的气息若有若无。它们似乎少了袅娜,却站出了刚劲和硬朗。我不停走动,旋转伞柄,借以摆脱成群鸟雀随时撒下的粪便。

黑或者灰的鸟雀扑棱棱地从佛寺屋檐飞出,在林荫里盘旋逗留,然后又倏地飞向佛寺屋顶。它们筑巢于诵经声响、香火袅绕的寺院,款款飞翔,从容不迫,落落大方。想必,再无别地适合它们了。它们的祖先在千百年前多方选择后为子孙抉择的安逸环境,一路传承佑护。寺院不仅仅是居住地,还是福祉。这毫无怀疑,浩渺的时间洪流里,总有什么教会它们抉择居所的本领,规避离乱和兴亡。

我突然想起,在甘州城曾看见一块书写着"声教四达"的巨匾,我当时充满疑惑,不知何意。而此时,这些灰扑扑的鸟雀,在飞来飞去中,启迪了我。"声教四达"说的可是"在佛"后的"佛在"?正如普通的鸟雀均在时光里贴近佛,参悟佛,求佛庇佑。

大佛寺的闻名与中国最大的一尊卧佛有关。它是佛祖释迦牟尼涅槃像。究竟有多大?我从这尊卧佛的脚部走到头部,又从头部走到脚部,一番来回,我确定,刚好五十步。友人在我耳边感叹,你真得了佛性,以往来人丈量的脚步多少都有偏差,快慢拿捏不准,看上去刻意而为,一步一步为丈量而丈量了。其实,就是常态下正常走路的步数……不疾不徐,刚好五十步,可见你的性情安宁。或者说,此时你已经得了佛光的照耀。无论哪个解释,我都高兴,不疾不徐地行路,确实是很幸福的事情。

人开始走路就在误入歧途,宇宙洪大,事物幽微,对与错,对峙又融合,因了错误才有纠正,而纠正才能发现错误。拯救是行路最后的终极意义。是这样吗?其实,我能肯定的只是,我不过碰巧而已,碰巧来到西北,碰巧踏入古甘州,碰巧在涅槃像前来与回分别走了五十步而已。

卧佛像是这样的方位——头朝北,脚向南,面朝西。那么,佛是坐东面西的。西在佛的心中自然有特别意义。我站在他的脑袋以上的位置,凝视着卧佛的眼神。他眼皮向下,一副入定状态,但他的双颊被满足的气息充实。沉实的睡态,仿佛一切与他无关,他所有的日子在以睡眠来显示他的情态。我换了位置,正对卧佛的身体,我又看见,他眼睛里的黑白瞳仁,有东西溢出——是他盛载了一千五百年的漫长时光,以眼神吐纳被他收容的万千物事,淤积、沉淀再辐射?讲解员告诉我,卧佛的眼睛可以喷水。这个很容易想通,"甘泉之地",地下水异常丰富,时不时会冒出地表,从卧佛眼睛里喷出的水是不是地下甘泉,我无任何佐证。但我私下认为,佛祖涅槃不是某一时刻,而是万千即刻,以喷水的形式洗刷自己,保全自己的洁净,仿若时时新生。

我之所以这样认为,是因为我知道,没有一具肉身能脱离尘埃,飞沙走石的严酷往往成为试炼的熔炉。佛,不过成就于刀尖之上。

五十步长度的佛身正是为了纪念一个叫昙无谶的印度人。他幼年贫苦,僧人生活富裕,他便被送出家为僧。传说他天资聪颖,一天能背诵三百多篇经文,而难得的是他的佛性罕见,在遇见高人后,改学小乘佛学为大乘佛学,也极擅长方术。昙无谶之兄在调象中不慎把国王的白耳大象弄死,因此被赐死,家人不被允许收尸。酷令之下,独有昙无谶抚尸痛哭并埋葬了兄长。国王很愤怒,要杀他,而他说:"国王杀了我的兄长,我是他胞弟,埋葬他,并没有违背大义,为什么要动怒?"国王很佩服他的义气,便留他于宫廷,他得以潜心研究佛学。后,他带着系列经书来到中国河西走廊,入住甘州大佛寺。开始他很小瞧中国人,认为中国人学无定力,不愿意传授佛学,而一个叫法定的中国僧人以诚心感动了他,使大乘佛学在中国广泛流传。

我感兴趣的,不仅是昙无谶的聪慧天性,还有他和法定后来的事情。天性往往奠基一个人成就的底座,而结局,在归属于社会和时代后,也会更有启迪意义。当统治古甘州的西凉日益为西北崛起的北魏威胁,而北魏最想得到的是佛学传播者。能影响一方民众和国家安稳的昙无谶,却遭到西凉的拒绝。昙无谶在一个深夜,挟裹着经书西行,途中被西凉监视的大臣杀害。他的弟子和信佛民众为纪念他,塑造了涅槃佛像。而此后,西凉马上被北魏灭亡,北魏由此发动了佛教史上的第一次劫难。

  深得昙无谶佛学真谛的法定及其弟子,把所制的涅槃佛像密藏于现今的大佛寺,这一藏就是六百余年。此时,古甘州遭受大旱,路有饿殍,尸横遍野。法定把自己捆绑在一棵大树上,一点点割下身上的肉,扔给奄奄一息的难民,要他们填充肚腹。法定义救灾民的举动,迫使官吏打开粮仓赈济百姓。由此,佛在百姓心中复活,流传。涅槃卧佛像和大小佛像正是为了纪念在中国开始传播佛学的昙无谶和法定。佛之路,充满了灰尘与血液,它是由肉身受难供奉出来的。

  我感慨万千。从肉身剥离出来的佛,曾为血水浸染又最终脱离了血水,就像一个人在时光层递下无数次转身,完成最优美的定格。佛经里有"方是上觉"的说法,"觉"即"悟"。彻悟了,佛也就脱离了血水包裹的肉身,光芒四现。而我却是怯弱的人,双手捧着燃烧的香火,连下跪的勇气也没有。我知道这些大小佛像,泥塑的、木雕的、石刻的,微笑、沉思、静默,他们是时光轮回里的另一个他们。我却不知道,我心中的佛在哪里,他能否看见我,能否用手拂去我心中的阴影和罪孽。

  或许,我需要的只是一个方向。然后一条道路,也是我正在行走的并且需要我勇气百倍走下去的道路。在甘州,我知道了,般若(智慧之意)在哪里。我凝望着佛像……佛,在陈旧的时光里跋涉,漫长、艰辛而深邃,秉承了时光本身的元素。我总以为时光是变的,其实时光从来不变,它才是这个世界唯一的终点。在那里,它涵盖冲突、矛盾和对立,佛光闪耀。佛,只剩下历尽沧桑的大美。

# 千年古村程洋冈

谢初勤

## 药香弥漫的村庄

这是一个奇特的村庄。没有高楼,没有大厦,从外表看,这里的人好像生活得也并不那么宽裕,旧木小檐,蜂样小屋,一道道通幽曲径,东连西纵,感觉上很有些像电影《地道战》里边的地道。一拐弯,便可见一位面目慈善的老人,手扶扁箕,安详地摇摆着。走近一看,发现那扁箕里边,装的却是一些细如粉末的黄黑色的东西。

老人听到脚步声,慢慢地抬起头来,一脸的淡定、安详,几分超脱般的清闲陡然让我们感到这里应该不是一个寻常的地方。于是,脚步便少了一些浮躁与轻妄,多了一份朝圣般的虔诚。

每一所院子的门都开着。这种现象在乡村应该是普遍的,长期生活在这里的人们,低头不见抬头见,大伙儿彼此熟知,就连谁家的某某出门在哪儿,做什么工作,都能一一说得清楚。于是,门就开着,大家都不设防,都是一般的坦诚朴实。

开放的村子让我们感到温暖,一种民间的、底层的温暖,不造作,不矫情,开放而真挚;偏间的檐下,附着一处小小的灶头,柴草塞进去,火块就扑扑地卷上来,干透的树枝发出松脆而软快的爆裂声;有几只鸡悠然自得地在院子里踱着方步,公鸡偶尔还会对母鸡们发出诱惑式的叫声,母鸡走近,却不防被公鸡一个翻身踩了上身,蜻蜓点水般地被戏耍了;院子中央,撑起三角架子,上边晒着棉被和冬天穿下的大衣,一院落的花花绿绿,很自然地,就有了家的质和量。

走进村子的纵深处,便可以隐隐约约感受到一种似麝非麝、似桂非桂的醇厚的香味。那股香气并不是来自某一个院落或某一处工场,而像是从地下升腾起来似的。那种香,并不浓郁得让人能一下子猜想到其他方面,也不会淡薄得叫人很快就将之遗忘,或者说,那不叫香,只能说是一种味儿,雾一样迷惘,烟一般朦胧,既能切实感受,又不能马上确定。要是非要教人形容得斯文些,那只能这样说:那种香味,香得那样郑重、那样端庄、那样坦然自若,那样独一无二。

那是隐藏于天地间的味道,与世俗与纷争无关;那是一种大自然慷慨的付与,它寓意无穷、韵味深长。

这是一个充满神秘、诱惑、魅力的地方。

巷子窄长如喇叭,一眼可望到尽头,斑驳陆离让人似走进过往年代——就像一个诗人所写的那样:一脚踏进宋朝的古巷,一脚却迈在明朝的台阶。巷子通着另外的巷子,一拐弯,就得绕上一个大迷宫。那一回,我们信步走着,居然来到一处人家的院子里,井是古井,屋是旧屋,屋前是树,屋后还是树,反身归来,明明刚才还是平坦小道,怎么就变成泥泞埂地?再朝前走,猛抬头,几头牛安静地吃着刚从地里扛来的玉米秆、番薯藤……

一旁,还有几个小孩子好奇地瞅着我们,看我们一身尘土、两脚泥垢、出尽洋相。

站在冠冠如盖的大榕树下,那股弥漫空中的独特的香味似乎愈加浓烈,好像,伸手朝空中捏一把,捂上一捂,还能抓出个什么东西似的。

村落低小,池塘碧蓝,天空中,有几只飞鸟轻轻地掠过头顶。这时,我突发奇想,假若这时的我身穿一套古时的长袍,恐怕也不会有人对我侧目而视的。

包容,有时还是需要些许叛逆的勇气的——在这个弥漫着千年药香的古村落。

**星罗棋布的庙宇**

一个古老村落的古老源头,那些珍贵得近乎矜持的建筑物,曾经所代表的,不仅是一个村子的图腾,不仅是一种外在的形象,更重要的是,它所代表的、所彰显的、所昭示的,是一种精神上的动力,一种血液上的奔腾,一种让死者安宁同时也让生者妥协的巨大无比的影像。

儒、道、释,在何时,在何地,能如此完美无缺、相安无事地相溶似水乳。所有的细节都保留得近乎完美或努力诠释完美这么一个人力所难完成的概念时,我们的信仰就不再是空中烟云、水中花月了。当一个思想不可避免地要借助另一种图表予以再现时,我们所能做的,就只是让那种图表更加完美——更加近乎完美——而可悲的是,我们所能做的,也仅仅是代表我们自己的一厢情愿。

这时,我突然想到了一个多么突兀的词:毁灭!

庙宇保存完好,修缮一新,好像是前几年或前几个月才刚刚建起来似的。有当地人跟我们说:这是建于南宋年间的,这是建于明朝中叶的,这是清乾隆时期的产物,这是清末才修的……但是,我们却看不出其中存在着多大的区别。

画梁。画梁。还是画梁……

雕瓷。雕瓷。还是雕瓷……

一样的双龙戏珠。一样的八仙过海。一样的回窑。一样的仙会,民间的艺术,民间的信念,民间的思想停滞,民间的周而复始,仿佛所有的事物和时光一样,在原地转了一个圈,最后,还是回到了那个不可思议的出发点。

所有的这些疑问,很难在现实中再找到让人信服的答案。倒是在场的一位老人,向我们讲述了这样一个奇闻轶事:抗战时,日军自海上入澄海,到处开炮,凡飞往这里的炮弹,只要落在宗祠神庙的,无一不是变成哑弹,而那些炸响的,都是落在田地里的……

为什么落在宗庙里的炮弹,会炸不响呢?

老人笑而不答,一脸孩童般的得意。

丹砂古寺山门口,伫立着一尊跟孩童一般高低的石雕:倭寇入侵,百世负罪。它倒是或多或少地帮助我解开了这民间的诸多恩怨爱恨。

书写或雕刻,有时,完成的不仅仅是记忆,更多的是寄托和愿望,至少我是这样认为的。

感情的深或浅,时光,很多时候便是最好的见证人。

不过,再怎么说,程洋冈这个始于宋代的现存古村落,所向人们昭示的,还是隐忍、曲折、沧桑和不失为博大的情怀。今天,我们缅怀古人,远抚历史,也正是缘于珍惜和尊敬,也缘于理解和融合。尽管这个层次还不太那么尽如人意,但是,我们的态度是虔诚的,我们的心是平和的,我们的眼光是热切的,而这些,我认为,也正是解开程洋冈这千年古村落的唯一的钥匙。

**旧日江湖,今朝明月**

程洋冈的美是斑杂的。说她胸怀博大兼收众长,那是言过其实了。其实,程洋冈所收集的,是不加挑拣不加筛选的老农式的做法。在这里,无论从建筑(更多的是建筑),还是现今人们所保存的一些生活习惯,我们都可以感受到种种历史烟云的痕迹。"潮汕厝,皇宫起",民间房屋的规模要盖得像皇宫一样奢华铺张,那是不可能的。但是,样子跟不上,那种气势总能模仿得来吧?金、木、水、火、土,这五种中国最古老最朴素的立论基础,就这样被简单而不失灵便地套用到这里的建筑上来。不过,潮汕的老百姓并没有狂妄到不明白自己是排行老几。火字形建筑物顾名思义,那便是"举火燎天",那气势,显得霸道、张狂,有一种天不管地不怕的味儿在那里头,那只有当过官或富甲一方者,才可适当选用;木字太阴森,独木难成林,而小百姓的独门独户又怎样做到木成排则林呢?因此,木字格局一般只有宗祠或其他非居住的建筑才能选用;在寻常百姓家,最常见的,就是水和金这两种建筑局势。

"金生丽水",那是一个多么美好、多么和谐的寓意啊!何况,金状是圆的,水状也是圆的,咱老百姓过日子,小民生计,凡事都不敢太过于棱角毕露,还是隐忍一点,圆滑一点吧。民间百姓什么时候都是还没有让自己的腰杆伸一伸,就先想到将目光收一收。凡事和为贵,所求的就是平安、低调、和睦、友善。其实,这样的处世哲学还可以从百姓住宅的排水很明显地看出来,民间行水讲究九曲十八弯,最是忌一个直字。

潮汕人宅居最是讲究风水。风者,运脉走向、世情高下;水者,财也。潮汕人住宅排水遇弯则留瓮。瓮是大肚瓮,谓之留财。从院落到连接外边的水沟,就算原来是直门直沟,也要设法拐上几个弯。偶有积水地方,不说积水,直说聚财。

朝圣路太远,心中存菩提。

潮汕人这种隐晦收敛的处世心态,值得这方面的专家学者好好研究一番。

程洋冈的美在于自然。历史上,无论这里留下什么痕迹,都能得到完好的保护。但是,这种保护是出于民间的,既不能完好诠释,也不容许胡改乱造。既然我们动不了,那也不允许他人破坏;既然没有得到强有力的开发,那就让其在原地待着吧。整个程洋冈,既像是中国自历宋以来的文物展览馆,又不像其他的地方被加以人为改造。那件东西原来是什么样子,现在还是让它什么样子吧。那份执着,那份偏爱,让人叹息也让人赞同。

从晏侯祠到张良桥下遇老者的故事,从高堂皇庙逃亡到此的宋末帝到揭竿落草的陈吊王,从明代抗倭到清朝海运,从民国革命到新中国解放,从"文化大革命"、拨乱反正到改革开放,所有这些,都能在这里留下不灭的痕迹,令人抚今思古,唏嘘不已。

晏侯祠、古葵庵、古更楼、凤岭……

蔡氏宗祠、潘氏宗祠、陈氏宗祠、李氏宗祠……

千年古榕、石刻、宋街、明巷……

海天片羽、凤鸣岐冈、粤东襟喉、潮州门户……

还是那座屹立山门的丹砂古寺,神奇而完满地集中了儒、道、释。三叠院殿,佛道相安,钟鼓相和。这种现象不说在潮汕地区,就是在整个中国,也不多见的。

好一个千年程洋冈!不矫不妄、不卑不亢;开放平和、豁达坦荡……洋溢着一种独有的自信和兼容,这份胸怀正好为人们解开"民间"这一独特字眼的深刻内涵提供了最精确的钥匙。

# 最后的香格里拉

简　人

按照藏传佛教的说法，香巴拉隐藏在青藏高原雪山深处某个隐秘的地方，整个王国被双层雪山环抱，由八个呈莲花瓣状的区域组成，中央耸立的雪山被称为卡拉巴王宫，宫内住着香巴拉王国的最高领袖。传说中的香巴拉人是具有最高智慧的圣人，他们身材高大，拥有超自然的力量，那里有雪山、神鹰、冰川、海子、峡谷，有无边的草甸、牛羊，还有金矿和纯净无比的天空。那里是时轮佛法的发源地，是藏传佛教徒一直寻找的极乐园，只有受过《时轮经》灌顶的人，才能到达。而由三座雪峰组成的稻城雪山，因为绝世的风光，而被誉为"最后的香巴拉"，成为藏民心中的神山。不知从什么时候开始，通往稻城的路上布满了朝拜者艰涩的足迹和被夕阳拉长的背影。

早在1923年冬天，原籍奥地利的植物学家、探险家约瑟夫·洛克已经嗅到横断山区那连绵的雪山的气息了。他在探访四川境内的木里时，就曾看到西北部有一脉在落日余晖中熠熠闪光的雪山。当地人告诉他，那就是贡嘎岭（如今称为亚丁自然保护区）。五年后的初春，积雪尚未消融，他在美国国家地理学会的资助下，带着几十头骡马和纳西族向导，开始了寻找香格里拉的艰难行程。从云南丽江出发经泸沽湖到四川凉山木里。在木里国王的帮助下进入稻城亚丁，六月，抵达他称为"贡嘎岭地区"的冲古寺。《美国国家地理》杂志连续刊载了洛克关于稻城亚丁念青贡嘎日松贡布神山地区的文字和图片资料。他用赞美诗一般的笔调写道："整个世界里，有什么样的地方还有这样的景色,等待着摄影家和探险家的!"他这样描述临近贡嘎岭时的风景:"山路弯曲地穿过冷杉、云杉和栎树所形成的树林。多种的杜鹃散布在密林的深处,青翠黛绿的各种树木和淡黄的树挂相映成趣。清新的空气和花开多色的杜鹃,还有隐现在树丛里的牡丹和报春花,真使得这里像一个配得上神祇游赏的花园。"通过这本杂志,整个世界都眺望到了念青贡嘎日松贡布的神奇雪峰。正是洛克发自横断山脉地区的报道,点燃了一个名叫詹姆斯·希尔顿的英国作家的灵感。他写成了一部小说——《消失的地平线》。尽管这部小说在艺术上乏善可陈,但它发明了一个崭新的地名——香格里拉。当人们从一个更大的视角遥望这组雪山时,它们的内涵已经发生了神奇的转化,它们不再仅是藏民们的朝圣之地,而成为整个世界为之神往的"香格里拉"。

  我从理塘出发,沿途需要经过海拔4696米的兔儿山和乱石穿空的海子山。进入以"稻城古冰帽"著称于世的"海子山",我乘坐的汽车像小甲虫一样在石头的海洋中颠簸前行,无边无际的洪荒巨石铺天盖地而来,有的大如房子,有的小如拳头,形态迥异的石头,溪流一般向下流淌,与之相伴的只有一些藻类或尺把高的灌木。正午的太阳不动声色地照着,一切都呈现出雄壮、荒凉、悠远、惨烈的景象。而更令人惊叹的是在这大片石涛山海中,竟散布着不少清亮的高山湖泊,碧蓝如玉……这里是真正的无人区。在这浩瀚无垠、仿佛混沌初开的原生态世界里,苍鹰盘旋,乱石中不时有野羊、麂子、野兔等野生动物穿过。这里是青藏高原最大的古冰体遗迹,据说是喜马拉雅造山运动时留下的——海拔在四千到五千多米,方圆三千多平方公里的冰蚀地表,亿万年前曾经是海底。在这里,时间已经丧失了意义。现在,荒凉的高原上吹过寒冷的风,海子山突然让人感到一种莫名的恐惧,在大自然面前,人其实连蜉蝣也不如。我突然明白,藏民为什么那么敬畏大山、河流和每一块石头,甚至每一株草木……

  到了桑堆镇的红草滩,稻城也就不远了。

  一路上,秋天已在稻城呈现出来了,红、黄、绿等各种色彩的树叶开始铺满山上,在阳光下闪耀着令人目眩的光彩。路边种满高大的树木,也许是今年甘孜州多雨,杨树变黄的时间得以推迟。从傍河的高处俯瞰,万亩杨树林在阳光下显得熠熠生辉,树叶黄绿参半,向阳处已被秋风染黄,在阳光的照射下显得晶莹透亮。我实在是想象不出:当全部的树叶变成金黄色时,稻城的旷野在湛蓝的天空下会是一幅怎样的景象?很多到过稻城的旅人都吃惊于它的美,人们固执地相信:天堂有什么颜色,在稻城也一定可以找到。稻城的天空宁静而旷远,阳光暖暖地洒在地上,我倒愿意做一棵秋风中的杨树,长得高瘦,可以聆听到天堂的声音……

  其实,稻城并不是一座城。它由三座终年不化的雪山和几条穿流其间的清澈的河流,以及无数雪山之巅纯净而神秘的海子构成;由那些风格独特的藏式楼房,宽敞的白墙院子、朱漆的大门和屋顶缕缕的炊烟以及生存其间友善温厚、脸上带着高原红的康巴人构成……

  稻城的藏语名字原叫稻坝,因为清朝末年四川巡抚赵尔丰在康巴地区推行"改土归流"政策,削弱土司势力,进行教育和农耕改革,在稻坝一带试验种植水稻成功,于光绪年间始改名为"稻城"。现在有人将它称为地球上"最后的香格里拉",在这里,人们也许不再需要另一个天堂!

# 最后的原始部落

孙 国

"翁丁"是佤语,意为"云雾缭绕的地方",翁丁大寨有近四百年的历史。沧源佤族自治县"翁丁原始部落"景区,是云南省第一批非物质文化遗产保护单位和历史名村,是中国目前佤族特色传统建筑中保存最完整的佤族群居村寨,是佤族从原始社会直接进入社会主义的历史见证。

沧源县城到翁丁大寨33公里,车一直在山腰行驶,道路崎岖不平。这里是典型的亚热带气候,四周森林茂盛,群山环抱。站在山巅俯视,整个大寨坐落在山坳中,几乎跟外界隔绝,也正是由于这独特的地形,使翁丁大寨保持了原汁原味的佤族文化。

一条小径是到翁丁大寨的唯一道路。我们还没有进村时,就感到一丝神秘的气息——进村道路的两边插着一根根树杈,上面挂着一个个阴森森的牛头白骨,有的树杈上挂了很多个,既恐怖又神秘。由于历史和自然原因,很多独具特色的佤族原始宗教、生产和生活习俗等文化传统很好地保存了下来。远远地就听到了木鼓声,沉闷而响亮。敲木鼓是佤族最为隆重盛大的宗教祭祀方式,佤族人将其视为最神圣的活动。

走进大寨,仿佛走进了一个神话般的世界,草屋、围栅,在一棵有着上百年年轮的大树下,供奉着一个巨大的木鼓,木鼓全身涂成了鲜红色,鼓身上绘有神秘的图案。陪同前来的刘干事告诉我们,制作木鼓也有一整套严格的程序。新木鼓的制作需要二十多天,完成之日,要立即敲响,向全寨报喜,并举行新木鼓安放仪式。晚上，全寨人齐聚木鼓周围，对木鼓进行祭祀，邻寨的人们也敲锣打鼓，前来祝贺，大家载歌载舞，饮酒欢乐。

翁丁大寨四周被栅栏围住，与外界隔开，我们从一个人工搭建的木门进入寨子。寨子里有一个很大的院子，院中聚满了身穿民族服装的佤族人，颜色以黑色为主。我们刚走进寨门，一群八九岁的孩子便围了上来，每个孩子身边都有一个篮子，篮子里放着已经包好的茶叶，每包五元，很便宜。佤族人爱喝苦茶，有的苦茶熬得很浓，几乎成了茶膏，虽然苦，但味道和提神作用都非常好。看到这些天真无邪的孩子，我的心顿时很温软，马上将身上仅有的一百元钱全部买了茶叶。看着孩子们脸上露出的笑容，我的心中也涌起了一阵感动。

翁丁大寨周围散落着几栋大房子，全是用木头搭建，房顶上面铺着野草，这种房子如今在农村已经很少看到了。佤族人的住房构造与傣族人的住房相似，建筑材料均为木头、竹子和野草。木柱的顶端保留树杈用以托梁，横梁上再托举一些细竹子，然后覆以茅草，筑成架空的"竹楼"。房屋分上下两层，楼上住人，楼下为牲畜、家禽的活动场地，个别打铁户也在楼下放置风箱等工具。

我们走进一户村民家里，想看一看佤族人的居家情况，了解一下他们的生活。佤族人很好客，这家老人很愉快地答应了我们的请求，主动带我们来到不远的一座草房。佤族人都在家里正堂用炉子煮饭炒菜，由于长时间烟熏火燎，加之居住的时间太久，屋内已经被熏染成黑色，斑驳的竹藤编制的围帘透出历史的沧桑。

走出农户家，我们来到陈列馆。进入陈列室，仿佛一下子穿越时空，来到了原始社会，最原始的工具、象形文字和图案都一一呈现在我们眼前。置身于此，仿佛时光倒流，眼前出现了奔跑的小鹿、围猎的男女、上树摘果子的孩子、人拉犁铧耕种的场面。佤族重视节庆，皆有相关的食礼，如"崩南尼"、播种节、接新水节、取新火、拉木鼓。所有这些节日，都蕴含着神圣的理念，即将劳动、音乐、情爱、烹调等和谐地统一到一起，以体现他们纯朴的道德风尚。

陈列室里还完整地保存着佤族民俗建筑群,有传统的杆式茅草房、佤族图腾柱、寨桩、祭祀房、神林、木鼓房,还有传统家用农具及各种作坊。在这里,还可以从图画上寻觅到佤族古老独特的婚恋习俗——梳头情,感受新米节、护寨节的热闹场面,体验拉木鼓、剽牛等仪式。这里寨子的寨桩、祭祀房等建筑,是佤族从原始蒙昧状态走向文明的最好见证。佤族是一个勤劳、勇敢的民族,在长期的历史发展过程中,不仅为开发和建设阿佤山区、繁荣西南边疆的经济文化事业作出了重要贡献,而且在反抗列强入侵、捍卫祖国领土和主权的斗争中,也建立了不朽的功勋。

外面传来一阵鼓声。随着鼓声,佤族人从四面八方赶来,手拉手围成一圈又一圈。据说,佤族拉木鼓是为了祭祀"莫伟"神的。佤族人认为,"莫伟"是人类祖先的化身,他平时住在天宫,不问人间之事,只有听到木鼓声,他才会下凡为人类解危救难或共享欢乐。

佤族人能歌善舞,他们唱着歌跳起了欢快的舞蹈,那些卖茶叶的小孩也都跑过来,放下手中的篮子,欢快地跳了起来。我们受到感染,也纷纷加入了跳舞的行列。我身边的三个外国人在热情的佤族人的招呼下,也跳起了欢快的舞蹈。舞蹈是不需要语言的,欢乐是没有国界的。

走出很远,微风中传来三弦的声音。我闭上眼睛,随着音乐放飞思绪,想象着那欢快动人的一幕。我在想,正是因为中华民族大家庭中有着56个民族,每个民族的文化溪流汇聚成海,才形成了这浩荡灿烂的中华文化。

# 世上最坚固的草堂

刘云霞

一所草堂。一所一阵风号便茅飞屋漏雨彻寒夜的草堂,却能经一千多年的风雨始终挺立而且历久弥坚。

我相信,这是世上最坚固的草堂。

一直认为,此草堂是从《茅屋为秋风所破歌》这首诗里走出来的,是诗中的一个意象被后人作为"景观"移植到大地上的。

走近时才发现,草堂是真实存在的,是诗人曾经真实的寓所。

公元759年末,杜甫携家人从"烽火连三月"的"安史之乱"中一路逃难几经辗转至"蜀",先居浣花溪旁古寺,后在亲友的资助下,建起茅屋,杜甫草堂亦称"成都草堂"。

原始草堂自然不堪尘世风雨。随着人去屋空,这里很快变成"沙崩水槛鸥飞尽,树压村桥马过迟"的荒芜景象。眼前所见,已为宋、元、明、清几代人的手笔,而最终规模布局则定于明清。正门匾额上"草堂"二字系清康熙皇帝十七子、雍正皇帝的弟弟果亲王胤礼所题。他一设槛定界,使草堂不再是一种建筑,而成一种境界,非具备一定水准者,不能入其内。

但草堂的原始真实性又确是不容置疑的。

有五代前蜀诗人韦庄寻得的草堂柱砥为基,有素有"图经"之称的杜甫诗为蓝本和罗盘,使得草堂及周围的一切能够原生态般按照固有的指针一一落位。

比如方位处所,有"万里桥西宅,百花潭北庄"之索引;比如"柴门",有"野老篱边江岸回,柴门不正逐江开"之定位;再如周围环境,有"窗含西岭千秋雪,门泊东吴万里船"之指向。

虽然草堂门外曾经江阔水深的浣花溪"江"早已实归为"溪",但千年的经流依然清晰;绵延万里的东吴之"船"已不存,但沿着诗的韵辙仍能寻得历史的印痕。

甚至连诗中"小径升堂旧不斜,五株桃树亦从遮"的"五株桃树",也被后人依样"种"在院里,像是诗人跨越岁月的长廊与来客们寒暄。

杜甫在草堂居住三年零九个月,作诗240余首,其中,除了"世上疮痍""民间疾苦"涌而成之的"笔底波澜",其笔下的自然万物、田园风情,如今沿着诗人曾经的视角四望,一切都如在眼前耳边。

坐在茅屋前石桌旁,似乎"邻翁"就在"隔篱","呼取"即可"对饮"。抬眼时,似乎看得见"两只黄鹂"与"一行白鹭"在欢快地对平仄,闻得清"留连戏蝶"与"自在娇莺"在柔声地合韵律。

走在草堂旧貌故居,如同置身于葳蕤在大地上的一篇篇杜甫的诗里;而"柴门"之外,以多重院落式布局而建的大廨、诗史堂、工部祠等建筑,则是以草堂为"根"不断繁衍着的新意象;或者说,是一代代人以诗人和草堂为题一路跟进的"抒情诗",即纪念祠堂。

杜甫草堂同时为"杜甫草堂博物馆",并有"国家一级博物馆"之衔。

原本是寄居社会阴冷一隅的一所简陋茅屋,竟至于博物馆之列,其中博而藏之的是什么?

目力所及,除"建"下来的亦诗亦实的茅屋、柴门、花径、院篱,"种"下来的桃红李白,更多有以各种方式广播远扬后保存陈展至此的杜甫诗。

有刻下来的:石刻杜诗自宋时就已有之,如今以"碑"的方式放置于草堂。木刻杜诗以"艺术"的方式陈展于一个回廊中。历代著名书法家祝允明、傅山、郑板桥,近现代知名人士康有为、何香凝、叶圣陶、郭沫若,新中国第一代领导人董必武、陈毅、叶剑英等,以或如行云流水或遒劲有力或清秀纤美的手书笔法,行走在一篇篇不同意境的杜诗里,使这里成为"书法""木刻""文学"等各类艺术的大交汇,成为不同时代前锋思想与思想的大会师。

有画下来的:杜甫诗意画从明清古画,到近代齐白石、徐悲鸿、傅抱石、潘天寿等大家的作品,再至画坛新人新作,不同的艺术风格和流派都竞相在这里和杜甫握手、交流。

更有包括宋元明清历代的杜诗精刻本、影印本、手抄本,近代的各种铅印本、15种文字的外译本,120多种朝鲜、日本出版的汉刻本等,使这里从内容丰富到方式多样完好等方面都成为国内保存杜诗的之"最"。

不同时代、不同领域、不同国度的思想,以不同载体、不同媒介、不同语言和方式,在不同景深、不同剖面,从不同视角关注和解读着杜甫。甚至有众多的学者、专家专门搜集、研究、注解杜诗,如清人钱谦益《钱注杜诗》、仇兆鳌的《杜少陵集详注》、杨伦《杜诗镜铨》等,但阐释和探寻中,仍难穷尽杜诗深邃而广袤的意境。

杜甫传世的诗作是可数的,而其诗作的拓展领域似乎是无穷的。美国前国务卿基辛格博士参观草堂时也如是说:"拥有如此伟大诗人的国家必将拥有辉煌的未来。"

杜甫的魅力到底在哪里?

还是以草堂为节点,对杜甫及其诗作一次简要梳理吧。

杜甫少有"致君尧舜上,再使风俗淳"的政治抱负,因而,青年时期有十余年都将梦想的目光投注在大唐之都长安。但盖世才华却难有施展平台,长安赴考也因李林甫的"野无遗贤"而在全员落第中被当头一盆冷水,几经周折,只是做了一些右卫率府胄曹参军类的小官,管些看守兵甲仗器、库府锁匙的小事。最终是"十年幕府悲秦日",甚至"朝扣富儿门,暮随肥马尘,残杯与冷炙,到处潜悲辛",或者因直言进谏、触怒权贵被贬出长安。

十年困居长安,困住了诗人济世救民的远大抱负和"会当凌绝顶,一览众山小"的壮志雄心,但仕途不济、命途多舛,现实与理想的巨大落差,却给了他多层次、多方位地认识朝廷政治和社会现实,感受世事民情的视野。一首《自京赴奉先县咏怀五百字》结束了其长安之梦,拉开了杜甫长篇"史诗"的序幕,"朱门酒肉臭,路有冻死骨",则成为力透纸背的标志性诗句被代代传诵。

之后,安史之乱作为唐朝由盛转衰的分水岭,又使杜甫全程经历了社会的大动荡、大转折。他携家人走在颠沛流离的难民队伍中,笔触也以前所未有的广度和深度随行于社会现实中。至今,人们回望这段历史时,总会首先在"三吏""三别"、《春望》等画面中同杜甫相遇,并且因为诗人的引领,得以和生动的历史全方位地会晤。

杜甫的可贵之处就在于,"以饥寒之身而怀济世之心,处穷迫之境而无厌世之想",这与屈原的"长太息以掩涕兮,哀民生之多艰",乃至后来范仲淹的"先天下之忧而忧,后天下之乐而乐",是一脉相承的。他们有一个共同的主线,那就是中国文人原本就应有的社会使命担当!

正是因为这样的使命意识,诗人杜甫在诗的创作中,才会时时让艺术的光芒随社会现实的脉动而闪烁。他开创的"即事名篇,无复依傍"的新乐府诗体,才会成为中国现实主义诗篇的一个关键性的枢纽——上承"饮者歌其食,劳者歌其事"的《诗经》,"感于哀乐,缘事而发"的汉乐府乃至"风清骨骏"的魏晋风骨,下启相继磅礴于文坛的以"文章合为时而著,歌诗合为事而作"为宗旨的新乐府运动,和"文道统一,道先于文"的唐宋古文运动。让每一位"文"而"思"者,从一开始就跳出自我,有了"天下"的大视野。让整个社会的思想大动脉都能以"社稷安危""民生疾苦"而动,更让中国文学的发展有了坚实的根基。

作为唐代思想艺术的集大成者,杜甫艺术的光辉,是其"史诗"能够一路传承的导航。他的亦诗亦史的五七古长篇,成为我国诗歌艺术高度成就的一个里程碑;他的五七律诗成为一个标杆,令中国格律诗走过千年岁月后仍要频频回首对照着调音对韵。

且看如此画面:无边落木萧萧下,不尽长江滚滚来。

且闻如此心声:丹青不知老将至,富贵于我如浮云。

且听如此哲语：读书破万卷，下笔如有神。

……

这些诗句，无论受之于哪一种感官，最终都会有铿锵有致的韵律，抑扬顿挫的乐声，在明暗相间、舒缓有致、花红柳绿中将共振于社会与时代的"大美"送达中国乃至世界的审美领域！

因而，现实主义之杜甫与浪漫主义之李白，方可成"圣"成"仙"，成中国诗歌发展史中并峙的双峰为世界所仰望；杜甫对后世的影响，如同他笔下的"春夜喜雨"，无声地飘过岁月的原野，润泽着几乎唐代以后中国古典诗歌发展的全部历史。

如此，再看草堂。

现代诗人、学者冯至先生曾说过，"人们尽可以忽略了他的生地和死地，却总忘不了成都的草堂"。他如是说，是因为草堂本身已成为一种意境，一种精神，一个中国人心目中重要的人文家园。

1958年，毛泽东来到草堂时，曾站在"草堂"二字的影壁前凝视、沉吟良久，留下一个永久沉思的背影。我想，穿越历史的回廊，作为政治家、思想家而又同为诗人的他，一定相遇了一个"穷年忧黎元"的眼神，并共鸣于源自草堂的一个声音：安得广厦千万间，大庇天下寒士俱欢颜！

# 一池幽静的时光之水

盛　慧

如果天蓝色的海水真是一面镜子,我想,每个有月亮的晚上,它都能听到鼓浪屿发出的叹息。想当年,那些别墅,华丽、光鲜、热闹,如同一场盛大的舞会。仿佛只是一转身,几十年的光阴,便已经随风而逝。如今的她,就像一个年老的贵妇,皮肤松弛,头发银白,老年斑如同一片片暗黑的礁石。虽然如此,她的眉宇之间,仍有着无可比拟的雍容与华贵。

寂静是鼓浪屿最美的音乐。午后的鼓浪屿,有一种清甜的味道。阳光照耀下的弯曲街道,被海风吹拂的碎花床单,一声不吭的门扉,绿得发黑的树木,因生锈而变胖的铁栅栏,还有在阳台的藤椅和偶然绽放的白菊般的老人,都有一种令人忧伤的寂静。有很多房子,无人居住,树木疯长,使庭院变得幽暗,那些篆刻着精美花纹的石门,在封闭之后,宛若墓碑。有很多房子被时光所吞噬,它们不知在哪年哪月的哪一天,轰然倒塌,变成了废墟。

漫长的下午,时间仿佛停滞了,连风都在午睡,阳光和树叶在斑驳的墙壁上,演着皮影戏。每一间别墅,都有一种神秘的色彩,因为我和他之间隔着一层层时光的纱幔。天蓝色的百叶窗,落了颜色,泛着淡白的光,像一件旧式的连衣裙,虽然如此,却依然残留着往昔的甜美目光。如果说每一幢别墅,都有一个不为人所知的故事,那么,这美丽娴静的窗户,就像是一本书的封面。

傍晚时分的鼓浪屿,有一种曲终后的清冷,游人散去了,商贩们的眼睛也熄灭了贪婪的光芒,开始专注于丰盛的晚餐;菜市场的外面,渔民们正在出售新打上来的海鲜;红砖屋顶,阳光的温度正消失在海风中。一只白猫,从中间缓慢穿过,用一种懒洋洋的声音呼唤它的同类。冬天的傍晚,总是过于短暂,阳光会突然躲藏起来,再也无处寻觅。我觉得,鼓浪屿的夜晚来得特别快,因为阳光有太多太多的躲身之处,而它总是最先光临那些久未有人居住的房间。

玫瑰的色彩渐渐淡去,这样的时刻,我喜欢在街道上自由行走,享受随遇而安的幸福。敞开的窗户,传出钢琴声,一个孩子正在给我们描述着天堂的样子,那声音追随着阳光而去,使黄昏变得如此松软、悠长。道路渐渐模糊,而钢琴声依旧明亮。街边有一些别致的小店,流出蜂蜜般的灯光。比如,赵小姐的店,就是柔软的所在。吧台上,咖啡壶发出噗噗的声音,点上一支烟,喝上一杯热气腾腾的咖啡,看着玻璃窗外像热带鱼一样游来游去的人们,内心无比地安静而满足。

夜晚的鼓浪屿,几乎听不到人的说话声,路灯是有些寒意,照着腰肢纤细的道路,而每一个家庭的灯火,却是有热度的。我一再地驻足,透过茂密的爬山虎,窥视那平常得不能再平常的生活,感受那细小得不能再细小的温暖。这一叶在天蓝色海水中摇晃的小岛,向我呈现着生活本来的样子,呈现那份宁静的清香。

回到旅馆,给自己泡上一壶清茶,回味着这纯净的一天。清凉的海风,正吹过每一条街巷,还有我们无法触摸的层层叠叠的华美时光。这个时候的鼓浪屿,就像是一池幽静的时光之水,而我,有幸成为落入这水中的一枚小石子。

一天的时光消失殆尽,我忽然发现,阳光其实和我们的人生一样,上午稚嫩,带着一点点羞涩,到了中午,就有了火辣的感觉。下午,阳光依然热烈,但却是一种向下的热烈,到了傍晚,就呈现出疲惫的安详。这份安详,悄无声息地被黑暗一网打尽。明天太阳依然升起,依然是嬉皮笑脸的样子,但是很多人,不,所有的人,却永远被黑暗绑架,并且撕了票。时光不会老去,老去的只是房子和房子里那些曾经鲜活的肉体……

# 似曾相识的凤凰

江　岚

古镇。经过橹声欸乃中的浙江乌镇、榕树气根垂帘里的广西黄姚、翰墨书香传世的福建泰宁，就到了湖南的凤凰。完全不一样，似曾相识的凤凰。

依山傍水，红砂条石筑砌出既防御又防洪的屏障。城楼还是清朝年间的，历经沧桑的大铁门锈迹斑斑。马头墙飞檐翘角，沿城墙错落延伸，墙下是裹着厚厚头巾的苗家女子，背着小小的背篓，姗姗走过。还有还有，土家的汉子在跳舞。没有音乐，他就是在回龙阁古街的正中央，纵横交错的青石板路最热闹的那一点上，随心所欲地手舞足蹈。

明媚的阳光倾泻在他的周围，喧闹起我们本来就吱呀作响的兴奋，展开这一场与山与水与落花缤纷的民族风情，一见倾心的相遇。

绕城蜿蜒而过的沱江，水流清澈缓和。城墙边的河道很浅，坐在竹筏上顺流而下，艄公的长篙用力一撑，柔波里飘摇的水草便随手可以捞起来。土家吊脚楼群立在碧水的岸边，细脚伶仃，撑着瓜柱梁枋的楼房层叠而上，座座勾连。土家人顺天应人的智慧用开卯作榫的精巧，建构出空中楼阁里兴兴头头的百姓人家，栉风沐雨数百年屹立不摇。

古城标志性的建筑还有"虹桥"，横跨沱江，可是我更喜欢它原来的名字——卧虹桥。这个小镇，本因西南方有大山形似凤凰而得名。那山远远耸立在天际，巍峨得庄严。犬牙交错的苍翠峰峦环绕之中，古镇不是蛮荒偏远的板结，而是一派亘古沉静的朗朗乾坤。让所有被都市的繁华喧嚣长年哽住的呼吸,终于无拘无束地畅快起来,与天荒地老前所未有地贴近。于是连彩虹经过也不忍离去,要牵起沱江的手,凝固与凤凰遇见的这份惊喜,守护这一方水土的地灵人杰。

中营街角灰黑色墙体的南方四合院里,旧日木窗下空留着藤编靠椅、檀木方桌,不见翠翠的身影,也不见傩送和她的爱情。只有《边城》们泛黄在那里,书页边缘微微卷曲,让人去慢慢寻绎那个绰号"沈蛇崽"的小男生,是如何天天逃学挨板子,如何在乱世里跌跌撞撞地长大,如何练就一手好书法,如何做出一篇篇锦绣文章。

"在廊下看山,新绿照眼,无法形容。鸟声之多而巧,也无可形容。"他在他出生长大的故土絮絮地说。而他天性里始终不变的一派淳良、厚道、天真,才真是叫后人无可形容。沈从文是凤凰的明山秀水谱写出来的,最细腻最浪漫也最悠远的一首情歌。

"我行过许多地方的桥,看过许多次数的云,喝过许多种类的酒,却只爱过一个正当最好年龄的人。"

在他写下这样深情的句子的地方,在他曾经踏过穿过的巷陌里,满眼满眼是游人。不知道有多少是久久萦怀的旧地重游,又有多少是不远万里的慕名追寻。我们这小小的一组人,彼此并不全然都是旧识,一路的同行同止、同歌同笑,更像是一场高潮迭起的狂欢。你和我,我和你,走到哪里心上手边都牵着,生怕失散了。最后也总难免要分离,且把惺惺相惜的温度定格在取景框里,折叠在行李箱中,以后每一次取出来,展开,都有微微一笑,让各自天涯的日子,暖树生花。

凤凰不止有情歌,还有沱江号子,正如凤凰不止有沈从文,还有"湘西王"陈氏兄弟,还有书画名家黄永玉。古镇上也不止有旧迹,还有古镇人今天的日子,正如临江俯看了几百年涛生云灭的吊脚楼,转过身来可以把街前的铺面做成时髦的大小酒吧。

大约是因为自己早已没有了青春可供挥霍,我并不喜欢那种大分贝扩音器里电声的喧嚣。下意识地觉得这样的山光水色、这样的火砖飞檐,如果一定要有声音,那就应该是洞箫或横笛,或一把行云流水的琴,或一嗓子未经雕琢的民谣。于是我离开江边,独自穿街过巷,去找那一扇在进镇子的路上瞥见过的橱窗。

时间很紧,脚步不能太慢,眼光就格外匆忙。一条巷子连着一条巷子,巷子里的店铺也摩肩接踵,水渍、苔痕和蜘蛛网,接续寻常油盐柴米的情愫。坐在门口卖花环的阿婆,以及绣荷包的小媳妇,隐约着一种久违了的属于记忆属于故土的家长里短、鸡犬相闻。围墙后面有时突然伸出一枝两枝花朵,西南亚热带到深秋十一月依然温润的明媚盎然,也是久违了的。这种没有陌生感的亲切很容易让人产生错觉,以为这条路曾经走过,这个地方曾经来过。

让我一瞥惊艳的那扇橱窗位于青石板巷子的外围。转进去,迎面是长长短短的蜡染布女装,几乎每一件的花色都不一样。款式简练但不陈旧,而且看上去是立体剪裁的成品,不像一般大妈大婶能够无师自通做出来的手工。面料有单色染的,土棉布上的靛蓝色特别深,花鸟图案、几何图案的白色纹样显得格外线条分明。也有复色套染的,纺绸、细麻布或真丝,以暖色系为主,图案纹样大多充满现代的变形夸张。每一件都带着手工织染特有的温软,千变万化着各自俏丽的冰片纹。

店主是两个口齿伶俐,相当会说话的苗家小阿妹。扬起素净而秀气的脸,嘻嘻笑:"种蓝草就和种甘蔗是一样的啊,姐姐!"

栽靛植棉、纺纱织布、画蜡挑绣、浸染剪裁,一整套的技术流程和工艺,她们自小跟着大人学。长大以后出去读了几年书,回来领着家乡的姐妹们创业,用传统的布艺制作时尚的新装,这些衣服都是她们自己设计、剪裁、缝制。

怪不得。苗家蜡染,这一项古老得已经不知道从什么时候开始出现的民间技艺,必然要经由她们年轻的双手注入新鲜的活力,适应当代生活的需求,体现当代的审美趣味,质朴天然的艺术元素才能够代代传承,代代常新。

穿上她们的作品往回走,路已经认得了,每一道转角的弧度都像是从记忆深处映刻出来的,益发觉得熟悉。将近黄昏的光影温暖柔和,从石板巷道的脚上盘旋到青瓦的飞檐上,往复碰撞,摇荡着过去的眼前的、虚幻的现实的画面。似乎心里喜欢的、留恋的一切都有了着落。没有任何挂碍,还是要赶时间。带着有形状又没有形状的惬意,穿街走巷,与一拨又一拨闲散的游人擦肩而过,独自不言不语,也是好风景。

似曾相识的感觉在与湘西作家交流的会场继续攀援。文心天然的相通就不用说了,何况从作品的内容、自身的文化立场来讲,我们的创作状态很有些近似。因为他们的少数民族书写和我们的海外汉语书写,相对于当代汉语文坛的总体而言,都具有地域性的文化意涵丰富而处于边缘位置的特点。然而地域的不见得就一定是偏狭的,边缘的也不见得就肯定是劣势的。沈从文的情歌唱响了中国与世界,可一旦离开了湘西的文化血脉,也就失去了灵性。

还有,他们的乡音。相对正式的会谈结束之后,偶然听见他们彼此间说的方言,竟然很像广西全州,我外祖母家的口音。这口音,让似曾相识的感觉瞬间加深放大,让原本看上去就质朴温厚的他们,突然之间亲近如老友如家人。

当夜的轻罗帷幕张开,灯火的珠帘挂起,小镇格外激情跳跃的演示又与白天不完全一样,风韵撩人,永夜的娉婷。还没见过土家苗家的歌舞,还没喝过古丈茶,还想知道关于这座古城更多的沉落与飞升、出世与归隐……奈何已是要走,而凤凰的夜色,竟然如此多情。

终究是初到,还是返回?终究是永别,还是暂离?借着酒后的微醺,我的错觉,终究是蔓延了开来。

人都说"神秘"是湘西久远的定义,而一旦走近过,才知道"似曾相识"才是我们凤凰传奇的主旋律。大山与沱江的天造地设,历史与现代的巧妙衔接,民族传统与家国情怀的有机融合,成就了凤凰的品性。

总有机会再去的吧。所有的偶然相遇,只要记得,就一定会重逢。

# 古村过客,或溪水的歌者

张灵均

今年三月,我在赏过江岭的油菜花之后,于折回婺源县城的路上,拐进了理坑。仿佛是没有道理一样,我一声不吭地来到了这个栽在溪水里的村庄,像水稻栽在田地里一样意味深长,令我乐意像农人那般去探究水稻是如何发芽、生根、分蘖、怀孕、扬花、结籽一样,去寻找理坑那神秘的生命历程。

沿着弯曲的峡谷山路,一条浪花堆雪的溪水打老远奔突而来擦亮我的视线,像一条雪白的哈达捧过来了,难道是对我的到来表示热情欢迎吗?然而,溪水并没有止步,而是从我身边轻盈地掠过,像天空的云朵擦过险峻的悬崖,掠过茂密丛林一样,那么飘逸,又那么义无反顾。她穿过了村庄,就像穿过理坑千年的时空,还带着村庄些许烟火味,拎着那如雪似絮的浪花,毫无理性地与村庄背道而驰。我猜:溪水并没有向村庄禀报她要去的地方,好像只要离开了这个山坡地带,去她愿意去的地方,那沿途的曲折与艰辛,她会当作一种快乐来歌唱。一路的浪花就是她用生命演绎的歌声。溪水,溪水,此刻你的心情朝左,而我正急切赶向右,我真的不能陪你浪迹天涯。

一条溪水能走多远,我不知道。

我想:只要谁接住你流浪的脚步,你可能就是谁怀里今生今世永恒的情人。是江河,抑或是湖泊,你都可能成为他们一生的挚爱。也难怪你能以柔克刚,呈现那么坚定的个性,挣脱大山的怀抱,向着远方……于村庄来说,溪水是叛逆的。但村庄还是包容了你,也放纵了你,村庄是你永远的源头。

村庄先前不叫理坑,而是叫理源。照我的揣摩,这个"理"有理解的意思,也有传承理学的意味。而"源"即有源头之意,仿佛天生就是溪水的化身。上苍造物,给了你国色天香,却成不了村庄的女儿。你要知道,你在理上亏了理源,也坑了理源的女儿,让她们再也没有机会走出理源。村庄的女儿嫉妒你,羡慕你。最早的嫉妒就真是一种女儿病。后来,村子里读过一些书的长老们,就把理源改叫理坑了。兴许我的理解不足为凭,而在江西地名中,"坑"不是坑坑洼洼的盆地之意,而是溪水的意思,这也是我花这么多笔墨来描写溪水,并非完全是带有我个人情感色彩的。要知道,村庄没走出多少女儿,便是不争的事实。因为,几百上千年之前,这个理坑并没有几户人家,像播撒的种子散落在大山的臂弯里,自生自灭。我想,为何眼前的理坑沿溪两侧能屋挨屋,挤摆出蜿蜒的长龙阵,又与大山遥相呼应,怕有几百上千户人家,他们一直厮守着这块土地,与自然相望相生,生生息息繁衍着理坑的血脉。长此以往,理坑的女儿都成了理坑的女人,承担着另一种责任与使命。这中间,的确也有一些做了朱明大官的人,不知是相中了这块风水宝地,还是看上了这里溪水一样灵秀的女儿,他们一个个隐逸在这个古老的村庄里。

在许多小说故事中,曾听说过"村口"这一意象。据说,理坑的女子出嫁,就要抬着轿子在村口树下绕上三圈才能带来好运。遥想当年,有多少面若桃花的女子,幽幽地伫立在此送君远行,千叮咛万嘱咐;又有多少染上岁月痕迹的妇人,在此踮脚翘盼远行的游子突然归来;又有多少黄发垂髫,在树荫下摇着蒲扇讲古、嬉戏。树下那喁喁的情话、幽怨的痴情、天真的笑语,老树的精灵,你可还记得?

带着种种的疑惑,我向理坑交出了全部的好奇。

一段长长的山路之后,理坑才向我敞开了胸襟。走在蜿蜒的青石板上,抬头望一眼清一色的灰白高墙与那黛色的瓦,还与并不稀疏的松呀竹的倩影互衬,加上那东一棵桃花唱红,西一株李树歌白;那古道、那石梁、那灵动的溪水交错生辉;那徽派风格的风火山墙,以及高耸的垂脊和起翘,映衬着那层层叠叠的远山,呈现出的多种立体色彩浑然天成。在这三月的春光里,淡雅中透着几分明快和清朗。这时的理坑,宛若在水一方的小家碧玉,那片片黛瓦成了她高挽的发髻,一泓浪花堆雪的溪水,便是她盈盈眉宇间的秋波了,无限缠绵且柔情万种。年年的春草如江南绸厂的丝绒,在理坑的土地上,淹没了南来旧辙,北往新履,有点像白居易的离离原上草,一岁一枯荣。

那村口,梨花白了桃花红,不知灼痛了多少痴男怨女的眼睛。遗梦的廊桥上,又会有多少送往迎来聚散两依依的叹息声?顺着石板桥两道的石级上,村子里的女人们,正往驳岸的溪水里浣洗衣物。只听见那棒槌的声音此消彼长,有如断续寒砧断续风,把那人间的烟火味交给溪水送出了大山。

溪水清澈明净,距心灵是那么近。几个戏水的孩子,脸上却是一派未经熏染的明亮。溪水贯穿理坑的血脉,抛开富贾豪商深锁的宅院,抛开古村特有的清幽,狗儿懒懒地躺在石板上睡觉,几位老人坐在路边,淡淡的几眼注视下,继续他们的闲坐聊天。偶尔,青石板上经过一两个扛着农具或推着自行车的村民,同样的安静,引不起一丝喧嚣。流水和小桥给我这个过客还原市井百姓平静的生活。这种生活不温不火,琐碎平凡。这也是我年过半百之后,最向往的日子。

我的脚步也是轻盈的,生怕踩疼了理坑的那一根神经。

穿小巷,过弄道,我仿佛进入了封存好久的南宋年,墙影幢幢,古韵留香。一棵树、一片村庄,追溯起来都是千百年的如影往事。每一扇木窗,一幅雕刻,都在开启多少丰润而断灭的故事的首页。徜徉在理坑的村落里,如同恍惚走在上古的民俗里。那重重的木门虚掩着起合的嘴唇,是否想吐纳积存已久的由衷;那门环上生锈的铜锁,又是否锁了一屋子的风光流转的乾坤?那裙裾轻盈的女儿,此刻,你又待在哪重门庭的阁楼上,对镜梳理心事?庭外的桃花不负春光,你桃花的脸庞可曾春意盎然?门外的书生在此地候了许久,不见你嫣然洞开的心房?也许,凡夫俗子又怎能看见你悄然撩开的门帘,以及门帘后面藏着的那对潭水一样忧郁的眼睛?这时,转身而去的书生,正低吟浅诵着一首咏春古词:

拍岸春水蘸垂杨，水流花片香。弄花折柳小鸳鸯，一双随一双；帘半卷，露新妆，春衫是柳黄。倚栏看处背斜阳，风流暗断肠。

话音刚落，一柄红纸伞掠过，那是谁家的女儿？人影修长，一袭红妆，发丝飘飘。看上去，属花骨朵儿的美人，养眼！惹来身后几个扛长枪短炮的摄影人追逐着。在灰白主调的巷道里，红妆的女儿是多么鲜活，如白云之于蓝天，鸟儿之于森林，火把之于黑夜的那种气象。待我也从包内取出照相机时，那游动如红霞款款飘进了小巷的弯道了。当我走到拐弯处，又分岔出两条窄窄的巷道，我左顾右眺，那团灼人的火焰却已经消失。便感觉目光过处，小巷的色调一下子暗了许多。匆忙截住一个迎面而来的摄影人，才知道她是一家时尚杂志请来的封面模特，说人家已被众星捧月进了一个大宅门吃午餐去了。我穿过几条巷道，也没找着那个大宅门。这里每一个院落，都有一个大宅门，足以让人想象出曾经拥有的辉煌，且看到风雨人生的难以预料。望着寂静空寞的走廊和斑斑驳驳的梁柱，我有一种如梦如烟的感觉。因为，这一切似乎过于真实，又那么虚无缥缈。今天与昨天，历史与现实，就在一扇门与另一扇门之间，推开就有阵阵不可抗拒的陈年往事，或惊心动魄，或如泣如诉，像蒙太奇一般演绎。仿佛要再次向这个世界昭示，她仍在江西绵延不绝的群山之中，在一个时代之于另一个时代的时间之外。此刻，我在缄默的同时，村庄也是缄默的。在我毫不费力感受到昔日荣华的后面，还遮盖着息息凄婉和哀怨。我的一声短叹，湮没在村庄的长叹声中。没有回音，又似乎处处荡着回音。

## 烟雨深处的紫鹊界

张雄文

一

像养在深闺的一个温婉少女,紫鹊界似乎也娇羞腼腆,不肯轻易见人。我们的车辆刚到山口,它便匆匆隐匿起来,路边飘过的野花幽香一般悄无声息。暮霭从峡谷两旁壁立的山崖骤然倾泻下来,漫过小溪,漫过车窗,漫过眼帘,倏忽间天地已是一片猝不及防的沉沉墨色,只剩下了叮咚如琴鸣的流水声与崖壁黑魆魆的硕大阴影。

车辆载着我们如春草般疯长的亲近欲望,喘着粗气,用两道炫目的光柱撕裂黑暗,沿着曲曲弯弯的小溪又奔波了一个半钟头,出了幽深的峡谷,在一处较开阔的山脚停了下来。向导不顾我们暗夜里焦渴的眼神,淡然说准备爬山。从湘南、湘东到湘中,一路晕乎乎跋涉了数百公里,紫鹊界和它神秘的梯田依旧只能想象,我不免有些怅然。

夜已深沉,夜幕裹着的山峦失去了优雅沉稳的轮廓,四月的山区雨多晴少,天空阴着一张苦瓜脸,悭吝地藏起满天晶亮的星月,山脚四周倒有星星点点的灯火,像大地的眼睛,好奇地盯着一群摸黑闯入的不速之客。纸上得来的有限地理知识告诉我,这里已是雪峰山脉深处,那些少女般羞赧的梯田,或许"只在此山中,夜深不知处"。

小憩一会儿的车辆养足了精神,开始绕着陡峻的山岭往上旋转爬升。

一圈转完,猝然又是一圈,每一圈的接口都是急速弯曲的"之"字,像不容插嘴的快人快语,劈面而来。苍白的车灯影里,路边静默的松树、樟树、杉树或者毛竹似乎贴上了鼻尖。几个同行的"九〇后"女文友早已病西施一般花容零落,面色如土。新锐女诗人玉珍甚至晕厥过去,惊得一车人手忙脚乱良久,幸而汤汤水水灌入后很快醒过来,并无大碍。我的心什么时候也积了满满一池汗水,如峡谷间蓦然而起的山洪般起伏着,迅猛冲荡胸腔,似乎就要破堤而出。司机也如履薄冰,格外小心起来,车辆像崎岖山道上漫步的蜗牛,几步一停,缓缓摸索攀升。后来才知,这个夜晚我们盘旋了17公里,攀升了1100米。

接近山顶,住处却还在一侧山腰。车辆开始转着圈一层层往下沉淀,像急流漩涡里漂浮的一片树叶。又到一处"之"字拐角处时,山路前后刚好容下车子的头尾,前头是黑漆漆的深谷,后尾贴着峭拔的崖壁,车子侧身困难,进退失据,似乎随时都将倾覆。一车人屏住了呼吸,时空仿佛瞬间凝固下来,只有无边无垠的寂静。我后背一阵阵发凉,嘟囔着要下车步行,被有经验者小声断喝制止,说会影响司机的判断和操作。司机果然老练,一寸一寸挪移,终于侧转过来,得以继续下沉。

一处仿佛从天而降的房屋漫溢着温馨如这个季节的灯光,驱散了暗夜的裹挟,与主人一道漾着朴拙的笑脸,迎候一行远客的到来。我们像从惊悚黑暗世界重回人间,瞬间面色红润,鲜活如初。憨厚的主人端上了一桌乡野饭菜,冻鱼、柴火腊肉、坛子米粉肉、糁子粑蒸鸡、笋干、一种叫"百鸟不落"的野菜、糯米酒……都是紫鹊界特有的山肴野蔌与清泉佳酿,弥漫的香味如这座山隐伏在夜幕深处的甘甜空气扑鼻而来,一道道温暖着我们受惊的胃。

然而,我还是没能看到紫鹊界的梯田。窗外夜的寂寥铺天盖地,没有鸟鸣,没有虫声,甚至没有树叶的沙沙作响,像洪荒远古,能听得见近在咫尺的天上宫阙里仙女的一呼一吸。我只能枕着一帘幽寂入梦,期盼与梯田的一次欣然邂逅。

## 二

梯田羞涩依旧,没能入梦来。偌大的雨点敲打着窗外的阔叶或者古老的青石板,像叩击心灵的急促琴弦,将我唤回到一个晨光熹微的黎明。我似乎听见了梯田的柔声私语,细细碎碎,如江南女子的吴侬软语,便一跃而起,草草洗漱,奔出门外。

雨幕斜钩在灰暗的天空深处,像透明珠帘温软地垂挂在峰峦起伏的紫鹊界。凹形的山岭间,层层叠叠的梯田盛满雨水,被细绳般的暗色田埂勾勒出一面面波光潋滟的明镜,顺着山势如指尖的螺纹盘旋而上。山峦险峻,昨晚我已领略一二,白天惊悸犹存地望过去,陡者斜立五十多度。一丘丘梯田宛如费力啃进山体,仅借得一处立足之地,细细瘦瘦,绝无唐代女子的丰腴。大者如脸盆,小者如巴掌,长者如腰带,弯者如镰刀,身形各异,仪态万方,像蜻蜓点水后的波纹,一圈一圈荡漾开来,逆势竞上。升腾的梯田偶尔被山腰一两处木板屋与门前的松柏拦截,绕过屋后,又从容向上攀升,仿佛在不知疲倦地给人铺就一架通往天上瑶池的云梯。

仰望山顶,似乎能瞥见昨晚车行的惊魂之所,梯田原来就在山间斗折蛇行的公路两旁,如积木一般一层层坚定地码上去,渐渐隐没在浓荫如盖的翠色深处。松树、杉树、枫树、樟树和诸多灌木蓊蓊郁郁,枝枝叶叶摇曳着春的风姿,与山头厚实的岩土一道贪婪地饱吸雨水,预备某个时刻慷慨解囊,涌泉而出,浇灌脚下亲密环绕的梯田。

梯田绝非孤寂地守着一处山头,而是细密蛛网一般遍布了紫鹊界高高低低的山峦,鬼斧神工则如出一辙。撑开一柄雨伞,漫步几个春意和诗意比肩的山头间,向导告诉我,紫鹊界大大小小的梯田共有八万多亩,核心地带便达两万余亩。我的惊异与敬畏刹那间如梯田漾开的道道波纹,久久未能平复。

站在一处凌空而出的松木观景台眺望,梯田从远处的山脚攀爬而来。

山脚是一处宽展的山谷,大概是昨晚登山前的小憩处,被精雕细琢了一层层梯田的群山环抱,散落着肥肥瘦瘦的矮小山包,山包间点缀些粉墙青瓦的人家,或隐或现,笼罩在雨中一丛丛神秘的氤氲里。山包被争春草木的青翠覆盖,像开遍原野的朵朵蘑菇,或者水底静伏的点点青螺,又像闲卧在草原上的座座蒙古包;人家的屋顶纤细如一片片苦楝树叶,像极了从云端的飞机窗口俯瞰大地的情景。绿意掩映的山水画里,屋舍兀自憨厚地沉默着,仿佛是些等着一个千年承诺的痴汉。

春雨淅淅沥沥,还在群山间密密垂挂着。远远近近的梯田也缠绵着一团团乳白色的水雾,像青烟,如棉絮,若祥云,似薄纱,松松软软,随风飘荡,时聚时散,或东或西,紫鹊界不再是偏处雪峰山一隅的烟火人间,而是诸神清修的上界仙境。这时,半山腰梯田间一个朦胧的黑影忽然映入眼帘,披蓑戴笠,挥锄劳作,朦胧烟雨中漫山遍野仅此一人,令我疑心是某位仙家偶然步出山门,悠闲侍弄他的花草……

三

一缕炊烟从山头梯田边的一处板屋袅袅飘出,告诉我紫鹊界终究还是家家有着祈盼与念想的烟火人间,它无异于仙界的世外桃源。为了一个太平和富足的幽梦,紫鹊界黧黑的先民们一代一代如田埂上的野草一般顽强接力,在耸入云霄的重峦叠嶂间汗流浃背劳作了两千年,若能收集祖祖辈辈的汗水,大概能替换注满这个季节里的万里长江。

向导说,梯田最初的开垦始于"避秦时乱"的一群秦人。公元前209年那个落木萧萧而下的深秋,一场不期而至的大雨倾盆而下,仿佛滔滔银河猛然决堤不可遏止,阻隔了一群衣衫褴褛、发配戍边的闾左贫民前行之路,耽搁了抵达驻地的日期。大秦帝国的始皇帝雄才大略,却未免失之苛刻,规定"失期,法皆斩",他的儿子二世皇帝也未能意识到这一铁律埋下了覆没大秦万里江山的火药桶,囫囵予以承继。戍卒队伍里的陈胜、吴广两个精壮汉子眼见死路一条,不得已铤而走险,登高一呼,揭竿而起,一场燎原大火瞬间燃遍了帝国的角角落落。英雄逐鹿,血沃中原,一时生命成为草芥或蝼蚁,十室九空,哀鸿遍野。覆巢之下,大秦帝国往日锦衣玉食的王子王孙们也未能幸免。

一群劫后余生的秦孝公(秦始皇的五世祖)后裔,在西楚霸王项羽攻入关中,阿房宫里一把熊熊大火即将燃起的一个午后,带着"愿世世勿生帝王家"的旷世悲怆,与一班满脸菜色的乡邻仓皇逃出,一路结伴迤逦南行。高贵的王孙们已不再企求高车裘马与深宫大院,只求一处没有刀剑和杀戮的宁静之所。他们带着乡邻们风餐露宿,走走停停,战火与狼烟始终在他们身边起起伏伏,似乎没有停歇的时候。他们只得继续恓惶南行,高一脚低一脚,山一程水一程,直到钻入雪峰山深处山高林密的紫鹊界。

喘过气来,惊魂甫定,王孙们将自己的姓去掉一撇一捺,由"秦"改称"奉",开始筚路蓝缕,以启山林,寻觅温饱与富足。他们与世隔绝,"乃不知有汉,无论魏晋",与这里豪爽的苗、瑶先民一道,在古木和荆棘丛生的荒蛮山岭间挥汗如雨,一锄一锄绣花一般镂刻出层层梯田。经两汉、唐宋、明清两千余年父死子继的愚公移山,终于有了这片云封雾锁的人间奇迹。王孙们当年聚居之地便是当今毗邻紫鹊界的奉家镇,而紫鹊界所在的山至今仍叫奉家山。《奉氏族谱》一张张比村头那棵古树还老的泛黄册页,能清晰读出这些王孙们与他们子子孙孙辛酸而勤勉的创业史。

有好事者甚至考证说,陶渊明《桃花源记》所记录的时间、地点、人物、事件和地理环境,都与紫鹊界所在的奉家山有着天衣无缝的吻合,这令湖南另一个先行一步以"桃源"冠名的县急出了一身冷汗。其实,考证结论的真实与否丝毫不重要,重要的是,紫鹊界和它的梯田早已是不折不扣的世外桃源,没有烽火,没有屠戮,鸡犬相闻,家家富足,"黄发垂髫,并怡然自乐"。

# 青海湖

*程耀东*

向西,七百公里的长途之后,我把自己的身体和被尘世玷污的灵魂交给这片湖蓝色。

看见蓝,在水面之上,犹如一个虔诚的信徒,一成不变地固守着原始的色彩。那么,我必须收敛自己的行为,包括路途中的诸多想象和蓄谋已久的语言。事实上,我的虚拟完全是天真和幼稚。眼前的景致让我的期待变得茫然和失落。

就这么一泓湖水,贪婪在两座青山之间。而沿着湖岸,是数不完的宾馆、饭店、农家乐、度假村、毡包和简易的彩钢房。川菜、湘菜、火锅、手抓羊肉、牛肉拉面……集结在湖水的周围,传承着农耕与游牧。坐着或者站立的藏家女子,用并不协调的手势招揽着过往的车辆和游人。几片并不辽阔的油菜花,在下午五点以后的阳光里,招来诸多拍照的身影。被主人精心"化妆"的牦牛,总是用无精打采驮着那些女子们大惊小怪的表情。一匹马——额头上的红缨络与脖子下的铜铃铛,并没有给它带来威武和精神,目光悠然在路边的嘈杂里。看见这马,看见这装束,似乎和自己的童年有了一次相遇……

我一次次拉开车门,一次次产生折返的念头。

当奢望变成失望,静谧和安宁被车轮和人声霸占,你的天堂只能存留于想象。

在青海湖，我渴望油菜花和湖蓝色，渴望那蓝、那黄、那遥远的空旷，能一路婆娑在我虔诚与膜拜的途中。而此时，我只好将目光暂时停留在一对摇曳的蝴蝶，在触手可及的青海长云下，它们尽情地享受着蓝色，消费着黄色。这个下午，我的身体被汽笛、人声、叫卖击倒。青海湖畔，我想象中的朝圣喇嘛、转动的经轮、周而复始的咒语和磕长头的宗教符号，并没有在我的视线内出现。

不想前行，在这里坐等阳光落尽，直至帷幔下沉。但是，在强大的欲望面前，肉体无法改变欲念的方向，只好无条件地遵从。

按照预先设计的方案，在青海湖边看落日，夜宿蒙古包，黎明等待日出。

面向湖水，蒙古包一字排开，但与我在内蒙古草原睡过的毡包截然不同。钢筋的骨骼，塑料的肌肤，一抬手便可摸到穹顶；床板之上，厚厚的海绵正在吸收着夜岚初上时的潮湿。老板看过我的身份证之后，与我在押金数额上开始争执不休。他说我自然相信你们不会破坏我的设施，但我们藏人天生干净、圣洁，我们是一个有信仰、讲诚信的民族。我的秉性已习惯了节制和顺从，只好掏出他要求的数额。也许出于疑虑和担忧，我用"找不着归来的路"为借口，要了他的电话，并看了他的身份证。

青藏高原——已经不是传说中的净土，我没有理由不怀疑金钱和利润正在冲击着信仰和宗教。越来越高的经济海拔让谎言和骗局的指数不断上扬。我希望，正在上演的虚伪只是文化和道德在经济面前的一次失语或者失误。当我们从虚拟的梦境中有一天忽然惊醒，再次回头，重新修正，我们是否还要重温亡羊补牢的寓言。

我刻意与这片浩渺的水域保持着距离。并不想在嘈杂声里无端地闯入，我只是期待落日浮在水面之上的那个时刻。然而，我的期待被山巅之上的云层悄无声息地屏蔽。最初我看见阳光下的空辽和幽蓝，被薄薄的白色遮掩，流云投下的影子在黄色的油菜花上缓慢移动。之后，便是褐红色、铅灰色和沉重的黑色由西而来。一场持久的预备，一场并不奢侈的想象，被善变的青海长云收敛在这个沉静的傍晚。苍山如海和残阳如血，只好被我一次次默念。而这样的景致,在我奔跑的旅途中,是否能够相遇? 到处居住着神灵的高原,我希望有一次赐予。

天黑得有些突然。嘈杂与喧嚣也在突然之间销匿。那些围着湖水指点了一天的身影们,此时,或许已经将身体交给了睡眠。而我关于青海湖的旅程才刚刚开始。

一个人沿着环湖赛的车道缓步,雪山之上吹来的风,在肌肤上留下一些微凉甚至微寒。没有光照,油菜花就显得失落和失宠,只好与大地呢喃。旅途人的帐篷随处可见,寂静在茫茫草地。微弱的灯光与暗淡的色彩在苍穹下,相互攀爬又纠缠不清。没有月光,没有星光,我站在高处,沿着自己的判断,目光落于一片洁白。这白仿若地面升起的一层雾,但不扩散,不升腾;又如一块无边无际的镜子,被镶嵌于黑夜。我知道,在这样的夜色里,我的目光是看不见湖水的容颜,即便在白天,阳光和空气很好的白天,我的目光也是徒劳的。因为神赋予了这片水域多变的面孔,我们总是用尘世的目光打量着佛的世界。

又是一股风,吹来藏歌的悠远和篝火的欢畅。

我躺在油菜花地里,点燃一根纸烟,随风四散的烟雾混杂于缕缕馨香,在众神护佑的圣湖之上不断扩散。我的行为是否冲撞了护法神的戒律,不是信徒,我当然无法得知。来到这里,我只是仰望一种色彩,一种心仪已久的色彩。然而,我渴望和期盼的色彩明显夹杂着金钱、预谋、欺骗、利润、商业的成分,这样的色彩长养在青海湖畔,我完全可以放弃驻足于精神世界的追逐。

我像一块石头——青海湖水位下降时遗留的石头,孤独地站在黑暗的中央。如果真有神灵存在,我愿意和他对话。可惜,我的想象刚刚起程,就被篝火旁仓央嘉措的情歌刺痛。

如若不是这首《在那东山顶上》,我还真忘记了这个伟大的诗人与这片湖水之间的秘密。三百年前,拉萨的一场雪,让他离开了布达拉宫,离开了活佛的宝座,离开了他爱着的玛吉阿米……然而,当仓央嘉措——不,此时,我应该尊称他——六世达赖,在蒙古人的押解下行至青海湖畔,神秘失踪。

睁开眼,我似乎看见了那个夜晚的青海湖。

月色朗朗,波光粼粼,它静如大海。是的,本来就是藏民族的大海,不然藏语怎么会称其为措温布——青色的海?它用从未有过的安静和澄明见证了主人的远离。它的主人——从降临的那一刻,就被阴谋和权术绑架,二十四年的活佛,双脚沾满世俗的泥土。今夜,他将用这圣洁的湖水濯洗尘世,远离尘嚣,至于他的灵魂能否再次轮回为信徒叩拜的王者,他,不再奢望。此刻,面对这湖水,在湖水的目送下,他只想远离,让灵魂自由在藏地广阔的天宇,护佑他的众生、吟唱他的诗歌。

身后的藏歌已经停息,篝火暗淡,寒冷开始降临。我走进汉人的毡包,拴在草地上的布帘,隔开了我与黑夜和黑夜中的青海湖。

神的旨意没有让我看见青海湖的日出。厚重的云层就停留在一伸手的地方。一个红衣喇嘛目光被忧郁充斥,面对湖水不停地重复着"唵嘛呢叭咪吽"的六字大明咒。一个满脸沧桑的阿妈,匍匐在坚硬的沙石路上,虔诚地望着神灵的方向。白色、青色、蓝色相互辉映的湖水与我的肉体近在咫尺,试图掬一捧湖水,洗涤落满尘埃的肌肤,冰冷和神谕使我望而却步……

# 梵净山札记

晓　寒

出索道站，心还悬在空中，感觉仍停留在轿厢内，天那么远，地那么远，安静的轿厢，顺着风和铁索的意志，往左，往右，或者往上，往下。这种貌似轻微的晃动，有如面临深水上的漩涡，可以让一个躁动的人突然噤声。

下七八级青石台阶，进入一个水泥坪。坪里挤满了各种年龄的人，背着包，拿着矿泉水，脑袋一会儿分开，一会儿靠近，操着南腔北调说着什么。声音的密度过大，互相穿插，搅在一起，具体说些什么，一句也没听清。我站在一处空旷的边沿，伸一下手脚，吸两口气，感觉踏实了，真回到地上了。跟着蚂蚁般的人群沿木板铺的栈道往上走，很多脚踩在上面，男人的脚，女人的脚，孩子的脚，老人的脚，风中传来杂沓的橐橐的脚步声。

云雾从山谷里升起来，远处的山谷，近处的山谷，不远不近的山谷，一个个被填满。堆积的云雾，层次分明，墨蓝，深蓝，浅蓝，水蓝，嫩蓝，依次递升，底下的蓝得重，越往上走蓝得越轻，飘在鱼背似的山脊上的，呈丝呈缕，有了一种透明的味道，像是我家老屋顶上炊烟的余绪，耳边仿佛传来母亲的呼唤，鼻子里浮动着童年时的饭菜香。

满眼的云雾，翻卷，滚动，积攒成很多东西——山；海；茫茫的心事；青涩的岁月；一页漫漶的时光。在云雾的扩张下，偌大的梵净山还是显得太小了，沟沟壑壑快要装不下了。我怀疑这世间所有的云雾都源于这里，像是经过几千年的时光，孕育出了一颗云雾的种子，在某一个春天，有了足够的阳光、足够的雨水后，慢慢开始发芽，繁衍出更多的云雾。后来，这些云雾的后代背井离乡，去了别的地方游山玩水，开枝散叶。如果是这样，我们在每一个地方见到的云雾，都是同族同宗。

夹在时隐时现的人群中信步走着，我没有体会到那些惯常的文字中的感觉：如梦如幻；人间仙境；不知今夕何夕。我觉得一切都实实在在地存在，我就被包裹在云雾中，如同突然入侵的一个异类，在这个夜的倒影里，随着那些云雾飘向远处的山头，游弋在枝枝叶叶间，整个人变得慵懒起来，一颗心空明了，像被某种不可名状的东西彻底地洗过。我和云雾在默默地说着话，我要对云雾说的和云雾要对我说的都在心领意会之间，过往的种种离乱和不堪都已消散在云雾中了。

一路上，总有些云雾闲不住，一丝丝向我拂来，寒意在我的胸前、后背、头上、手臂上盘盘绕绕，恍惚感受到一种霜雪来临的前兆，脑子里跳出两个关于时间的词：冬天，早晨。我掏出手机看，上面显示 10 点 15 分，事实上，这是梵净山初秋的上午。时间，在这里成为一个模糊的概念。

想起上一刻在山下，还是阳光朗朗，溽暑未消，在人声鼎沸里汗流浃背，现在却如走进了另一个世界。上苍始终是眷顾我们的，为我们独辟了这样一些地方，它们的名字就叫山。山和人的气息彼此呼应，能打通一个人全身的经络。一个人不管活得怎样，落魄还是富贵，最终都要回到一座山，山是灵魂的归宿。


风轻一阵重一阵，云雾随着风变化，这一处重了，另一处就轻了；另一处轻了，这一处就重了。用心铺设的栈道被切成东一截西一截，时断时连。

越往上走风越大，风将自己变成奇奇怪怪的形状，把云雾吓跑了，山开始现出原形。

栈道左边是墈，漫不经心地长些水竹、苔藓、杂草，右边装着齐腰的木栅栏，云雾刚刚撤退，手摸上去还能感觉到它们留下的湿润。木比铁好，是一种有温度的物质。土墈和木栅栏外都是树，高的、矮的、大的、小的、弯的、直的，它们用各不相同的姿势，爬过一面坡，再爬过一座谷，这样呈波浪式地爬过去，一直爬到天那边去了。

我在山里长大，对树木的熟悉就像熟悉我的掌纹，活着的树、死了的树、不死不活的树都见过，常见的树几乎都能叫出它们的名字。在这里，我觉得我原有的经验是那么可怜，有很多的树居然从未见过。我细细看那些树上悬挂的牌子，栲树、青冈、珙桐、黄杨、响叶杨、桦木、枫香、枫杨……面对一个个陌生的名字，仿佛完成了一次穿越，来到了树木的大观园。这个秋天的上午，梵净山给我上了一堂生动的植物课。

我一路慢慢看过去，这些树不管大小，也不管弯直，不管认识的还是不认识的，干上都裹满了青苔。经验里，长在树上的青苔，薄薄的，淡淡的，如遥看有近看无的草色，如古时候的女子淡扫蛾眉。而这些青苔，却一下子破坏了我的经验，显得张牙舞爪，长长的茎蔓随风飘拂，苍老，朴拙，仿佛结满了时间的丝网。这样一种生长缓慢的东西，得多少个年头才能长成这副样子？这些树到底在这里生长了多久，是不是水退山出的时候就已经在这里安下了家？

天和地始终在变化。我想起两个词语：一个是白云苍狗，是说天空的变化的；一个是沧海桑田，是说地上的变化的。这种颠覆式的变化一直在上演，但没有人完整地见证过。相对于这个隐逸于万象之后的漫长而宏大的过程，人的生命太短暂了，我们所见到的，大概只能算一滴水珠的影子。恐怕只有这些树见证过其中较为完整的一段，只是它们什么也不肯说，把这样一个秘密储存在枝叶里、纹理里。也许它们已经不止一次地说过，但是我们一句也没有听懂。

古老的树，还将继续古老，仿佛一个个神，神从未年轻过，刚诞生就这样古老。它们总是那副样子，用淡定的目光，打量着天空、大地、风雨、身边一众的生灵。那样的话真好，满山满岭都站着静默的神。路过的人对着它们一揖，便有了佛性。一座山的佛性，并非完全来自某一座庙宇早晚的鼓声和钟声，也来自一草一木。

即算它们并未成神,也没有关系,树本身就是人心中的神。人的心那么大,总有一块地方是留给神住的,也就是说,每一个人心里都住着一个神。人和神的关系就像人和树的关系一样,是一种说不清的关系。无论你身在哪里,你都会觉得需要一棵树。很久没有看到一棵树,你会觉得心空了,日子过得茫然了,你会想念它、牵挂它,而你,又说不清为什么需要,也说不清为什么想念。

上到蘑菇石的时候,一些高树被我丢在了身后。

不是我故意丢下它们,这都是风的作用。风是高树的敌人,古人很早就洞悉了这个秘密,所以得出了"木秀于林风必摧之"的结论。风操着看不见的刀枪剑戟,把一些高树赶跑了,只剩下些低矮的灌木趴在那里,像是逃跑时落下的残兵败将。在这场无休止的战争中,高高的树注定了是失败的一方。

环顾四周,到处都是黑黝黝的石头,摇摇欲坠的、刀削斧砍的、重重叠叠的,只有你想不到,没有你看不到的。这么多的石头,好像世间的石头都跑到这儿来了。它们摆出不同的造型,似乎准备在这座原始的舞台上,开始一场盛大的走秀。至于每块石头的样子像什么,全在你的一念之间。你可以说它像牛、马或人,像一棵树、一场雨、一阵风。比如很多人熟悉的那块蘑菇石,你当然可以沿袭固定的思维,说它像蘑菇,但也可以说它像猿人,像一把椅子,像一个思想者的头颅。世间万物都一样,不是它们长得像什么,而是你心里有什么,它们就是什么。

这些石头,如果陷落在某一个深渊里,潮湿,裹着一层藓类植物,一年四季滴答滴答地掉着水珠,那大概会成为悲伤的石头,传递给人坚硬、压抑、忧郁。此刻,它们停留在山腰,风把凉雾驱散,阳光刺破云层落在它们身上,从不同的视角打量,便有了一种温暖在上面兜兜转转。它们的心里有风,有雨,有海潮的声音,一条船和一群鱼的记忆。有些东西,不管时间流逝了多久,烙印始终都在。心里装了这么多的东西,却始终以一副祥和的面目示人，持守，笃定。如果它们能说话，说出来的话肯定不会是生硬和冰冷的，肯定有一种暖和的力量，潮水一样涌向你的内心，如夕阳下老人的脚步，平和，坚定，从容。

这是一颗石头的心，常常被我们错误地用来诅咒身边的同类。

想一想，我们的心如何呢？经不起种种打击，经不起世间的诸多诱惑，经历一点东西，就晦明不定，累得不行。而我们，往往习惯把这样一种遭遇定义为悲伤和苦难。其实，不是人世悲苦，是我们的一颗心在不知不觉中做了名利的奴隶。

佛经上说，有情众生，皆有佛性。直到这一刻，我才明白，石头是最接近于佛的。

# 一棵古树的光芒

陈于晓

掸落一身的尘埃,来到佛光普照中的观音山,仿佛一下子,心就变得明净了。

全国首家古树博物馆,静静地落在观音山上。风从山上吹来,风从山下吹来,带来丝丝凉意,阳光和白云,一朵一朵地,在远处的山间,在近处的林子中,一勺一勺地荡漾。我从千里之外而来,似乎就是为了赶一场与古树的约会。

在一群古树中间行走、驻足,或者静静地坐下来,时光也仿佛缓缓地静止了下来。我默读着一些古树的名字:水松、青檀、格木、隆兰、青皮、青冈……每一个名字里,都有一段漫长的岁月在流淌。

相对于一个人短暂的一生,一棵古树的一生,或许有着更多的故事。对于一棵古树的故事,我喜欢沿着一圈又一圈的年轮,由着自己的意愿,一边想象一边遗忘。

老家的村口,站立着一棵古老的银杏树。还在很小的时候,我就问过村里的许多老辈人,这老银杏是哪年哪月种下的,但是没有人能说得清楚。村里最年长的老人也只是说,她出生的时候,老银杏就住在村口,跟现在一样老了。"十年树人,百年树木",几十年的时光,弹指一挥间,对于一棵树,光阴并不会留下太多的痕迹,但对于一个人,足以从青春走向衰老。

眼前的这棵古树,叫青皮,是古树博物馆里最年长的树,据说离现在已经有五千年了,古树根深叶茂的年华,还在黄帝时期。面对这样的一位"长者",我一时找不到表达敬意的方式。我蹲下身去,久久地仰望着,我在想,这样的一棵古树，曾经经受了多少的风雨雷电，饱尝了多少人世的沧桑，如今那龟裂的树皮，多像老人留在岁月深处的咳嗽。明媚阳光下，她静静地生活在博物馆里，幻化作五千年时光的影子，和我的影子，重叠在一起。

童年的烂漫里，我在村口老银杏下，追逐过蝴蝶、蜻蜓，和小伙伴们一起玩过游戏，帮家人养过小鸡、小鸭。喜欢看燕子，整天在乡村的天空里忙碌，如同村庄的人们，整天在土地上忙碌，含辛茹苦，度过苦乐年华。长大一些的时候，我在老银杏下背过唐诗、宋词，并且在无人留意的时候，和两小无猜的她，悄悄地勾了一下手指。这一切，老银杏肯定还记得，但老银杏不会说出来。

博物馆中的古树也不说话，任由我默默地观看着。一棵苍老的古树，她的年轮是模糊的，就像上了年纪的老人，常常说不清自己的确切年纪。人世间的一些事情，记着就记着，忘了也就忘了，年华如水，流走了也就流走了，你喊不回来，也拦不住。多少生命，来到过这些古树面前，又匆匆离去了，多少生命，仍将到来，只要古树还在，即使古树不在了。

村口的老银杏，懒洋洋地沐浴在秋天的阳光里，三两老人，在老银杏下，坐在三两把老椅子上，聊这一年的收成，聊这一年的家长里短，春种秋收，大地又有了一个轮回。三两孩子，在老银杏下，嬉闹着，一串串清脆的笑声，挂在炊烟里。大风吹过，银杏叶子，飘了一地。若干年后，老银杏还是老银杏，这嬉闹着的三两孩子，或许已成了坐在三两把老椅子上的老人。

博物馆中的古树，曾用碧绿的叶子，撑起过无边的风景。在这生命的蓬勃中，也曾留下风吹雨打的创伤，有些伤口已经慢慢地愈合，有些，就永远地留下了。某天，某个树洞，已成为一群蚂蚁的家园。这些古树，在来到观音山之前，曾经生活在自己的时空里，成为那一方时空中最"亲切"的影像。

村口的老银杏，是村庄人的亲人。人们离开村庄的时候，老银杏常常是最后一个在村口送行，并且用高高的目光，将村庄人送了一程又一程。很多年以后，老银杏依然站在村口，第一个迎候着村庄人的归来，你衣锦还乡也罢，落魄潦倒也罢，回到村庄，老银杏都会远远地就送你一个温暖的身影。只要有老银杏在，村庄人的心，就不会落单。

一棵古树，常常会借助一种梦的方式，进入我的生活。很多年以后，我远离了村庄，村口的老银杏，会冷不丁地闯入我思乡的梦里，让我漂泊的心，从此有了归处。我知道，一棵树，一棵来自家乡的老树，在游子的心中，是乡愁的象征，树上，结满了浸润着乡愁的文字。

心中最古老的树，是乡愁里的树，天上最古老的树，是月亮中的桂花树。是嫦娥种植的么，在嫦娥到达广寒宫之前，桂花树早已枝繁叶茂；是吴刚种植的么，他为什么又要天天砍树，并且砍个不停？如今，给我讲"桂花树"故事的奶奶，已于几年前去了天堂，天上的月亮还是从前的模样。在乡村空旷的原野上，在城市拥挤的楼宇中，我都喜欢仰望月亮，每次，我都会留意着看看，这月亮中的桂花树怎样了。我在想，如果天上的月亮里，没有一棵桂花树，夜空和月，将变得一片苍白，变得没任何想象，一棵桂花树的存在，是我对月亮保持仰望的理由，是我渴望与一棵古树进行对话的理由。我始终相信，月亮中有着一棵"桂花树"，这与神话或者科学都无关。

村口的老银杏，在数年前的某一天，被挂上了"身份证"，据说是林业部门的人给挂的，"身份证"上说，老银杏是古树名木，要保护，已经有五百多岁了。村民们说，有了这样的"护身符"，老银杏怕是可以安居千年了。

但毕竟没有挡住城市化的脚步，城市建设的推进，对村庄实施了整体征迁。村民们的一再"请愿"和阻拦，没有起到任何作用，当大家陆陆续续地搬离，进入远离老银杏的安置小区时，只有老银杏，还在不见了"村口"的老地方，孤单单地站着，独自在风中站立，不知还能站上多久。

时光依旧，生活仍在忙碌之中。渐渐地，村庄人也把老银杏给忘记了。只是偶尔与人闲聊，还会说起以前生活的村庄，和村口的老银杏，以及那些老银杏下的快乐时光。

没有人会腾出很多的精力去关心一棵老树的未来，如同没有人会腾出很多的精力去关心一棵古树从何而来。古树博物馆的近六十棵古树，依据所生活的年代，排列摆放，形成了一条"树说历史"的主题参观路线。大地辽阔，每一棵古树的背后，都有一个时代，在风起云涌。透过这些古树干枯的枝干,你看到了青秀的岭南大地。

很多的游客来到了古树博物馆,他们时而读着关于古树的文字,时而与古树站在一起,让自己的影子和古树的影子,相聚在照片里。很多来到观音山的香客,走进了古树博物馆,他们绕一圈,就走了,他们要去敬佛,观音大士端坐在高处的观音山上,面容慈祥,望着上山的人们。

我不知道,一棵古树,在佛的眼中,也是佛么?我在想,在月色很好的晚上,观音大士也会从山上下来,来到古树们中间,问一声冷暖,给树们披一件月光纺织的衣裳;或者讲一些禅的故事,给树们一些佛家的启示。第二天,在古树边上长出的一株小草,或者在晨曦中飞出的一只蝴蝶,便是观音来过的"足迹"。有时,古树们也会在佛的召唤下,夜深人静时,来到佛的面前,听佛讲尘世以外时间以外的事情,只不过这一切,我们都不曾看到、不曾听到。

现在,我在古树中间行走,从一棵古树走到另一棵古树,只短短的几步,便跨过了许多年。有时我故意倒着走,或者穿梭着走,我要把"排列整齐"的古树年代搞乱,让老的年轻,让年轻的成熟。但这只是我的一厢情愿罢了,观音在上,笑而不语。

这些年,我已无意再去找寻,旧年村口的老银杏是否还健在,我的乡愁将归何处?在古树中间行走的时候,我仿佛听到了老家村口的老银杏,在低声地喊我的乳名,仿佛老银杏就在这些古树中间,分明又不在。但若不在,我又怎么听到老银杏的呼唤呢?

在古树中间,我徘徊了很久,总感觉要找到一种声音,或者一种回忆,但又说不清究竟是什么。慢慢地,所有的古树都变幻成一种影子,变幻成一种影子飞翔的姿势,闪现在我的眼前。在观音大佛袅袅的香火中,我的心中种下了一棵菩提树。

顺着菩提树,我看到了故乡的老银杏,老银杏下的幸福时光;顺着菩提树,我看到了一棵棵古树从博物馆走出来,回到了曾经的葱绿,炊烟在久远的大地深处,轻轻飘荡……

观音山在时光中绵延,绵延着天地的壮美。

种下一棵菩提树,我的心中,便渐渐地拥有了一棵古树的光芒。

# 观音山七记

乔 叶

**1**

我抬头看那观音。

常听人夸谁谁谁美,便说"有观音相""长得像观音似的"。在乡间,只有美极了的男人和女人才会被请到庙会上扮观音。而上世纪初的上海,一个男人如此赞颂一个女人的相貌:正大仙容。这四个字让那个孤傲绝伦的女人喜不自胜,然后她便低下去,低下去,在尘埃里开出花来。

而我一直以为,这四个字用来形容观音才最恰如其分。

眼前的观音自然是美的。头戴宝冠,身披天衣,腰束罗裙,因是南国的观音,便比我寻常见的北国观音要略略清瘦一些。她端然于莲台上,柔婉的线条因着花岗岩素白刚硬的材质而显得清朴温和,简约庄严。她那么高,却并不突兀,因此也不让人受到唬震。只是人站在她面前仰望她的时候,会不由得沉默起来,只是静静地看着她微笑着坐在那里,淡丽妩媚,栩栩如生。

——不,不是如生,而是真的生起来了:我突然看见她在旋转。

她在旋转!

我以为是自己的错觉,连忙定了定神,再看。没错。她是在旋转。她的身体千真万确地在旋转。更奇异的是,她明明在旋转,面向我的角度却没有点滴变化。

——是她身后的云在动。

是这云动,让我心动。

果然,果然是错觉。

我久久地看着那观音,那仿佛是在旋转的观音。是错觉又有什么关系?错得美,便是对。

## 2

这个季节,是北国的严冬。郑州正在降雪,而在这南国的东莞,在这樟木头镇——我是多么喜欢这个散发着清香的名字——所属的观音山上,却阳光明媚如初夏。天蓝,云白,到处都是翠润的绿。

我们爬了两次观音山。第一次是前山,车把我们送到山底,然后我们一直朝上走,走到后来,无非是累。第二次是后山,车把我们送到山顶,我们一直朝下走,第二天起床,大腿和小腿就都是疼了。

上山累,下山疼。不过是上山下山,其间的过程却仿佛人生。

## 3

后山很静。一路走来,我们居然没有碰到我们之外的一个人。整座山仿佛都是我们的。在一处休息的时候,汤养宗先走了,我随后跟着,一会儿便不见了他的踪迹,只听到他偶尔喊山的声音。

我放弃了追上他的努力,一个人悠悠而行。在这安寂的山中,流水淙淙,鸟鸣啾啾,无数种声音随着千枝万叶而来。这时,看什么也是在听什么,听什么也是在闻什么,闻什么也是在尝什么,尝什么也是在想什么,真好。真是自在。

——观音还有一个名字,便是观自在。观音原名观世音,是梵文意译。玄奘取经回国,在翻译《心经》的时候,因避讳唐太宗的"世"字而称之观音,后来干脆将观音称之为"观自在",意为智慧无比,圆通无碍。至于观世音这个原名,则另有一说。《楞严经》中记载,观世音是观音自己给自己取的名字,意为自己能观到声音。大乘佛教有"六根互用"之论,眼、耳、鼻、舌、身、意,被佛教称作"六根",能"六根互用"者,必须得六根清净,在清净中,六根才能互相见色、闻声、辨香、别味、觉触、知法。也因此,观世音便能观到声音。

这里的"观",非眼观之观,乃智观之观。

如此玄奥,让我哑然敬畏。不过,又想到方才自己在领受山中的一切时,似乎也沾染了观音的恩泽,让自己的六根互用了一小会儿,便也有些微欣欣然。

## 4

实在厌恶一些景区的道路:挺括、平展,过分干净的路面刺目而耀眼,像刚刚拆包的新衬衫,一望而知穿在身上是会硌皮肤的。

而这山里的路是我极喜欢的。没有栏杆,台阶很旧,满是落叶,微微有些脏,林中朽木密集的地方显出几分微微的神秘和恐怖。无数新鲜的叶子在长满绿苔的旧枝干上显露出葱茏的面容,如少女一般清嫩可喜。

如果说路是脚的衣衫,那么这路就是我最称心的旧睡衣。真希望这路永远是这个样子。都说路是要发展的,我希望这路永远永远也不要发展。

## 5

正惬意地走着,忽然,听到不远处有噗噗的声响,抬头看见一个老农正握着锄头在半山腰躬身劳作。看起来是如此之远,声音却是如此切近。

想起我辽阔的豫北平原。大片的良田无边无垠。但是,如果不走近,就绝听不到锄头的噗噗声响。——只因着山是空的,便可以让所有的声音轻松穿行。

是的，山是空的，也是满的。它因丰饶的空而成就了它纯净的满。它也因纯净的满而成就了它丰饶的空。

## 6

这是观音山中处处可见的竹子。我细细地看。这竹子也不同于北方的竹子。和北方的竹子相比，它竿纤细，叶如柳，格外娇小玲珑，色泽也不厚重。似乎有些不像竹子，但分明就是竹子。南北差异，一草一木皆可见也。

陪我们上山的土著刘志勇先生告诉我们：这竹林里也有竹叶青。突然想：这里的竹叶青该是什么样呢？是否也身绿？是否也尾红？是否在腹部也有黄白条纹？

夜读《西游记》，看到第49回《三藏有灾沉水底，观音救难现鱼篮》，观音清早在紫竹林中做竹篮，吴承恩如此用墨："……懒散怕梳妆，容颜多绰约。散挽一窝丝，未曾戴璎珞。不挂素蓝袍，贴身小袄缚。漫腰束锦裙，赤了一双脚。披肩绣带无，精光两臂膊。玉手执钢刀，正把竹皮削。"

这个观音，家常又利落，健壮又妩媚，可赏又可亲，正是南北之美的混合呢。

忽然又想：如果观音在竹林里邂逅了一条竹叶青，又该如何？

不由莞尔。

## 7

多年以前，我曾经写过一篇短文，题目是《自己的观音》。写的是一个人遇事不顺，便去求拜观音。当他跪在观音面前时，发现有一个人也在拜观音。他仔细一看，那人和观音长得一模一样，丝毫不差。他便问：你是观音么？那人道：我是观音。他又问：那你为何还拜自己？观音道：我知道求人不如求己。最后我引申道：只要人人遇事都去求己，那人人便都是自己的观音。

有点儿励志的意思,无非是劝诫世人要自立,要自强,要自信,要自悟,要自助,要自己靠自己。一派苦口婆心。仿佛自己是文字里的观音。

当时还觉得自己写得机趣,睿智,现在才觉出那份浅和单:如果人人都成了自己的观音,人人都成了自己的神,人人都不软弱,不疑惑,不迷惘,不绝望,那这个世界该多么……可怕。

还是要敬畏,还是要谦卑,还是要明了自己的无知和无能,还是要知道这个大世界中自己的微小和渺茫。先有了这些个前提,也许才能获得真正的高远、强大、明晰和张扬。

——还是要拜观音。

当然,不是说莲台上的那座雕像。

# 诸林前

指　尖

夜里下过雨,林子里湿扑扑的。在山上,湛蓝的天空仿佛伸手可及,而太阳的热量也发散得格外直接。某个停顿的瞬间,有烤着炭火的感觉。到林子里,温度迅速下降。走一小段,鞋和裤腿沾染上碎密的草木屑,加上露水,很快湿了。

枝柯稀疏处,阳光透过枝叶射照到草叶尖,晶莹剔透的露珠悬垂欲滴。鸟雀婉转的歌声传来,乱中有序,此起彼落,喧闹中有安静的余味,加上阳光斑斓,洒满林间草地,使林子明暗交加,宛如陷入迷境。

秋天,山上的松树、柏树、漆树、榆树、槐树、枫树、柳树、桦树、山杨浸淫了岁月漫长的痕迹,纷乱呈现,使山体变得厚、繁、杂、多,迷乱、醇厚,似七分醉意,要疯癫的感觉。好在山是土石构成,人的臆想再好,亦不过虚妄。万物均遵循旧有的惯常。叶子们再狂野,也不过叶子的事。

山体色彩明艳,缤纷不绝,黄、红、褐、绿,种种随便涂饰,便是如画景色。上山入林,这感觉稍稍削减,黄是枯,红是碎,褐是烂,只有绿欣喜些。秋天的美,是掺杂了衰老和死亡的,是生命极处繁华的绝望。叶子带着虫洞,若一枚小破伞。一场战役,努力到败局,杀气和意气还在,生气却没了。有些落叶依旧完整青翠如初,梦中凋落,错失的顾盼,怀着绚烂的骄傲和霸道,落,亦有三分气势撑着。更多枯败的叶,被隔夜的雨浸湿,暗褐着,枯竭着,消败着。

秋天的林子,虫蚁已无踪迹,狼藉不堪的枯色掩藏住一些真实的东西,比如死亡。

　　一条小青蛇悠闲而来，拉着身下的枯叶，刺啦刺啦地响，后来，它遁到枯叶下，世界瞬忽归位，安静如初。

　　自然界的存在都是有序的，连这遍地的死亡，都有生生不息的支撑和陪衬，没有一丝悲怆意味。

　　上午，树木的影子倒到西边，下午影子又把东边的树体遮盖。夏天，林子跟旋转的日光捉迷藏，无论阳光从哪个方向来，树林里都巧妙地保持着空间的阴暗、清凉，枝蔓横陈，使人贪恋热爱。

　　在林子里缓慢地走，跨过纷乱的草体和荆棘丛，蝴蝶随行左右，头上肩上，身前身后，白粉蝶树粉蝶灰蝶蓝灰蝶铜色蝶燕灰蝶长尾弄蝶鸢褐弄蝶蝶蛱蝶王斑蝶们，成群结队，伸手可探、可得。拿两张白纸，随便一扑，纸间便有一双忽闪的翅膀，轻轻揭开，它鼓鼓的小肚子，绚烂的图案，触角伸长，像在找寻出口。终是不忍，放开，它便展开翅膀，飞走，指上徒留一撮白粉。

　　蝴蝶是不记仇的。

　　色的林子里，因这些纷飞的蝶，使人间充满幻想。传说树叶是蝴蝶的前世。在林中，有时分不清树叶和蝴蝶。山鸡清脆的鸣叫掠过树梢，惊得人猛抬头，却是亮晃晃的日光，眼前一片片黑斑，若无数羽毛落下。

　　山上的山菊花败酱草桔梗芒草胡枝子野姜花藿香蓟秋牡丹们开在任何可能的地方，石片下，石头间，道路中央，树体中，乱草和荆棘丛中，乃至一些肉眼无法探到的角落里，怎样的行走都能遇见一抹惊艳。人生便似走一回林中小道，谁都无法设想下一步上帝会给你怎样的遇见，喜的、痴的、心动的，难以推测。

　　到人走得气喘吁吁，汗流浃背，蚊子们便上场了。它们得到了怎样的讯息呢，或者不过本能，从停歇处蓦然飞来，叮在我们的皮肤上。身上马上出现一个粉红的疙瘩，这点缀让他有了几分滑稽的可爱。民间传说，甜皮苦命。连蚊子、跳蚤这些嗜血的昆虫们，都喜欢停留的肉体，怎么不是有情人？蚊子贪婪放肆叮咬，留下众多印痕，乘兴而去。而发痒的滋味和痕迹，几天之后会消失，你的身体看起来完好如初。

在夏天的林子里走一遭,身上会留下浅浅一层白粉,几粒粉红的印痕,宛如经历过一场爱情,莫名的回忆在某个深夜突然出现,飞舞在黑暗中,发出轻微的响动。

沿林路向北,一片古树群。山木多葱郁,年年新植,但到底经不得枯、旱、火这些自然中难避的灾,生生死死间留存的一片古木群,使山在珍贵之上多了几分凝重。古木都是松,油松,高几十尺,粗两搂有余,都是一二百年的光景,仰望,树树直插云霄,若梯子般,上了半天。古物从来是通灵的。传某年,山间大火,烧了三天三夜,山上的林子都烧光了,连土都黑了,飞的、跑的、蹿的、爬的,所有生物都被烧得面目全非,整座山,只余这一洼古木。

古木群围裹小庙,庙内有正殿三间,山门一间,石洞三眼,禅房九间,保存尚好。新新旧旧的痕迹涂抹在一起,合成一个大院子,院子砖石相砌,走上去,悄无声息。主殿里有旧壁画,画里车马人物线条清晰,"文革"时白灰刷过,后来工匠翻新,到底亦未使古旧艺术泛出光芒,稍留意,便能看到哆嗦的痕迹。与神交接,人的恐惧总多于敬畏。神像堂而皇之新塑,多少也说得过去。

院里一株漆树,老得佝偻着身子,颤巍巍的,枝条都弯曲着,但主干粗壮,纵裂,坚硬如铁。春夏绿荫遮地,枝条有乳白色漆液,开小花,呈淡黄绿色。果核扁形,淡黄色,光滑。到十月,果熟,叶子开始泛黄至红。整个庙院,半天的霞红,分不清自天上还是庙里。因其汁液有毒,可引起皮肤过敏,被称为神树,它跟庙里的新神一样,披红挂绿,接受供奉。

庙北大石壁下,藏有一泉,泉口小窄,呈矩形,泉内水流不歇,有碑记载,此泉已存世几百载,名龙泉,泉水甜爽宜人,又名神泉。看林人说,建庙时的水都来自泉内,平时洗涮、浇灌、饮用,均来自此泉水。泉内有一线痕,水不溢不退,端端定在此痕上。想来真是神仙地界,古木、古庙、古泉,还有什么是肉眼无见的呢?

周遭无风,仰望日西斜,古松渐墨,愈发肃穆。漆树泛了黄,叶子落在老砖的缝隙里,一些碎碎种子模样的东西,忽隐忽现。

正殿立有石碑六通,其中五通刻满功德人的名字,小,密密麻麻。剩一碑有记载：明洪武年间，王逃难至此地，见山上林荫密布，山鸟众多，人迹寥寥，遂居。

关于号希默的王，经过怎样的磨难，或造反，或冤屈，或躲避，或求全，如何逃于此山，隐度山中岁月，再无片纸可证。

古木的树叶在秋天大把大把地落，若一位逐老之人，眼睁睁观着自己茂密的华发，在日日相近的晨昏，随时间一根根砸到地上。大珠小珠落玉盘啊，这千古妙句，却原来非喻琴音，亦非喻雨滴，它竟是时间的珠，参差落下，溅起的回声充满空洞和哀伤的味道。时间粉碎了记忆。

断流的溪水、山谷的皱纹，横亘在山间，充满岁月的风沙和时间的尸首。鸟从头顶飞过。漫山红叶繁茂，密匝匝的，像一句话说出来因无人倾听而化着一堆落寞，涌着，漫着，眼看就要衰败凋落，却一直守口如瓶。长了新叶，褪了旧叶，淋了雨，挂了霜，依旧面色安然，活着，藏着。

或许泉水能证明王存在的事实，但又有些牵强，泉水已经不是几百年前的泉水了，它被冠以另一个与王无关的名字，也活了好久。想来，这是别人的王的泉。

壁画上贴满与王无关的故事，男的、女的、跑的、奔的、坐的、睡的、骑马的、牵驴的、喂鸡的、赶羊的，生命真是繁华啊，每个朝代、每天、每个人的一生之中，都要经历如此众多的事件，在这些事件中，人扮演着各种各样的角色，并用合理或者不合理的方式实现自己的愿望。怎样的一生才算圆满，从没有人能求证出这个简单的命题。门扇的缝隙中射进一缕缕暖黄的光线，照在记载王的石碑上，那上面，沉默的王冰冷，布满尘世的灰，在满山的红光中，黯淡如夜。

王死了。

世上的所有最终会停止呼吸，然后腐烂，成土，成泥，跟脚下的落叶一样。王在几百年前，在最下面，跟许多虫豸的尸骨、尘土、叶泥们搅在一起，为污淤，结块，石化，坚硬如铁。我在浮世，烂着、腐着、死着。

风把更多的叶子带来，无数的蝶，盘旋飘舞在半空中，光线使它们纤细、薄透、经络分明、轻盈、欢喜、从容、寂静。

这是王的国。曾是，永是。

# 从读书台到幽州台

唐 毅

第一次到射洪县,我立刻想到了陈子昂,那位开大唐一代诗风的蜀中才子,他的老家就在射洪。射洪县唐属梓州,今归遂宁市辖。但我怎么也没有想到,在这秀峰连连的一片山野之中,还藏着一个读书台,那就是唐代诗人、政治家陈子昂年轻时读书的地方。

读书台是一围书院,位于该县金华山,山上还有一座金华山观。很难说,陈子昂登上幽州台时,那首千古绝唱的意象里没有一点故乡读书台的影子:

前不见古人,后不见来者;
念天地之悠悠,独怆然而涕下。

群山肃立,聆听一代诗人苍凉的吟哦。史料记载:公元696年,皇太后武则天派她的侄子建安王武攸宜讨伐契丹,陈子昂随军参谋。武攸宜出身亲贵,不懂军事,陈子昂曾献奇计,未被采纳。这首诗就是作者从军失意时写的,他感到像古代乐毅、燕昭王那样的英雄人物未能遇见;而后来的英雄人物,自己又没看见,于是就发出了深沉的慨叹,这里包含有作者力图为国建功的积极精神。

在陈子昂的故乡,他是颇受爱戴的。不为别的,就为他一首豪情万丈的《登幽州台歌》和留在故乡的读书台。

登上幽州城头,陈子昂心绪大变。本来,一位随军参谋,多半是那种谨小慎微的智者形象,但为诗人,便有几分放达。可是抱歉得很,我至今不知道陈子昂其时的心情是好是坏,大约总有几分悲伤,又有几分张狂。

我去过幽州(即今北京),可惜没有去过幽州台,也就是不曾登临过幽州城头。但可以想见,那时还远不是泱泱中华首善之区的北京,城外是一片号角连营的边塞战地。孤独的诗人诗情澎湃,在这里以空旷寂寞的文字,向我们阐释了一种苍茫的宇宙观。

幽州不是诗歌的圣地,只是陈子昂生命的一个驿站。从读书台到幽州台也许并不诗意,要不是他的《登幽州台歌》,也许谁也不会将一位随军参谋同北京联系起来。

我走在陈子昂曾无数次走过的金华山道,唐诗的文脉如徐徐轻风,正是从这里吹向长安,让正襟危坐的巍峨都城为之动容。

关于陈子昂曾在金华山读书的史实,已无可争议。而少年陈子昂,在这里读书时的陈子昂,史载语焉不详,传说渺不可寻,唯一可知的是他少年顽皮、青年知进,个中如何转换,只有想象能够帮助我们填补空白。

金华山的霞光挥之不去,这里的确是一个值得留恋的地方。真正的读书人,追求的是一种读书的意境。其实,功名与读书是格格不入的。如果总想着功名,读书反倒成了负担。但金华山或有不同,这里山势险峻,曲径通幽,四季山花盛开,鸟语啁啾,一派蔚蓝胜景……在这样的地方读书,是可以心无旁骛的。

金华山的月亮升了又落,落了又升。读书台像一个梦,抽象而又实在。

不知不觉,一次绝好的机会摆在了陈子昂面前。唐朝已开设有国子监,是当时国家的最高学府,天下举子都以到这里学习为荣。国子监每年仅招收三百人,射洪县有一个名额。由于陈子昂在京城摔琴投卷文名大震,这一个名额非他莫属。当他第二次来到洛阳,就已经是国子监的一名太学生了。两年的"大学"生活,使陈子昂文风更健,思想更深刻。

距幽州台已经不远了,这时的陈子昂历经官场磨砺,性情依旧。

陈子昂本是一介书生,但在他身上,还有那么一点读书人应有的侠气。不然,他不会选择从军的路,也就不会成就一个有个性的陈子昂,当然就更不会有《登幽州台歌》的罕见绝唱了。

孩提时,我便能背诵这首初唐佳作。想的是这位诗人口气真是大得不得了,因为我把"前不见古人,后不见来者"理解为"空前绝后,唯我独尊"的意思了——不知道是我的感觉错了,还是教科书上的误读。让我想不明白的是,在硕大的天幕下,他为什么要一个人偷偷哭泣呢?成年以后,再读此作,那种感觉依然还很强烈。

还是说读书台吧。金华山前山的道观建于梁代天监年间,初名华阳观,唐时名九华观。陈子昂在《春日登金华山观》中咏道:

白玉仙台古,丹丘别望遥。
山川乱云日,楼榭入烟霄。
鹤舞千年树,虹飞百尺桥。
迟疑赤松子,天路坐相邀。

读书台,简简单单一个小院落,却留下了许多古代大师级人物的足迹。陈子昂自不消说。杜甫来了,他来的目的简单而又明确,为凭吊陈子昂而来;到宋代,黄庭坚来了,还留有手迹在此,当然也是为凭吊陈子昂而来。而来得最多的,还是景仰陈诗的天下读书人。

所以,有邑人撰联,不无自豪地说:

千山景色此间有,
万古书台别地无。

有关陈子昂从军的报告批下来了,而且是皇太后钦点由他协助武攸宜率兵去平契丹叛乱,铁骑开向幽州。这时的北国城郭幽州已初具大都市的雏形,其繁华可能仅次于洛阳和长安。陈子昂所随部队开拔至此,与契丹仅有一战,因死伤惨重,从此闭门不出。部队的最高军事指挥官武攸宜不但在这里安营扎寨,而且安家落户。他在幽州城里新娶了姨太太,生活舒适,真有点"乐不思蜀"了。

陈子昂身为随军智囊人物,参谋军事,好的主张得不到主帅支持,甚至被斥为"书生之见"。战机被屡屡贻误,沉郁至极,他登临幽州城头,极目远眺,回过头来再看看自己,虽有满腹经纶,可至今还是一个小小的七品右拾遗。所谓"拾遗",就是提醒皇帝,别忘了做什么,别忘了某一件事,可他们自己便常常被皇帝忘记。

千古绝唱《登幽州台歌》就这样诞生了。也许是压抑得太久了,诗人抒发的不仅仅是个人的感悟,而是一种超乎时空的大情怀!是一深厚博大的心灵与苍茫旷远的历史和自然之间的对话。

这时,从内地传来消息,武则天扫除一切障碍,在洛阳称帝了,成为中国历史上第一位女皇。陈子昂兴奋不已,他似乎看到了希望,欣然命笔,写下了《大周受命颂》,把朝代的更迭写得酣畅淋漓,浑然天成。这篇文章使武则天如获至宝,称帝之初,她实在太需要这样的舆论导向了。

我读了一些研究陈子昂的文章,很多人笔下的陈子昂"只方不圆",书生气很重,而武则天则是知人善任的。新朝伊始,武则天同样没有重用陈子昂的意思。书生嘛,提提建议是可以的,写写文章也是可以的,就是不堪大任,否则他很可能立刻就被暗处射来的箭给毁了,这是她不愿意看到的。所以,初唐伟大诗人陈子昂,一直都只是一个小小的右拾遗。虽然他写了大量优秀诗歌,还有备受武则天关注的书表奏章,但还是不能得到提拔。这是政治的悲哀,是文化的悲哀,更是中国历史的悲哀。

陈子昂是政治家,却是无可辩驳的事实。他那些洋洋洒洒的奏书表章全是军国大计,对以后中唐的繁荣产生过重大影响。当然,这是他死后很多年的事了。

我一直没有搞清楚陈子昂辞官回乡是怎么一回事,显然不是因为对武则天称帝有意见。相反,他对一代女皇一直怀有一种崇敬之情,他甚至很感激武则天的知遇之恩。但在他41岁这一年,正年富力强的陈子昂离开繁华的都城,回到了寂寞的金华山,回到了读书台。

临别时,武则天多有不舍,不曾答应他的辞职请求,特许他仍以右拾遗的身份回家侍奉父母。他同武则天的交情由此可见一斑。也许,武则天另有隐情,陈子昂另有苦衷。但是,当一次事件没入苍茫的史海,要寻其踪影,又是何其困难,有的连蛛丝马迹也不曾留下一点。

陈子昂是带着《登幽州台歌》回到读书台的。金华山风光依旧,不过,当年风流倜傥的青年学子如今已渐入中年,脸上多了几许沧桑。

在初唐文化的大背景下,陈子昂仅是一个低级官员,放到今天,充其量不过县处级。但就是这样一个县处级,后人写史至唐,总是绕不过他。他以自己的独立人格,成为万代景仰的一座高峰。他遭遇了时代大变革,却又回避了这种"大变革",为我们留下了一个千古之谜。

写过《大周受命颂》的陈子昂,写过《登幽州台歌》的陈子昂,写过无数表章奏书的陈子昂,在大周朝的歌舞声中,回到了他魂牵梦绕的故乡。可谁也没有想到,正是那首后来给他带来无上荣誉的《登幽州台歌》,使才华横溢的陈子昂蒙受了不白之冤,最后冤死在故乡射洪县城的监狱里,年仅42岁。

所谓"前不见古人,后不见来者",的确可以多解,这是一首古代的朦胧诗;"念天地之悠悠,独怆然而涕下",也可以多解,面对射洪县令将其诬为反诗,就连陈子昂自己也是欲辩无言。

这首诗之所以千百年来为人们广为传诵,实为诗的气势所感染,那种"会当凌绝顶,一览众山小"的豪迈,一直影响着千千万万中国人。

我站在读书台旧址,望向射洪县城,真想向每一位来这里游览的人说,陈子昂的悲剧,在于他生前只是一个平凡而又普通的读书人,那些手握刑具将其迫害致死的人,他们不知道,他们面对的是一位将对后代产生重要影响的伟大诗人和杰出的政治家。

可是,北风吹来,小小的书院又添了几片落叶,游人来了又去,去了又来。

# 楠溪江：永远的山水诗

朱千华

## 楠溪江，为什么如此沉寂？

从地图上看楠溪江，就会发现一个枝繁叶茂的树状水系。楠溪江是瓯江下游北支流，发源于括苍山与雁荡山之间，干流大楠溪，长140多公里，源于大青岗西北的黄里坑，沿途汇七溪：佳溪、黄南溪、张溪、蓬溪、小港溪、档溪、珍溪。

小楠溪源于缙云县南溪乡乌下岭，纳小溪、藤溪两水。大小楠溪在渠口乡九丈滩汇合，称双溪会，从这里至瓯江段，即称楠溪江。下游河床开阔，有大片野草与滩林，沿途有陡门溪、路口溪、中塘溪、罗溪等支流。

楠溪江全长145公里，大小溪流于瓯北茂密山林间百转千回，如老树盘根错节，一路逶迤南下，涌入瓯江后奔流东海。

楠溪江历史，甚至整个永嘉郡历史在相当长的一段时间里都是默默无闻的。汉王朝曾建立东瓯国，瓯越先民在此繁衍生息，多靠渔猎为生。东瓯国只存在五十五年，时间虽短，却是温州史上第一个行政建置。

东汉永和三年，设永宁县，县治位于楠溪江下游（今瓯北镇）。东晋明帝太宁元年，设永嘉郡，永者，水长也；嘉者，美善也。也就是说，当时取名永嘉，皆因当地山水明媚，水长佳美。晋明帝委派郭璞为永嘉首任太守。

郭太守上任的第一件事，就是筑城。完工那日，野外春花烂漫，忽有一只白鹿,嘴衔鲜花,从城中轻盈而过,所到之处鸟语花香,芬芳四溢,天空出现五色云彩。城中百姓见之,无不啧啧称奇,皆以为祥瑞之兆。今日楠溪江下游,即古时的永嘉郡所在,故温州又名白鹿城。

但永嘉郡的设置,并未给这片古老的瓯越大地带来繁荣。很长时间,楠溪江流域仍然寂寞,一直是远离中原的蛮荒之地、一个无人开发甚至被人遗忘的角落。现在看来,无论哪个朝代,一个地方"无人开发"实在是件可喜之事。开发之后必然满目疮痍。楠溪江流域生态环境至今保存完好,与永嘉郡偏僻的地理位置有关。

永嘉郡既非通衢要道,又非兵家要地。我们常说某地"自古为兵家必争之地",这不是褒义,而是不祥之辞,既是兵家要地,必然战乱频仍生死相夺,百姓将会饱受兵燹之灾。楠溪江流域几乎没有发生过大的战乱。东晋农民军卢循曾进攻永嘉城,本来人口就少,这一折腾弄得郡内几无人烟。最大的一次折腾是北宋宣和年间,方腊农民军围攻温州城达四十余日,久攻不下而撤退。楠溪江农民俞道安起兵响应方腊,一直活动在楠溪江流域,直至全部被剿灭。这算是楠溪江流域的一次大规模战事了。

大部分的时间,楠溪江很少出现在历史的视野,默默保留了全部的原生态环境,深藏于浙东的山野水泽之中。此地三面环山,一面临海,自古交通闭塞,使古代永嘉的地理人文环境较少受外部影响。至今,温州人说话,被称为天下最难听懂的话,与古永嘉的地理闭塞有很大关系。

直到有一天,楠溪江面漂来一叶扁舟,彻底打破了这里如同梦幻般的宁静世界。船首立一人,满面须髯,他眺望楠溪江两岸,显得异常兴奋,觉得眼前景致美得令人惊异。他以从未有过的新奇目光打量着这片原始古朴、野趣天然的山水世界。

此人正是从京都建康(今南京)远道而来的光照中国文学史的文坛巨擘——谢灵运。

## 谢灵运在楠溪江

在楠溪江大桥桥头,矗立着一尊高大的人物塑像,他气宇轩昂,一手捋着长须,一手握书反剪于背后,眺望东方。他就是谢灵运。一千六百年前,他正是从这里乘舟进入神秘而幽秘的楠溪江。

谢灵运被楠溪江两岸的美景陶醉,他要完全融入永嘉山水:"凡永嘉山水,游历殆遍。"谢灵运在永嘉只待了一年有余。这短短的一年,却是灵运山水诗创作的高峰期,谢灵运现存的山水诗只有四十余首,而描写永嘉山水的诗篇却有二十余首。

2011年10月底,我来楠溪江,登绿嶂山。绿嶂山位于楠溪江下游沿岸,在今永嘉县上塘镇绿嶂村。东与绿上村相望,南与嶂岙村相邻,西与河底村接壤。目前绿嶂村有近二百户村民,到城里约五六里路程。绿嶂山下有名刹宝胜禅寺。

宝胜寺前有一小溪,可至山间。此溪应为当年谢灵运行走路线。山溪蜿蜒,溪水清澈见底。山谷深处有一水潭,上有瀑布,高二十余米,流银泻玉,蔚为壮观。此潭水清冽甘美,最宜酿酒。事实上,山下果真有一酒厂。山中涧溪弯曲,丛林深远更显岩石重叠。登绿嶂山所见,与谢灵运诗中所描述,相差无几。

和楠溪江正在开发的一些山水相比,绿嶂山并不很高,亦无特别之处,但它是文化之山,它会因谢灵运的山水诗篇而变得巍峨,永载文学史册。

大若岩。景平元年春,一天清晨,谢灵运乘船往石室山游览。《读史方舆纪要》载,永嘉石室山,又名大若岩。"若"原作"箬",因其形似箬笠而名,有东西两溪合流而下,汇成一潭。谢灵运于此写下《石室山》诗。

如今大若岩,是楠溪江优秀游览区之一。区内群峰峥嵘,古洞幽深。以飞瀑、奇峰、异洞见长。瀑布数量多,千姿百态;崖下库因藏而不露,迎面峭壁千仞,绝壁之上,布有数千米栈道;十二峰,如柱石般拔地而起,峰峰相挤,危崖罗列,错落有致。

## 山水诗的光芒照耀唐诗之路

2011年11月1日,我沿楠溪江,依次去了岩头镇的丽水、芙蓉、苍坡、东皋、蓬溪、鹤盛、鹤阳等古村落。

为寻访谢灵运后裔,我行走了楠溪江流域谢氏较为集中的蓬溪、鹤盛、鹤阳等地,并在鹤阳村找到了《谢氏宗谱》。接待我的是谢灵运第三十世孙谢选枕。老人今年92岁,思路清晰,行动敏捷,老伴赵老太已95岁,令人难以置信的是,如此年岁的老人,还能下地干活。谢选枕老人把《谢氏宗谱》一页一页翻给我看。他是鹤阳村的家族领袖,具有极高的威望。见我远道而来,就把一张珍藏的谢灵运石刻拓片给我看。

这是一张陈旧的宣纸,折叠处已经破裂,真人大小。我第一次如此真切地瞻仰谢公。此像微胖,最大的特征是,谢灵运真是美髯公,浓密的胡须挂至胸前。他在微笑,不动声色地给我们讲述给他带来千古诗名的楠溪江。

谢灵运的远游,最著名的一次是辞官之后,从家乡始宁去临海。始宁在北,临海在南,两地之间有道天然屏障天姥山阻隔。多数人读过李白的《梦游天姥吟留别》,其势"向天横,势拔五岳",可想而知其高险。谢灵运之前,从未有人越过此山。

谢灵运突发奇想,他要跨过天姥山前往临海。满山遍野都是灌木丛挡道,怎么办?披荆斩棘!谢灵运乃世袭豪门,家中殷实,不在乎银子。遂雇人开山。《宋书》记载了谢灵运当时声势浩大的伐木开山的壮观场面:"从者数百人,伐木开径,直至临海。"

由于动静太大,山南边百姓不知缘由,以为山贼来犯。速报临海太守王绣。王太守甚为惊骇。后来得知是谢灵运到来,这才放心。谢灵运临海之行,打通了天姥山,对浙东的南北交流功莫大焉。谢灵运行走的这条道,是由新昌斑竹村,至会墅岭险关,过天姥寺旧址,经冷水、王渡,直到关岭,进入台州。这条谢公道,后成为官方驿道。

从此,无数诗人闻风而来,仅唐朝就有四百多诗人,包括大诗人李白、杜甫等,也都曾追寻谢公的足迹,沿"谢公道"乘舟,溯剡溪而上,越过天姥山,进入天台,留下无数灿若星河的诗篇。这是中国文学史上的一条星光大道,这是山水诗宗谢灵运为后世铺就的一条辉煌的唐诗之路。

# 上里词语

何 文

**祖辈的上里**

人的情感中有一种亲情叫爷孙亲。对一个地方的亲疏，我也常用这样的标准来评判。

我不喜欢太古的镇子。最早前溯到清朝，再往前，在内心里就将其定义为文物，感觉变得朽了、生疏了，需要摆进博物馆去。我也不喜欢太新的建筑，洋气了，舒适了，但又太肤浅。没有了历史感与文化的沉淀，就像一个没有历练没有故事的人一样浅薄。

雅安的上里，给我的是祖辈的感觉。

保存完整的明清建筑，风格素雅的乡村风貌。走在上里的街上，有童年走向外婆家或乡下爷爷家的感觉。心自然而然敞开。

青瓦木楼、小桥流水、青石老街，有一些陌生，但还没有生疏到完全没有感知，隐隐约约的，就在内心里已泛黄的农耕记忆里藏着。要说亲近，又有些不熟悉，总与现世满眼的建筑与生存世界有些差异。当然，如果把鞋脱了，光着脚走在石板路上，会对老镇熟悉得更快一些。

只逛还不行，要坐下来。找那上了年纪的当地人，胡子白了，脸上起了皱的。见有几个老头老太婆围坐在一起，便凑上前，递一支烟，招呼一声。在他们挪出来的位置上坐下来，听他们闲聊。记住，别多嘴，带耳朵就行。

他们讲的多半是这个古镇的历史，因为他们本身就是历史。听他们讲原住民的故事，他们或许就是这故事的主角。一席龙门阵摆下来，古镇的风土人情、历史典故就印在你心里。回去，你把闭酸了的嘴张开，把他们的嘴变成你的嘴，向身边的人添油加醋地讲。他们会将你当成上里古镇的原住民。

至少还得住上一晚。旅馆要选那没有精装修的老木房子。还要是全木头的。木柱，木板壁，木楼梯、木地面、木桌、木床。在全木头的屋子里住着，能感受到一股绵绵的温暖，是童年睡在爷爷怀抱里的那感觉。屋子最好是二楼，临街要有窗。夜里，方便听街上打梆的声音。打更的老人，是镇上请的，为烘托夜的氛围。一声梆子，一声苍老而略显嘶哑的嗓子，把夜喊得更加深沉。听他喊过两遍，瞌睡也就上来了。

下楼，到街上找一家小吃摊。慢慢吃过早饭，再回店里来收拾行李，缓缓地启程离开。

如果没有耍够，还想赖在古镇的怀里多待些日子，上里是不会拒绝的。

**上里的水**

蝉鸣如水响。

夏日正午的阳光透不过河岸边那排古树浓密的枝叶，但蝉声轻易就从那些密实的叶片间穿过，声声都落到树荫下。叫声一波一波水浪一样地冲进耳朵，叫得人比晒在太阳底下还心躁。抬头，却寻不到蝉影，便感觉那片片翠叶都是伪装了的蝉。

索性懒得再去理那蝉，任它们声嘶力竭地叫。啜一口茶。再啜一口。闭了眼，靠在竹椅上养神。一阵凉风，顺着河道漫上来，竟然感觉到浑身清爽。原本与蝉噪一样让人烦心的喧哗的市井之声也感觉淡去了许多。心静，自然就身凉。闭着眼睛，在似睡未睡间，感受夏日的上里古镇。空出的耳朵，听伴坐在身畔的好友没有主题地闲话。

水是这镇子的精魂。

水从山上来,湍缓由着山势。一路奔波,一溪水响,孩童般地活泼。到了古镇所在的平坝,顺着平缓的水床,变得轻手轻脚,无声静流成潭。屏息静止,如初长成的少女,突然间羞涩不语。这静里,蕴涵着无限的生力。

泛舟水上,便有走进少女心怀的感觉。水清,且浅。能见河底沙石,颗颗洁净,河岸也是干净的,但没有水的浸润,那种干净显得硬。将竹篙往水里轻轻一点,那水就如被挠到了痒处,忍住了声音,却没能忍住一波一波的笑,漾向河边的岩石,又从河岸荡回来,将整个河面铺满。竹筏漂在水上,别在少女衣服上的装饰般,衬出河流无尽的妩媚。

有爱水的女人,挽起裤腿,或是提着裙裾,踩到河里去戏水。感觉是一朵朵的荷开了于河中,将单调的水面点缀得美丽非常。本是定如止水的心也活泛起来,深深地羡慕起河里的鱼能自由地无所忌惮地将那一茎茎洁白的美腿当作莲茎,穿梭嬉戏其间。

水声要在深夜人散之时才显现出来。白天被各种声浪淹没的流水声,此刻,漫上堤岸,流进未关严的窗户,流进睡眠中,将梦浸得湿漉漉的。如果在梦中不小心说出了情人的名字,那必是白天踏在水里最艳丽的一朵荷的形象。

**女人的河岸**

即将流入古镇的那一段河岸是属于女人的。

从清晨开始,便有早起的妇女蹲在河边,洗菜,淘米。一个,两个,三五成群,全村当家的女人都慢慢汇拢来。操持生活的女人们得把生计在这河水里淘洗一遍,古镇才有力气开始一天的生活。这是几百年形成的习惯。更早些的时候,还会多一样活计,挑水。现在自来水管安到了家里,水龙头扭开,水哗哗哗地流出来。但还是改变不了居家的老习惯。

淘着米,洗着菜,闲不住的嘴里便会说起昨天的见闻来。河里的小鱼也养成了一早就聚到这段河里的习惯,不是为了听这些闲话,那丢下的菜叶、淘出的碎米,先成了它们的早餐。

洗过了菜米,河岸也不会闲下来。晴天的早上,这段河岸会成为洗衣场。家里有了洗衣机,古镇妇女还是要往这里跑。洗衣机是惯懒人的,洗不干净,还是用手洗的好。河边天宽地敞,淘洗被子床单等大件的衣物时荡得开,漂得净,清得透。洗衣不用赶时间,吹起牛来就更从容。摆得高兴了,浸在水里的衣物被河水冲出好远才突然发现,然后几个人踏着水去追,踩得水花四溅。但更多的时候是特别亲近的闺蜜,凑在一起,压低了嗓子说话,说自己的委屈、婆婆的心偏,诉自己的苦恼、妯娌的不和。一个诉着,一个就劝。也有更年轻的小女子们,会悄悄交流恋爱的心得感受,男朋友对自己如何疼爱,自己又如何考验那小子。讲述人满脸甜蜜,倾听者是一口的祝福。长年累月,河岸边粗糙的石块,被衣物磨得光滑如女人的皮肤。

洗菜洗衣。这日常生活的劳作,现在已成为难得见到的风景。在上里,是司空惯常的景象。

## 上里的桥

船是绣在河面的装饰。桥是河束在腰间的佩带。

古镇三面环水。河流保护着上里,同时,也禁锢了自己拒绝了外界。要进入古镇,必须依靠桥的牵引。沿河架起的桥是风景中的风景。

上里那段长满古树的河堤下边平缓的河滩上,一列长条石,琴键般从河这边排到河那边。不涨水的日子,河水只淹到三分之二处,从两块条石间流泻而下。过河,就踩着条石,舞蹈一般地跳着到对岸。脚踏在条石上如弹着琴键般,哗哗的水声从脚下奏出。从条石上过河,脚步要轻盈,步幅要均匀,节奏要协调,否则就会走调,一脚踏空,栽到水里去。溅起的水花,以及因此而引起两岸的笑声,是这琴键奏出的额外的一串音符。

镇头的那座拱成了半个圆的石桥叫二仙桥。传说是一个妇人修建的,历时三年而成。桥成剪彩,踩桥仪式时,有两个要饭的叫花子冲过众人的拦阻,率先上了桥。等众人要将他们拉下来时,二人往桥下一跳,化为了两块石头,不见踪影。众人才知道那是仙人幻化成凡人来参与人间的好事,于是将这桥叫二仙桥。高高拱在河面上的,只是桥一半的建筑。在水里,还有一模一样的半个圆,架在飘着白云的蓝天上。两座桥,在水与岸相接处联成一个满圆。高架于河面上的二仙桥,古典、婉约。适合有月的夜晚,佳人相会,牵手望月。适合带露的清晨,丽人对水梳妆。适合夕阳晚照,有旅人从桥的那端一步一步登上来,站在桥上,扭身看一看来路,抹一把汗,又一步一步下到桥的这边,进到镇子里。有了这一座拱桥,不仅能避过夏天的洪水,更重要的是,将上里与古代紧紧地连在一起,让人感觉,不在这桥上走一走,就没到过上里,不从这桥上下来,就不能真正地走进古镇。

古镇两岸多古树,枝杈都向着对岸生长。那是有着长成桥的理想的树杈在努力实现自己的理想。但即使真长到了对岸,除了蚂蚁与爬虫,还有谁能从上面通过呢?当然,如果是刚好伸到对岸临水人家的窗口,这窗口里住的又是恰恰初长成人的闺女,会有许多的心与目光想从上面溜过去。

上里的桥,据说有十多座,我没有走完,也就不能一一介绍。就是那几条流经上里的水,也只记得它自己上面的那几座。

# 月照江村

汪建中

一

天下称得上江村的地方,实在不多。

在我看来,能叫作江村的,必须具备这样几个条件:一是村里村外,沟渠纵横,小舟穿梭,碧波荡漾;二是所有民居都古朴典雅、闲适淡定,其间不时点缀一两处园子,而这园子又是那样幽深,一脚踏进去后才发现它原是那么宏阔、那么精致,在柳暗花明中潜藏着那么些楼台亭阁;三是在纵横交错的沟渠上,随处横卧有石桥,石桥已经斑驳,桥栏上的纹饰图案在绿苔的掩映下,隐约讲述着古今典故和民间传说。

要寻觅这样的江村,当然只有去江南水乡,那里的村镇就具备这些特点。比如同里,在它纵横着的沟渠两侧,民居古朴,园林静雅,街衢恬淡。

然而,去同里的最佳时机,又应是中秋。尤其在中秋之夜,五湖同映一个婵娟,三桥共揽满河月色,那种明净、清澈,那种天地一色的通透与清爽,实在算是千古一绝。

去年的中秋,我正在苏州,但苏州的中秋节过于拥塞、过于喧闹,于是在朋友的建议和带领下,我们就去了同里。

从汽车里钻出来后,抬眼望去,直扑眼帘的是两个静雅的字:江村。

二

说同里是江村,一点儿没有贬义。因为,在习惯上人们都称它为古镇。按照传统的建制,镇当然比村大,但从审美的层面来看,江村所呈现的诗境和诗趣,远比镇邑优雅得多。所以,在我的心里,同里不是镇,是江村,而且直通诗心。

我们雇了一条船,沿着小河,在江村里绕来绕去。此时天色已晚,一轮皓月高悬九天。船头犁开一河月色,银光从船舷两侧散开,在船尾处又被拖出无数条银光的月痕,渐渐地,淡了,远了,然后就恢复了宁静。

岸上的民居,最老的据说已近千年,年轻一点儿的已有百年的岁月。在月色中欣赏这些古典民居,实在是诗意斐然:所有的房檐都勾勒着月光,所有的檐翘都挑着圆月,无论你从哪个角度看,它们都是那样古典,古典得完全可以入画、入诗、入歌。小河两边,老人们三三两两坐在岸上闲聊,见我们的船儿过来,他们友善地冲我们笑笑,笑过之后又继续着他们的闲聊。偶尔有一两对情侣,手牵手在河边漫步,在月光的笼罩下,他们的爱显得格外温情,格外浪漫。

虽然是中秋节,但这里的节日气氛并不浓厚,人们该干啥的,照样在干啥,似乎不知道这天是中秋节似的。对此,我很纳闷,在成都,离中秋节还有好些天,家家户户就开始张罗着买这买那,就连最不讲究的人家,也要买上几块月饼,称上一两斤水果,在中秋之夜烘托一下赏月气氛。但在这里,随着船儿缓缓前行,我一路都在观察,就没怎么看见人们对于节日的张罗和赏月的激动。照常理,这实在是不应该的,因为这里的人文气息如此深厚,古典之美如此普及,无论如何也得张罗出一个像样的中秋。经过仔细打量,我才发现,这里的人们如此淡然中秋,在于他们已经被古典浸润得习以为常,不会特别在意,也不会抛诸脑后。

有这样的心态,只有在生命中充满了大古大美的族群,才会有如此表现。假如他们面对一个中秋而表现出一惊一乍,那就不是同里,就不是小河缠绕着的古雅江村。

这里的石桥很多,样式也是千姿百态,最让人倾心的,是拱桥。这些拱桥,在月光的映照下,朦朦胧胧又迷迷离离,淡淡的桥影投射在河面,随着波动的涟漪,晃来晃去,十分优美,十分柔曼。

在同里,最著名的桥,有三座,它们分别是太平桥、吉利桥和长庆桥。这三座桥各有特色,呈"品"字形架设于三条小河的交汇处。由于有了小河,这江村就平添几多柔媚;由于有了石桥,又给这江村增加不少浪漫情调。最有意思的是,同里人喜欢"走三桥"。每逢婚嫁喜庆,他们会结队绕行这三座桥,来到桥上,他们要悠长地念一声:"太平、吉利、长庆!"据说,凡老人过大寿,也要去"走三桥",目的自是图个吉利。在这里,流传着这样的顺口溜:"走过太平桥,一年四季身体好;走过吉利桥,生意兴隆步步高;走过长庆桥,青春长驻永不老。"看来,在同里,人们已经把横跨小河的石桥作为一种幸福的象征,寄托着对美好事物的殷殷祈盼。

此刻,我们的船行到普安桥边,抬头望见一副对联,上联是"一泓月色含规影"——写得真好,暗合了我们此刻的心境。下联为"两岸书声接榜歌"——写得很浩荡,也很儒雅。据说,同里这地方盛产两样东西,一是古典建筑,二是进士。

据同行的朋友说,在同里这小江村,从宋至清末,先后出了一名状元、42名进士、93名文武举人。这些数字,对于一个省而言,不足为奇,但对于一个小小的江村来说,那就不得不使人惊愕了。这究竟是一方怎样的土地,居然出了那么多学子,那么多才俊?难怪普安桥畔的对联要这样写了:"两岸书声接榜歌。"可以想见,在当年,学子们为了一展抱负,在江村的两岸,夜夜都回荡着朗朗的读书声,而那此起彼伏的读书声连接着的,是揭榜时的欢歌与笑语。也许正是因为在几百年间出了那么多人才,同里才成其为同里;又也许是因为同里的风物优雅了千年,这才出了那么多的进士和举人。

在这里,人与物、景与人,已经黏合得难以分割,其实,一旦分割开了,那就不是同里了。同里存在的意义,不仅在于小桥流水,还在于小桥流水上的人文气息和华彩的生命。

天上的圆月,似乎更圆了。在一百多年前,这秋月照过一拨拨才俊的苦读与欢颜,在今夜,它照耀着我,任我在同里的水巷里悠悠然荡舟。

## 三

坐了大约一个半小时的船,我们上岸。

上岸后,踏着石板路上水淋淋的月光,那种感觉,简直犹如神仙。于是猜想,当年村里的学子们,在赶考的前夜,一定在这泻满月光的石板路上,伴着抑扬顿挫的声声诵读,来回踱着步。最终,他们一个个走出了村子,走向了一个宏大的人生舞台。

同里,有我梦中的江村所具备的一切气韵,这正如一副对联所云:"浅渚波光云影,小桥流水江村。"然而,同里又不仅只是这些,它还有很厚重的一面。当走进一处园子后,这才明白厚重的原因是什么。这所园子很有名气,它叫"退思园"。

退思园的建筑格局异常独特,改纵向设计为横向铺陈,自西向东构建。西为宅,中为庭,东为园。园内的亭、台、楼、阁、廊、坊、桥、榭、厅、堂、房、轩等,全都以水池为中心,营建出依水而居的江南情调,放眼一望,这些建筑仿佛全都漂浮在水上。

园子的主人,是土生土长的同里人,他已去世很多年,他死在任上,死在填堵黄河边决口的大堤上。这个人,叫任兰生。

任兰生做官做得不小,授资政大夫,赐内阁学士,任凤颖六泗兵备道,兼淮北牙厘局及凤阳钞关之职,还在安徽做过官,管理过很大一块地方。光绪十一年,任兰生因为被人诬告,以营私肥己罪被弹劾。回到老家同里后,花去十万两银子建了"退思园"。他建园的目的,据说是闭门思过,颐养天年。

退思园从光绪十一年开始建设,到光绪十三年建成。退思园建成后,任兰生在张曜、曾国荃的一再保奏下,经朝廷同意后复职。任兰生复职的这一年,黄河决堤,水患千里,灾民遍地,于是他被调去救灾保民。没想到的是,他这一去,就再也没有回来,卒于任上。

也就是说,园子建好后,任兰生还没来得及好好消受一番,就被调往抗洪救灾第一线赈灾去了。而他建园思过的愿望，还没来得及实现，就匆匆离开了人间。

退思园建好一百二十年后的中秋之夜，我和本地几个友人在月光灿然的园子里品茗。茶，是西湖龙井，是上等的名茶。园，是一等的名园，已在中国领了百年风骚。在这样的园子里品茶、赏月，于我而言，实在是宛若天堂了。

我们品茶赏月的具体位置，是在一艘石船上，它的名字叫"闹红一舸"。这石船横卧池中，半浸碧水，人站在船头，立即有湖上泛舟之感。舷侧的水面上，月影浮动，树影摇曳，仿佛这石船正在航行。围着水中圆月游动的一尾尾锦鲤，不时发出扑哧的声音，给宁静的园子平添了几分生趣。

在宁静的退思园里喝茶赏月，我倒是忽然有一种退思之感，而且十分强烈。思什么呢？也许只有天上的明月才知道了……

## 四

这天晚上，我们在太平桥旁的太平客栈投宿。

透过客房的窗口，正好望见悬天的中秋月。此时的月亮周围，没有一丝云，静静的，又净净的，显得尤为清明，尤为高远。唯有几颗稀疏的星星，在遥遥地闪闪烁烁。

明晃晃的月光从窗口照进来，洒了一地。望着一屋子的月光，我算是理解李白的名句"疑似地上霜"了。

窗外是小河，还有人在行船，咿呀的橹声，由远而近，又由近而远。这时候，谁家的人还在吹奏竹箫，那箫声沿着小河两边的民居隐隐传来。静心一听，那人吹奏的曲子是电视剧《红楼梦》主题曲。旋律凄楚，声调悲切，在这中秋之夜，给人的感觉格外怅然，特别伤感。

在这样的时候，李白那两句诗，蓦然飘进我的脑海："举头望明月，低头思故乡。"

啊，月照江村，窗外的船儿已远去，而两岸的灯火，仍在阑珊……

# 烟桥三味

孔令建

## 一 烟桥古味

　　烟桥村的历史古味,在于时间概念上的深远。这个建于明代正统十四年(1449)的村落,溢满了旷远岁月的醇厚之色。仿佛六百多年前的那轮明月,依旧照彻那泓溪水。溪水清而冽,柔且雅,可以濯足、仰泳、浣衣,更可以捕鱼以饱饥肠。那溅珠流翠的盈盈之媚,岭南的明眸,九江的风情,就这般响着,勾人魂魄。那个来自南雄珠玑巷的何氏六世祖,一夕邂逅,就钟情于斯而交心于斯了。六百多年叠加起来的明月,一起烛照着何氏先祖那一刻的迷醉、笑靥,以及一个捕鱼人前世今生的家园之梦。

　　烟桥,一个村落的名字,款款入世,敲落了一身的尘埃。它似燕子振翅,又如鬼魅出尘。那道泛着苍苍苔藓的木板长桥,虽然今天已经远逝,但记忆,记忆里的那张旧照片,是多么的清扬而古雅啊。朗朗的长桥,村民的步履,追梦的跫音,五月出行的木车轮声,腊冬的归途。是长桥,也是长长的相望,短暂的出与入,仅仅只缘于一木之撑。而桥下,桥下是终年缭绕的雾瘴、猜不透的烟气,想来那泓水,是一掬神水吧,它笼罩着老木桥,由来已久了。

　　烟桥,古老建筑群的生命闪烁之地,空寂老房子的灵魂安息之地。浩荡世风之下,伊人却依旧;灯火阑珊之时,那一袭旧风衣仍在猎猎旗语。爱情永远不会在这里私订盟誓,时尚永远不会在这里呢喃吐诉,柴米油盐的日常也永远不会在这里喋喋不休。这里属于故人的叮咛,遗留的嘱托。那些人去楼空的清寂,逝去的繁华与喧嚣,以群立的姿容耸于溪畔之侧。青砖,灰瓦,木雕,石雕,砖雕,灰塑。牌匾,酸枝家具,趟拢门,骑楼,石巷。发黄的花岗岩屋脚,木刻的雕花窗牖,泛苔的梁柱。还有,还有那些雕栏画槛,丝幛绮窗,锦幔清灯,凤阁鸾楼,彩旗金匾。那些镂金错彩的万千风情、那些活的岭南文化的内涵,是典藏的生命力、古老的文明、诗的意境……

何氏六世祖祠,烟桥村古建筑的灵魂。它是烟桥村的荣耀,也是烟桥村独具匠心之作。它的横空出世永远是谜团,谁也猜不透它披着岭南风情的面孔有多么深沉、多么古迈。清嘉庆十九年(1814),只因乡贤何文绮一次怀想先祖的叮咛,何氏六世祖祠的华丽篇章便重焕光华。重重复重重,行行复行行,何大夫的梦寐与渴求。二进三间,抬梁式木结构,镬耳山墙,举人梁骝藻的题额,探花李文田"淳叙堂"的挥毫,一切烦琐而精致的,都能漫出古典的气韵,浸透时间的流痕。

兰桂坊,"旌表节孝"牌坊,烟桥正道,以《周易》命名的元、亨、利、贞四巷,寂寂的空房子……这些被丢弃的孤魂,正用明清遗老的喑哑之声,祭奠着命运的凋谢。往事不堪回首哪!当年韶华灼灼之际,岭南古镇所孕育而出的建筑文明,伴随着先祖长袍上的热泪,一同喷溅在南中国的河汉中,悠悠地,雕塑了名门大户的家园梦想!可惜世事总是无常,历史总是无奈,昔日纸醉金迷、挥金如土的放浪,早已被冲蚀成了落伍的寒壁,徒留下远迈苍苍的古韵,诉说着当年的风流心曲,让后人侧耳谛听、屈膝膜拜……

## 二　烟桥儒味

烟桥村是儒林之乡九江的一只小舢板,行舟之途自然溢满了九江水的儒意。这样说或许不够准确,而应该反过来,是烟桥村令整条奔腾的九江充盈着恂恂儒意。

九江,一记响亮的雷电,一轮中天的日月!她曾是近代南中国读书人高山仰止的梦中圣堂。中国近代史可以忽略九江的存在，但不可以将维新变法的领袖康有为一笔抹掉。康有为，他在中国学术思想界引发的飓风和地震，切入了华夏古国的肌理。而他的诞生地，则是以励学而著称的弹丸之地九江。

也可以这么说，是九江掀开了维新变法的先声。九江是一水之眸，映出了封建帝制的斑斑锈迹。曾经，那皇朝的残声、昏沉的暮气、北国没落的霜霰，在西洋列强的坚刃利炮环伺之下，皆化作了腐朽的文化符号。是大义凛然的九江，从怀抱里射出一缕缕濡湿清湛的水潦，欲去扑灭千古帝国衣襟燃烧的火。

九江是史册上一篇被忽略的序言。

如果这篇序言必须要撰写，那应当由号称岭南鸿儒的朱次琦来执笔泼墨了。朱次琦，世称朱九江，1847年中进士。正是这位愤世嫉俗、辞官归乡的进士，将康有为纳入礼山草堂，让其拜师于门下，融释几千年中国学术文化史浩瀚的经络，又灌输他独立思考之精神、经世济民的宏愿，使迷途中的康有为"乃洗心绝欲，一意归依"。康有为后来的维新壮举，一切皆源自朱次琦的启蒙与教诲。

启蒙其实就像一根铁铸的链条，一环扣着一环，这其中有源头，也有后起。不管朱次琦对弟子如何进行大手笔的雕塑改造，他的思想源头，永远离不开母地的汁液。

而烟桥村，就是朱次琦的母地，也是他思想河流的原始泉眼。

朱次琦的人生观，是烟桥村一个曾被光绪皇帝封为"郡国乡贤"的辞官进士何文绮所引领和打造。何文绮，曾任兵部主事，为人刚正直爽，解民间疾苦，痛恨世俗市侩、奢靡腐烂的官场暮气，后解甲归田。晚年憩归烟桥，敦教乡人，诱掖奖励，昭然开出一代儒学之风，鞭策弟子问鼎翰林高峰，使九江这块弹丸之地，灿灿若星辰垂立。时未中举的朱次琦，成为其入室弟子。经何文绮日夜悉心栽培，朱次琦沿着先师之路，把弟子康有为推上中国近代史的风口浪尖。

历史就是这般偶然。官场失意的奉政大夫何文绮,想不到解甲归田之后,竟然成就了一番丰功伟业。不仅与弟子朱次琦将九江的儒风推至鼎盛,而且还点燃了中国近代史日月的无边光华。

如果帝都是维新的寻梦之地,那么九江就是维新的孕育之地,而烟桥,则是维新的渊源与肇始之地。这就是维新思想启蒙的链条,也是中国近代史中一个鲜为人知的秘密。

悠悠烟桥,滔滔九江水,昼夜不息地传响着何、朱励学勉进的儒风,使这块土地涌动着一股别具风韵的源流。正是这股源流,激勉着他们的后代,一往无前地追索着人生一个又一个高地。

### 三　烟桥爱味

爱是中华古国流传了两千多年的传统美德。烟桥古村不同凡响之处,就在于自古至今,屋舍梁瓦之间都充盈着浓郁的家国之爱。

游历过的一些风景、名胜、古村落,从来没有像烟桥村这般给我生命一次强烈的震动。或许我是个至情至性的人,关注的不仅仅是自然界的躯壳,我似乎更沉迷于它们内在的蕴涵。如果将烟桥村喻为一段六百多年的人生之旅,那么它的身心修为,已臻至出神入化之境。它用人性的至爱情谊,对抗着世俗的市侩、油滑、无耻、忘恩负义。朝代更迭之水,权力变幻之风,冲不掉它的真义、它的风骨。它就是固守着至爱的情怀,在物欲泛滥的人世中熠熠闪光。

在烟桥村的村口,有一棵古榕,这棵古榕不仅是村民劳作之余的栖息地,更是阐释烟桥深厚内涵的一个佐证。这不是一棵普通意义上的古榕。尽管它曾老迈苍苍、流翠滴绿,可是这样曼妙的华盖,在花木葱茏的岭南大地,似乎随处都能发现它们拔地而起的身影。这棵古榕令人震撼之处,就在于它是一棵历经风云变幻的"国事树"。那些村民每至国家发生变更,便聚于树下,从榕树上引种一株气根。至今古榕主干已有八株气根支撑了。八道虬木共拱华盖,除了奇观之外,更使我想到的是中国那些历史性的时刻,比如1945年日本投降,比如1949年新中国成立,比如1982年改革开放后的大好形势,比如1997年香港回归,比如1999年澳门回归……国事家事天下事,事事关心!这些被生活日常、被禾黍耕牛牵扯得心力交瘁的"匹夫",尚能去关注祖国的兴衰,并用自己独特的方式,记录下历史上一些伟大的瞬间,这又是怎样的一种爱国情怀啊!我想起那些身居高位的章服之侣、介胄之臣,他们尸位素餐,骄奢淫逸,有时为满足一己之私欲,不惜践踏国家的尊严,跑官拍马、钻营攀爬、蝇营狗苟……如果让这些鼠辈站在"国事树"下,与烟桥村的所谓凡夫俗子相提并论,那将是怎样一种颜面尽失的情形!

一个寂寂的古村落如果被家国之爱所点燃,那么这个古村落就独具了高迈宏阔的精神风标。它赫赫煊煊,如霓虹喷彩;它炫炫烨烨,如镍光溅泻,让人鞠躬虔敬,举目仰视。

## 曹植的鱼山

朱建霞

多少次，曹植习惯了一个人游荡在草木繁茂的鱼山上，一待就是一天，有时候，站立如青松，胸腔内澎湃如黄河；有时候身影歪斜，步伐踉跄。手中的羊毫，早已不知去向。有天地作幕布，宣纸也就失去了存在的价值。

手捻一棵青草，抑或一朵野花，泼墨挥毫之后，诗人望着远方的眼神，井一般深幽。这时候，他的魂魄早已经飞回到洛阳；从什么时候开始，君王家的金盏玉碗里，不再盛满亲情、仁爱；端上的，是比墨迹还要浓艳百倍千倍的血淋淋的现实？吹自洛阳的西风，飘来那熟悉的气息，铜雀台望断，再也没有一代才子旷世的文字来煨热每一块墙砖。

人生不乏曲折的异路。如鱼山通往远方的征途，蜿蜒、幽邃又错综复杂。这条路和那条路，如隔着一层帐幕的一颗心和另一颗心，相互参不透摸不着。白马如昙花，再不会在路的尽头出现，没有人发现金子做成的马鞍，在洛阳城空荡的马厩里回归尘土。

鱼儿畅游在绿水，鸟雀飞翔在天空，我的舞台呢？本来一张书案大小，现在只有一张宣纸的厚度了。沿着鱼山四季蔓延上来的寂寞，先是微温，后是凉，再后来是冷。那箱伴随身边的书籍，比不上鱼山嗖嗖的西北风，更让人清醒。一声长叹，在胸腔里发出闷雷般的呜咽。伫立在鱼山顶端，把蓝天白云纳于心间，把黄河田畴纳于心间，把春草微风纳于心间，却总也填不满那因亲情短缺荒芜的心。

晚霞映照的脸庞落寞抑郁，刀削一般冷峻的神色，是鱼山晚照中最亮的色彩。只是攥紧的拳中，一棵草或者一朵花早已沾上了丝丝血痕。政权里的冷是最嗜血的。昔日的那一幕，看的人惊心，写的人痛心，行行列列疾飞的诗句，如刀斧刻凿在胸口。七步就够了，一步一滴泪，一行一滴血，不差分毫地验证出一个不愿意相信也不敢相信的真实。一切都在权势的火焰里灰飞烟灭，化为乌有。

望着远方无边的疆域，心里总也想不明白：这么广阔的天地，怎么就容纳不下一棵弱小的草木？明晃晃的在眼前悬着的，不是朝阳不是明月，分明是一把销金断银的鱼肠剑，被艳丽的丝绦暂时遮住了寒光。只是细长的丝线上，悬挂的不是甜蜜的荷包，也不是丢在你眼前示爱的手帕，而是被权势压弯了腰的轻飘飘的命。

鱼山的秋天多于春天。在一个被远谪的皇子眼里，人生就是一场宿命，就是权势对权势的追附、杀戮，就是在流血的心上再补一刀，就是在破裂的青花瓷片上再踹上几脚，就是眼前的悬索等待你亲手挂上自己。渗入石头的字冷啊，冬天的鱼山，萧瑟、枯萎、空旷，如一副被刺骨寒风麻木的臭皮囊，那些隐喻原来早就在一块石碑上等你，等你来对号入座，等你来相亲相依，等你来对影成三人。唯独等不来岁月的轮回、手足的情分。

写诗谱曲，就唱给鱼山听。背过身去，把昨日关在身后，一心一意只掐一朵属于自己的花。如果还是不能忘，最好的方式就是一醉方休。鱼山上没有踏破的门槛，一壶酒，倒还是有的。一次次放倒自己，也就一次次放生了善与悲悯。一个人和一座山的秘密就这样被揭开，生在高堂大屋有什么用呢，还不如鱼山，这座小小的山丘，做了足以能埋葬生前身后事的驿站。

对曹植来说，鱼山是他的命运，是他的遁词，是他的解救。鱼山没有狂风骤雨，有的只是绵绵不绝的天籁，没有混乱纷繁的尔虞我诈，有的只是一目了然的简单。沉湎在自己的帝国里，黑夜造就了白天，梵音从合十的掌心飘出，在鱼山阔大的怀抱里荡漾，荡漾，直到回旋的晚风安息了黄河的波涛，抚平了一袭皱了的青衫，也平息了翻江倒海的心。

洗刷心灵的梵呗,水晶一般清晰明亮,在众生焦渴的嘴边,在盛放了一个人灵气的鱼山,在一摞摞堆砌的经卷里,在天地间,经久地回荡、萦绕。

　　流动的梵音,永恒拥抱着世界。鱼山构建的天堂,比缥缈的炊烟更真实,比嗜血的权杖更温暖,比大地上能果腹充饥的庄稼更体贴。

　　原来,得惠于鱼山灵韵的滋养,再悲苦的心,也会发出圆润的声音。

# 峨眉山的云

朱仲祥

古人常用"峭拔云霄,云鬟雾鬓"来描绘峨眉山。其一是说峨眉山雄峻高耸,有峭拔云天之势;其二是讲峨眉云的柔美多姿,似美女发髻一般。

关于峨眉云的神奇和美丽,有报国寺前的长联为证:"海拔越三千,高凌五岳,碧嶂苍崖,岚光艳艳映重霄。看萝峰晴云,灵岩叠翠,象池夜月,白水秋风;袅袅晚钟消俗虑,蒙蒙晓雨润洪椿。胜迹任遨游,快赏大坪霁雪,乐听双桥清音,休忘却仙峰探九老,金顶览祥光,尽将峨眉十景收眼底;峥嵘逾万计,秀绝瀛寰,云蒸雾蔚,瑞霭缥缥紫岭际。溯楚狂歌凤,蒲髯追鹿,真人炼丹,涪翁习静;皇皇功德郁楠林,赫赫神弓诛蟒孽。道场斯仰慕,欣诵子昂感诗,细研蒋史山志,须长咏太白半轮秋,石湖广行纪,会当天下名山注心间。"其中的"萝峰晴云""金顶祥光""云蒸雾蔚""瑞霭缥缥"都和云有关,足见云在峨眉胜景中的重要地位。

峨眉山的云,远望更美。郭沫若青少年时,常常站在沙湾故园,遥望峨眉山上的白云,引发无尽的幻想和诗思。他在《峨眉山上的白雪》一诗里写道:"峨眉山上的白雪,怕已蒙上了最高的山巅;那横在山腰的宿雾,怕还是从前一样的蜿蜒。我最爱的是在月光之下,那巍峨的山岳好像要化成紫烟。还有那一望迷离的云霭,笼罩着那寂静的家园。"诗中抒发了对峨眉山云霭的由衷赞叹和热情讴歌,以致后来成为他思念故土的乡愁。唐朝的诗歌皇帝李世民,是第一位讴歌峨眉云的诗人。当年他在成都做秦王时,站在蜀都极目秋日明净的天空,见峨眉山影在云中若隐若现,缥缈依稀,于是激情难耐地吟诵:"云凝愁半岭,霞碎缬高天。还似成都望,直见峨眉前。……日岫高低影,云空点缀阴。蓬瀛不可望,泉石且娱心。"他说仙境蓬莱、瀛洲虽难有机会亲临,但峨眉的云岫林泉,却是可以去游玩领略的。还有一次他来到城郊凤凰山上纵目望去,却见"修眉横羽"的峨眉山,从白云舒卷的云海中露出一点点山头,由高到低,由浓到淡,宛如少女新月弯弯的眉毛,轻轻地抹在淡蓝色的天空上,激起人无尽的遐想。只可惜"峨嵋岫初出,洞庭波渐起"。那时大唐王朝江山未定,洞庭湖畔又有骚乱,他难免生出身不由己之慨叹。

因为峨眉山在宗教和文化上的特殊地位,自古以来有许多文人墨客登临。20岁时的李白就是其中的一个。他怀着一腔侠义之士的热血登上金顶,亲见了峨眉耸立云天的雄姿,发出"蜀国多仙山,峨眉邈难匹"的慨叹。山中他幸遇广浚和尚,挥笔写下《听蜀僧广浚弹琴》一诗:"蜀僧抱绿绮,西下峨眉峰。为我一挥手,如听万壑松。客心洗流水,余响入霜钟。不觉碧山暮,秋云暗几重。"他借峨眉山的暮云,表达对朋友友情的依恋,生出人生聚散无常的无奈。乾道八年(1172),范成大在成都任军政首脑时,来到属地嘉州。经过燕渡时,举目远望,峨眉山影忽然出现在眼前,那高高的山影在白云缭绕间,十分雄伟壮观,不禁吟道:"围野千山暑气昏,大峨烟霭亦缤纷。玉峰忽起三千丈,应是兜罗世界云。"

来到峨眉山游览,不管是晴天或是雨天,云是你最好的旅伴。我们常常选择了晴天登临,汗水津津地攀援在普贤峰、雷洞坪或者是金顶上,远处青山清晰可见,山下的青衣江、大渡河如彩练飘舞。但仅在一瞬之间,便见白云从千山万壑中冉冉升起,很快汇集成茫茫苍苍的云海,如棉絮一般平铺在群山之上,洁白蓬松,滚滚滔滔,远接天际。但就在你为之欣喜惊叹之际,忽然一阵山风吹过,绵密的云海又飘散开去,渐渐露出一些峻峭的山峰来,恰似座座青葱的仙岛。刚端起相机想拍张照片,山峰却又俏皮地藏进了云海里。因此千姿百态、变化多端是峨眉山云的魅力所在。有时候,云雾似炊烟,顺着山崖飘向峰巅。风紧时,云海忽而疾驰、翻滚,忽而飘逸、舒展。它们似天马行空,似大海扬波,似雪球滚地。此时站在云端,顿生飘飘欲仙之感。

其实峨眉山的云和雾是很难分开的。水汽飘浮在空中便成云,云团栖息在地面便是雾。因此峨眉云也是难以捉摸,它们或成带状缠绕在山腰,或凝结成团状停留在空中,或变幻成絮状飞舞在林间。有时你厌烦似有似无的细雨湿了衣衫,其实是云朵拥吻后留下的痕迹。峨眉山有一处名胜叫"洪椿晓雨",其实不是洪椿坪经常下雨,而是特殊的地理气候造成那一带经常云遮雾罩,空气湿度浓于别处。很多时候都有雾气飘浮在空谷,或凝结在树叶,人们在这里待久了,时常会有"空翠湿人衣"之感。有时你感觉自己被一团浓雾围困住了,其实是你自己钻进云朵中去了。那时的你,被云蒸霞蔚神仙似的烘托着,飘飘然,悠悠然,临虚而独立,羽化而登天。翘首向上望,那些攀登在云雾之中的人们,也是那么不真实起来,他们仿佛不是脚踏实地地攀援在山路,而是飘飘忽忽地行走在通往仙界的天梯上。而回望来时登过的山路经过的山梁,却被大团的云雾笼罩着,全然没有了踪迹。

在著名的"峨眉十景"中,关于云的就有两景:金顶云海和萝峰晴云。

金顶观云海是常见的事,即便是大晴天,一早一晚也可欣赏到云海的舒卷变幻。观赏云海的至高境界是看"佛光"和日出。假如你来到峨眉山之巅,站在壁立千仞的舍身崖上,就会看见地平线上是云,头顶天空中也是云,人站在两层云之间,有飘飘欲仙的感受。俯看山腰的云海时,却见云海之上出现一个五彩的朦胧光环,里面有个模糊的人影在晃动。再细看时,发现自己动时那人影也在动。当年范成大见到时这样写道:"光之正中,虚明凝湛,观者各自见其形现于虚明之处,毫厘无隐,一如对镜,举手投足,影形相随……"并口占一诗记载此情此景:"重轮叠影印岩腹,非烟非雾非丹青。我与化中人共住,镜光觌面交相呈。非云非雾起层空,异彩奇辉迥不同。试向石台高处望,人人都在佛光中。"

至于日出中的峨眉云海,不是想看就能看到的,也要凭每个人的运气。1935年蒋介石坐镇峨眉山指挥围剿红军时,就曾专门到金顶看日出,可肩抬背扛将他搬上金顶后,老天就是不给他面子,一整天都阴沉着脸,直到第三天早晨太阳才勉强露了一下脸,让蒋委员长备感郁闷。

欲欣赏日出中的峨眉山云海,人们往往选择天气晴好的黎明时分,来到云环雾绕的金顶之上,在微明的晨曦中引颈眺望。远望东边云海中的云们,先还只是一片墨黑,忽然就被镶上了一道金边。随着金边光焰的变亮,灰色的云团渐渐裂开了一条缝,云缝中透出更多的橙黄的光芒。随着太阳金车的驾临,云海之上的霞光更亮了,就着露出一点闪亮的弧线,在云天相接处熠熠闪光。这时,为迎接太阳的隆重莅临,绚丽的霞光在云海上铺上一条鲜红庄重的地毯。在霞光地毯的那端,旭日慢慢升起,脸庞越来越大,太阳如新生儿般喷薄欲出。云海此时也是激动不安的,她们被璀璨的霞光激励着,如海潮一般不断地翻卷奔涌,仿佛在为新的一天欢呼雀跃。但仅就一眨眼的工夫,旭日就彻底冲破云层,在地平线上光芒四射。这时的云海彻底醒来了,云的激情完全被点燃了,仿佛整个云海都燃烧了起来,纵目之间红霞万朵锦绣千重,此时你真不知是该为太阳欢呼还是该为云海喝彩。

在有日出的天气去萝峰观赏晴云,是你最好的选择。萝峰是伏虎山下的一座小山峦。草丰竹秀,涧谷环流,古楠耸翠,曲径通幽。山峦上,数百株古松奇枝异态,苍劲挺拔,是峨眉山上少见的松树聚生地。你从山下的伏虎寺山门往左走,沿一条较为幽静的小路来到萝峰庵,寺里的老僧会给你泡了青茶,然后坐在寺庙前的石栏边,拥着一杯禅茶,静静欣赏"萝峰晴云"之妙。这时有山风徐徐吹过,阵阵松涛回荡在山谷之间,颇有"松威"气势。烟云从山谷袅袅升起,或从晴空缓缓飘过。我们从茂密的松林间望去,只见这些云朵们如山中美丽的精灵,时而曼舞轻飞于树梢,时而瀑布般泻落于山坳;时而亲近地缠绕在你身旁,时而矜持地悬浮在空谷。她们似漂浮的流泉,似舞动的白练,似屈原笔下的妖媚山鬼,似小提琴流出的曼妙旋律。丝丝缕缕的阳光从树间照射下来,使她们更显得曼妙圣洁。

峨眉山是普贤菩萨的道场,因此峨眉山的云也沾了不少佛家之气,有了其他山区的云所不具有的灵性。她们会在云海之上,凸显出一尊圣洁的佛像,或者幻化出一圈圈缥缈的佛光来。也有时她们直接飘进一座座古刹,去聆听和感悟佛的教义。于是我们看峨眉山的云,其实也是在接受佛的教化。她们用无穷的幻化来阐释佛的教义,告诉人们变是永恒的,不变是暂时的;用奇幻的云霓来告诉人们"色即是空",不要被眼前虚幻的东西所迷惑;用神奇的佛光告诉人们,要从迷茫中寻找希望,不要为一时的困扰轻言放弃。

# 把灵魂安放在白塔下

宋长玥

青海省黄南藏族自治州隆务河西岸,中国历史文化名村郭麻日,是一个奇迹般的存在。

村口南面,是一面四五十米高的台地,北面几块庄稼地,油菜花早已败落,装满油菜籽的豆荚饱满,垂向大地。路中间,矗立一座高大的木质牌楼,是现代建筑,正中写着"中国历史文化名村郭麻日"几个拙雅的大字。路南一棵参天古树赫然伫立,枝叶浓密,遮住了飞泻下来的阳光。粗壮的枝丫上,拴挂着几条哈达。古树很老了,一道道皴裂的树皮似怒张的鳞片,年龄无从知晓。村里的一个壮年男子说,他爷爷小时候这棵树就长在路边。

沿着古树上方一条被踩得白晃晃的小道,攀坡向上,就到了和古堡连接的大台地,巍然耸立在黄土台地上的安多第一塔,让郭麻日有了和古堡相媲美的名声。白塔半截子身子闪在半空,飘逸的白云,仿佛天上飘落的洁白哈达,挂在塔尖。白塔后靠郭麻日寺,前临隆务河,占地不算宽广,但气势威严,周围房院僧舍被伟岸的塔身映衬得小巧玲珑,宛然人类在大地上的微型泥塑。郭麻日人更为骄傲地说:去拉萨朝圣,不到佛塔,也是空欢喜。

佑护郭麻日的时轮解脱塔,出自十世班禅大师的意愿。1987年由郭麻日寺第七世曲哇活佛主持修建。塔高38米,共五层。我拜谒的时候,正值农历七月上旬,郭麻日寺的僧人正在闭关修炼。这一重要的佛事活动,从每年农历六月十五开始,到农历八月初一结束。陪我的导游卓嘎措从包里掏出一个硬皮笔记本,不好意思地说:郭麻日我不熟,就照着解说词给你们介绍吧。

这无关紧要。郭麻日的历史是鲜活的,就像一个人绵长的呼吸,富有生命力和感染力。只要你细心寻找,就会在一棵老树、一个故事、一件物件里发现它的影子。

这样想着,注意力就分散了。眼角向白塔无意一闪,蓦然发现一个僧人翩然从三楼塔沿东北角飘出来。往下看了一眼,又不慌不忙向前走去,宽大的绛色衣衫被风吹得飘飘欲飞。从底下看,感觉他不是走,而是凌空踱步。待我拿出相机,他已经转过东南角不见了。

卓嘎措在白塔前讲解了十来分钟,等我们到了塔的入口,只见朱门紧闭,数条浸着酥油油渍的哈达,默默垂挂在碗底大的铁门环下,不见看门的僧人。东南角,离白塔不过二十米远的郭麻日寺两扇宽大的木门也紧紧闭合。门口,两个晒太阳的年轻阿卡微笑着远远看着我们,不过几分钟,听见厚重的寺门吱嘎一声响,我转过身去,他们两个已消失在阳光洒满的台地。

郭麻日寺很有年头了,它是隆务寺的属寺。这座有着安多最大的檀香木雕刻时轮金刚立体坛城的古寺,创建于公元1350年,建寺初为宁玛派寺院。二百年后,迁移到郭麻日村,改宗为格鲁派。卓嘎措说,郭麻日寺是安多地区收藏坛城图案最多的寺院。她的说辞,立刻得到了看护时轮金刚坛城殿年轻僧人的肯定。

郭麻日寺的大门吱呀开了。只见先前在寺门口晒太阳的那个僧人走了过来,对卓嘎措说了一通藏语。卓嘎措翻译给我们听:阿格说,刚才在塔顶看你们不上来,我就回去吃饭去了。原来,我先前看见的那个在白塔上衣袂飘然的僧侣就是他。

低头进了大门,依转塔的方向上了第一层,发觉上到塔顶绝非易事。塔的边沿,只有四五十厘米宽的一条通道,各个塔层之间,高不过一米七,行走其间,必须紧贴塔身,弯腰低头。这种姿势,是对神灵敬重的一种姿势。白塔塔周,有108个善逝八宝塔。一层和三层,是宝座。二层和四层供佛,塔壁塑着35尊般若佛及观世音等菩萨像。在每一层塔的边缘,刻着梵文时轮金刚经。四角,装置着克尔老,这种在青藏高原处处可见的古老风转嘛呢经轮,借助风力,一年四季诵念着同样古老的经文。

小心翼翼走上白塔的第五层,不由长长舒了口气。塔顶主供佛为一尊檀香木雕刻的时轮金刚像,佛座前燃着酥油灯,敬献着饼干、水果等贡品,四周搭满了黄色、白色的哈达。佛室大概十多平方米,围绕主供佛,四壁的龛室摆满了经书,以及十世班禅大师及郭麻日寺第七世曲哇活佛生前穿过的衣物、用过的法器等,非常珍贵。主供佛背后,挂着十世班禅大师在郭麻日寺等地活动的照片,许多照片我第一次见。

站在塔顶,郭麻日及其附近村落尽收眼底。秋日的阳光洒在树尖,生起一层绿雾,落在水面,隆务河波光粼粼,好像一匹巨大的流动的丝绸。八月下旬,正是热贡河谷秋收的季节。白塔下面的一块场地上,村民们开着手扶拖拉机,打碾油菜。土黄色的油菜被摊成了一个大大的圆圈,随着碌碡快速滚动,腾起一阵阵土尘。三四个男女村民不停地用木杈翻拣,被碾压的油菜立刻蓬松起来,旋即,又在碌碡下复原为一张半个场子大的薄饼。我站在塔顶俯瞰,觉得他们是在一轮躺在地上的太阳里劳作,随风飘散的淡淡的油菜籽清香,混合着阳光的芬芳。

从郭麻日时轮解脱塔往西,一条散落着麦草和油菜秸秆的土路,直通古堡东门。大门右侧竖立着一块大青石碑,连同碑基,足有两米,记录着郭麻日古堡的历史变迁。这座在青海地区乃至中国西北保留最完好的古堡,最初根据军事需要,建在特莫科地。公元1328年由郭麻日千户李本尖措主持,迁移到现在的位置,历时五年,公元1333年落成,距今近七百年历史。郭麻日有着人类久远的家园记忆,宋朝的时候,就出现在历史文献的记载中。据此出土的文物考证,五千多年前,人类已经在这里开始智慧的创造了。

东大门前几年由政府出资修葺,全然不是原来的模样。据说,老城门非常低矮,仅容一人一马并行。经过整修,门洞高大宽裕了许多,三四个人骑在马上并排也能轻松通过。门顶,横着十数根碗口粗的椽子,悬贴着两张在白布上印制的坛城图案。地面没有整修,坑洼不平,尽是岁月沧桑。

过了城门,路突然变窄,一条土巷子狭长幽深,迂回曲折,伸向堡内。巷道两侧,三四米高的夯土墙体森然挺直,墙基用扁平石块垒砌。这些坚固的土墙,是数百年前郭麻日的主人们用当地的黄土夯出来的。它和青海东部农业区的十八板墙没啥两样,根基宽厚,随后慢慢收敛,至墙顶,仅一脚宽。墙头上长着雀儿烟、狼尾巴草及矮小的麦芒披碱草,有的人家,还从山里挖来野葱,栽在上面。一簇簇野葱缀满了米粒般大小的野葱花。

郭麻日是伫立在隆务河边的一座巨大迷宫。卓嘎措第一次带着客人就在里面迷路了,无奈之下,打电话向村长求助,才被人带出了古堡。古堡的军事防御能力从中可窥一斑。堡内巷道逼仄迂回,易于防守,大多宽不过一米,窄处仅容一人一骑通过,既错综复杂,又相互串连呼应,如无人引导,根本无法走出迷宫般的村落。更奇妙的是,如外敌侵入,无论进入哪一条巷道,躲在哪个屋檐下,都暴露无遗,会遭到来自三个方向的射杀,陷入无处可藏的绝境。这座东西长 220 米、南北宽约 180 米的古堡,只有东西南三个城门,没有北门,大概北边为抗敌方向,不设城门反易防守。城内,家家屋顶相连,每一个院落独立为一个军事防御单元,站在屋顶,以墙头做掩体御敌,位置绝佳。同时,便于策应和机动。

游走于古堡,一点儿也感觉不到肃杀之气。牛粪的味儿、青草的味儿,使幽静的土巷弥漫着令人眷恋的气息。偶尔遇到几个进出的村民,黝黑的脸上挂满了微笑,让你怦然心动,那种微笑,真诚、和善、亲切,仿佛迎接远行归来的游子。堡内,如今还住着 106 户人家。门框两边,张贴的春联完好如初。贴春联,应是汉地习俗,却在藏地出现,不能不说是稀奇的事儿,这在中国其他藏区绝无仅有,只不过这里的春联是用藏语印制的。问了几个年老的村民,都不知起源于何时,他们说:那时候我们不在(意思是还没有出生),真的不知道啊,从小我们就贴着哩。

民族之间的文化交融,常常会带来意想不到的生活情趣。

在郭麻日,几乎没有上锁的人家。即使门扣上悬挂着黑魆魆的老式机械锁,也是做做样子。钥匙就放在门旁边的小洞里。如果主人从里面用木门闩把门拴住了,你只需从门缝里轻轻一拨,大门便缓缓打开。随便进去一家,好像走进了几百年前的历史,里面的民居,至少都有数百年。

郭麻日人的聪慧,在民居建筑中得到了充分施展。为最大限度利用古堡内狭小的空间,户户修建两层小楼,与青海乡村民居庭院宽敞的特点形成了反差。寨内民居庭院紧凑精致,多为四合院式,房屋为土木结构平顶房,飞椽花藻,古色古香。屋内以木板作隔扇,在护炕木板、护墙木板墙围,用阴刻的手法雕着花草。房屋面阔三间,正面以木板隔墙并装饰木板条方格小花窗。郭麻日村民信奉藏传佛教,家家开设佛堂。佛堂设在二楼,所在的房屋一般都是上房,和佛堂不同向的两边厢房为卧室。二楼墙角上面,安放着风转嘛呢经轮。院落中央,立着挂经幡的旗杆,高出院墙许多;院内,煨桑台静立,有的人家还栽着菩提树、李子树和丁香等果木。每家的院落不大,但收拾得干干净净,角角落落弥散着古老和温馨。

# 马蹄上的宁夏

丁迎新

面对宁夏,我希望有一匹马,一匹雄健而威武的快马,无须汗血等名驹,但能追风赶月、踏雪无痕、披星戴月即可。

如此,才与我即将与之身心相拥的宁夏相匹配。

浑厚而苍茫的宁夏,也唯有马的铁蹄才能够尽情尽兴地踏遍、聆听和尽收足下。

**兴庆的脂粉和血腥**

兴庆,即今天的银川,是打开宁夏历史的一枚按钮,既牵系整个宁夏,也有着自己独特的人文传承。

兴庆宫,是唐玄宗时代的中国政治中心所在,也是他与杨玉环长期居住的地方,位于唐代长安城东门春明门内,属于长安外郭城的兴庆坊(隆庆坊),原系唐玄宗登基前的藩邸。

富丽如斯,除了八面来朝和唐诗的繁茂,满城脂粉飘香也是迷醉了一个时代的风景。杨玉环,是这满城脂粉中的极致,上演了一出"一骑红尘妃子笑,无人知是荔枝来"的骄奢。直至淹没了曾经的盛唐,寂寞的兴庆宫从此成为纸上的符号,躲进岁月的角落里,嘤嘤而泣。

尴尬的是,自然的风雨还没来得及一扫而光,倒让西夏的血腥来了个全覆盖。李元昊,北魏鲜卑族拓跋氏之后,弃唐朝时受赐的李姓,创立西夏王国,定都于此。整编部落,创造西夏文,颁布秃发令,建立蕃学,以马背和铁蹄精神,颠覆一切。

战争是血腥的,自古如此,或许可以理解,但夺媳为妻,杀母、杀舅、杀妻、杀子、杀大臣,再被子杀,太子又死在重臣之手,朝政落入外戚,而外戚又被李元昊的另外一个儿子所杀,血腥之浓烈,世所罕见。

距银川约30公里的贺兰山东麓,是西夏王朝的皇家陵寝,九座帝王陵和140多座王公大臣的殉葬墓,把一个朝代固化于此,博得"东方金字塔"之称。剽悍的马蹄之声早已在此长眠,却金石之音相闻,不绝于耳。这黄土之中不可能缺少血腥,正如其民族的血性一样,已经深入骨髓。以血腥埋葬血腥,是血腥成就了他们,也是血腥毁了他们。

今日的银川,早非昔日可比。作为宁夏的首府,是国家历史文化名城,也是中国—阿拉伯国家博览会的永久举办地,在"凤凰城""塞上江南""鱼米之乡"和"塞上明珠"等美誉之上,又头戴全国文明城市、国家卫生城市、国家园林城市、国家环保模范城市、中国人居环境范例奖等桂冠,被评为"中国十大新天府"。

兴庆兴矣,值得庆贺!

**游牧民族的艺术画廊**

有一种诉说,是无声的,却震撼人心;有一种语言,是朴素的,精简之极的线条却包罗万象;有一种穿越,是刚毅的,执着千年,笑傲岁月。

在宁夏,有一处地方,把几千年前的各种真实场景和物事活生生予以记载,不着一字,却实现了让历史告诉未来。这就是贺兰山岩画。峭壁悬崖之上、林木掩映之间、溪流纵横之处,均可见岩画的身影。

宁夏是中华文明的发祥地之一,"丝绸之路"穿境而过,历史上曾是东西部交通贸易的重要通道。作为黄河流经的地区,这里同样有着古老悠久的黄河文明。

宁夏也是多民族聚居的地方,中国五大自治区之一,不同民族的文化在这里碰撞和融合,成为中华文明的主要组成部分。贺兰山岩画,就是一场多民族艺术的盛宴,时间跨度从旧石器、中石器、新石器时代到春秋战国,再到西夏时期,囊括了自远古以来活跃在这一地区的羌戎、月氏、匈奴、鲜卑、铁勒、突厥、党项等民族的杰作,堪称中国游牧民族的艺术画廊。

因为游牧,最离不开的是马。恶劣的生存环境,步伐难以到达的,转而由马来完成。求生的艰难、奔波的风尘、人对自然的依赖、生命与心灵的对话等等,在语言文字还不够成熟的情况下,简单的涂抹满足了心愿的表达。随处一个地方,只要能够有留存的可能,就是画布,岩石成为最好的选择。

朴素的表现形式,因为与岩石的牵手,历经千年而不朽,栩栩如生。因区域的不同,岩画内容也有区别。石嘴山一带以森林草原动物为主,如北山羊、岩羊、狼等形象;贺兰山一带以各种类人首为题材;青铜峡、中卫、中宁一带的岩画则大多以放牧及草原动物北山羊为主。在贺兰山白芨沟等地,还发现了成片彩绘岩画,内容以乘骑征战人物形象及北山羊、马等动物形象为主。或凿刻,或磨制,内容和表现姿态广泛,所传递出的信息也丰富多彩,极富想象力。或真实生动,或亲切温馨,或肃穆严谨,或纯真无瑕,不一而足,各有其趣其妙其味。

对于当今的人们来说,即使是那些祖先曾经是马背上英雄的游牧民族,也再难有真切的游牧生活体验。与骏马的相伴和同生共死,甚至多于与亲人的厮守,那纵横驰骋的马蹄声声,又饱含着多少生命的壮烈和悲苦。这一片土地之上,哪一处山川、哪一处河流,不曾有过人与马相互纠结的呼吸?不曾有过烟尘滚滚的生存之搏,血雨腥风的昂首挥鞭?

贺兰山岩画,可见一斑!

贺兰山本身也是一部悲壮的历史。在中国的大山中,没有一座像贺兰山几乎一直处于承领战争的状态中,其间的明长城更是见证了鞑靼和明朝军队持续180多年的军事纷争。

颇有意味的是,壮烈之美里,也蕴藏着另一种柔性之美,那就是此地特有的葡萄所酿造出的美酒。这里是国际和国内公认的最适宜种植优质酿酒葡萄的黄金地带之一,张裕、长城、王朝、威龙等国内葡萄酒企业,轩尼诗、保罗力加等国际葡萄酒企业已纷纷进驻和建厂,为贺兰山增添了又一种魅力。

与战争无关的魅力。

**与马蹄共舞的诗词**

自从诗歌从劳动号子、民间歌谣里孕育和诞生,从那开始的每一个时段,中华大地无不在诗意的浸泡之中。独特地理风貌和多民族风情并具的宁夏,更是人们争相咏诵的对象,在浩繁的诗词之海中闪烁夺目的光辉。

曾有《宁夏历代诗词集》一书印行,上自远古,下至清代,搜罗历代文献典籍、地方志书、存世碑碣的文字,有关宁夏山川景致、人文历史、军事斗争、社会生活、风土民情等方面的诗词整理而成。共计1500余首,五卷本,160余万字,可谓浩瀚和厚重。

有意思的是,其中诸多诗作里隐约着马的身影和气息。单就目录而言,就有《出车》《饮马长城窟行》《周夫人赠车骑》《高平牧马诗》等直接与马相关联,更有《从军行》《宿温城望军营》等,无法逃脱以马为核心。可以说,它们是与马蹄共舞的诗词,你中有我,我中有你,相互依存。

王昌龄的"秦时明月汉时关,万里长征人未还。但使龙城飞将在,不教胡马度阴山"有着特定的时代意义,是民族纷争、战乱频仍的真实写照。苦难的是一方土地,也是一方百姓,那种祈求和盼望便根深蒂固,经久不息。

岳飞的《满江红》为千古传诵的爱国名篇。"怒发冲冠,凭阑处、潇潇雨歇。抬望眼、仰天长啸,壮怀激烈。三十功名尘与土,八千里路云和月。莫等闲,白了少年头,空悲切。靖康耻,犹未雪;臣子恨,何时灭。驾长车,踏破贺兰山缺。壮志饥餐胡虏肉,笑谈渴饮匈奴血。待从头、收拾旧山河,朝天阙。"气势磅礴,热血沸腾,肝胆向天,如战鼓雷鸣,风云涌动,激奋人心,大有鼓舞人们杀敌上战场的力量。

《使至塞上》是王维奉命赴边疆慰问将士途中,所作的一首纪行诗,记述出使塞上的旅程以及旅程中所见的塞外风光。"单车欲问边,属国过居延。征蓬出汉塞,归雁入胡天。大漠孤烟直,长河落日圆。萧关逢候骑,都护在燕然。"既是边塞生活的情景再现,也表达了诗人由于被排挤而产生的孤独、寂寞、悲伤之情。身在大漠的雄浑景色当中,得到熏陶、净化和升华,慷慨悲壮之情油然而生,豁达情怀显露无遗。这是唯有身处此地,才会有的感受和感慨。

韦蟾诗曰:"贺兰山下果园成,塞北江南旧有名。水木万家朱户暗,弓刀千队铁衣鸣。心源落落堪为将,胆气堂堂合用兵。却使六番诸子弟,马前不信是书生。"这是最能表述宁夏之美的作品,也成为一直以来宁夏对外的文化名片。

难得的是,毛泽东以一阕《清平乐·六盘山》一抒胸怀,抒情的点,就落在了宁夏的六盘山。是时势的选择,也是历史的选择,并以此展望中国之远景和未来。

"天高云淡,望断南飞雁。不到长城非好汉,屈指行程二万。六盘山上高峰,红旗漫卷西风。今日长缨在手,何时缚住苍龙?"

足矣,宁夏!

假如我有一匹马,一匹雄健而威武的快马,我将于贺兰山岩画里激情穿越,沿着笔画的脉络游走,甚至化身为笔,握在一双握惯马鞭和弓箭的手里,把心思和梦想呈现;我将做一回勇悍的卧底,紧随李元昊的鞍前马后,披腥风,沐血雨,融入西夏王朝的剽悍和血性;我将客串一次大漠边关的兵卒,日日面对长河落日圆大漠孤烟直,以久久不会干涸的热血浇灌冰冷的兵器,站成长城的一块砖;我将努力挤进行吟诗人的行列,怀揣产自贺兰山的葡萄美酒,把贺兰山六盘山朝那城禅佛寺石窟等等,一一走遍,把各民族的美食尝遍,风情民俗尽情品味,一路撒下诗的碎片、词的火种。最想做的,是深切感受今日宁夏的风韵与魅力,与江南好好地较量,看到底谁是赢家。

以宁夏之丰厚和沧桑,唯有一匹快马才能够助我尽情尽兴地踏遍、聆听和尽收眼底。

宁夏,本就是马蹄上的宁夏,纵横几千年,仍无止歇!

# 阳明山,光芒涌入

文紫湘

我不知道是这座山的名字让我产生了光彩夺目的幻觉,还是这样一个流光溢彩的词汇让我爱上了这座山。阳明山,太阳和光明的山,你没有理由不去热爱。

站在这座山的高处,"朝阳始出,而山已明",光芒洒遍了沟沟壑壑,洒遍了山坡和树林,洒遍了溪涧和水潭,让人不由自主地想起美国自然文学作家约翰·缪尔在《夏日走过山间》里所说的话:"你要让阳光洒在心上而非身上,溪流从心上淌过,而非从身旁流过。"让阳光洒在心上,让光明照彻内心,那是怎样的一种场景、一种境界?那种场景、那种境界,对任何一颗向往光明与澄澈的心灵,无疑都有着强大的诱惑力。当我走向阳明山的时候,我是敞开了心扉的,我想以一种完全开放的姿态来迎接——光芒涌入。

这座山在南方五岭的山系中属于都庞岭。都庞者,高大也。高大的山岭,巍峨的山岭,给人高山仰止的感觉,让人肃然起敬。它的南面还有一列大山岭,叫萌渚岭,其中的高峰九嶷山三分石是华夏人文始祖舜帝魂归之所,从那里发源的湘江干流——潇水,要穿过都庞大岭才能奔向开阔的洞庭湖盆地。确切地说,这一脉大水要从阳明山腹地穿过,切出一条深深的峡谷,才能走向辽阔的境域。河流在这条峡谷里异常湍急,狼奔豕突,被称为"泷河"。在人们无法翻越大山隔阻的年代,这样的河流虽然行舟甚艰,但仍然不失为山南山北相互交往的一条自然通道。泷河峡谷是阳明山腹地最大的一条切口,是古代永州和道州之间往来交通的要道。上行之船必得在现今称为双牌的泷河口拢岸休整后,才能闯过这一段漫长的险滩,因此河口码头就有了"泷泊"的名字。

尽管僻处一隅,山高水远,这些民间流传的故事,也足以让人感知到阳明山人文发轫的悠远历史,它的人文启蒙几乎与中原文明同步律动。而且,在后来漫长的岁月中,更多的历史人物将往来穿行于这一条幽深的峡谷,以他们深沉的感悟与吟咏为阳明山持续灌注丰厚的精神内蕴。

除穿越阳明山腹地的泷河大水——潇水外,阳明山自身发源的水系,最大的一支当数黄溪。公元805年,从唐都长安到永州任司马的贬官柳宗元,在永州蛰居了十年时间,这期间他走得最远的地方大概就是黄溪了。那时节他来到永州已经有六七年了,已经由城内法华寺搬迁到潇水西岸的一条溪涧边定居。他以自己伤痛累累的内心映照山水自然,命名这条溪涧为"愚溪",并将附近景致可观者全都冠以"愚"字,号称"八愚"。这时节他已经淡忘了重返朝廷的强烈政治愿望,安下心来,决定"终甘为永州民",过普普通通的日子。他悠游山水,写出了广为流传的《永州八记》《捕蛇者说》等风靡一时的名文和《江雪》这样精妙的千古绝唱。心静下来了,生活也就变得悠然起来,他有时候也弄弄花草,也养养鸡鸭,"临池弄小雏",把小日子过得有滋有味。

这一年,永州大旱,作为一方父母官的永州刺史,心忧如焚,要到阳明山去祈雨。亲笔撰写祈雨祷文的文章大家柳宗元被邀请随行。祈雨的仪式在阳明山黄溪河谷间的黄神祠举行,柳宗元又一次为永州山水的绝美风光醉倒。在柳宗元的眼里,"北之晋,西适豳,东极吴,南至楚、越之交,其间名山水而州者,以百数,永最善。环永之治百里,北至于浯溪,西至于湘之源,南至于泷泉,东至于东屯,其间名山水而村者,以百数,黄溪最善"。黄溪,简直就是山水中的山水、风景中的风景。那巍峨的山体、那茂密的树披、那清澈的泉水、那圆硕的鹅卵石、那怡然自乐的水中游鱼、那默立石上的黑鹰,简直无法用言语来形容。越往溪谷里走,风景越美。"树益壮,石益瘦,水鸣皆锵然",简直就是一条如诗似画的风景长廊,他为之写下了《永州八记》之外的又一篇游记小品——《游黄溪记》。

现在我们来追溯一下阳明山这个名字的来历。地方志中最早出现"阳明山"名的是清嘉庆十七年《宁远县志》:"秀峰,名真聪,本邑郑氏子……独行数十里,至阳和山,遇山僧明性,喜而驻足……入关坐化。遗命师徒,约以三年期满,方可开关。届期,有王孙菊坡,久慕高风,往山开关,视之,庄严端坐,俨然如生,深赞拜伏。南渭王加其谥曰'七祖',匾曰'曹溪正派',名其庵曰'万寿寺',改其山曰'阳明山'。"此前的方志记录这座山皆称"阳和山"。在永州地区迄今为止能够搜寻到的最早和最完整的府志——明洪武《永州府志》中记载:"阳和山,在城东北八十里,接道州界,乃王真人修炼之所。"只是这里有一个明显的笔误,即道州在永州之南,永州接界道州的地方只能是"城南(或东南)八十里"而不是"城东北八十里",因为永州城东北八十里接壤的是衡阳地界。在时间上仅次于这本府志的弘治《永州府志》却作了这样的纠正:"阳和山,在县东南二里,乃王真人修炼之所。"

在阳明山还叫阳和山的时代,这一片土地是乞丐皇帝朱元璋老朱家的天下,其第十八子从福建漳州徙封湖南武冈为岷王三十年以后,又分封第二代岷王次子至永州为南渭王。也就是说,明代藩封永州的第一代南渭王是明太祖皇帝朱元璋的孙子,此后八十年里,南渭王承袭三代,至第四代南渭王,因无子嗣,国除,撤销了这个藩号。考究起来,正是这最后一代南渭王将阳和山改为了阳明山。

多年以前,我曾从另一个方向接近阳明山,试图走进一个人的心灵,走近一座山的心灵。那时候,我还是一个青年学子,假期里到阳明山脚下的一个同学家玩耍,因为喜爱柳宗元的《游黄溪记》,自然而然便要去寻那遗迹。就像柳宗元所描绘的"山舒水缓,有土田",几户人家散落在山根处,仿佛真的到了世外桃源。这一方化外山水对当初那个政治逃亡者,既是身家性命的天然庇护所,也是心灵的慰藉。在这大山的怀抱里,疗治身心的创伤,恢复生命的元气,并融入民间,深接地气,改写人生,实现了另一番意料之外的生命价值。这是阳明山的另一幅精神图像,深深地刻入了我生命的磁盘,浸染了我的心灵。追求"阳明境域"的人性光芒洒在我的身上,也洒在我的心上。

　　一生一世,我敞开胸怀,迎接——光芒涌入。

# 东莞散记

梁协平

对东莞，我是一个标准的过客。尽管如此，它在我心中仍然保留着美好的印象。

作为广东历史文化名城的东莞，建郡于三国时期，距今已有一千七百多年历史，是岭南文明的重要发源地，也是中国近代史的开篇地和改革开放的先行地。可是，这样一座古老而新兴的城市，在珠三角的佛山工作了二十多年的我，还没有好好地、完整地畅游过，在我的脑海里，只能把碎片式的东莞拼接起来，完美它的形象。

历史上有名的虎门销烟，是从读书的时候就知道了的。20世纪90年代初来到珠三角的佛山工作后，到虎门游玩，参观虎门的威远炮台和鸦片战争博物馆，是我游东莞最为迫切的愿望，这也是我多年前的心愿所在。虎门威远炮台虽然已经退出历史舞台，不再是战争的焦点和关口，但是面对成为景观的老式大炮，面对浩瀚宽阔的海面，心中仍然无限感慨。仿佛虎门当年销烟的壮观景象，林则徐、关天培等爱国志士的光辉形象等，都在脑海里幻化成电影，镜头组接下的一幕幕影像，都是那么让人扬眉吐气……及至一阵潮湿的海风吹来，轻轻地呛了一口，才从幻想中回到现实。

这炮台，也许没有太多的美景，但它厚重的历史感，让你倍觉亲切，陌生而又熟悉。目之所及，这早已没有硝烟弥漫的土地，如此干净，空气如此清新，而大海的心跳，如此平和，仿佛置身于安静的世界里，享受着和谐的静谧。而更让人惬意的，是一种卸下重担般的轻松，仿佛此刻的觉醒，是当年自强的延伸，让人不自觉地有了一种责任，同时也有一种义务，让自己强大、让祖国强大。如果你觉得这个理由过于牵强，那么，如释重负地吁一口气，安抚内心的汹涌，总该有吧？难道你能在这炮台前面，像一个木讷的雕像，对这一切都无动于衷吗？

　　对于曾经肩负过历史重任的景点，我们所关注的，不是它本身是否如何的美丽或者独特，而是它曾经的辉煌。鸦片战争，作为近代史的序幕，是国人自省的开始，是民族振兴的觉醒。在这场战争中，广东人民反抗外国侵略、捍卫民族的尊严，留下了许多可歌可泣的事迹……很多时候，我们都是在铭记历史的过程中，找到自强的信心。同样，我们作为中国公民，有千百个理由爱国，有不可推卸的责任去维护祖国的利益和尊严。而在广东，这厚重的历史使命中，虎门炮台有着无比重要的责任。这责任，没有人赋予它，只是它本身因为历史的原因，自然而然就有了这般重任。所以，对东莞，我对它有着良好的印象，即使是后来东莞出现的一些负面的现象，也完全没有影响到我对东莞的情怀，因为虎门销烟已成历史，已成国人的烙印，深深地烙在每一个人心中。而我，尽管也有生活上的各种不如意，但命运却也待我不薄，总是在我失意的时候，给了我希望和机遇，因此，我感觉自己是幸运的。而这幸运，来自我所生活的中国，我有充足的理由爱她。而虎门炮台，肩负了自强与抗争的双重责任，我也有足够的理由去景仰它。这平凡之中的炮台所在地，在我心中，仍然那么的美丽与博大。

　　虎门销烟博物馆，也是一个盛大的景点，它所容纳的，是时间和空间的结合体，是浓缩的精华。在那里，我们可以清楚地知道近代史的开端；在那里，我们可以领略到林则徐、关天培等爱国志士的壮志情怀；在那里，我们可以流连于历史与现实之间，陶冶我们的情操，让民族的情感，发扬光大……

　　每次经过东莞，或者在东莞逗留，对东莞的绿，总是有良好的印象，我对它的赞叹，是绝不吝惜的。也许东莞是新兴城市的缘故吧，与珠三角的一些老城市相比，东莞的规划合理而新颖，道路宽阔，两旁的绿化带也很宽阔，绿荫成片。所以在东莞的道路上行车,舒服而享受。东莞虽然是一个新兴的"三来一补"的城市,但仍然有着它深远的历史底蕴,有着它丰富的辉煌。可园,让我对莞城的记忆,有了全新的感觉与认识。可园是广东的"四大名园"之一,其余三个都在珠三角的南(海)番(禺)顺(德)地区,唯独可园在东莞,这其中,就有一种让人探其究竟的好奇之心。可园是在莞城的客户带我去看的。因为没有跟着导游,没听到相关的解说,只凭着欣赏的目的去游玩。在高楼林立的现代都市之中,可园像是健朗的长寿老人,有着矍铄的精气神,与年轻的现代建筑和谐地融为一体。可园的精致,在这新中,更显得不可或缺,更显得韵味十足。

"可羡人间福地,园夸天上仙宫。"前人曾如此称赞可园。这清代广东四大名园之一的可园,所有建筑均沿外围边线成群成组布置,"连房广厦"围成一个外封闭内开放的大庭园空间,布局高低错落,处处相通,曲折回环,扑朔迷离;空处有景,疏处不虚,小中见大,密而不逼,静中有趣,幽而有芳;加上摆设清新文雅,占水栽花,极富南方特色,不愧是岭南园林的代表作。步入庭园,环廊一周,全园景色可尽览无遗。亭台楼阁,山水桥榭,厅堂轩院,一并俱全,处处有景,景景不同。流连在可园,你除了惊叹,还是惊叹。这典型的岭南建筑,实在让人叹为观止。

到了东莞,观音山是必定要上的。

"南天圣地、百粤秘境"的观音山,是国家森林公园,其山势雄伟、林木茂盛,负氧离子含量极高,有"天然氧吧"之美誉。走在绿树成荫的佛光路上,千年古树亭亭玉立,神秘莫测;拔地倚天的慈云阁,犹如古原玉簪,直指苍天;百鸟园里,聆听清脆鸟语,细闻百花之香,怡神又醒脑;云雾缭绕的仙宫岭,林荫蔽道,古树参天;仙泉飞瀑有气吞山河之势,叹为观止;感恩湖里微波涟漪,倒影绰绰;登上观音广场,极目远眺而心旷神怡……山上林立的景点,原始的自然生态环境,以及威严庄重的观音圣像,让人啧啧称奇,赞叹不绝。

一步一景的观音山历史悠久,具有深厚的文化底蕴。大慈大悲观世音菩萨初抵中华时,首处停留于此。山顶观音寺供奉一尊高33米、重达3300多吨的世界最大花岗石雕观音圣像。观音圣像雄踞观音山顶,端坐须弥莲座之上,头戴宝冠,身着天衣,肩披帔帛,胸饰璎珞,左手持净瓶,右手结无畏金刚印,古朴典雅,栩栩如生,是极具盛唐风采的石雕艺术精品。

东莞观音山,观音山上观音圣像,我仰之弥高,永远难以忘怀。

# 看山是山

徐小斌

## 一、关于观音山的考证

大千世界,叫作观音山的山有很多,著名些的,至少有台北、高雄、浙江和广州的观音山。

台北有个观音山:山形犹如横卧的观音像,为台北最热门的登山去处之一。山上坐落着不少名刹古寺,并可溯溪望瀑,观鹰赏鸟。1999 年,我曾随中国作家团来到此地,饱览了一番美景——至今余韵尚在。

高雄有个观音山:位于高雄东北方向的大社乡,因绵延丘陵中有一石,状如观音端坐,且有众峰拱侍,故名观音山。——其土质细致可赤足登踏而不伤——故有赤脚公园之说。

浙江有个观音山:屹立于东海蓬莱仙乡,峰峦高耸,数峰状似莲花,四面环海,峰顶常有云雾缭绕,山头若隐若现,似天庭仙境。

广州有个观音山:乃越秀山之旧称。海拔很低,冈峦起伏,树木葱茏,山光水色,景色迷人。于 1921 年孙中山出任非常大总统时辟为公园。西面的木壳岗上,屹立着一座五羊石像。现为广州的城徽。

大概还有很多不为我知的观音山……

而我写的这座观音山是广东东莞的"小香港"樟木头观音山——若干年前,它大概还只是一座不为人知的小山,而现在正在向名山迈进,业已成为东莞乃至广东森林自然资源利用最大的休闲旅游场所,游客量每年大幅度增长,观音山国家森林公园也因此成为广东省防荒漠化、生态保护方面的范例。

如今,观音山已被国家林业局批准为"国家级森林公园",这是中国首家民营国家级森林公园;2006年,又被国际生态安全合作组织授予"国际生态安全旅游示范基地"称号。

——面对如此成就,董事长黄淦波放言:"未来我们的目标之一就是要打造长江以南的佛教文化中心。"

呵——佛教文化中心?这可是一个宏图大愿啊!

## 二、关于观世音的考证

参观开始,首先映入我们眼帘的,自然是那尊巨大的、据说是全世界最大的玄武岩观世音菩萨像了——她雄踞观音山顶,据说净高33米,重达三千多吨,雕刻精美,风格典雅,表情微妙,极具盛唐风采。

观世音是佛国众菩萨的首席。她在世俗世界中的知名度与影响,绝不低于释迦牟尼。菩萨在佛国中的地位仅次于佛,又叫大士。菩萨的意思是"觉有情""道众生"。他们的职责是协助佛普度众生,了却一切烦恼,永远欢乐。

观音的最初原型是古印度婆罗门教中一对孪生马驹,称双马童神,象征慈悲与善。它们能使盲人复明,不孕者生子,公牛产奶,朽木开花。佛教产生之后,双马童神渐变为一位慈眉善目的菩萨,叫作"马头观世音",塑为男身。在佛教密宗中,至今有一位"马头明王",造型愤怒威猛,头有四面,分别为菩萨面、大瞋怒黑色面、大笑颜面、碧马头。这便是那位"马头观世音"在今天的变种了。

佛教又有《悲华经》一部,说是过去有一转轮王,大太子名不昫,即观世音;二太子叫尼摩,即大势至。不昫立誓使众生脱离苦海。后来转轮王修行成佛,即西方极乐世界阿弥陀佛。不晌和尼摩成为父亲的左右胁侍,合称为"西方三圣"。

观世音传入中国后,逐渐被汉化,被附会为汉家公主。流传很广的关于妙善的传说便是如此。

观世音又有许多形态,所谓六观音、七观音、三十观音等。六观音有两种说法:天台宗所传为大悲观音、大慈观音、师子无畏观音、大光普照观音、天人丈夫观音、大梵至圣观音。密宗所传为千手千眼观音、圣观音、马头观音、十一面观音、准胝观音、如意轮观音。

在中国佛教中,还有一个常见的马郎妇观音。传说唐朝元和十二年,观世音化为陕右一位美女,有众多男子前来求亲。美女云:谁能一夕诵读《普门经》者,可成佳婿。于是众男子诵经逾夕所剩二十,美女又让求婚者在一夕之内诵完《金刚经》,所剩仅十余人。于是观音化成的美女又提出新的要求:令求婚者于三天之内诵完《法华经》七卷。三天到期时只剩下了一个马氏子。于是美女答应嫁他。谁知婚宴未尽,新娘便死去了。几天后有一老僧来到美女入殓之处,以杖拨尸,尸骨化尽,只剩下黄金锁骨。老僧云:"此圣者,悯汝等障重,故垂方便化汝身。"说完腾空而去。从此,陕右一带便供奉马郎妇为观音。

密宗又有所谓十一面观音,具有十一个脸面:前三面作菩萨面或慈悲、寂静相,左三面作嗔怒相,右三面似菩萨相而长有狗牙,后一面作大笑状,顶上一面作如来相,十一面各戴华冠。另有一种形象有十头四臂,右边第一手持念珠,第二手施无畏,左边第一手持莲花,第二手持军持。

至于千手千眼观音的来历则有若干说法。其一是据佛经云,观世音在过去"无量劫",听千光王静如来说法,立下大誓愿,要"利益一切众生",于是长出千手千眼,千手表示遍护人生,千眼表示遍观世间,寓大慈大悲,法力无边之意。佛教所云"慈悲"二字有特定含义,所谓"大慈与一切众生乐,大悲拔一切众生苦"。佛经宣称供养千手千眼观音,可以得到息灾、增益、敬爱、降服等四种成就法。

还有一种中国式的说法。说是妙庄王有三位千金,大女二女都顺利出嫁,唯独三女妙善各色,非出家为尼不可。妙庄王大怒,将她赶了出去。妙善修行成了正果。后来庄王得病危在旦夕,需亲生儿女献出手眼方能治愈,无奈大女二女均不肯献,三女妙善化作香山仙长断手剜眼,庄王服后即愈,才知仙长为三女妙善所化,于是呼叩天地,求佛祖让三女长出手眼。后来,妙善长出千手千眼,成为千手千眼观音,庄王亦皈依佛门。

又有一种说法是妙庄王便是春秋时代的楚庄王,公主妙善以手眼救活他后,庄王命人建寺,塑成全手全眼,不料侍从误听,传旨为"千手千眼",于是造出千手千眼观音像云云。

总之,观音的各种形态不过是一种迷惑世人的障眼法。张恕想。

《红楼梦》第五十回"暖春坞雅制春灯谜"中有这样一段对话:李纨笑道:"'观音未有世家传',打'四书'一句。"黛玉笑答:"虽善无征。"是说观世音生平不可考。

的确,无论是双马童神、转轮王的王子,还是妙庄王的女儿都不过是一种传说,真的观音,连性别也无法确定,生平便更是无法考证了。

## 三、从"看山是山"到"看山是山"

登山时我们的人马分了三队,《人民文学》主编韩作荣老师迈着他轻盈的脚步,如闲云野鹤一般走在最前面,我和商震、陆教授走在中间,飞宇和负责接待我们的刘先生陪着从维熙老师和钟大夫走在后面——三队人马相距甚远。

观音山果然不同:山势雄伟,林木茂盛,鸟语花香,一步一景。到处都是奇异的树,那些树的古怪的名字,让我想起神秘的爪哇岛植株。据说,山里藏着一千多种植物,我边走边拍照,不知不觉就被落在后面——神秘的事情发生了——我环顾四周,空无一人,刚刚还在说笑的人们,转瞬之间荡然无存,按我拍照的时间,顶多和陆、商二位相隔数丈,可无论怎样加快脚步,都不见人影,偌大的一座山,只剩了我一个人,饱含负氧离子的空气扑面而来,从山的夹缝中,隐隐可以看见花岗岩的观音,天空似乎响着背景音乐,那是一种令人威慑的背景音乐,那是天空的呓语——久之,我似乎已经洞穿了天空的表层,看到了更深邃的东西:造型优美的莲花和飞天藻井,轮状花蕊的复莲,流动的飞云,旋转的散花,飘舞的长巾,艳丽的葡萄、卷草与联璧纹,那云气动荡、衣袂飘飞的伎乐天……那无数的飞天、药叉、雨师、伎乐、羽人、婆薮仙、帝释、梵天、菩萨、天龙八部……那是明亮的天空率领众生的祈祷,具有一种难以言传的震慑的力量。

观音山,已不复为山,而成为空蒙的流云绿树,加入了众生的合唱。

就突然想起了关于"看山是山"的说法:据说,唐代临济宗禅僧青原惟信曾说,老僧三十年前未参禅时,看山是山,看水是水。及至后来,亲见知识,看山不是山,看水不是水。而今得个休歇处,依前看山只是山,看水只是水。

其实,宗教并不纯粹。同是佛教,便充满着相互对立的两极:佛教基本教义主张修"戒、定、慧",忌"贪、嗔、痴",而藏传密宗却认为双身修密,也就是佛与相应的性力结合时,才能达到某种境界。说到净土宗,更是颇有几分荒唐。现在影视中凡穿袈裟的和尚谁不先念一声"阿弥陀佛",殊不知佛国净土有三:西方阿弥陀净土,弥勒佛兜率天净土,东方药师琉璃光王佛净土;若是念错了名号,想去西方极乐世界却念诵东方佛祖,那可怎生是好?不过无论怎样,净土宗是最受百姓欢迎的,因为修行方法极为简单:无论过去多少罪恶,只要念一声佛,便可横超三世,往生极乐。至于禅宗却恰恰相反,所谓佛法在世间,平常心是道,以心传心,我心即佛。唐代高僧诃佛骂祖是家常便饭。德山宣鉴禅师便有"达摩是个老臊胡"的名言。

近年来对宗教感兴趣的人越来越多了。无论是佛寺、道观还是天主、基督教堂都常常人满为患,一律或跪在蒲团上三拜九叩,或边画十字边跟着唱诗班哼哼,或逢山门必进,进则必烧香求签,不求到上上签绝不罢休。而那所谓上上签所示的,无非是最最凡俗的心愿而已。这不禁令人想起唐代的和尚怀玉。每天念佛五万遍,后西方众圣持银台(中品)来接,怀玉竟提出:我本望金台(上品),为何拿银台来?于是西方众圣只好乖乖换了金台。怀玉的抗议译成现代白话文,便是:我本来该是正职,为何给我定为副职?真正岂有此理!我那五万遍佛算是白念了!这非但荒唐,简直有点滑稽了——这一切不过是让人们抛弃现世的物欲而去追求来世的物欲,却终归无法摆脱世俗的一切。我们大慈大悲的观世音,看到这些又会作何观想呢?!

色有伪色,空无真空。"知太虚即气,则无无。"——山之观想,水之祈祷,树之合唱,才是佛祖的莲花,才是观音的净瓶啊!

——三队人马终于会师——看着从维熙老师历尽沧桑却依然慈眉善目的面容,我突然明白了青原惟信看山是山的真谛——最初的看山是山看水是水是未习禅前的见解,是对客观世界的肯定;第二阶段则是习禅后的见解,是对于第一阶段的否定,也就是达到了物我两忘、浑然一体的境界;但仅仅如此仍是不够,还要有第三阶段,即开悟后的认识,是从瞬时的有限去把握无限,它是否定之否定,实际也是一种肯定,只有在这时,才算找到了真正的自我。走到"我心即佛"的境界——似有经历了"九九八十一难"的感觉——平常心是道,佛法在世间——这是一个参悟的过程。

好在上天是公正的,于是人生中不仅有残酷,还有快乐、洒脱和幸福。当我们看到美丽的山水背后潜藏的阴影,不必惊奇,不必气馁,有朝一日我们会忽然感到那阴影也是那山水的一部分,没有它,世界就会缺了点什么。那时,我们看山仍是山,看水仍是水,只是因了那阴影的衬托,这山水便更美丽了——历经九九八十一难而进入化境的从维熙老师,智慧通达世事洞明的韩作荣老师,想必已经到达了第三个阶段,而我和飞宇等诸人,大概还需要长期的修炼啊!

——但愿黄淦波打造的"佛教文化中心",能够真正为我们带来佛祖的莲花,观音的净瓶!

## 跋：清净如山

东莞樟木头观音山，厚积薄发，成为东莞规模最大的国家级旅游风景区，扛起珠三角生态文化大旗，发展绿色旅游经济，实现可持续发展，承载东莞这座城市的梦想！

观音山十八载沧桑巨变，十八年勇立潮头，十八年奋进写春秋！

历史也将会记住，十八年前的观音山，是一座长满荒草杂树的无名小山，在地图上难觅其踪；十八年后，观音山已崛起成为东莞旅游产业自主创新的旗帜、深港游客梦想的乐园。

作为中国首家民营的国家级森林公园，观音山历来注重环保意识，抢占文化的制高点，将历史文化、自然山水和现代文明融为一体，从寂寂无闻到闻名遐迩，从荒芜到浓荫满山，十八年来走出了一条具有特色的"观音山之路"。

十八年艰难困苦已然成风景！只要来东莞，观音山是不可不看的一道风景。观音山园区内峰峦叠嶂，互竞姿色，景色变幻莫测。走进观音山，难见人间浊气，唯有卷经诵咏、梵音与香烟相绕；碧掩脉峰中，佛文化的宁静在森林气息里得到更多的诠释；山的平静与气魄相互并存，造就出一种亲近远古、密境探幽的心灵释放。

十八年，只是一个开始。而今春风又唤南海潮。观音山新一轮发展的蓝图已经绘就,站在新的起点上,观音山正以更宽广的视野着眼未来。

自 2004 年起,观音山成功举办了首届观音山健康文化节以来,至今已历经十三届。健康文化节围绕着"文人、文学、文化",先后举办了多届"全国书法艺术大展征稿活动""观音山杯游记征文创作大赛""中国观音山诗歌节""东莞启智行传统文化体验行动""全民健身活动暨万人登山节""中国作家高峰论坛""书法名家现场笔会"等特色健康文化活动。为南粤地区旅游经济的发展注入深刻的文化内涵,为泛珠三角地区旅游品牌的打造带来新的气息与活力。

黄鹤楼、滕王阁因不朽传世名篇,屡建屡毁,屡毁屡建,千年来风雨沧桑,屹立不倒。观音山秉承传统文化,意欲为景区铸灵魂、聚灵气,沉淀厚重文化。尤其值得一提的是,观音山连续十年举办"观音山杯·美丽中国"全国游记征文大赛,旨在提供平台,推动游记文学发展,让山水融入文学,让禅理融入文学,让生活贴近文学,创作出有影响力的游记作品,奏响时代最强音!

东莞观音山,已成为广东文化的象征,传统文化传播的平台,尘世中的一片净土。

历年"观音山杯·美丽中国"全国征文大赛,名家汇聚,文采飞扬,频出佳作,实为难得。心喜之余,回首十八年发展历程,感叹良多,特兴起作赋一篇,以铭之:

鸿蒙借云雾培春秋,风雨顺日月挹江河。斯山有幸,蕴万载甘露而叙跋,斯域承德,乘千年紫气散慈悲。巍巍其山,含绿吐芬,渺渺静空,结地漫法;荡荡星穹,破夜启明。西法东弘,以缘启因,就道利生。昨五劫九难,魔仗势起,压正摧善,倒良腾妖,是山迎恶风抗腥雨击邪招越击越强。佛法有义,淡淡笑抖尘,法在心在像在山在。

今南国有幸,与普陀共展;此世合运,利众生造福。道艰如登天,赖八万法门;三教惟心,解惑成雄。是山一序而基成,历百死无悔,试待一甲，渡亿众利天。万亩芳绿，载法育人，虽小而法雄；千瓶甘露，荡尘生慧，虽繁乃怡心。迎阳乘雾驾云巡九州，捧经披卷修心拜众生；兰吐灵幽，凤鸣众祥，星射无明，地载绵福，赖法而照，依慧恢弘。漫夜有边，四山已铭，恒志述义，字奥演真，于未法弘义，顺习般若也。

　　江山有灵，护善佑良，百姓有义，礼佛称心，众贤观迹，化劣比优；断万魔之力，促百亿之祥；鸿乐天地，应极乐之域也。

**祝愿清净如山。祝福美丽中国！**

黄淦波

广东观音山国家森林公园董事长

# 代编后记：文学是人类感恩自然的最佳途径

人类在征服世界的征途中，渐渐地失去了自己的灵魂。尤其现代社会，红尘滚滚人心浮躁，我们若想与喧嚣都市抗衡，也许最佳选择就是投入到自然中去，享受星辰、山河、森林、海洋，让生命从中获得身心滋养，获得真正的愉悦与幸福。而我们从自然中领受到的感悟，一旦化为文字，就成为了自然文学。

中国人讲求顺应自然，强调天人合一，将美好的品质赋予自然，比如山水、树木、花草、虫鸟；古人写文章，大多是写山水、游记，即使当今的散文写作领域，游记文章也占了相当大的比例。正如林语堂所说，"中国艺术的冲动，发源于山水；西洋艺术的冲动，发源于女人"。

中国文化历来探究人与自然的关系，而欧美几十年前也兴起了写山水、荒原、旷野……也就是写大自然的热潮，名之为"自然主义写作"即自然文学。美国作家梭罗被奉为"自然文学的先驱"。梭罗热爱自然，探索自然，崇尚自然，宣称"大自然就是我的新娘"，鄙弃物欲主义，向往精神崇高，撰写了四本描述和赞颂自然界的著作，其《瓦尔登湖》成为自然文学的经典之作，风靡全球，至今畅销，被自然文学写作者奉为圭臬。

所谓自然文学，从内容上看，主要思索的是人类与自然的关系；从形式上说，当代的自然文学，主要包括环境文学和生态文学。

一般而言,任何人都会热爱自己的祖国。对于我们普通中国人来说,爱国,首先爱的是山水中国,其次是文化中国美学中国……

山水游记散文写作一般有三个层次:描写、感情、哲理,以《岳阳楼记》最为典型、典范。现在,影视的方兴未艾,摄影的空前发达,网络的如火如荼,都导致文学空间被大为挤压;时代的变迁,题材的限制,环境的恶化……都是自然文学写作的瓶颈。而今,要写出既优美又有深度的山水散文,可谓难上加难。面对如此困境,自然文学作者必须力求探索新的出路,力图更多、更大、更强的创新和突破。

河山信美,但要以文学手法来表现好她,无论散文、诗歌、小说,都需要真诚深切的心灵,要具有大情怀。"非有大情怀,即无大艺术",人应该有所敬畏,首先要敬畏大自然。以前,山青水绿海晏河清,正是大自然对敬畏天地的人类的回报,现在人们乱砍滥伐破坏生态,自然灾害到处频发,也正是大自然对胡作非为的人类的惩罚。

在大自然面前,人类太渺小。

中国古代文人大多纵情山水,因为其精神家园是山水。对他们来说,在大自然中超脱现实、圆融身心,能使生命更快乐,人生也更有意义和价值。的确,当人回归自然,灵魂就会与宇宙相通。

人要与自然和谐共处,就要善待我们赖以生存的土地。无论在哪个民族的心目中,土地都至尊至荣。"土能生万物,地可载山川",人类的一切,都由土地养育和承载。梁启超说,"夫国家者何物也?有土地,有人民……"古代中国,土地就代表社稷,皇城里必建有社稷坛,用五色土拼成,皇帝每年都要祭坛拜土。从世界范围来说,只有保持土地的健康,才能保持全人类的健康。

爱默生认为"自然是精神之象征",他说,"在丛林中,我们重新找回了理智与信仰","人不仅要远离社会,还需远离书房,方可进入孤独的境界。"在他眼里,自然寄托着人类的情感,因为心灵格外需要野生自然的滋润。美学家李泽厚在其著作《美的历程》中所言,"千秋永在的自然山水高于转瞬即逝的人世豪华，顺应自然胜过人工造作，丘园泉石长久于院落笙歌。"

然而，人们往往难以实现这样的梦想，于是就产生了园林。园林是传统中国文化中的一种艺术形式，通过地形、山水、建筑群、花木等载体，衬托出人类的心灵寄托和精神文化。园林的起源，来自中国乐园文化的两大终极思想：蓬莱和桃花源，兼具神仙理想和平民梦想。

文学即人学，高尔基这个观点深刻影响了中国现当代文学。但自然文学写作者并不以人为主要描述对象，也不以书写战争、爱情、死亡这些传统文学的永恒主题为使命，而是专注于探索人与自然的关系，写自然对人类生活的影响，对人类心灵的启迪，对人类未来的启示；即使作者将自己置身于作品中，也是为了表述他与自然的关系。

正是大自然的千姿百态，成就了自然文学。乡村、田园，草原、丛林，江河、海洋，旷野、荒原……游记作者笔迹所在，往往就是其足迹所至。我想，在自然文学作者看来，从自然中得到的精神享受，一定远比物质享受更为愉悦和幸福。我们的亲身体验，能唤起人们更加热爱壮丽山河；我们的美好感受，能激励人们更加追求精神享受；我们的妙笔生花，能吸引人们更多地热爱文学尤其自然文学。

英国诗人布莱克说过，"伟大作品的产生，有赖于人与山水的结合，整天混迹于繁闹的都市，终究一事无成。"

文章，人心之山水；山水，天地之文章。"山水无文难成景，风光着墨方有情"，一语道尽自然与文学的关系。我们手中这本"观音山杯·美丽中国"十年征文获奖作品精选，就是热爱和感恩自然的集中体现。

"观音山杯·美丽中国"全球汉语征文，由《人民文学》杂志社与广东观音山国家森林公园联合举办，历经整整十年，累计收到海内外来稿近八万篇，其中不乏名家大腕之力作，更多的是当今文坛中坚和后起之秀之佳作。

受广东观音山国家森林公园管委会委托，我从第一至第十届数百篇"观音山杯·美丽中国"全球汉语征文获奖散文作品中,精选出七十篇美文,编辑成这本《清净如山》——既展现华夏大地祖国山河的神奇壮丽,也展示"观音山杯·美丽中国"征文的丰盛成果。

衷心感谢大家的信任、支持和帮助!

杨海蒂

《人民文学》副编审

第1—3届"观音山杯·中国当代文学高峰论坛"秘书长